LES AMAZONES

Du même auteur

Mille femmes blanches, 2000, 2013
La Fille sauvage, 2004
Espaces sauvages, 2011
Marie-Blanche, 2011
Mon Amérique, 2013
Chrysis, 2013
La Vengeance des mères, 2016

Jim FERGUS

LES AMAZONES

LES JOURNAUX PERDUS DE MAY DODD
ET DE MOLLY MCGILL,
ÉDITÉS ET ANNOTÉS
PAR MOLLY STANDING BEAR

Troisième tome de la trilogie
Mille femmes blanches

Roman

Traduit de l'anglais (États-Unis)
par Jean-Luc Piningre

cherche
midi

Vous pouvez consulter notre catalogue général
et l'annonce de nos prochaines parutions sur notre site :
www.cherche-midi.com

Ouvrage publié sous la direction d'Arnaud Hofmarcher avec la collaboration de Marie Misandeau

© Jim Fergus, 2019
Titre original : *Strongheart*

© le cherche midi, 2019, pour la traduction française
30, place d'Italie
75013 Paris

Mis en pages par Nord Compo
Dépôt légal : septembre 2019
ISBN : 978-2-7491-5558-6

À Lolo

« Au temps jadis, la Terre tremblait sous le martèlement
des sabots des chevaux. Dans ces temps très anciens,
les femmes montaient à cheval, armées de leurs lances,
et chevauchaient avec leurs compagnons pour affronter leurs
ennemis dans les steppes. Les femmes de ce temps-là pouvaient
transpercer le cœur d'un ennemi d'un prompt coup
de leur épée acérée. Pourtant, elles savaient aussi réconforter
leurs hommes, et leur cœur était rempli d'amour. »

Adrienne Mayor, « Tradition caucasienne, saga des Nartes »
Les Amazones, Quand les femmes étaient les égales des hommes,
traduction Philippe Pignarre, La Découverte

« Les Grecs de l'époque archaïque avaient entendu parler
de peuples des régions des steppes au nord de la mer Noire
et d'une société guerrière qui connaissait un remarquable
degré d'égalité entre les sexes. Leur nom non grec s'entendant
comme "amazone", il a été transformé sous la forme
d'un nom d'ethnie épique, *Amazones*. Le qualificatif descriptif
antianeirai a été ajouté pour souligner le trait distinctif
le plus remarquable de ce groupe : l'égalité entre les genres.
Pour souligner le statut extraordinaire des femmes
dans ce peuple particulier, en comparaison avec celui
qu'elles avaient dans la culture grecque, cette épithète
était au féminin. À la différence des autres groupes ethniques
connus des Grecs, dans lesquels les hommes occupaient
le premier rang, chez les *Amazones*, c'étaient les femmes. »

Adrienne Mayor, *Ibid.*

« Tout ce qui peut être imaginé est réel. »
Pablo Picasso

INTRODUCTION

Molly Standing Bear[1]

25 novembre 2018

Finalement, je préfère ne pas confier toute l'histoire à Jon W. Dodd. Elle m'appartient, à moi et à ma famille, au peuple cheyenne et plus encore aux Cœurs vaillants. Alors personne ne la racontera mieux que moi. Dois-je rappeler que les Blancs, après nous avoir envahis, avaient chargé leur armée de nous massacrer ? Qu'ils nous ont confisqué nos terres, notre mode de vie, notre culture ? Pour accélérer les choses, ils ont décimé notre frère le bison, qui était notre moyen d'existence et dont les troupeaux peuplaient jadis nos vastes prairies. Pratiquement exterminés, il n'en reste aujourd'hui que quelques centaines au parc de Yellowstone, contre trente millions au départ. Quant à nous, ceux qui ont survécu aux guerres, nous avons été parqués dans des réserves, avec interdiction d'en sortir. Les Blancs nous ont volé notre langue et nos enfants, qu'ils ont envoyés étudier dans leurs écoles religieuses après leur avoir rasé la tête. S'ils persistaient à parler leur langue maternelle, les curés les frappaient, et les mauvais traitements qu'ils leur ont fait subir sont inconcevables. Ensuite, comme si cela ne suffisait pas, les

---

1. Molly ours debout (voir tome précédent, *La Vengeance des mères*).

Blancs nous ont aussi volé nos contes et notre histoire, qu'ils ont déformés, travestis, pour maquiller leur comportement odieux, se disculper de leur insatiable convoitise, leur insatiable soif de possession. Cela ressemble-t-il à l'Amérique que vous connaissez ? Non ? Eh bien, c'est celle que, *nous*, nous connaissons.

Non que j'en veuille à Jon Dodd. Au contraire, je l'aime bien et je me souviens d'avoir eu le béguin pour lui quand j'étais encore gamine à la réserve. À l'époque, on n'en voyait pas beaucoup, des petits Blancs, là-bas… et il était plutôt mignon. Il venait l'été avec son père, Will, qui était un descendant direct de May. Will était le propriétaire et le rédacteur en chef de *Chitown*, un magazine de Chicago, et c'est lui qui, sous forme de feuilleton, a été le premier à publier *Mille femmes blanches : les carnets de May Dodd*. Bien qu'il fût blanc, Will Dodd était apprécié et respecté dans la réserve, pour la simple raison que c'était un gentleman, un honnête homme qui nous traitait avec dignité et considération. Lorsqu'il est mort brusquement, Jon lui a succédé à la tête du magazine.

Il y a quelques années, je lui ai apporté une autre partie du récit à son bureau de Chicago. Je la lui ai remise sous mon apparence de guerrière des Cœurs vaillants – jambières et mocassins en peau, cheveux nattés, émaillés de perles, de petits os ; à mon ceinturon, un couteau à scalper et de vrais scalps humains. Je suis une changeuse de forme, c'est-à-dire que j'ai la faculté de prendre différents aspects, un don que j'ai hérité d'un côté de ma famille. Disons-le tout de suite : il m'est parfaitement égal que vous me croyiez ou pas. Je ne tente pas de vous persuader de quoi que ce soit, je raconte simplement mon histoire, notre histoire, et peut-être voudrez-vous vous fier à moi… À vous de décider.

Le jour où j'ai remis les carnets à Jon, une insipide petite Blanche m'a accueillie à la réception. Elle portait un de ces prénoms à la mode chez eux – Chloe, me semble-t-il. Je dois admettre que je n'ai pas l'air facile (un euphémisme), surtout dans mon costume de Cœur vaillant. Elle m'a étudiée de pied en cap avec une expression qui empruntait à l'inquiétude et au mépris, doublée d'un sentiment de supériorité amusé. J'avais en bandoulière

INTRODUCTION

une paire de vieilles sacoches en cuir qui avaient appartenu à un dénommé Miller, soldat du 7ᵉ de cavalerie, tué le 25 juin 1876 à la bataille de l'herbe grasse – la Little Bighorn, comme l'appellent les Blancs, ou la « dernière résistance de Custer ». Elles avaient été prélevées sur son cheval mort par une de mes ancêtres blanches, Molly McGill Hawk, qui avait épousé un membre de notre tribu. Puis elles avaient été transmises de mère en fille pendant plusieurs générations, jusqu'à ce que j'en prenne possession.

– Puis-je vous aider ? m'a demandé la secrétaire.
– J'aimerais voir votre patron, J. W. Dodd.
– Qui dois-je lui annoncer ?
– Cela ne vous regarde pas. Dites-lui seulement que nous nous connaissons et que j'ai quelque chose qui l'intéressera.

Elle est restée un instant interdite et, manifestement, je lui faisais peur.

– Voulez-vous vous asseoir pendant que je le préviens ? m'a-t-elle proposé.
– Non, je l'attends ici.
– Si la sécurité vous a laissée passer en bas, a-t-elle ajouté en étudiant à nouveau mes vêtements, je peux supposer que vous ne transportez rien de dangereux dans ces sacoches ?
– Cela dépend de ce que vous entendez par « dangereux », mais vous pouvez.

Elle a tapoté agilement sur son téléphone portable qui, un instant après, a émis un son. Puis elle a recommencé quatre ou cinq fois, avec le même résultat.

Quand Jon Dodd nous a enfin rejointes, il ne m'a visiblement pas reconnue. Il m'a dévisagée d'un air à la fois surpris et curieux, sans apparemment porter de jugement. Tandis qu'il me conduisait à son bureau, nous sommes passés devant de grands cubes de verre, derrière lesquels d'autres employés tapotaient eux aussi sur différentes machines. Tous ont levé la tête en m'apercevant et tous ont baissé les yeux quand j'ai soutenu leur regard. De fait, je n'ai pas l'air facile.

Dodd m'a indiqué le fauteuil en face de son bureau, pendant qu'il prenait place sur le sien.

— Vous avez déclaré à ma secrétaire que nous nous connaissions. Pardonnez-moi, mais je n'en ai pas l'impression.

— Nous nous sommes rencontrés, il y a des années, à la réserve indienne de Tongue River. Nous étions encore des enfants, vous m'aviez invitée au cinéma du centre communautaire.

Il a ri en se souvenant brusquement.

— Bien sûr, comment pourrais-je oublier cela ? Je venais juste d'avoir treize ans et vous êtes la première fille que j'aie jamais invitée à sortir. Je n'étais pas loin de la caravane où nous logions dans la réserve, quand une bande de jeunes Cheyennes m'est tombée dessus pour me flanquer une raclée. Vous êtes Molly Standing Bear, mais vous n'êtes plus une petite fille.

— Exact. Et en m'invitant au cinéma, vous aviez enfreint les règles. Il fallait être un membre de la tribu pour ça.

— On me l'aura fait comprendre.

Je me rappelle quand Jon est arrivé chez moi, ce jour-là. Il avait été roué de coups. Le jean neuf et la belle chemise de petit Blanc qu'il avait mis pour l'occasion étaient sales, déchirés et tachés de sang. J'avais trouvé admirable qu'il se présente ainsi. Cela démontrait un esprit décidé et une certaine force de caractère. Par la fenêtre, je l'avais regardé repartir quand ma mère l'a renvoyé. Elle ne m'avait pas laissée approcher de la porte et je ne l'avais pas revu depuis.

Comme son père avait notre confiance, je lui ai laissé mes sacoches, à Chicago dans son bureau. Elles contenaient les journaux de Meggie Kelly et de Molly McGill, qu'il publierait ensuite dans *Chitown* sous forme de feuilleton, après avoir obtenu ma permission, de la même façon que Will, en son temps, avec ceux de May Dodd.

Je me suis rendu compte qu'il m'aimait bien ; je le savais passionné par l'histoire des Indiens des plaines, un virus que son père, à l'évidence, lui avait inoculé. Et peut-être mon costume l'avait-il séduit, bien qu'il s'en dégage quelque chose de sauvage et d'assez effrayant. Il m'a de nouveau proposé d'aller au cinéma, même de dîner ensemble, maintenant que nous étions

INTRODUCTION

de grandes personnes, mais j'ai décliné. J'étais là pour affaires, pas pour m'amuser.

Deux ou trois semaines plus tard, Jon est arrivé à la réserve dans le vieux Suburban cabossé de son père, remorquant l'antique caravane Airstream dans laquelle ils logeaient lorsqu'ils séjournaient là, plus de vingt ans auparavant. Le 4 × 4 et la caravane semblaient avoir été rangés et oubliés quelque part pendant deux décennies. À son insu, je l'ai observé tandis qu'il se garait devant le bâtiment administratif de la tribu et qu'il sortait de la voiture. J'ai tout de suite eu l'impression qu'il avait choisi de venir ici pour franchir les étapes du deuil, et aussi, d'une certaine manière, pour ressusciter Will, suivre ses brisées en même temps qu'il se rapprocherait de sa propre enfance. Je n'étais pas restée longtemps dans son bureau à Chicago, mais assez pour sentir qu'il ne paraissait pas très à l'aise dans ses nouvelles fonctions, puisqu'il succédait à son père à la tête du magazine.

Nous étions samedi et la seule femme présente dans le bâtiment était une jeune Cheyenne du Sud, qui avait récemment quitté sa réserve de l'Oklahoma. Elle travaillait le week-end pour se familiariser avec son nouvel emploi. Je ne la connaissais pas encore, cependant j'ai appris ensuite que Jon lui a demandé où me trouver. En tentant de me localiser dans la base de données, elle a découvert que je n'étais pas inscrite comme membre de la tribu. Les seules traces de moi qu'elle ait pu identifier provenaient des archives numérisées – en l'occurrence, un avis de décès me concernant et un rapport de la police tribale à propos d'une dispute familiale.

Il est allé s'installer sur un terrain près de la rivière, à l'extérieur du village, là où Will et lui campaient autrefois. Un endroit où, aujourd'hui, les poivrots et les toxicos se donnent souvent rendez-vous le soir, le samedi particulièrement. Bien sûr, j'étais au courant de ses faits et gestes presque avant lui, car notre petite réserve n'est pas exactement un lieu de villégiature pour les Blancs, à moins que le mauvais temps ou des ennuis mécaniques les y retiennent. Les nouvelles vont vite dans le coin et l'ADN de la tribu commande de se méfier de tout homme blanc qui vient chez nous poser des questions, chercher quelqu'un ou, pire, passer une nuit.

Au crépuscule, j'ai longé la rivière depuis le village pour aller le voir. À quelques mètres de sa caravane, je me suis tapie dans l'ombre et j'ai constaté que trois Indiens – de gros consommateurs d'amphétamines, je les connaissais – étaient en train de l'importuner. Quatre autres hommes et cinq femmes traînaient autour d'un pick-up à proximité, celui dans lequel ils avaient dû arriver. J'ai ri sous cape car, parmi les trois premiers, se trouvaient les deux mêmes qui lui avaient flanqué une rossée, vingt ans plus tôt. Ils menaçaient de le tabasser à nouveau s'il ne leur donnait pas son argent et l'alcool qu'il avait peut-être dans l'Airstream. Jon ne semblait pas avoir peur, ce qui m'a plu. Il allait entrer dans la caravane pour prendre ce qu'ils lui demandaient, quand ils l'ont traité de dégonflé. Il s'est retourné, il a regardé ceux qui ricanaient en observant l'intrus, le visage pâle, et leur a répondu :

– Oui, euh… vous êtes sept de votre côté, et moi, tout seul. Alors je suis sans doute un dégonflé, mais peut-être pas complètement idiot et je n'ai pas envie de me faire casser la figure.

Je suis sortie de ma cachette.

– Si on était deux contre eux, petit Blanc ? On voudrait être idiot et risquer une bonne trempe ?

En cheyenne, j'ai engueulé ses agresseurs qui, à peine m'ont-ils vue, ont détalé comme des tétras effarouchés. Ils ont rechargé leurs bières dans leur pick-up et toute la bande s'est engouffrée dans le véhicule. Les pneus ont patiné dans la poussière et ils ont filé sans broncher.

– Ah, si je vous ai à mes côtés, Molly Standing Bear, m'a dit Jon en les regardant partir, je pourrais devenir idiot. Mais, simple curiosité, pourquoi vous craignent-ils autant ?

– Je fous la trouille à ces braves guerriers, parce qu'ils me prennent pour un esprit. Surtout quand je surgis sans prévenir.

– Je ne crois pas aux esprits. J'ai lu votre avis de décès dans les locaux de l'administration. Et le rapport de police, selon lequel, victime de violences familiales, vous êtes morte des suites de vos blessures. Il date de janvier 1997, quelques mois après mon

INTRODUCTION

dernier séjour ici avec mon père. Il y a une photo de vous dans le journal de la réserve. Vous aviez treize ans.

— Allez-vous m'inviter poliment dans votre tipi ?

— Bien sûr, a-t-il dit en ouvrant la porte et en s'effaçant devant moi. Mais ce n'est pas une réponse.

— Vous ne m'avez pas posé de question.

Je suis montée dans la caravane.

— Bon, alors, qu'est-ce qui se passe ? Vous êtes aussi vivante que la dernière fois à Chicago. En bon journaliste d'investigation, je présume que le bulletin de la réserve a commis une erreur.

— Je n'ai pas le droit d'en parler, donc, s'il vous plaît, n'abordez plus le sujet.

À l'intérieur, nous nous sommes assis sur l'étroit canapé qui servait également de lit, et je lui ai demandé ce qu'il était venu fabriquer ici.

— Vous rendre vos registres[1]. Il faut que vous sachiez, Molly, que j'en ai fait des copies. Mais personne d'autre ne les a lus. Je voulais avoir votre permission avant de les publier. C'est la raison pour laquelle, j'imagine, vous me les avez confiés. Si vous refusez, je vous promets de les passer à la déchiqueteuse.

— C'est tout ?

— Je ne suis pas bien sûr... Je recherche sans doute le fantôme de mon père, que je trouverai peut-être dans le coin. Il est parti si vite... et j'ai besoin de lui parler de certaines choses. Cela paraissait le bon endroit. J'ai de merveilleux souvenirs de nos voyages ici.

— Il me semblait que vous ne croyiez pas aux fantômes ?

— J'ai employé une image.

— C'est vraiment tout ?

— Des pages sont arrachées dans le dernier registre. Le récit se termine abruptement. J'aimerais connaître la fin de l'histoire pour la publier intégralement.

---

1. Registres des comptoirs des ventes américains, communs au XIXe siècle, dans lesquels les héroïnes des tomes précédents ont tenu leurs journaux (voir, du même auteur, *Mille femmes blanches* et *La Vengeance des mères*).

– Je crains que cela ne soit pas possible, Jon, pour l'instant.
– Pourquoi ?
– Parce que la suite contient des secrets tribaux, qui sont sacrés, et parce que vous êtes un Blanc. Chaque fois que les vôtres ont touché une chose qui nous appartenait, ils l'ont volée ou détruite, alors nous devons protéger ce qui reste.
– Vous avez vous-même du sang blanc, n'est-ce pas, Molly ? Les auteurs de ces carnets comptent parmi vos ancêtres, et plusieurs parties ont été écrites par des Blancs.
– Oui, par des femmes blanches qui sont devenues cheyennes, et certaines sont restées chez nous toute leur vie… voire au-delà. Elles étaient membres à part entière de la tribu et leurs enfants étaient les nôtres.
– Comment cela, « au-delà » ?
– J'emploie une image, Jon.
– Ha, ha ! Mais vous n'ignorez pas que je descends moi aussi d'une des femmes qui ont rédigé ces journaux. C'est pourquoi votre peuple a permis à mon père, le premier, d'en publier un. Nous sommes, en quelque sorte, détenteurs des mêmes droits. Allez savoir si nous ne serions pas parents, à un degré ou à un autre ? Il faudrait consulter un site de généalogie en ligne.
– Votre père avait fait la preuve de ses bonnes intentions à notre égard. Ce n'est pas votre cas, Jon. Vous n'étiez pas revenu ici depuis vingt ans.
– Et de quoi devrais-je faire la preuve, personnellement ?
– Aimez-vous mon odeur ? lui ai-je demandé.
– Comment ?
– Aimez-vous mon odeur ?
– Aucune idée. Qu'est-ce que c'est que cette histoire ?
– C'est une chose qui paraît étrange, chez les Blancs, mais, autrefois, nous étions beaucoup plus proches du monde animal que vous. Nos cinq sens étaient bien plus développés que les vôtres, parce que, au lieu de vivre en harmonie avec la nature, vous l'aviez quittée. Vous vouliez la dominer, l'effacer. Nous avons toujours détesté l'odeur des Blancs. Quand nous menions des raids contre les convois de chariots qui traversaient nos

INTRODUCTION

terres à l'époque de la ruée vers l'or en Californie, nous avions pris l'habitude d'accrocher à des perches les robes et les tuniques que nous vous volions. On les laissait prendre l'air sur nos chevaux pendant quelques jours. Parce qu'elles puaient. Une sorte de nettoyage à sec, première manière. En lisant les journaux de Molly McGill, vous avez dû remarquer qu'elle avait été attirée par l'odeur de Hawk. Vous vous souvenez ? Une odeur sauvage, selon ses mots, qui l'émoustillait. C'est une des raisons pour lesquelles elle était tombée amoureuse de lui.

— Oui, et vous n'ignorez pas non plus que la mère de Hawk était blanche, elle aussi. Il avait donc du sang blanc. Qui lui donnait cette odeur sauvage, bien sûr !

— Ces journaux vous auront appris que sa mère, Heóvá'é'ke, Yellow Hair Woman, a été capturée par la tribu quand elle était petite. Elle est devenue cheyenne, ce qui lui a permis de se débarrasser de vos mauvaises odeurs.

Je me suis levée pour me rapprocher de lui. Je me suis penchée, j'ai posé une main sur sa nuque et je l'ai attiré tout contre moi.

— Allez-y. Reniflez un bon coup.

Puis je l'ai relâché.

— Alors, ça vous plaît ?

Visiblement troublé, il rougissait et il a bafouillé un instant, admettant finalement que, oui, il aimait bien mon odeur, même beaucoup, en fait.

Me penchant à nouveau, j'ai enfoui mon nez dans son cou pour avoir une idée de la sienne.

— Si j'avais su que vous en viendriez à ça, j'aurais pris une douche, m'a-t-il dit après s'être ressaisi.

— Et vous auriez mis du déodorant, n'est-ce pas ? Pour masquer votre odeur naturelle...

— Alors, je suis reçu à l'examen ?

— Pas si mal... pour un Blanc. J'arriverai peut-être à m'y habituer.

— Quel compliment !

— Je suis l'arrière-arrière-arrière-arrière-arrière-petite-fille de

Molly et de Hawk. Si j'ai bien compté les générations, du moins. Depuis le temps, il ne doit plus rester beaucoup de sang blanc dans mes veines. Mais peut-être ai-je hérité des glandes sudoripares de Hawk, de celles de Molly, ou des deux réunis. C'est un caractère génétique qui se transmet, comme la couleur des yeux et des cheveux. Au dire de tous, ça fonctionnait très bien entre eux. Une chimie intime, une alchimie presque. Je me demandais si ce serait aussi notre cas.

— Ah bon ? Vous n'avez tout de même pas l'intention de vous accoupler avec un Blanc !

— Vous ne vous êtes jamais marié, Jon ? Vous avez des enfants ? Vous ne seriez pas gay, par hasard ?

Il a hoché la tête.

— J'ai été marié, mais nous n'avons pas eu d'enfants. Ma femme est morte très jeune d'un cancer. À propos de chimie, la dernière année de sa vie, elle n'avait plus son odeur habituelle, elle sentait celle des médicaments qu'on lui injectait. Après sa mort, j'ai dû jeter tous les vêtements qu'elle avait portés pendant la chimiothérapie. Je n'avais pas besoin de ce souvenir-là. C'était une fille bien.

— Je n'en doute pas. Pardonnez-moi, je suis navrée.

— Et vous ? m'a-t-il interrogée. Puisque nous abordons des choses intimes. Vous êtes mariée ? Des enfants ?

— Non.

— Pourquoi ? Cela n'est pas faute de prétendants, je suppose.

— J'ai d'autres chats à fouetter.

— À savoir ?

— Vous vous souvenez de la société des Cœurs vaillants, que mentionnent Meggie et Molly dans leurs journaux ?

— Ne me dites pas qu'elle existe encore.

— Bien sûr que si. Du moins, dans une forme plus moderne. Aujourd'hui, nous nous appelons simplement Konahe'hesta : les Cœurs vaillants.

— Et contre qui faites-vous la guerre au XXIe siècle ?

— Je n'ai pas le droit de le divulguer aux non-initiés. Disons seulement que nous combattons le crime et l'injustice, qu'ils soient

INTRODUCTION

le fait d'individus ou d'organisations, et particulièrement quand leurs victimes sont des femmes et des enfants. Ce ne sont pas les ennemis qui manquent. Mais je vous révélerai ceci : après la défaite de Custer à la Little Bighorn, une bande s'est séparée de Little Wolf et de Dull Knife pour suivre son propre chemin et ses propres objectifs. Elle comptait un certain nombre de femmes blanches dont il est question dans les carnets, mais aussi des Cheyennes et des Arapahos des deux sexes. Ils ont fini par fonder une petite tribu autonome et habiter un monde à part. Jamais ils ne se sont soumis à l'État américain.

— Comment ça, un monde à part ? Où sont-ils allés ? Comment ont-ils subsisté jusqu'à aujourd'hui ? Pourquoi, malgré toutes mes recherches sur le sujet, n'en ai-je jamais entendu parler ?

— Pour l'instant, il m'est impossible de vous répondre. Si je décide un jour de vous montrer le reste des journaux, vous en apprendrez plus.

— Et les descendants de cette société vivent toujours dans ce prétendu « monde à part » ?

— Certains, oui. J'y vis moi-même... de temps en temps. Ce qui explique notamment que je ne sois pas immatriculée à la réserve.

— Notamment ? En sus du fait que votre acte de décès date de 1997 ?

— Entre autres. Cela permet de brouiller les pistes assez commodément.

— Je m'y perds... Cet autre monde est-il un mythe, Molly, sorti de votre imagination ? Un monde virtuel, comme dans les jeux vidéo ? C'est ça, vous travaillez dans les jeux vidéo ?

— Vous en posez, des questions, Jon.

— Mon métier.

— Non, ce monde-là est bien réel. Je fais la navette entre les deux.

Il m'a regardée d'un air à la fois inquiet et déconcerté.

— Vous refusez de répondre à mes questions, de me donner des détails, et je ne comprends rien à ce que vous racontez. Mais quelque chose dans votre discours me donne la chair de poule.

Qui êtes-vous vraiment ? La dernière fois, à Chicago, vous prétendiez être une changeuse de forme, maintenant vous parlez de mondes alternatifs ! Qu'attendez-vous de moi ? Que faisons-nous ici ?

— Ah, encore des questions. Vous êtes venu me trouver, Jon, n'est-ce pas ? Vous voulez toujours m'inviter au cinéma... Vous souhaitez me rendre les carnets, mais ce qui vous importe, c'est de connaître le dénouement de l'histoire. Voilà bien un type de pensée linéaire, si représentatif de l'homme blanc. Il vous faut une ligne droite, du début jusqu'à la fin. Alors que, dans notre culture, le monde est une courbe, avec des ellipses. Selon la tradition, les récits s'y entrecroisent, avec leurs morts et leurs naissances, et s'imprègnent les uns des autres sans forcément aboutir. Ils se poursuivent indéfiniment, de façon ambiguë parfois. Si vous aviez jamais écouté un vrai conteur cheyenne, ou ceux des steppes caucasiennes, dont nous descendons, vous le sauriez. Pour la plupart des Blancs, leurs histoires n'ont pas beaucoup de sens, elles offrent trop d'interprétations. Sans doute n'ont-elles pas réellement de début ou de fin, mais notre peuple les comprend sans problème.

— Alors vous êtes une érudite en plus d'une changeuse de forme, Molly ? Une anthropologue, même ? Peut-être aussi voyagez-vous dans le temps, puisque vous connaissez les récits anciens du Caucase ?

Je me suis levée.

— Voyez-vous, Jon, nous autres Cœurs vaillants, comme les Amazones scythes, nos aïeules, nous prenons notre plaisir quand nous le voulons et avec qui nous le voulons. Nous sommes très sélectives. Pour être franche, j'avais envisagé de passer la nuit avec vous. Je vous aime bien et c'était déjà le cas quand nous étions petits... alors que vous êtes un Blanc. C'est pourquoi j'avais envie de savoir ce que nous inspiraient nos odeurs respectives. Mais je préfère m'en aller, et je vais reprendre les sacoches.

Je les ai retirées du crochet auquel elles étaient suspendues, derrière la porte de la caravane.

— Faites ce que bon vous semble des copies que vous avez gar-

INTRODUCTION

dées. Publiez-les, si vous le souhaitez, dans votre gentil magazine. Pour ce qui est de notre histoire, je la raconterai à ma manière. Et il ne s'agit pas du « reste » de l'histoire, ce qui impliquerait une fin, mais simplement de nouveaux épisodes, d'une longue piste qui sinue ici et là. Je garderai le contact. N'ayez crainte, je vous retrouverai au moment opportun.

Addendum à l'introduction

Environ trois semaines après cette entrevue à la réserve, un nouveau feuilleton a été publié dans *Chitown*, intitulé par J. W. Dodd *La Vengeance des mères*. Si, comme il l'affirme au début, il n'a procédé qu'à de minimes corrections dans le texte lui-même, il prend de nombreuses libertés avec la vérité historique dans l'épilogue, et plus encore dans le prologue. La plus scandaleuse étant qu'il insinue que nous aurions passé la nuit ensemble, quand je l'ai trouvé là-bas dans sa caravane. À l'évidence, il donne dans le fantasme littéraire – un Blanc qui séduit une guerrière indienne ! Encore ces jeux de soumission et de domination... Dodd présente également une version inexacte du décès de son épouse, ce que je ne lui reproche pas. J'imagine qu'il tient à préserver un minimum sa vie privée, et c'est une tragédie qui ne regarde pas le lecteur. Pour dissiper toute confusion, j'ai reporté exactement, dans les pages précédentes, ce qui s'est passé entre nous – une relation qui, comme on le découvrira, est constamment en devenir.

En sus de me référer à diverses sources historiques, je me permets d'insérer quelques commentaires de mon cru entre les extraits des différents journaux. Comme je suis moi-même indienne, cela ne porte pas à conséquence. Ce n'est pas le cas de J. W., qui risquerait d'être accusé d'appropriation culturelle, puisqu'il est blanc.

M. S. B.

QUATORZIÈME CARNET

(Entamé par Margaret Kelly,
complété par lady Ann Hall
et repris par Molly McGill.)

Non datée, la lettre ci-dessous apparaît sur la dernière page rédigée par lady Ann Hall.

Ma chère Molly,
Je ne sais précisément ce qui s'est produit ici aujourd'hui. J'ai réfléchi mille fois à la chose, sous tous les angles possibles, et la seule conclusion viable que je puisse tirer – sans doute aussi la plus importante – est celle-ci : lorsque, brièvement, je t'ai aperçue pour la dernière fois, tu étais parfaitement vivante. Phemie t'avait assise sur son grand étalon blanc et Pretty Nose[1] galopait de front avec vous sur son cheval pie. Tu m'as souri en filant le long de la corniche et tu as crié : « Je te l'avais dit, Ann. Dans mon rêve, je m'envole toujours ! »

Juste avant cet instant, je te revois sur la falaise, les bras écartés, en train de te laisser tomber dans le vide, pour ne pas dire sauter, quand Phemie et Pretty Nose ont surgi de nulle part. Phemie t'a rattrapée au bord de la corniche et hissée sur son cheval comme une poupée de chiffon. Le problème est ici bien sûr que, ni les soldats, ni Gertie, ni aucun membre de notre groupe – à l'exception, peut-être, de Martha (qui a refusé d'en parler avec moi)… personne ne croit que tu en as réchappé. Horrifiés, ils t'ont vue chuter, et les soldats étaient stupéfaits que tu aies réussi à leur glisser entre les doigts.

D'où la question de savoir comment concilier deux versions des faits aussi contradictoires. Je me suis toujours flattée d'avoir un esprit logique, pour qui tout événement sur Terre trouve une explication plausible, même si parfois la science ne parvient pas à cerner les détails. Ma regrettée compagne Helen Flight, un être talentueux et aérien à bien des égards (je joue volontairement sur les mots[2]), avait une vision du monde fort différente de la mienne. Je pense t'avoir notamment rapporté que, lors de nos safaris en Afrique, nous avons eu pour guides quelques splendides individus de la tribu massaï. Superstitieux comme nos amis indiens, les Massaï sont persuadés qu'il existe parmi eux des voyants, des prophètes, des mystiques – appelle-les comme tu voudras –, doués de pouvoirs sur-

---

1. Joli nez (cf. *La Vengeance des mères*, du même auteur).
2. *Flight* veut dire vol (d'oiseau).

QUATORZIÈME CARNET

naturels. Ils se fient également à un éventail remarquable d'étranges divinités, de fantômes, de sorciers, certains bienveillants, certains néfastes, et qui, à l'occasion, vont et viennent parmi les vivants pour causer des ravages ou accomplir l'impossible. Bref, ils croient à la magie et ils y croient dur comme fer. Certes, les contes des Massaï, racontés le soir autour du feu de camp, étaient terriblement divertissants ; je ne dirai pas le contraire. Bien plus que moi, Helen semblait portée à reconnaître que les récits des indigènes contenaient une part de vérité. On m'a également affirmé – de nombreux Cheyennes en attestent – qu'elle-même finissait par considérer que les motifs dont elle ornait le corps et les chevaux des guerriers protégeaient ceux-ci pendant les combats. Eux-mêmes en étaient convaincus ! Soyons franches, Molly, car tu parais, comme moi, pourvue d'un esprit rationnel – cela n'est que des inepties. La peinture n'arrête pas les balles ! Ce qui, naturellement, n'explique pas ta fuite miraculeuse (je ne vois pas d'autre mot). En proie à la plus vive perplexité, je commence à douter de mes yeux et de ma santé mentale.

Avant de lire ces mots, tu sauras probablement déjà que, comme j'ai atteint mon but – apprendre ce qu'il était advenu de Helen –, j'ai décidé de mettre fin à mon séjour dans ces plaines turbulentes. Je vais donc profiter de l'escorte militaire qui était chargée de t'emmener à la gare de Medicine Bow, où je prendrai le train avant d'entamer le long voyage de retour en Angleterre. Bien qu'elle ait exprimé le désir de revenir auprès de son mari cheyenne, j'ai insisté pour que ma servante Hannah m'accompagne. Je suis arrivée ici avec la petite et j'ai l'intention d'en repartir avec elle. Je refuse de l'abandonner à ce qui semble – tu en conviendras – un avenir plus qu'incertain. Elle n'est pas suffisamment robuste, ni de corps ni d'esprit, pour affronter les dangers qu'assurément tu encours.

Je confie ce registre à Martha pour qu'elle te le remette. Bien que j'aie été irritée, au début, de ne pas avoir été choisie comme « chef intrépide » de notre joyeux petit groupe, je dois te faire part de la très haute estime en laquelle je te tiens, Molly. Tu es une femme forte, audacieuse, qui a connu plus que son lot de difficultés, d'épreuves et de chagrin. Non seulement je ne peux te reprocher d'avoir sauté du bord de cette falaise, quand, bouleversée, j'ai cru que c'était le cas... mais j'ai aussi admiré ton courage et compris tes motivations. Que tu aies été sauvée, du moins apparemment, par… disons, les forces du destin, me réjouit profondément et j'espère, de ce fait, que tu seras en mesure de conduire nos autres amies vers un abri sûr. Rares sont ceux qui y parviendraient, mais cela doit être à la portée du trio que tu formes avec Phemie et Pretty Nose, trois des femmes les plus hardies, les plus vigoureuses et les plus capables que j'ai jamais eu l'honneur de rencontrer (surtout ne répète pas cela à ces coquines d'Irlandaises !). Peut-être d'ailleurs avez-vous été épargnées et choisies pour remplir cette mission.

Bonne chance, Molly !

Je termine cette lettre, le cœur ému en pensant à toi et à nos chères camarades. Transmets-leur toute mon affection.

Sois assurée de mes sentiments sincères et respectueux à ton égard.
Lady Ann Hall de Sunderland

Les Journaux perdus de Molly McGill

Les déchets de la guerre

« Nuit et jour, les images se succèdent dans mon esprit, que je dorme ou pas. À un moment donné, je suis en train de voler, allongée sur un grand oiseau, mes bras accrochés à son large cou, mon corps épousant la forme de son dos, la tête enfouie dans ses plumes douces et chaudes, dont l'odeur épicée rappelle celle de Hawk, de sa peau... et tous mes sens sont en éveil. L'instant suivant, je chemine simplement dans les plaines, à cheval sur ma jument, entourée par mes amies. Je crains franchement de devenir folle. »

(Extrait des journaux perdus de Molly McGill.)

Près du champ de bataille de la Little Bighorn

Non daté

Je ne sais quel jour on est ni comment je suis arrivée ici. À la fin, je me rappelle distinctement avoir entendu Ann Hall crier : « Non, Molly, non ! », et j'ai éprouvé une vive sensation de liberté. En quittant le sol, j'ai déployé mes ailes et me suis lancée dans le vent comme un oiseau. C'est un rêve que j'ai fait presque toute ma vie. Et voilà maintenant que je me réveille dans un tipi, avec Martha à mon chevet qui m'arrache à mes songes.

— Ah, chère Molly, dit-elle, quelle joie de te retrouver parmi nous ! Tu as dormi à poings fermés pendant presque vingt-quatre heures. J'ai veillé sur toi comme tu l'as fait pour moi il n'y a pas si longtemps.

— Martha ? Où sommes-nous ?

— Dans un immense campement d'un millier de tipis lakotas, cheyennes et arapahos, sur les rives de la Little Bighorn. Les combats ont fait rage, ici, et nous ne sommes arrivées qu'à la fin. Nos tribus l'ont emporté, les soldats sont vaincus. L'ennemi juré des Cheyennes, le lieutenant-colonel George Armstrong Custer, et tout le 7e de cavalerie ont été écrasés. Les nôtres ont dansé toute la nuit pour célébrer la victoire. Mais il faut nous dépêcher de ranger et de plier nos loges, car les éclaireurs ont aperçu de nouveaux bataillons qui se dirigent vers nous.

— Comment sommes-nous arrivées là ?

— Tu ne te rappelles pas ? Phemie et Pretty Nose t'ont délivrée et ramenée.

— Phemie et Pretty Nose m'ont ramenée ? Délivrée ? De qui ? De quoi ?

— Enfin, des soldats qui t'escortaient à la gare pour te mettre dans le train. Tu as oublié ça aussi ?

— Non, cela, je m'en souviens... Je sais que j'ai échappé aux soldats.

— Si, pour toi, s'échapper, c'est sauter d'une falaise avec

l'assurance de te rompre le cou... oui, tu as échappé aux soldats. Mais tu n'as échappé à la mort que grâce à Phemie et à Pretty Nose, qui t'ont rattrapée au dernier moment et t'ont emportée avec elles.

— Je me rappelle avoir basculé dans le vide. Seulement, je croyais que c'était un rêve et... me voilà réveillée. Où est Ann Hall ?

— Lady Ann a fini par en avoir assez de cette aventure. Elle a suivi les soldats pour gagner avec eux la gare de Medicine Bow et monter dans le train qui t'était destiné. Hannah l'a suppliée de la laisser rejoindre son mari, mais Ann n'a rien voulu savoir. Tu connais son caractère, très autoritaire. La pauvre petite Hannah n'a pas eu la force de lui résister. Il semble qu'elle n'ait d'autre choix que de reprendre du service auprès de sa maîtresse.

— Cela vaudra sans doute mieux pour toutes les deux. Elles retrouveront leur vie de l'autre côté de l'Atlantique, loin des violences de ce pays. Le reste du monde n'a sûrement pas idée de ce qui se passe ici.

— Lady Hall m'a donné quelque chose pour toi, Molly. Un registre dans lequel elle écrivait et qu'avait commencé Meggie. Et, dans une boîte, ce qui reste de leurs crayons de couleur.

Martha s'est retournée pour saisir le registre et les crayons, qu'elle m'a tendus.

— Elle redoutait les conséquences, pour elle et pour Hannah, si les soldats s'en emparaient. Elle a pensé que tu en aurais certainement plus besoin ici qu'elle en Angleterre. Il y a une lettre pour toi à la fin. Je me suis permis de la lire, j'espère que tu ne m'en voudras pas. Tu devrais peut-être la lire, toi aussi, avec ce qui précède. Cela pourrait te rafraîchir la mémoire.

J'ai ouvert le gros carnet, j'ai fait ce qu'elle m'a dit de faire et je l'ai refermé, une fois terminé.

— Mais cela pose davantage de questions que cela n'apporte de réponses ! Je ne comprends toujours pas.

— Je crains que personne ne comprenne vraiment, a convenu Martha.

— Les témoins ont donc des versions différentes des faits ?

— Oui, lady Hall rend compte exactement de tout. Tu

sembles ne te souvenir de rien, mais Ann précise qu'elle t'a vue commencer à tomber avant qu'interviennent Phemie et Pretty Nose. Les soldats, Gertie et les autres t'ont seulement vue sauter de la corniche. Comme le rapporte lady Hall, ils étaient horrifiés et ils ont poussé des cris.

— Et toi, Martha, qu'as-tu vu ?

— Ce qu'elle décrit elle-même, sauf que j'étais beaucoup plus loin. Pour moi, Pretty Nose et Phemie sont arrivées au dernier moment, alors que tu entamais ta chute. Elles sont apparues brusquement sur la corniche. J'ai eu peur que Phemie fasse la culbute avec son cheval, tant elle en était proche. C'est qu'elle galopait ! Elle a tendu le bras *in extremis*, tu l'as saisi et elle a réussi à te hisser derrière elle. Puis vous avez filé, toutes les trois, dans le lointain, le long de la falaise. Je t'ai suivie du regard, comme lady Hall, mais les autres n'ont rien vu de tout ça.

— Alors Ann a raison, Martha, cela n'a aucun sens. Qui est ici avec nous ?

— Christian, Astrid et moi sommes revenus ensemble.

— Et le reste de notre groupe ?

— Carolyn, Lulu et Maria sont là aussi. Comme Pretty Nose et Phemie, bien sûr.

— Et Susie et Meggie ? Comment vont-elles ?

Avant même que Martha réponde, j'ai compris à son expression que leur histoire avait pris un tour tragique.

— Elles ont commis un acte étrange, bien que très courageux. Comme pour les autres combats, elles avaient revêtu leur grande tenue de guerre, le visage peint de couleurs violentes, leurs cheveux roux en panache sur la tête. Lorsqu'elles ont mené la charge avec les Cœurs vaillants, il ne leur manquait qu'une chose : une arme. Elles n'avaient emporté ni pistolet, ni carabine, ni arc, pas même un bouclier pour se protéger. Elles se sont jetées au-devant des soldats, avec un temps d'avance, comme pour une lutte à mains nues, en poussant le cri strident du martin-pêcheur, leur animal protecteur.

« Ceux qui étaient là-bas les ont trouvées héroïques. On a

pensé qu'elles cherchaient à "faire des touchers[1]", à se couvrir d'honneurs. Mais ce n'est pas l'explication, Molly. Je la tiens de Carolyn, à qui elles étaient venues présenter leurs adieux, ce matin-là. Elles ne voulaient plus tuer aucun soldat. La colère qui les consumait depuis la perte de leurs enfants s'était finalement éteinte. Sans l'esprit de vengeance qui les avait animées, elles n'avaient plus de raison de vivre. Meggie a dit à Carolyn : "On va se jeter encore une fois sur ces petits gars et leur flanquer une trouille terrible."

Martha imitait parfaitement l'accent des jumelles, avec pour effet de me glacer le sang.

— Et Susie a ajouté : « Aye, ce sera le dernier assaut des terribles sœurs Kelly, le fléau des Grandes Plaines. Quand ils nous verront, les soldats lâcheront leurs armes, ils pisseront dans leur froc et s'enfuiront dans les collines en chialant comme des bébés sans leur mère. » « Tu l'as dit, frangine, a approuvé Meggie. On parlera de nous dans les livres d'histoire, ces sacrées hyènes irlandaises qui, toutes seules, ont vaincu l'armée entière de Custer, sans même porter une arme. » J'ai l'impression de les entendre…

De fait, leurs voix paraissaient se confondre avec la sienne et j'ai vu les larmes s'amasser dans ses yeux, comme dans les miens. Martha s'est ressaisie avant de continuer :

— Parmi les soldats, certains devaient avoir entendu parler d'elles. Ceux-là se sont enfuis en lâchant leur fusil, ainsi que Susie l'avait prédit. Mais, bien sûr, d'autres n'ont pas bougé et ils ont tiré. Selon Carolyn, qui observait la scène depuis une colline avec nos amies, les jumelles riaient comme des folles alors que les balles sifflaient autour d'elles et soulevaient la poussière en touchant le sol.

« Elles ont semblé passer un moment au travers, mais, en atteignant la garde rapprochée de Custer, elles ont été fauchées en même temps. Elles sont tombées, recroquevillées sur elles-

---

1. *To count coup* : acte de bravoure consistant à toucher un ennemi (ou qui que ce soit) sans en subir les conséquences. Peut se faire avec un bâton ou une crosse.

mêmes, pour ne plus bouger. Bien que blessés, leurs chevaux ont pris la fuite. On a retrouvé les corps de Susie et Meggie après les combats, alors que les vieilles et les vieux Indiens parcouraient le champ de bataille pour scalper et mutiler les soldats morts, comme le veut la tradition, afin que nos ennemis n'arrivent pas entiers à Seano. Les jumelles ont été placées côte à côte sur une charpente funéraire. Elles étaient nées ensemble, elles avaient vécu ensemble et elles le resteraient pour l'éternité.

— Cœurs vaillants jusqu'à la fin. Un geste d'inspiration chrétienne, sans doute. Elles se sont sacrifiées pour délivrer leur message. J'aimerais que tu m'emmènes les voir, que je puisse me recueillir. Je voudrais aussi aller sur les lieux des combats.

— Il faut que tu comprennes : c'est un spectacle épouvantable. Je t'indiquerai où c'est, mais je n'irai pas moi-même et je préférerais que tu t'abstiennes. Il paraît que les vieux se sont surpassés, tellement ils détestent les Américains. Une vraie boucherie : les corps des soldats sont toujours là-bas, en train de gonfler et de pourrir au soleil.

— Tant pis, j'irai seule, Martha. Je dois voir cela de mes yeux.

— Meggie avait confié quelque chose pour toi à Carolyn, que celle-ci m'a priée de te donner.

Martha m'a tendu une petite bourse, bordée de perles. J'ai reconnu le sac-médecine de Margaret. Le cuir était doux et léger entre mes doigts.

— C'est une attention qui me touche. Je l'ouvrirai plus tard. Pour l'instant, j'ai besoin de sortir une seconde et, surtout, de faire pipi. Mais je suis toute ramollie, voudrais-tu m'aider ?

Grâce à Martha, j'ai réussi à me lever. Je tenais mal sur mes jambes comme si, droguée, j'avais dormi plusieurs jours de suite. Tandis qu'elle me conduisait vers la charpente funéraire des deux sœurs, j'ai commencé à retrouver des forces. La journée était belle, chaude, lumineuse, j'avais l'étrange sensation de renaître et... soudain, la mémoire m'est revenue. Les soldats m'avaient retiré mes fers pour que je puisse me soulager et, bien que toute fuite me fût interdite, ils avaient chargé Gertie de me surveiller. Faute d'un buisson ou d'un arbre à proximité pour me cacher, nous nous sommes éloignées un peu. J'avais demandé à Gertie de se retourner vers les militaires pendant que je m'accroupissais.

« Tu sais, Molly, j'en ai vu, des filles en train de pisser, m'avait-elle dit. Même toi, et plus d'une fois, ma chérie. Mais puisque tu y tiens tant, je vais le faire. »

Elle avait sans doute deviné ce que j'avais en tête et, pendant qu'elle ne regardait pas, j'avais continué à marcher. Comme le vent soufflait fort, elle n'entendait pas le bruit de mes pas et j'avais atteint le bord de la falaise avant qu'elle se retourne à nouveau.

« C'est vraiment ça que tu veux ? » avait-elle crié contre le vent.

J'avais vu le soldat qui me servait d'escorte en train de courir vers nous.

« Dis-lui de s'en aller, Gertie, ou je saute ! Je ne plaisante pas.

— Laissez-moi m'en occuper, sergent ! l'avait-elle mis en garde, le bras levé. J'ai la situation en main. Elle prend un peu l'air, c'est tout. Je la ramène tout de suite au chariot. Restez près de vos hommes. Si vous lui faites peur, elle est capable de sauter. C'est votre prisonnière et le capitaine Bourke risque de piquer une crise si elle vous file entre les doigts… Je sais à quoi tu penses ! avait-elle ensuite jeté dans ma direction. Ça ne sert à rien. Tant que tu seras vivante, il y aura toujours moyen de te sortir de ce pétrin.

— Ce n'est pas vrai, Gertie. Il n'y a pas d'issue, tu le sais aussi bien que moi. Je ne retournerai pas à Sing Sing. Je n'accoucherai pas là-bas, pour qu'on m'arrache mon bébé à la naissance. Ils le donneront à une nourrice, à des inconnus, et je moisirai à l'ombre jusqu'à la fin de ma vie en me demandant ce qu'il est devenu. J'ai déjà perdu un enfant et, si je dois encore en perdre un, je l'emporte avec moi. »

J'avais aperçu Christian Goodman et quelques autres qui arrivaient à cheval derrière les soldats. Un instant plus tard, Ann Hall s'avançait vers nous. Elle avait échangé quelques mots avec Gertie, puis m'avait demandé la permission d'approcher. « Cinq pas, c'est tout », lui avais-je répondu. Je l'avais arrêtée avant, la prévenant que, si elle continuait, si elle posait seulement un doigt sur moi, je l'entraînais dans ma chute.

Comme Gertie, Ann avait voulu me convaincre de ne pas sauter, cependant j'avais guetté cette occasion depuis que nous nous étions mis en route pour Medicine Bow, et c'était maintenant ou jamais. Au bord de la falaise, je me préparais. Toute ma vie, j'avais fait ce rêve, dans lequel je me trouvais précisément à cet endroit. Chaque fois, j'avais eu besoin de rassembler mon courage avant de me décider et, dès que je quittais le sol, je m'étais rendu compte que je m'envolais comme un oiseau. J'étais bien consciente que mon rêve m'avait ramenée là, que je rêvais de nouveau. J'ai entendu un faucon crier dans le ciel et, levant la tête, j'ai reconnu le rapace dans les hauteurs. Hawk était venu me rejoindre, comme toujours, comme je m'y attendais, pour m'apprendre à voler. Les bras tendus, je me suis penchée au-dessus du vide et j'ai dit : « Au revoir, Ann. »

Je revoyais la scène en marchant au soleil, un pied dans mes songes et l'autre dans le réel. Martha m'a conduite à la charpente sur laquelle reposaient les jumelles. Dans la vallée, le campement commun des Cheyennes, des Lakotas et des Arapahos s'étendait sur plus d'un mile et demi sur un demi de large. Une rumeur continue s'en dégageait tandis qu'ils démontaient leurs tipis, chargeaient les chevaux de bât et les travois, sur lesquels on distinguait des guerriers blessés. Quelques dizaines de vautours tournoyaient dans les hauteurs, attirés par la charogne sur les collines voisines, dont ils ne tarderaient pas à se repaître.

Perdues dans nos pensées, dans nos souvenirs des deux friponnes qui avaient tenu une place si importante dans notre existence, nous sommes longtemps restées, Martha et moi, à observer la charpente dressée devant nous. Le vent de la prairie soulevait doucement les peaux qui les recouvraient, donnant l'impression qu'elles s'agitaient par-dessous et que, à tout moment, Meggie et Susie étaient capables de les repousser, de s'asseoir et de rire du bon tour qu'elles nous jouaient. Elles n'avaient pas été avares de plaisanteries, mais ceci n'était pas un tour. Quel courage elles avaient démontré, jusqu'au dernier instant. Deux petites orphelines qui avaient grandi dans les rues de Chicago, qui n'avaient pu compter que l'une sur l'autre. Le genre d'enfance qui vous forge un caractère. Elles s'étaient fait une armure bravache, pour se donner de l'assurance et atteindre l'âge adulte. Aucune armure, cependant, ne saurait vous protéger de la perte d'un enfant, comme je l'ai appris à mes dépens. L'armure se fend, s'effondre, vous laisse nue et vulnérable. Seule la mort vous délivre d'un tel chagrin. Nous nous étions opposées, au début, et j'avais été heureuse que nous réussissions finalement à nous entendre, même à devenir amies. En découvrant que nous portions le deuil de nos enfants assassinés, nous avions commencé à tisser des liens étroits, basés sur un respect mutuel. J'espère aujourd'hui, après ce geste si courageux, qu'elles trouvent enfin la paix.

— Ne traînons pas, Molly, m'a conseillé Martha. Selon nos éclaireurs, les troupes de l'armée se dirigent ici et nous devons filer avant qu'elles arrivent. Crois-moi, tu n'as pas besoin d'aller voir tout ça.

— Mais il le faut, Martha. Je ne sais pourquoi, mais il le faut. Indique-moi simplement le chemin, je ferai vite et te retrouverai dans notre tipi.

Elle avait raison, j'aurais pu éviter de me rendre sur ces lieux, car de telles horreurs resteront à jamais gravées dans ma mémoire. Toujours sans m'expliquer ce qui me poussait là, j'ai quitté Martha et suivi une longue piste, à flanc de colline, jonchée de cadavres. Les Indiens ayant retiré leurs propres morts, il ne restait que les Blancs, ainsi que quelques Noirs. Tous avaient été dévêtus, certains scalpés. Plusieurs soldats s'étaient fait couper les cheveux avant les combats, comme pour éviter ce triste sort. Un grand nombre de ces hommes – mais pas tous – étaient mutilés, énucléés, membres et organes tranchés. Les busards enhardis fondaient sur eux et j'en ai chassé quelques-uns, déjà posés sur les corps, prêts à faire bombance. Agacés par ma présence, ils ont déployé leurs ailes, menaçants, en émettant un sifflement guttural et en me fixant du regard. Je n'ai pas peur de ces infâmes créatures. À mesure que j'approchais, j'ai agité les bras, poussé des cris, et elles se sont envolées en brassant l'air, dans un lourd chuintement de plumes.

Cette piste morbide m'a menée en haut de la colline, où plusieurs dizaines de soldats gisaient sur le sol au milieu de leurs chevaux. À l'évidence, ils les avaient tués et s'en étaient servis, littéralement, de garde-corps. Les bêtes formaient un cercle d'un diamètre d'une dizaine de mètres autour d'eux. Une autre bande de vautours s'étaient attroupés là, qui ont eux aussi déguerpi en m'entendant crier. J'ai retiré les sacoches de selle d'un de ces chevaux, pour conserver moi-même, peut-être, une sorte de trophée malsain. Le nom du soldat était inscrit dessus au pochoir : Miller. Ni prénom ni rang et je n'allais pas chercher à savoir lequel de ces cadavres, abîmés par les charognards, s'était appelé ainsi.

Ne suffisait-il pas que ces hommes soient morts, sans qu'il faille en plus les mutiler affreusement ? Des crânes brisés à coups de casse-tête ; des bras, des jambes, des gorges tranchés au couteau ; des organes génitaux sectionnés… Un jeune gars avait sa verge dans sa bouche. Tout cela était le travail des femmes et des vieux de la tribu. Aussitôt les combats terminés, ils avaient parcouru le champ de bataille, munis de leurs macabres outils, pour achever les soldats blessés et procéder à leur odieuse chirurgie. Les déchets de la guerre… Quelle loi de la nature humaine nous pousse-t-elle à commettre de telles atrocités ? Après nous être entretués, avons-nous tant besoin de dégrader le corps de nos ennemis ? Dieu du ciel…

Ébranlée par ce monstrueux carnage, cette puanteur, j'ai tout d'abord voulu m'en éloigner. Sur une colline voisine, j'ai inspecté une des sacoches de ce Miller. Elle contenait une blague à tabac, une boîte d'allumettes, quelques paires de chaussettes, des caleçons, un canif, une mèche de cheveux bruns, retenus par un ruban rouge, et la photo d'une jeune femme, sans doute sa bien-aimée, brune comme les cheveux. L'autre sacoche renfermait une patte de lapin… qui ne lui avait pas porté chance, ainsi qu'un calepin, relié de cuir, que j'ai ouvert. Une écriture féminine recouvrait la première page.

Josh, mon chéri,
L'agent recruteur est venu hier dans la cour de la ferme pour nous annoncer que tu étais mobilisé, qu'on t'envoyait te battre contre les Indiens.

J'étais effondrée, mais j'ai retenu mes larmes quand il est reparti dans son chariot. Ce n'est pas l'image que je dois te donner. J'aurai tout le temps de pleurer quand tu seras là-bas.

Je t'envoie ce carnet pour qu'il te serve de journal, que tu parles de ta vie dans les Grandes Plaines. Surtout, il faut que tu le rapportes à la maison pour me lire à haute voix ce que tu auras écrit.

Prends bien soin de toi, mon garçon, et rentre vite chez nous. Rentre bien vite, oui.

Ta maman qui t'aime,
Lucille Miller

J'ai feuilleté les rares pages que le jeune Josh Miller avait noircies de son écriture enfantine.

Ma chère Maman,
Nous allons aujourd'hui à la rencontre de l'ennemi et nous allons nous battre pour la première fois. Le lieutenant-colonel Custer nous a appris qu'un piège était tendu aux Indiens. Les trois compagnies du major Reno attaqueront leur village par le sud, tandis que les nôtres, qui sont cinq au total, le prendront en étau par le nord.

J'essaie de me comporter comme un soldat courageux, car je voudrais que tu sois fière de moi à mon retour. Mais, à la vérité, j'ai tellement peur, Maman, tellement peur. Puisses-tu me venir en aide...

Tu me manques terriblement.
Ton petit Josh qui t'aime

J'ai compris qu'il fallait remettre les sacoches à l'endroit où je les avais prises. Ce journal appartenait à la mère du jeune homme. Certainement, l'armée avait dans ses dossiers le nom et l'adresse de la famille, au moins le nom de la ville la plus proche de celle où elle vivait. Elle récupérerait les sacoches et enverrait à cette dame les affaires personnelles de son fils. Mais quand je me suis levée, j'ai aperçu une grande vague bleue en train de sinuer dans l'herbe jaunie de la colline voisine. Une marée de soldats à cheval affluait vers le champ de bataille. Je n'avais d'autre choix que de prendre mes jambes à mon cou et d'emporter le tout.

28 juin 1876

Mon amie Carolyn Metcalf, sûrement la plus méthodique d'entre nous – ou de celles qui sont encore là –, a tenu un calendrier à jour depuis notre arrivée chez les Indiens. Elle m'a expliqué qu'elle avait procédé ainsi dans l'asile d'aliénés où son pasteur de mari l'avait indûment fait enfermer. Tout simplement, savoir quel jour il était l'avait aidée à garder sa raison intacte dans cet endroit épouvantable. Elle continue ici « afin de préserver un lien avec la civilisation, au cas où nous serions amenées à y revenir », selon ses propres termes. Comme elle le dit aussi, cela semble improbable, mais l'ironie de la chose ne m'a pas échappé. Quelle civilisation, en effet !

Je poursuis donc l'écriture de mon journal en comptant sur l'exactitude des dates qu'elle me fournit. En ce qui me concerne, et surtout depuis mon étrange aventure, j'ai perdu la notion du temps – si l'on exclut, bien sûr, le rythme des saisons et la course du soleil que, comme toute paysanne, j'ai appris à suivre naturellement.

Nous nous sommes remis en route. Apparemment, Little Wolf et sa bande n'ont pas participé aux combats ici. Après la bataille de Rosebud Creek, il a conduit ceux qui le souhaitaient vers une destination inconnue. Il est vrai que le Chef de la Douce Médecine s'est toujours efforcé de maintenir la plus grande distance possible entre lui, les autres tribus et les Blancs, sa principale mission étant d'assurer la sécurité de son peuple. Peut-être a-t-il trouvé un endroit suffisamment isolé pour échapper à la vigilance de l'armée. Mais où, et un tel endroit existe-t-il, cela, nous l'ignorons.

Après Rosebud Creek, certains des plus jeunes guerriers de sa bande, ainsi que leurs familles (ce qui inclut notre groupe de femmes blanches et leurs maris), ont poursuivi leur chemin jusqu'à la vallée de la Little Bighorn. Forts d'une première victoire, ces guerriers ne voulaient pas rater l'immense rassemblement prévu de plusieurs tribus. Ils tenaient de nouveau une occasion de vaincre les Américains et de s'illustrer au combat, ce qui semble avoir été le cas. Cela n'est pas si souvent...

Pretty Nose m'a donné des nouvelles rassurantes de Hawk. Contrairement à ce qu'affirmait l'immonde Jules Seminole lorsqu'il m'a faite prisonnière, mon mari n'est pas mort. Il a été grièvement blessé à Rosebud Creek, cependant sa grand-mère, Náhkohenaa'é'e, dite Bear Doctor Woman[1], a monté pour eux deux un camp près d'un proche affluent, où elle l'a soigné. Grâce à elle, il a guéri peu à peu. Pretty Nose était tombée sur eux après s'être échappée du camp de Seminole, alors qu'elle suivait la piste du Peuple vers la Little Bighorn. Selon elle, Hawk était encore trop faible pour voyager, et elle craignait que les éclaireurs indiens de l'armée ne le repèrent avec sa grand-mère. Ce ne sont pas des nouvelles fraîches, mais je suis certaine que Hawk est toujours en vie et qu'il me rejoindra dès que possible.

Notre troupe de Cheyennes et d'Arapahos s'est donc remise en route avec notre petite famille, réunie sous l'autorité de notre distinguée chef de guerre Pretty Nose. Par famille, j'entends notre directeur de conscience, l'aumônier mennonite Christian Goodman, sa femme, la Norvégienne Astrid Norstegard, et Lulu Larue, notre comédienne et danseuse française. Également la Mexicaine Maria Gálvez, qui a du sang indien et la peau basanée par ces mois passés au soleil, si bien qu'on la confondrait aisément avec une Indienne. Nous comptons bien sûr Carolyn Metcalf, ancienne femme de pasteur, originaire de Kankakee, dans l'Illinois. Martha Atwood Tangle Hair, qui était la meilleure amie de May Dodd, vient comme celle-ci de Chicago. Enfin, Euphemia Washington, esclave fugitive, que nous appelons notre princesse africaine et qui se bat comme une vraie Cheyenne. Meggie et Susie ayant disparu, Martha et Phemie sont les seules qui restent du premier contingent de Blanches envoyées dans ces plaines[2]. Parmi ces dernières, beaucoup avaient renoncé au dernier moment, et puis il y a celles qui n'ont pas survécu...

---

1. Celle qui a guéri l'ourse.
2. Cf. *Mille femmes blanches* du même auteur.

Maintenant qu'Ann Hall et Hannah Alford nous ont quittées, nous ne sommes plus que cinq de notre groupe d'épouses. Il est curieusement encourageant de savoir que les deux Anglaises sont bien vivantes et rentrent chez elles. Nous les accompagnons par la pensée. Pour nous autres, de toute façon, il n'est plus de « chez nous » qu'ici. Tandis que nous repartons vers l'inconnu, leur absence se fait quand même sentir, comme celle des jumelles. Mais si nous sommes moins nombreuses, cela n'est pas une raison pour nous apitoyer sur notre sort. Quoi qu'il arrive à présent, je crois que nous pouvons nous estimer heureuses... moi, peut-être, plus que quiconque.

Excepté quelques familles arapahos qui nous ont ralliés, nous connaissons la plupart de nos compagnons. Pour l'instant, nous ne savons pas où nous allons. Les Indiens des trois tribus qui s'étaient réunis sur les rives de la Little Bighorn se sont séparés en petites bandes, chacune partant dans une direction différente pour brouiller les pistes et échapper aux soldats, leur rendant toute poursuite impossible. Comme ils étaient des milliers à camper ici, le gibier commence à manquer. De fait, il est plus facile de nourrir un groupe restreint qu'un vaste rassemblement.

J'ai été étonnée et soulagée de retrouver Spring, ma jument, que j'avais vue pour la dernière fois dans le corral du camp de ravitaillement du général Crook, à Goose Creek, avant qu'on m'emmène à la gare de Medicine Bow. Quand Phemie me l'a amenée, elle m'a appris que, enhardis par leur victoire à Rosebud Creek, de jeunes guerriers avaient fait un raid chez Crook, duquel ils avaient rapporté tout un cheptel, dont Spring.

– C'était un présage de ton retour, m'a-t-elle assuré. Nous avons pensé que, même dans une situation délicate comme la tienne, tu serais assez ingénieuse pour t'en sortir. Comme quoi nous avons eu raison.

– Je garde de cette journée des souvenirs confus et contradictoires, lui ai-je confié tandis que Spring fourrait son museau dans mon cou. Je te dois d'en être revenue, à toi et Pretty Nose, paraît-il. Je suis navrée, mais je ne me rappelle rien. Je me revois seulement au bord de la falaise, prête à sauter, et je crois bien être tombée. Je n'appellerais pas cela de l'ingéniosité. J'ai fait le seul choix possible pour moi.

— C'est parfois la même chose, Molly. Et il faut croire que c'était le bon, puisque tu es là.

— Qu'est-il arrivé ? Peux-tu me dire exactement ce qui s'est passé ?

— Il vaut mieux que tu laisses à tes souvenirs le temps de se rassembler. Cela viendra. Ni moi, ni Pretty Nose, ni Martha, ni Astrid, ni Christian n'avons vraiment évoqué cette journée. Nous nous sommes mis d'accord pour ne pas le faire, car nous tenons chacun une version différente des événements. Ou, plus exactement, nous les interprétons différemment. Tes propres conclusions s'imposeront peu à peu, indépendamment de ce que nous nous rappelons. Je vis depuis assez longtemps avec les Cheyennes pour savoir qu'il se produit chez eux des choses impossibles à expliquer rationnellement, ou même d'une seule façon. Réjouis-toi, pour l'instant, d'être revenue, quelles qu'en soient les circonstances.

Ni à Phemie ni à personne, je n'ai parlé de ces visions étranges et troublantes qui me tourmentent depuis mon retour. Je ne vois pas quel autre mot employer. Des « inepties », peut-être, comme disait Ann Hall… C'est une sorte d'état de folie dans lequel les rêves et la réalité se chevauchent, et je suis incapable de les distinguer. Nuit et jour, les images se succèdent dans mon esprit, que je dorme ou pas. À un moment donné, je suis en train de voler, allongée sur un grand oiseau, mes bras accrochés à son large cou, mon corps épousant la forme de son dos, la tête enfouie dans ses plumes douces et chaudes, dont l'odeur épicée rappelle celle de Hawk, de sa peau… et tous mes sens sont en éveil. L'instant suivant, je chemine simplement dans les plaines, à cheval sur ma jument, entourée par mes amies. Je crains franchement de devenir folle.

J'ai attendu que nous soyons assez loin de la Little Bighorn et de la dépouille des jumelles pour ouvrir le sac-médecine de Meggie. J'y ai trouvé plusieurs de ses totems : un galet à frotter[1], rouge et lisse, provenant de la Powder River ; un coquillage fossile – c'est ironiquement une promesse de longue vie ; quelques brins d'herbe aux bisons tressés, qui donnaient au sac une odeur agréable ; et une aile de martin-pêcheur. Je me suis rappelé le jour où un jeune Cheyenne, armé d'une fronde, avait tué un de ces oiseaux devant les jumelles. Perché sur une branche au-dessus de la rivière, il était en train de repérer ses proies. Le gamin avait lancé une pierre, l'avait atteint du premier coup et le martin-pêcheur avait dégringolé dans l'eau. Les sœurs lui avaient passé un savon, d'abord parce que c'était leur animal protecteur, ensuite parce qu'il n'est même pas comestible. De fait, sa chair a un goût désagréable de poisson. Le garçon avait bêtement sacrifié un animal pour lequel elles avaient le plus grand respect. Elles lui avaient dit que son acte apporterait une mauvaise médecine à tout le monde. Effrayé, le gamin avait couru comme un dératé pour récupérer l'oiseau mort dans la rivière et le leur avait donné pour se faire pardonner. Depuis, Meggie et Susie avaient chacune conservé une de ses ailes dans leurs sacs. Le Peuple révère les martins-pêcheurs pour leur influence bénéfique lors des combats. Cela vient du fait que l'eau se referme sur eux lorsqu'ils plongent pour pêcher. Si, sur le champ de bataille, les guerriers emportent une image ou une aile de l'oiseau, ils croient, au cas où une balle leur rentrerait dans la peau, que celle-ci se refermerait pareillement autour de la blessure. Ces gens sont terriblement superstitieux et certaines d'entre nous le sont devenues. Convaincues des pouvoirs des esprits animaux, d'une bonne et d'une mauvaise « médecine », sensibles aux rites et prédictions des voyants de la tribu, elles vont jusqu'à s'intéresser aux simagrées des « contraires », ces hommes et ces femmes qui font tout à l'envers dans le but de compenser l'inexorable fuite du temps. Et pourquoi pas ? Je me laisse moi-même entraîner dans ce monde de chimères. Sans doute l'implacable réalité que nous affrontons dans les plaines nous pousse-t-elle à y chercher refuge.

---

1. *Worry stone* (littéralement « pierre à soucis ») : galet que l'on palpe entre ses doigts pour calmer ses nerfs.

Le sac de Meggie renfermait également deux feuilles retirées d'un registre et soigneusement pliées. Elle avait inscrit mon nom sur la première. En dépliant la seconde, j'ai reconnu celle que j'avais ramassée dans la grotte où Martha nous avait conduites, celle où May Dodd a trouvé la mort. C'était une page écrite de sa main et arrachée de son journal. Il s'est depuis passé tant de choses, si vite, que je l'avais complètement oubliée, et Meggie ne m'en avait pas reparlé. J'ai d'abord lu la lettre de celle-ci.

Notre chère Molly,
C'est toutes les deux qu'on t'écrit, Susie et moi. On sait pas ce que tu es devenue et on mourra demain sans le savoir. Mais y a une chose qui est sûre : tu es une battante, comme nous, une fille forte et courageuse qui retombera toujours sur ses pieds. Tu te sortiras toujours de tous les pétrins, comme on a fait nous-mêmes... jusqu'à maintenant au moins. Tu retrouveras tes amis et ta famille, surtout ton mari Hawk, avec ton bébé qui va arriver, à ce que dit Woman Who Moves Against the Wind[1]*. C'est pour ça qu'on t'écrit, parce que tu nous liras forcément un jour.*
Aye, qu'on est fatiguées, Susie et moi, de s'être acharnées à se battre. Claquées, moulues, qu'on est. La vérité, c'est qu'on n'arrive pas à se sortir de la tête l'image de ce pauvre Irlandais qu'on a assassiné à la Rosebud. La trouille qu'il avait, le pauvre gamin, il nous a suppliées, implorées... me tuez pas, qu'il disait, me tuez pas... mais on l'a démoli, on l'a charcuté, on lui a coupé les choses. Je voulais en faire une blague à tabac, même. On a pensé qu'en retournant à la guerre, en tuant d'autres bonshommes, on effacerait peut-être le souvenir de celui-là. Que ça irait mieux quand on aurait recommencé deux ou trois fois, et qu'on aurait plus de scalps accrochés à la ceinture. Mais non, ça marche pas comme ça, Molly, c'est pas possible. Et on s'est dit, ce pauvre gars, il avait une mère, tiens, et qu'elle attendait qu'il revienne, qu'elle se faisait du mouron, comme toutes les mamans. Et à cause de nous, il reviendra pas, jamais, et elle saura peut-être même pas ce qui lui est arrivé. Sûrement qu'il se serait fait tuer par un autre, ce jour-là, si ç'avait pas été nous.

---

1. Celle qui avance contre le vent.

Seulement, c'est comme ça, c'est moi et Susie qu'on l'a fait. Tu vois, y a pas de solution alors. Ils nous tuent, on les tue et ça n'en finit pas. Et si on refuse de se battre, comme ils croient que c'est mieux, Christian Goodman et ses copains, l'ennemi continuera de nous démolir, de toute façon. On continuera de massacrer nos bébés. Aujourd'hui, on n'en peut plus, Susie et moi, la haine était tellement lourde à porter pendant tout ce temps que ça nous a épuisées. Nous avons cru que la vengeance rendrait le fardeau moins écrasant, mais on s'est mis le doigt dans l'œil jusqu'au coude. Rien ne nous ramènera nos petites. Alors voilà ce qu'on va faire, Molly. Les sœurs Kelly vont mener l'assaut une dernière fois, juste pour fiche la trouille aux soldats, et c'est tout. On n'aura pas de couteau, pas de fusil, pas de lance, pas de tomahawk. On s'élancera vers eux comme ces vieilles folles furieuses qu'on est, et nos hurlements annonceront notre mort, pas la leur. Ça doit être la seule façon de trouver la paix, finalement, et peut-être qu'on retrouvera aussi nos bébés à Seano, va savoir. Les Cheyennes disent que c'est magnifique, là-bas, que les gens y vivent comme ils faisaient sur Terre, qu'ils chassent, qu'ils jouent, qu'ils dansent, qu'ils tiennent leurs cérémonies, qu'ils font l'amour. Paraît même que les hommes continuent à faire la guerre, sauf qu'ils peuvent plus se tuer, puisqu'ils sont déjà morts. Tout ce qu'ils peuvent faire, c'est des touchers, pour l'honneur. C'est-y pas épatant ? On en parle beaucoup, Susie et moi, et on pense que, à l'heure qu'il est, nos petites gamines sont là-bas. Mais elles grandiront jamais comme il faut tant que leurs mamans seront pas avec elles pour les guider. Aye, la mort sera plus douce auprès d'elles, Molly. S'il y a une chose que tu comprends sûrement mieux que tout le monde, c'est bien celle-là.

Nous te laissons l'autre page dans le sac-médecine parce qu'on sait pas quoi en faire. Pour sûr, c'est un mot de May Dodd, mais ça tient pas debout. Comme May était notre chef de groupe et que toi, tu es le nôtre, on te le confie à toi. Après tout, tu l'avais ramassé toi-même dans la grotte et peut-être que tu y comprendras quelque chose. Va savoir ? D'un côté, c'est possible qu'elle soit encore en vie, mais d'un autre, est-ce qu'elle avait vraiment toute sa tête, à la fin ? Si tu avais lu ses journaux, tu aurais vu qu'elle aimait ça, raconter des histoires. Elle n'arrêtait jamais de gratter dans ses fichus registres. Alors c'est possible également qu'elle ait seulement imaginé cette affaire qu'en fait elle est pas morte. Parce que, si elle était vivante, elle nous aurait retrouvés ou nous aurions entendu parler d'elle. Frère Anthony avait dit que c'était bien fini quand Martha l'a conduit là-bas. Il l'avait vue, il avait retiré le crayon de ses doigts gelés et lui avait administré les derniers sacrements. Quand on est mort, on est mort, et Anthony n'est pas du genre à inventer des salades. Il faut se rappeler aussi comme il faisait noir dans cette grotte, quand on y est allées ensuite, avec toi et Martha. Maintenant qu'elle a à nouveau sa tête, Martha, il faut que tu lui poses des questions que nous, on n'a pas le temps, parce qu'on a plus urgent à faire.

Eh bien, ça sera les dernières nouvelles de Susie et Meggie Kelly. Pas grand-chose d'autre à dire, sauf qu'on s'en va en croyant dans nos cœurs que tu es saine et sauve... ce qui n'est pas une mince affaire, hein, par les temps qui courent ? On doute pas que tu es à l'abri quelque part et que tu liras cette lettre dès que tu pourras. Désolées qu'on écrit pas bien, mais c'est qu'on a jamais eu beaucoup d'instruction. De toute manière, on n'écrira plus. Molly, il faut que tu saches, malgré qu'on s'est pas entendues, des fois, que Susie et moi, nous t'aimions beaucoup, et on sait bien que c'est réciproque. Aye, c'est la meilleure façon de se dire au revoir. Que la Douce Médecine te garde en bonne santé et que le vent du printemps te fasse toujours légère.

Tes bonnes amies,
Susie et Meggie Kelly

Après avoir terminé cette lettre, j'ai dû respirer bien à fond pour qu'on ne me voie pas pleurer. Ce qu'elles me manqueront, ces deux-là !

Les Journaux perdus de May Dodd

Vivante

« Au dernier moment, Molly aperçoit un bout de papier par terre dans un coin obscur. Elle le ramasse, le regarde et me le donne. Je vois tout de suite que c'est une page du carnet de May et c'est son écriture. Mais il fait trop sombre pour la lire ici, alors je la plie et je la range dans la petite bourse en cuir, bordée de perles, que je porte à la taille. »

(Extrait des journaux de Margaret Kelly.)

Avant-propos de Molly Standing Bear

Les Indiens sont des gens discrets et effacés. À ce propos, je n'utiliserai pas dans ces pages le terme d'« Amérindiens », relativement récent. Il nous a été attribué par des Blancs bien intentionnés, de manière à faire valoir que nous étions les premiers habitants du continent qu'ils nous ont pris. De beaux esprits qui semblent soulager leur conscience en admettant, tacitement ou expressément, que nous sommes les victimes d'un génocide et d'un vol généralisé.

Jadis, bien sûr, les tribus avaient toutes différents noms pour s'appeler elles-mêmes et entre elles – des noms qui ont évolué au fil du temps. Nous autres Cheyennes étions les Tsistsistas, ce qui, dans notre langue, signifie les humains, à distinguer des ours, des bisons, des oiseaux, des poissons, des chevaux, etc. Un nom humble et sans prétention qui sous-entend que nous faisons partie du monde animal, sans pour autant nous estimer meilleurs ni supérieurs – juste différents. Plus tard, nous sommes devenus les Cheyennes, un terme que nous employons et qui nous désigne encore, bien que celui de Tsistsistas connaisse un regain d'intérêt dans notre langue et notre culture.

Des ethnographes blancs ont cru au départ que « Cheyenne » provenait du mot français « chien ». Des recherches ultérieures ont établi que c'était une déformation du mot sioux *sha hi'ye na*, qui, en langue sioux, veut dire « bouches rouges ». Il se traduit également par « ceux qui parlent une langue étrangère » – les Sioux se nommant eux-mêmes « bouches blanches ». Assurément, je n'ai pas la prétention de m'exprimer au nom de toutes les tribus, ni encore de la mienne, mais, dans notre vernaculaire moderne, nous nous appelons communément « les Indiens » – à ne pas confondre, évidemment, avec nos homonymes des Indes. Les Blancs n'ont pas mauvaise conscience en se servant de ce terme, plus élégant que « sauvages », celui qu'ils ont utilisé pendant des siècles et, pour certains, aujourd'hui encore.

Comme je le disais, nous sommes un peuple discret, et personne ne garde ses secrets aussi bien que nous. Nous avons appris il y a fort longtemps à préserver les nôtres des Blancs, à ne rien leur divulguer de personnel, de précieux, ou qui puisse être retourné contre nous. Mais nous sommes aussi, par nature, réservés les uns vis-à-vis des autres. Simplement, nous évitons d'aborder certains sujets. Chacun ayant le droit de protéger sa vie privée, cette discrétion est une bonne chose, mais pas toujours. Autrefois, par exemple, les mauvais traitements, notamment sexuels, n'existaient pas dans nos familles – qu'ils concernent les enfants ou les époux. Malheureusement, de tels crimes sont maintenant courants chez nous. C'est la conséquence du traumatisme historique que nous avons subi, avec pour corollaires le manque d'estime de soi et le refuge, trop facile, dans l'alcool et les drogues. Je n'oublie pas certains comportements propres à la culture des Blancs, même de leurs prêtres ! J'en ai fait les frais et je peux en attester. Cependant, personne n'en parle. Si quelqu'un entend son voisin battre sa femme, il ne dira rien, ne s'en mêlera pas. Et quand, le lendemain, il croisera la voisine, couverte de bleus et d'éraflures, il la saluera poliment, sans poser de question, sans lui apporter de réconfort. Cela n'est pas son affaire.

Au fil des générations, les journaux perdus de May Dodd sont passés dans de nombreuses mains, mais, pour différentes raisons, bonnes et mauvaises, leur existence fut tenue secrète. Comme indiqué plus tôt, c'est mon ancêtre, Molly McGill, qui avait ramassé une page de ceux-ci, retirée d'un carnet, dans la grotte où l'on croyait que May était décédée. Sans la lire, Molly l'avait confiée à Meggie Kelly qui, avant sa propre mort, la lui avait rendue. Presque illisible et, à l'évidence, rédigée dans de pénibles circonstances, cette page était restée dans le propre journal de Molly. Comme on le verra, May écrira encore, mais je la reproduis ci-dessous, en exergue à ses « journaux perdus ». Pour l'instant, je pense que le lecteur souhaitera peut-être la découvrir. J'expliquerai plus tard comment j'ai tout retrouvé.

Non daté

À quiconque tombera sur ce message… Je m'appelle May Dodd. Grièvement blessée, je suis sur le point de mourir. Mon amie Martha est partie à la recherche de John Bourke. J'ai envoyé Quiet One, Pretty Walker et Feather on Head rejoindre Little Wolf. Elles ont emporté mon bébé Little Bird, ainsi que mon journal, duquel j'ai arraché cette page pour gribouiller en hâte des adieux à une vie trop courte où se côtoyèrent le malheur et la joie, la chance et la tragédie… Mais je crois reconnaître Háá'háese, la prophétesse, qui s'approche. Une hallucination ou une lueur d'espoir ? Si je délire, il restera dans cette grotte mes os et ce message pour se souvenir de moi.

La suite, ci-dessous, figurait au début d'un carnet ultérieur.

Non daté

À mon réveil, Woman Who Moves Against the Wind, la prophétesse Háá'háese, était assise en tailleur devant moi. Elle m'avait couverte d'une peau de bison et des voix résonnaient à l'entrée de la grotte.
— Je crois que c'est ici, disait Martha, qui pleurait comme une folle. Mais je ne suis pas sûre, mon père. Mon Dieu, qu'ai-je fait... j'ai perdu May...
— Allons, Martha, calme-toi, lui répondait frère Anthony. Je vais aller voir. Attends-moi ici.
En rampant, il s'est glissé à travers l'étroite ouverture et m'a appelée :
— May ? May ?
— Reste bien immobile, Mesoke, a chuchoté Woman Who Moves Against the Wind. Tais-toi. S'ils essaient de t'emmener, tu vas mourir. Crois-moi, ferme les yeux et dors.
Elle a disparu et frère Anthony s'est accroupi devant moi. Même si j'avais voulu, je n'aurais pu me déplacer d'un pouce. Figée, paralysée, je pensais être victime d'autres hallucinations. Peut-être étais-je déjà morte. De l'index, le bénédictin a tracé le signe de la croix sur mon front. Son doigt était très chaud.
— Par cette onction sainte, que le Seigneur, en sa grande bonté, te réconforte par la grâce de l'Esprit saint. Que, t'ayant libérée de tous péchés, il te sauve et te relève. Adieu, ma douce amie May Dodd...
Je me suis assoupie, rassurée, soulagée même, de savoir que mon voyage touchait à sa fin. Heureuse en pensant que les portes du paradis allaient s'ouvrir devant moi.
J'ai de nouveau été réveillée, cette fois par une violente douleur dans le dos. Un petit feu brûlait au milieu de la grotte. J'étais étendue sur le ventre, ma robe de daim retroussée par-dessus

mes épaules. En tournant la tête, j'ai aperçu la femme-médecine, agenouillée près de moi, et j'ai poussé un cri.

— AÏE ! Que fais-tu ? Arrête !

— Ne bouge pas, May, a-t-elle murmuré avant de se lancer dans une incantation, d'une voix si basse que je ne distinguais aucun mot.

La douleur a repris, atroce, fulgurante. J'ai hurlé et me suis évanouie. Quand j'ai repris conscience, j'étais assise contre une paroi de la grotte, emmitouflée dans la peau de bison. Woman Who Moves Against the Wind m'a tendu une écuelle de bois, remplie d'une sorte de brouet.

— Bois. Le bouillon te soulagera et t'aidera à compenser le sang que tu as perdu.

— Qu'as-tu fait ?

Entre le pouce et l'index, elle m'a montré un bout de plomb, terne et bosselé, qui brillait faiblement à la lueur des flammes.

— J'ai retiré ceci de ton dos et j'ai brûlé la plaie pour qu'elle se referme. Tu as perdu beaucoup de sang, Mesoke. La balle était plantée près d'un os, mais pas profondément. Ton carnet a amorti sa course et t'a sauvée. Mais il fallait l'enlever.

Elle s'est retournée vers le feu pour mettre à griller un morceau de viande percé d'un bois taillé. Commençant à couler, la graisse grésillait dans les braises. Je n'avais rien mangé depuis une éternité. Cette odeur de viande en train de rôtir... Eh bien, je n'étais pas au ciel. J'avais survécu et j'avais faim.

Non daté

Je ne sais depuis combien de temps nous nous abritons dans cette grotte, ni combien d'heures j'ai passées à dormir. J'ai perdu toute sensation dans mes jambes, que je ne parviens pas à remuer. Háá'háese, ou Wind, comme je l'appelle, prétend que c'est à cause de la balle qui a frôlé mes vertèbres.

— Non, j'ai couru un bon moment après avoir été touchée.

Mes jambes n'ont rien. Tu as dû abîmer un nerf en la retirant. Me voilà infirme à cause de toi. Je préférerais être morte.

La prétendue femme-médecine m'a regardée, sans infirmer ni confirmer mes propos.

— Tu sentiras de nouveau tes jambes, Mesoke, et tu marcheras. Quand tu auras repris des forces, tu pourras recommencer à courir.

— Qu'est-ce que tu en sais ? ai-je rétorqué, en colère. Tu te crois toujours capable de prédire l'avenir, n'est-ce pas ? Mais tu n'es pas médecin, tu n'es qu'un charlatan. Il fallait me laisser mourir.

Elle n'a pas répondu.

Sombrant dans une profonde mélancolie, je me suis rendormie. C'est tout ce que je désirais faire. Wind me réveille au moins trois fois par jour pour me nourrir et me masser les jambes.

— Fiche-moi la paix, lui répété-je. Que je meure en paix.

Chaque matin, elle s'aventure au-dehors pour ramasser du bois. Elle a tué un cerf avec son couteau pour que nous ayons de quoi manger. Elle a également masqué l'entrée de la grotte à l'aide de gros cailloux, afin que personne ne nous découvre. Non qu'on nous recherche, à l'évidence… La neige qui continue de tomber a recouvert nos traces, dit-elle. D'un blanc uniforme, le paysage ne permet plus de se repérer.

Et qui nous rechercherait ? Frère Anthony a sûrement rapporté que je suis décédée, et il doit poursuivre son œuvre de bénédictin. Selon Quiet One, Little Wolf avait eu l'intention de conduire son peuple à travers les montagnes et de trouver refuge dans le village de Crazy Horse. Quant au capitaine John Bourke, tout à ses obligations militaires, il ne s'inquiète probablement pas de mon cadavre. Pour quoi faire, d'ailleurs ? Me gratifier d'une sépulture chrétienne ?

— Laisse-moi tranquille, que je m'éteigne en paix ! J'aime autant qu'on m'oublie. À qui suis-je utile à présent ? Comment pourrais-je m'occuper de ma fille, alors que je suis condamnée à ramper ?

— Ton mari Little Wolf m'a envoyée ici pour te soigner, Mesoke. Tu marcheras à nouveau.

J'ai pris Wind en horreur.

Il paraissait étrange, après m'être crue sauvée, de comprendre que cette grotte serait, de toute façon, ma dernière résidence. J'étais morte pour tous ceux qui m'avaient connue, et maintenant pour moi-même. Morte et pleine d'amertume. Je n'étais plus évadée de l'asile d'aliénés, ni enrôlée dans un programme secret de l'État américain, ni la meneuse d'un groupe de femmes blanches, ni la compagne d'un grand chef cheyenne. Je savais que ses deux autres épouses, Quiet One et Feather on Head, ainsi que la fille de Quiet One, Pretty Walker, donneraient leur vie pour protéger ma petite Little Bird, mais je ne l'avais plus près de moi. Après les épreuves de l'année écoulée, couronnées par l'assaut meurtrier de l'armée américaine sur notre village, je n'étais plus ni mère, ni épouse, ni l'amie de personne, rien qu'une estropiée à l'article de la mort. Alors j'ai dormi, dormi, en me demandant si j'arriverais à en finir ainsi.

La femme-médecine poursuit ses incursions dans ce qui reste du village, où elle est parvenue à récupérer quelques affaires qui ont échappé aux soldats, pourtant déterminés à tout réduire en cendres. Elle a rapporté une casserole d'étain et une petite poêle provenant des comptoirs blancs, ainsi que des couvertures, des manteaux de bison, plusieurs peaux et cuirs qui ont miraculeusement échappé aux flammes. Même deux assiettes en porcelaine, intactes, également troquées aux comptoirs.

La bande de Little Wolf était particulièrement bien lotie : grâce au produit de la chasse, abondant cette année, nous avions de quoi tenir tout l'hiver, et Wind a pu sauver deux ballots de viande séchée que les militaires ont omis de jeter au feu. Elle a aussi dégagé deux arcs entiers, quatre carquois pleins de flèches, un couteau à manche d'os, noirci mais utilisable, et un lasso enroulé, légèrement abîmé.

Il a fallu qu'elle inspecte soigneusement les décombres. Tout était détruit, calciné, emporté par les soldats, les scouts, ou irrémédiablement brisé. Cette fois, l'État avait décidé de précipiter l'extinction d'une des dernières tribus libres... chez qui vivait une certaine femme blanche, envoyée là par ses soins, dans le but de « civiliser les sauvages »...

Le matin glacial du massacre, j'ai vu le capitaine John Bourke tuer un garçon, mon petit Horse Boy qui gardait nos chevaux. Enveloppé dans une couverture, le courageux enfant observait le pistolet de Bourke, braqué sur lui, avec un flegme dont peu d'adultes pourraient se vanter. Le capitaine a pressé la détente. Je déteste cet homme, jamais je ne lui pardonnerai cela !

Wind, qui est revenue plusieurs fois en bas, a rangé dans la grotte le résultat de ses fouilles. Elle avait un cadeau pour moi : deux registres vierges et un assortiment de crayons qui avaient appartenu à Little Fingernail[1], un artiste de notre tribu. Lui aussi a trouvé la mort, m'a-t-elle dit, en tentant de s'échapper. Les registres étaient cachés à l'intérieur de son tipi – incendié comme les autres –, dans une caisse de munitions vide qui n'avait pas entièrement brûlé.

— Certains t'appelaient Paper Medicine Woman[2], Mesoke, car tu étais sans cesse en train de gratter dans ton journal. J'ai pensé que cela te donnerait quelque chose à faire, au lieu de dormir constamment.

La grotte est presque encombrée avec toutes ces affaires qu'elle a rapatriées. Il faudra en arranger ou en réparer la plupart, cependant, lorsqu'on n'a rien, la moindre chose paraît beaucoup. J'ai pu recommencer à écrire et j'ai reconstitué ces dernières journées. Je présume que mes autres carnets, excepté celui que j'ai confié à Quiet One quand les filles ont quitté la grotte, ont fini au feu. Peu m'importe aujourd'hui. Je rédigeais ces pages pour mes enfants, que mes parents m'ont brutalement arrachés avant de me faire enfermer dans un asile. Trouvant refuge dans ces plaines inhospitalières, j'entretenais l'idée que, par miracle, elles parviendraient un jour à mes petits, afin qu'ils ne croient pas jusqu'à la fin de leur vie que leur mère était folle.

Mais voilà, après la destruction de notre village, après cette balle dans le dos, je suis arrivée à la conclusion que personne

---
1. Petit ongle.
2. Femme à la médecine de papier.

ne résistera à l'implacable invasion de la race blanche et aux moyens qu'elle met en œuvre pour supprimer ce qui se dresse sur son chemin. Rien, aucune des maigres possessions de ce vieux peuple indigène, et encore moins le portrait que nous avons pu en faire. Ma modeste tentative de rapporter notre aventure semble bien superflue. J'écris à présent pour moi seulement, sans plus nourrir l'illusion qu'on me lira... certainement pas mes très chers Hortense et William... Que Dieu les bénisse.

Ma bonne amie Helen Elizabeth Flight, qui m'encourageait à remplir mes pages – je l'encourageais, moi, à toujours dessiner, tant ses croquis étaient beaux – m'a cité un jour une phrase d'un dramaturge anglais, Edward Bulwer-Lytton : « La plume est plus puissante que l'épée. » Sur le moment, j'avais trouvé l'image attachante, exaltante, mais je m'aperçois qu'elle contredit toute l'histoire de l'humanité. On ne tue personne avec sa plume.

Martha exceptée, j'ignore combien de mes amies ont survécu et où elles se trouvent maintenant. Quand l'armée a chargé, j'ai fait comme toutes les mamans, ce matin-là. J'ai pris mon bébé dans mes bras et me suis mise à courir. J'ai fui avec les autres alors que, au son du clairon, les soldats à cheval fondaient sur le camp en brandissant leurs drapeaux. Ces jeunes et fiers Américains ouvraient le feu sur nous, décrivaient de grands arcs avec leurs épées, tandis que des mères, des enfants, des vieillards, fauchés sans distinction, s'effondraient autour de moi. Nos guerriers s'efforçaient vaillamment de nous couvrir en ripostant avec leurs fusils. Dans le chaos et la terreur, j'ai continué de courir avec une seule idée en tête, celle que nous avions toutes : protéger nos petits.

Ces dernières journées et semaines, j'ai sans cesse revécu cette matinée, en rêve ou les yeux grands ouverts. Que sont devenues mes amies ? Rien ne me le dira, je ne les reverrai plus et j'ai perdu mon troisième enfant.

Les jours se fondent les uns dans les autres – des semaines, peut-être, se sont écoulées. Impossible à évaluer car je n'ai plus la notion du temps. Je dors, je me réveille, j'écris quelques mots, je me rendors. Wind me donne à manger, masse mes jambes inertes, nettoie mes saletés. Chaque matin, qu'il pleuve, vente ou neige, elle descend au ruisseau, perce un trou dans la glace et rapporte de l'eau fraîche dans son outre. Elle me lave, me débarrasse de l'urine et des fèces que mon corps inutile a répandues pendant la nuit. Je me dégoûte.

Et puis un matin, au réveil, alors qu'elle me massait encore, je me suis aperçue que je sentais ses mains sur mes mollets, ses doigts qui malaxaient mes muscles atrophiés. Quand je l'ai regardée, elle a hoché la tête avec un imperceptible sourire. Une vague de soulagement m'a submergée et je fus accablée de honte en repensant à la façon dont je l'avais traitée. Je me suis mise à brailler comme une fillette, tant mes jérémiades me paraissaient navrantes, pitoyables.

– Pardon, pardon, ai-je bafouillé. Je t'en supplie, voudras-tu me pardonner, Wind ?

Je ne le méritais pas.

– Tu n'es pas encore capable de marcher, a-t-elle lâché. Tes muscles n'en ont pas la force et, si tu brusques les choses, tu risques de te blesser à nouveau. Sois patiente, Mesoke, nous verrons quand tu seras prête à recommencer.

Je sais qu'elle est la principale conseillère de Little Wolf, qui lui fait entièrement confiance. Elle lui prédit l'avenir et ses dons de guérisseuse sont sacrés. J'ai toujours considéré ces attributs avec scepticisme, pourtant, pendant nos voyages avec les Cheyennes, nous avons toutes été témoins de cas propres à défier un esprit rationnel. Par exemple, un jeune guerrier s'était un jour cassé la jambe lorsque son cheval, s'enfonçant dans le terrier d'un blaireau, avait roulé sur lui en chutant. L'animal s'était brisé une jambe et il avait fallu l'achever. Quand les compagnons du jeune homme avaient extirpé celui-ci du terrier, nous avons vu, de nos propres yeux, l'os fracturé qui lui trouait la chair. Ils l'avaient porté jusqu'à la loge de l'homme-médecine et, une semaine plus tard, le guerrier se promenait dans le camp en boitant légèrement. Nous avons souvent débattu de ces questions, qui firent l'objet de longues conversations avec frère Anthony. Bien entendu, il expliquait ces mystères par quelque intervention divine, une de ces convictions fantaisistes dont les croyants sont friands.

— Mais les sauvages se moquent bien de notre Dieu, lui faisais-je remarquer. Pourquoi se mêlerait-il de leurs affaires, quand il a tant de brebis égarées chez nous ? On ne peut pas dire, d'ailleurs, qu'il s'en sorte très bien.

— Les voies du Seigneur sont impénétrables, me répondait le bénédictin.

Ce type d'aphorisme pompeux m'a toujours agacée.

Mais voilà, il est préférable de ne pas mettre en doute les étranges phénomènes de ce nouveau monde. Mieux vaut les accepter tels quels et c'est ainsi que nous nous sommes adaptées à notre existence chez les Cheyennes.

Ce qui est sûr, c'est que la femme-médecine m'a sauvé la vie alors que j'étais certaine de mourir. Il est déjà extraordinaire qu'elle m'ait retrouvée ici. Est-ce encore une faculté surnaturelle ou a-t-elle un sens de l'orientation particulièrement développé ? Certainement, Quiet One, Feather on Head et Pretty Walker lui ont décrit avec précision l'emplacement de la grotte quand Little Wolf l'a envoyée me soigner. Quand même, il fallait réussir à la situer dans cet environnement rocailleux, encore recouvert de neige, où presque rien ne permet de se repérer.

Ensuite, comment est-elle parvenue à extraire cette balle de mon dos, à refermer la plaie, à réveiller les nerfs paralysés de mes jambes ? De la magie encore ? De vraies compétences médicales... acquises Dieu sait comment ? Peut-être un peu de tout cela. Quand je lui ai demandé, par exemple, pourquoi personne n'avait remarqué sa présence dans la grotte lorsque frère Anthony s'y était faufilé, elle m'a répondu : « Je me suis tapie dans l'ombre, Mesoke. Je suis devenue une pierre. » Comment interpréter ses paroles ? Sens propre ou sens figuré ?

Elle continue de me masser, de fléchir mes articulations et je me rends compte que j'ai encore des efforts à fournir avant de réussir à marcher. Mais, un matin, elle me dit : « Rampons au-dehors pour que tu prennes un peu le soleil. Tu es restée longtemps dans le noir, alors tu devras protéger tes yeux avec ta main. »

Bien qu'elles soient encore faibles, c'est un soulagement de constater que je peux compter sur mes jambes pour me glisser à travers l'étroite ouverture. En apercevant la lumière, j'ai la curieuse sensation d'être un nouveau-né qui pousse entre les cuisses de sa mère. Le soleil est aveuglant et je pose une main sur mon front. Je m'arrange pour m'asseoir sur le sol et j'observe les environs, pendant que Wind sort à son tour de la grotte.

Pour autant que je me souvienne, ce n'est plus le même paysage que lors du terrible matin où nous nous sommes réfugiées ici. Les cimes des peupliers se dressent au-dessus de la rivière. Les bourgeons commencent à former des feuilles. La prairie et les plaines étendent à l'horizon un tapis déjà vert et une brise légère annonce le printemps. J'avais oublié que la nature était aussi belle.

— Bon Dieu, murmuré-je, combien de temps ai-je passé dans cette grotte ?

Wind me montre ses deux mains dont elle plie et déplie les doigts – une, deux, trois et quatre fois – avant d'en garder cinq levés à droite, et trois à gauche.

— Quarante-huit jours ? Nous approchons de la mi-avril, alors !

Le mois d'avril ne signifie rien pour elle, mais elle comprend ma stupeur.

— Tu as beaucoup dormi, Mesoke, dit-elle en hochant la tête.

Avant d'ajouter avec un sourire narquois :

— Tu étais très fatiguée.

Nous rions de bon cœur à mes dépens, sous le doux soleil printanier. Rire : voilà aussi qui fait du bien. Et mon comportement inadmissible est soudain pardonné.

— Aide-moi à me redresser, Wind. Que j'essaie au moins.

En me soutenant par les aisselles, elle me maintient sur mes jambes et, sans me lâcher, guide mes pas incertains, comme on le ferait avec un bébé. Chaque jour, nous procédons ainsi, un petit peu plus longtemps, un petit peu plus loin, et je suis bientôt en mesure de me lever seule et de marcher à l'aide d'un bâton.

Avant de rapporter des arcs et des flèches du village, Wind

n'avait que son couteau pour chasser. Sans autre arme, elle avait réussi à tuer plusieurs cerfs, ainsi que du petit gibier, des lapins et des grouses, en se servant de pierres. Lorsqu'elle poursuit un cerf, m'a-t-elle dit, elle doit s'en approcher assez pour pouvoir sauter sur son dos et le toucher au cœur, ce qui tient pour moi d'un tour de magie.

— Il faut devenir invisible, m'explique-t-elle, comme une ombre jetée par un nuage qui passe. Ensuite, au bon moment, je bondis comme le puma.

À présent, le fruit de sa chasse est plus abondant, et celle-ci, beaucoup plus facile.

À son insistance, puisque j'ai recouvré des forces, je l'accompagne lorsqu'elle y va. Je la suis en l'observant simplement et j'essaie de ne pas la gêner.

— Nous n'avons pas d'homme pour nous ravitailler, Mesoke, ni pour nous protéger. Bien du temps va s'écouler et il nous reste du chemin à parcourir avant d'en avoir un près de nous. Tu vas mieux et il est nécessaire que tu saches te nourrir et te défendre contre tes ennemis, si nous étions séparées ou s'il m'arrivait quelque chose. Tu es obligée d'être un chasseur et un guerrier.

Je n'avais encore jamais tiré à l'arc. Dans la tribu, la chasse n'est pas une activité pour les femmes, bien qu'on serait porté à croire le contraire en la voyant faire. Naturellement, mes premiers essais ne furent pas couronnés de succès. J'ai commencé à m'entraîner au bord de la rivière, en visant des arbres que je manquais parfois de beaucoup. Heureusement, Wind est un instructeur patient.

Elle m'a donné le couteau à manche d'os récupéré au village, qu'elle a brossé et aiguisé sur une pierre, afin de me montrer comment abattre un animal ou... un être humain.

— À moins qu'il soit blessé ou malade, un homme te dominera presque toujours. Alors tu as besoin d'être plus agile, plus rapide et plus rusée que lui. Je te dirai où les coups portent réellement, je t'apprendrai à lutter corps à corps, à échapper à son étreinte comme un serpent, à lui trancher la gorge avant qu'il ne te maîtrise. Je t'apprendrai aussi à le scalper et à lui arracher le cœur.

— Si cela ne te dérange pas, j'aimerais mieux éviter cette dernière partie.

Pourtant ses paroles me rappellent ce que nous ont infligé les misérables qui nous avaient enlevées, l'an passé. Notre courageuse petite Sara, sans se soumettre à cette brute qui tentait de la violer, s'était emparée de son couteau et le lui avait planté dans le cou. Le Crow avait quand même réussi à la tuer avant de retomber mort sur elle. Après quoi ces barbares nous avaient fait subir les derniers outrages.

J'ai vécu parmi le Peuple telle une squaw, vaquant toujours à une corvée ou une autre – arracher des racines, ramasser du bois, aller chercher de l'eau, assembler des perles, m'occuper des repas et des enfants, écharner, saler et coudre les peaux, monter et démonter les tipis ; épouse dévouée, je suis tombée enceinte et n'ai été maman que trop brièvement. Mais à moins de suivre un régime de racines et de légumineuses sauvages, je suis incapable de me nourrir et de me défendre. Il apparaît clairement que, pour la première fois depuis que je vis dans ces plaines, je suis seule et vulnérable – du moins le serais-je sans Wind, qui m'a sauvée et me protège.

— Oui, mon amie, tu as raison. Nous sommes deux femmes entourées d'ennemis. Je dois être en mesure de te nourrir et de t'assister, comme tu l'as fait pour moi. Je suis prête à retenir tout ce que tu m'apprendras, à chasser et à me battre, même à arracher le cœur d'un homme, bien que j'imagine mal que cela soit nécessaire.

— Si tu croises à nouveau Jules Seminole, tu auras besoin de connaître ce geste, car c'est la seule façon de le supprimer.

— Pourquoi ? Une balle, une flèche ou un couteau peuvent en venir à bout.

— Non, Mesoke, cela ne suffirait pas. Seminole est à moitié homme et à moitié sorcier. Il se déplace entre deux mondes dans lesquels il répand le mal.

Toujours ces superstitions. J'ai souri.

— Je crois que, s'il s'en prend encore à moi, Little Wolf le tuera. Il est d'ailleurs temps de rejoindre les nôtres. Je suis en état de partir.

— Mesoke, Little Wolf s'est rendu. Il s'est livré avec sa bande à Camp Robinson.

— Quoi ? ai-je lâché, stupéfaite. Mais c'est impensable ! Jamais il ne ferait une chose pareille !

— Il n'était pas le bienvenu chez les Lakotas. Tu n'as pas oublié que le Peuple a quitté son village sans rien, pas même de quoi se protéger du froid. Notre chef m'a renvoyé vers toi, mais les nôtres ont voyagé dix jours avant d'atteindre le campement d'hiver de Crazy Horse. En chemin, ils ont été obligés d'abattre leurs chevaux pour les manger, puis de les dépouiller pour se couvrir de leur peau. Quand ils sont enfin arrivés, Crazy Horse a rechigné à partager ce qu'il avait. Ces deux grands guerriers n'ont jamais été amis, et Little Wolf s'est senti insulté par l'avarice des Lakotas. Il a préféré s'en aller et conduire la bande à l'agence de Camp Robinson. Parce que le Peuple mourait de faim et qu'on leur y promettait un abri et de la nourriture.

— Comment sais-tu cela, Wind ? Tu es restée avec moi pendant des mois et tu ne t'es jamais absentée, sinon pour explorer le village.

— Avant de se diriger vers l'Agence, Little Wolf a dépêché un messager pour me prévenir de son départ. Ce messager était ma sœur. Il savait qu'elle seule serait capable de nous retrouver.

— Pourquoi ne me suis-je pas aperçue qu'elle était là ?

— Tu dormais sans arrêt et elle me ressemble. Parfois, quand tu te réveillais, c'est elle qui te massait les jambes ou qui te lavait.

— Impossible ! Comment peut-elle te ressembler au point que je vous confonde ?

— Elle est ma moitié, ma jumelle. Comme les deux rousses.

— J'ignorais que tu avais une jumelle. Je ne l'ai jamais vue au village. Comment s'appelle-t-elle ?

— Woman Who Moves Against the Wind.

Je n'ai pu m'empêcher de rire.

— Comment, vous portez le même nom ?

— Tu l'as vue au village, mais tu as pensé que c'était moi. Nous

nous montrons rarement ensemble. Certains croient que nous ne sommes qu'une seule femme, qui a la faculté d'apparaître en deux endroits simultanément. D'autres que nous sommes chacune la moitié de la même. Les deux sont vrais. Little Wolf ne s'inquiète jamais de savoir laquelle il consulte. Cela lui est égal. Nous le conseillons de la même façon.

– J'en aurai entendu, des histoires invraisemblables, depuis que je vis chez les Cheyennes. Mais là, j'en reste bouche bée !

– C'est ainsi.

– N'est-il pas malhonnête de se faire passer pour quelqu'un d'autre ?

– Nous ne nous faisons passer pour personne. Nous laissons les gens croire ce qu'ils veulent. Et toutes les médecines sont meilleures quand on y croit.

– Je ne croyais pas en tes pouvoirs. Et, néanmoins, ils m'ont guérie, ai-je admis.

– Tu y as cru bien assez. À ton insu.

– Pourquoi ne m'as-tu pas dit plus tôt que ta sœur était venue ?

– Je n'avais pas de raison de le faire. Et tu n'étais pas assez forte pour apprendre certaines choses.

– Certaines choses ? Ta sœur a parlé de mes amies, des femmes blanches ?

Wind a hoché la tête.

– Alors n'attends plus. Je t'écoute.

– Les deux rousses, que nous appelons Hestahkha'e, ou Twin Woman[1], car nous pensons aussi qu'elles sont deux moitiés de la même femme, ont survécu à l'assaut. Elles sont arrivées saines et sauves chez Crazy Horse, mais leurs bébés sont morts de froid en chemin. Votre homme saint, frère Anthony, s'est également réfugié chez les Lakotas. Il est vivant.

– C'est tout ? me suis-je exclamée, les larmes aux yeux. Et les autres ?

– Je suis désolée, Mesoke.

– Bon Dieu ! Elles ne sont plus là ? Helen, Phemie, Daisy,

---

1. Femme jumelle (au singulier).

Gretchen ? Et leurs enfants ? Morts ? Je ne peux pas accepter ça ! C'est en pensant à elles que j'ai tenu le coup. Sinon j'aurais sombré. J'étais convaincue que nous serions réunies un jour.

Je me suis mise à pleurer franchement.

— C'est pour cela que je te l'ai caché. Jusqu'à ce que tu sois en état de m'entendre.

— Mais qu'en sais-tu vraiment ? Dis-moi la vérité.

— Mo'ohtaeve'ho'a'e, Black White Woman[1], et celle qui dessinait, Ve'kesohma'heonevestsee, Medicine Bird Woman[2], ont péri en défendant le village. Elles se sont battues aux côtés des autres guerriers pendant que les vieux tentaient de se réfugier avec nous dans les collines. Toutes deux sont tombées sous les balles. Gretchen et son bébé ont été abattues alors qu'elles s'enfuyaient. Daisy et son enfant ont succombé au froid, la première nuit.

— Dieu ait leur âme... Qu'il les bénisse...

Il m'a fallu un instant pour me ressaisir.

— Meggie, Susie et frère Anthony sont-ils restés chez les Lakotas ? Et Martha ?

— L'homme saint a suivi la bande de Little Wolf à l'Agence, où il souhaitait retrouver ton amie Falls Down Woman[3], qu'il avait confiée au capitaine de l'armée. Les jumelles sont au village de Crazy Horse. Elles ne voulaient pas se rendre, car elles savaient qu'on les renverrait chez les Blancs. Leur but est de revenir sur le sentier de la guerre pour venger leurs bébés. Maintenant, tu as raison, nous devons nous mettre en route et rejoindre notre peuple.

— Mais pas à l'Agence, Wind, car je serais arrêtée. Moi, c'est à l'asile qu'on me renverrait.

— Je sais.

— Alors où aller ?

— Dans la bande de Little Wolf, d'autres ont aussi exclu de se rendre. Ceux qui avaient des parents lakotas ont logé un moment

---

1. Femme blanche noire, alias Euphemia Washington ou Phemie.
2. Femme oiseau-médecine, Helen Elizabeth Flight.
3. Celle qui tombe par terre, alias Martha Atwood.

chez eux avant de repartir, avec à leur tête le jeune guerrier Hawk. Tu te souviens de lui ?

— Oui, il a les cheveux clairs. Sa mère est une Cheyenne blanche qui s'appelle Heóvá'é'ke, Yellow Hair Woman[1]. Elle n'a jamais été bien disposée à notre égard. Elle refusait de nous répondre en anglais. Hawk a pour épouse Amé'ha'e, Flying Woman[2], une jolie femme, et ils ont une jeune fille, Youngbird[3]. Je m'en souviens bien, car leurs noms avaient enchanté Helen Flight qui aimait tant les oiseaux. Je l'entends encore s'émerveiller : « Épatant, non ? Toute une famille de rapaces ! »

En répétant ces mots, j'ai de nouveau senti les larmes me monter aux yeux.

— Ma sœur m'a appris que la mère, l'épouse et la fille de Hawk ont péri au village. Comme les soldats tiraient dans les tipis, près du sol, ils sont morts endormis, sans même avoir le temps de se lever. Hawk n'a pas voulu accompagner Little Wolf à l'agence Red Cloud. Il a choisi de se battre encore, de venger sa famille. Les jumelles sont avec lui. Mais ce n'est pas tout, Mesoke.

— Pardonne-moi, Wind, je ne suis pas si solide que ça. Cela fait suffisamment de mauvaises nouvelles, pour l'instant.

— Celles-ci ne sont pas si mauvaises, et il ne s'agit pas de tes amies. Quand Little Wolf et notre bande sont arrivés chez Crazy Horse, ils ont vu que Hawk et ses Lakotas avaient arrêté un train et capturé un nouveau groupe de Blanches. Elles étaient envoyées par ton gouvernement pour servir, elles aussi, d'épouses au Peuple.

— Tu ne parles pas sérieusement ? Comme si on avait besoin de ça après tout ce carnage ! Encore de pauvres filles, promises à une fin terrible. Et où sont-elles maintenant ?

— Les jumelles ont été chargées de s'en occuper et elles voyagent avec Hawk.

— Alors tu veux essayer de les trouver ?

---
1. Femme aux cheveux jaunes.
2. Celle qui vole.
3. Petit oiseau.

— Il le faut, Mesoke. Elles ou une autre bande de notre peuple. Il est trop dangereux de nous déplacer seules.

— Et ma fille ? Comment reverrai-je jamais Little Bird si elle est à l'Agence ?

— Tu reverras ta petite Ve'keseheso, m'a affirmé Wind. Mais pas tout de suite.

— Comment peux-tu en être sûre ?

— Une vision que j'ai eue.

Les Journaux Perdus
De Molly McGill

Des loups pour les soldats bleus

« *Le général George Crook rassembla ses éclaireurs indiens et, par quelques mots bien sentis, leur expliqua ce qu'on attendait d'eux pendant la campagne. Il insista sur le fait que ces vastes plaines, ces montagnes et ces vallées seraient bientôt occupées par une population de rudes travailleurs. Le gibier serait exterminé, le bétail prendrait sa place et il fallait que l'Indien décide, tout de suite, de vivre à la manière des Blancs et de conclure la paix. Ou alors il disparaîtrait complètement. Quant aux éclaireurs, tant qu'ils se comporteraient bien, ils seraient décemment payés, comme des soldats, mais ils devraient veiller à ne pas sottement dépenser leur solde. Qu'ils épargnent le moindre cent et qu'ils achètent vaches et juments ! Pendant que l'Indien dormait, veaux et poulains grandiraient, et il se réveillerait un jour dans la peau d'un très riche homme.* »

Capitaine John Gregory Bourke,
« Une campagne d'hiver dans le Wyoming et le Montana »,
La Dernière Bataille contre les Cheyennes

3 juillet 1876

J'ai attendu que nous soyons partis depuis plusieurs jours pour déplier la page provenant des carnets de May Dodd. En la lisant, je me suis revue dans cette grotte froide et noire, creusée dans les falaises au-dessus du village en flammes, où May s'est probablement éteinte. Je comprends que Meggie et Susie aient pensé qu'elle n'avait plus toute sa tête. Cette apparition de la prophétesse a tout l'air d'une hallucination. Frère Anthony, que nous n'avons pas eu le temps de vraiment connaître, semble être un homme pieux et sincère qui, d'après les deux sœurs, veillait consciencieusement sur ses blanches brebis... aussi bien qu'il pouvait, du moins, dans ces circonstances. Impossible de croire qu'il ait été négligent au point d'affirmer que May était morte, si elle ne l'était pas.

Je me demande aussi pourquoi les jumelles n'avaient rien dit de tout cela. J'imagine que Meggie, après avoir plié la page sans y jeter un coup d'œil, l'a rangée dans son sac-médecine, ce jour-là dans la grotte, et que, les événements se précipitant par la suite, elle l'a complètement oubliée. C'est moi qui avais ramassé cette feuille et je l'avais oubliée aussi. Nous avions devant nous des problèmes plus urgents. Avec le recul, je pense que Meggie et Susie auront lu les derniers mots de May juste avant de m'écrire leur lettre. S'il est vrai que May Dodd est toujours vivante, Dieu seul sait, en ces temps incertains, où elle se trouve et ce qu'il est advenu d'elle.

6 juillet 1876

Nous cheminons depuis presque une semaine, pendant laquelle nous avons croisé la route d'autres bandes de Cheyennes, d'Arapahos et de Lakotas. Après leur éclatante victoire à l'herbe grasse[1], la dispersion des tribus se fait dans la confusion et une

---

1. La bataille de la Little Bighorn, cf. p. 13.

certaine appréhension est palpable. Tous rapportent la présence d'unités militaires aux quatre points cardinaux, sans compter les éclaireurs indiens qu'elles emploient. Ce sont eux qui nous menacent le plus, car leur nombre croît dans des proportions considérables, à mesure que les bandes d'Indiens viennent déposer les armes dans les agences et les forts de l'armée. Nous avons déjà passé un sale moment avec des Crows, des Shoshones et des Pawnees, pendant la bataille de Rosebud Creek, quand Pretty Nose et moi-même avons été capturées et retenues par ce crétin de Jules Seminole et sa troupe de dégénérés. Ces tribus-là, ennemies de longue date des Cheyennes et des Arapahos, ont été les premières à capituler et à se mettre au service de l'armée américaine. Elles sont maintenant imitées par des Lakotas, des Arapahos, même par des Cheyennes, qui finissent par se rendre dans une agence ou une autre et acceptent de collaborer contre leur propre peuple, voire dans certains cas leurs propres familles.

Des loups pour les soldats bleus, les appelle Pretty Nose, qui nous a expliqué pourquoi ils sont aussi dangereux. « Contrairement aux soldats, leurs éclaireurs connaissent nos habitudes de voyage, les lieux où nous aimons camper, où nous installons nos villages d'hiver. Et ils savent comment nous faisons la guerre. »

Nous avançons de front, Phemie, Pretty Nose et moi, chacune sur notre cheval, moi entre elles deux. Martha nous suit sur son courageux petit âne, Dapple, puis ce sont Astrid, Maria et Carolyn, côte à côte derrière elle. C'est une belle journée d'été. Après une vague de chaleur, la brise nous rafraîchit, l'air est plus doux et le ciel dégagé d'un bleu profond. Nous traversons une prairie vallonnée que les Indiens appellent le pays des herbes courtes, riche en herbe aux bisons, où les jumelles ont sans doute coupé les quelques brins que j'ai trouvés dans leur sac-médecine. Comme il a beaucoup plu en ce début d'été, l'herbe et les fleurs sauvages ont poussé en abondance. Assez hautes, cependant, pour effleurer le ventre des chevaux, elles ondulent sous le vent comme une houle légère en exhalant leur doux parfum. À distance, un troupeau épars de bisons profite paisiblement de ces riches pâtures. Leurs petits engraissent en prévision du long et dur hiver qui les attend. Nous avons assez de réserves de nourriture pour que nos chasseurs les laissent tranquilles. Voilà une de ces journées, un de ces paysages qui permettent d'oublier nos soucis un moment, d'imaginer un paradis dans lequel hommes et femmes vivraient en harmonie. N'est-ce pas, après tout, ce que nous recherchons ?

Nous gardons un instant le silence pour goûter, je suppose, les mêmes sensations, le même sentiment de paix éphémère.

– Mais pourquoi les loups s'allient-ils avec les Blancs et pourchassent-ils leur propre peuple ? demandé-je à Pretty Nose, brisant le charme malgré moi.

– Les hommes comprennent que c'est leur dernière chance de rester des guerriers. C'est à cela qu'on les forme depuis leur naissance. Ils n'ont rien pour s'occuper à l'Agence, rien pour faire leurs preuves – ni touchers ni honneurs au champ de bataille. La plupart se sont vu retirer leurs armes et il n'y a presque plus de gibier sur les terres où on les envoie. Les agents blancs volent les rations qui leur sont destinées pour les revendre aux colons, ils n'ont donc jamais de quoi nourrir correctement leurs familles. Alors que l'armée propose de l'argent, des carabines et des munitions. En acceptant, les hommes croient de nouveau être des guerriers, au sein d'une armée plus puissante, celle dont tout le monde est sûr qu'elle sera victorieuse.

– Mais ce sont des traîtres. Quand des Blancs passent à l'ennemi et se font prendre, on les fusille ou on les pend pour trahison.

– Pourquoi des Blancs se rallieraient-ils à nous ?

– Excellente question. C'est tout de même notre cas.

– Parce que vous n'avez pas eu d'autre possibilité, de la même façon que les loups n'ont d'autre choix que de s'enrôler dans vos troupes.

– Ce n'est plus notre armée, remarqué-je. Nous l'avons combattue avec vous, ce qui nous vaudrait le peloton d'exécution.

– Alors vous êtes aussi des traîtres.

– Tu as raison. Nous avons surtout pensé à survivre depuis que nous sommes là. Ils nous pendraient, bien sûr, s'ils remettaient la main sur nous.

— N'oublie pas, Molly, me coupe Phemie, que je n'ai jamais été citoyenne des États-Unis. Mes semblables ont été enlevés en Afrique et déportés ici contre leur gré. Vendus comme des objets, dépossédés du moindre droit. Pour gagner ma liberté, j'ai dû me réfugier au Canada. On ne peut pas m'accuser de traîtrise, car je n'ai jamais été considérée comme une vraie Américaine.

— En ce qui me concerne, les vraies Américaines, je n'en fais plus partie, Phemie. À Sing Sing, nous n'avions plus de noms, nous n'étions que des numéros. C'est ainsi qu'ils s'adressaient à nous, le matin, en faisant l'appel. Le mien était 781645 et il ne ressortira jamais de ma mémoire.

— Nous employons un autre nom pour ce pays, nous dit Pretty Nose. Mais, s'il faut l'appeler l'Amérique, alors les Indiens sont les seuls vrais Américains. Tu es maintenant une Cheyenne blanche, Molly, et toi, Phemie, une Cheyenne noire. Toutes deux de *vraies Américaines* ! Vous n'êtes pas des traîtres, mais des guerrières qui se battent pour protéger leur terre contre les envahisseurs.

— Ça me convient, approuve Phemie. Voilà qui est bien pensé et généreux de ta part, Pretty Nose. Pour autant, cela n'empêchera pas les soldats de nous pendre s'ils nous prennent dans leurs filets.

Christian Goodman revient de la tête de notre petite colonne, formée de dix-sept hommes et femmes, parmi lesquels des enfants et quelques anciens. Plusieurs familles arapahos se trouvent devant, avec lesquelles il s'est entretenu un moment. Christian est un de ces individus qui apprennent les langues comme le sable absorbe l'eau. Il parle maintenant couramment le cheyenne et pense que l'arapaho fait partie du même groupe linguistique. Les tribus arapahos utilisent différents dialectes, mais se comprennent entre elles, et il les comprend déjà.

Nous avons un curieux assortiment de langues pour communiquer – l'anglais, le cheyenne, l'arapaho ou le français, selon la personne à qui nous nous adressons – et, en dernier recours, le langage des signes. Phemie connaît l'arapaho, car c'est dans un campement arapaho que son mari, Black Man[1], l'a emmenée lorsqu'elle

---

1. Homme noir.

a été grièvement blessée chez Little Wolf. J'apprends peu à peu à m'exprimer dans les deux langues, et je m'entraîne en écoutant discuter Pretty Nose et Phemie, qui passent de l'une à l'autre.

— Le Seigneur nous offre une journée magnifique pour voyager, n'est-ce pas, mesdames ? déclare gaiement Christian. Avec un temps pareil, on serait porté à croire que tout va pour le mieux.

— Jusqu'au prochain malheur, commenté-je.

— Ah, Molly, votre côté pessimiste... Pourtant, je sais qu'au fond de vous, vous êtes romantique et pleine d'espoir.

Je souris.

— En êtes-vous sûr, Christian ?

— Il suffit de vous voir avec votre mari Hawk.

— « Pleine d'espoir », sans doute. Si j'étais vraiment pessimiste, je craindrais de ne jamais le retrouver. Mais mes penchants romantiques m'inclinent à penser le contraire.

— Restez donc, comme moi, d'excellente humeur ! Pendant que je bavardais avec nos compagnons, je n'ai pas prêté attention à notre route et je suis désorienté. Savez-vous où nous nous dirigeons, Molly ?

— À ce que j'ai compris, vers un endroit où le gibier sera abondant, où nous pourrons camper un moment sans danger. Nous devrions y être dans quelques jours.

— La version optimiste, donc.

— L'êtes-vous moins que moi, Christian ?

— En aucune façon. Je garde une foi aveugle en toute chose.

— Nous avons une femme-médecine parmi nous, explique Pretty Nose, que l'on appelle Ma'heona'e, ce qui veut dire Holy Woman[1]. Elle est à moitié cheyenne, à moitié arapaho. Elle était à Sand Creek quand les soldats de Chivington ont massacré le village dans lequel elle vivait. Ma'heona'e a réussi à s'enfuir, mais, en courant, elle a reçu un coup de sabre en travers de la figure, qui lui a fait perdre la vue. Elle porte d'affreuses cicatrices sur son visage. Depuis ce jour, elle poursuit une vision qui permettra

---

1. Femme sainte.

de protéger le Peuple de la furie des Blancs et lui indiquera un lieu où nous serons à l'abri. Ma'heona'e est pleine de sagesse et sait où se trouve cet endroit. Elle nous y mène.
— Nous avons une aveugle à notre tête ? m'étonné-je. Vous qui parliez de foi aveugle, Christian... Cela n'est quand même pas très rassurant.
— Presque d'inspiration biblique, pourtant.
— La Bible et son lot de violences, oui...
— Se pourrait-il que Holy Woman soit chrétienne ? demande l'aumônier à Pretty Nose.
— Non, répond celle-ci. Elle ne sait rien de votre dieu. Ma'heona'e ne vénère que le Grand Esprit.
Ce n'est pas assez pour décourager Christian Goodman.
— Il est tout à fait possible que les deux ne fassent qu'un. Cela ne lui est peut-être pas encore venu à l'idée, c'est tout. Il ne faut pas seulement voir avec les yeux, mais aussi écouter son âme.
Phemie, amusée, part de son rire chaleureux :
— Votre côté optimiste, monsieur l'aumônier !

15 juillet 1876

Hier après-midi, nous nous étions arrêtés pour faire boire les chevaux dans un ruisseau, quand Lulu a deviné un mouvement derrière une rangée de saules et perçu des chuchotements – cela semblait être des enfants. Notre situation réclame une vigilance absolue et nous avons aussitôt réuni un petit contingent armé, composé de Pretty Nose, de Maria et de Hó'hónáhk'e[1], son mari, de Lulu et du sien, No'ee'e[2], enfin de Christian et moi. Je porte, comme toujours, un couteau à ma ceinture et le Colt 45 hérité de Meggie, que Phemie m'a transmis. Pretty Nose avait son couteau et une hachette ; Maria, un Colt également ; Rock, un couteau et un tomahawk. En cas d'affrontement, un combat rapproché

---

1. Rock : roc.
2. Squirrel : écureuil.

était à craindre. L'aumônier, bien sûr, n'était pas armé, comme Lulu, qui refuse de l'être. Phemie est restée derrière avec nos compagnons pour protéger le gros de la troupe.

Nous avons prudemment suivi Lulu au-delà des bosquets pour déboucher dans une clairière où se dressaient deux abris rudimentaires, construits à l'aide de branches de saules courbées, dont les feuilles flétrissaient. En arapaho puis en cheyenne, Pretty Nose a demandé si quelqu'un était là et, dans ce cas, qu'il se montre. Pour toute réponse, nous n'avons entendu que de petites voix et des gémissements effrayés.

— Cela pourrait être un piège, ai-je suggéré. Avec des enfants pour appât.

— Bon sang ! a lâché Christian, je vais jeter un coup d'œil.

Il s'est avancé d'un pas décidé et, lorsqu'il s'est penché devant l'une des huttes, un cri de guerre aigu a retenti. Une pierre a rebondi sur le front de l'aumônier, qui s'est affalé sur son derrière.

— Aïe !

Nous avons éclaté de rire malgré nous.

— Je t'avais dit que c'était peut-être un piège, Christian. Voilà pourquoi je t'ai laissé regarder le premier.

Nous nous sommes rapprochés pendant qu'il se frottait le crâne.

— D'après ce que j'ai pu voir, vous ne devriez pas avoir besoin de votre arsenal, a-t-il dit.

Agenouillée devant la première hutte, Pretty Nose s'est adressée à ses occupants en langue des signes, au cas où ils appartiendraient à une tribu étrangère. Deux jeunes garçons et une fillette ont fini par en sortir en rampant. Cachés dans la seconde, trois filles et un autre garçon les ont imités. L'une des filles, qui ne semblait pas avoir plus de treize ans, portait dans ses bras un nourrisson, emmailloté dans une bande de calicot sale. Ces gosses devaient avoir entre quatre et onze ans. Crasseux, vêtus de hardes, ils avaient les yeux creux et paraissaient affamés.

Les plus grands nous défiaient du regard. De fiers guerriers déjà, malgré leur jeunesse. Les plus petits étaient simplement terrifiés. Ils me rappelaient les enfants d'immigrants dont je m'étais occupée à New York, il y a une éternité de cela... des gamins sans abri que leurs parents n'avaient plus les moyens de nourrir. Ils vivaient dans la rue, dans des immeubles abandonnés, se débrouillaient comme ils pouvaient et se méfiaient des inconnus. À mon tour, je me suis adressée au groupe en langue des signes, leur expliquant à tous que nous ne leur voulions aucun mal, que nous allions leur donner à manger – sachant par expérience que c'est ce qu'ils avaient besoin de comprendre.

Ils nous ont accompagnés jusqu'à nos chevaux. Aucun, je pense, n'aurait tenté de s'enfuir. Visiblement, les grands avaient pris les jeunes sous leur coupe, comme, à New York, le faisaient les petits immigrants. Ils n'avaient plus de foyer et certainement rien à manger. Leur seul choix consistait à nous faire confiance.

Nous leur avons distribué de la viande de bison séché et Pretty Nose, en les interrogeant, a établi qu'ils provenaient de plusieurs familles cheyennes et arapahos, réunies dans une bande semblable à la nôtre. La plus âgée des filles a révélé que son bébé, malade, avait cessé de téter. Quand, par signes, je lui ai demandé de me le montrer, elle l'a jalousement serré contre sa poitrine.

– Allons, l'ai-je rassurée en cheyenne, peut-être suis-je en mesure de vous aider.

À l'insistance de Pretty Nose, la fille me l'a confié en me dévisageant d'un air inquiet. En saisissant le corps tout raide de ce minuscule enfant, j'ai dû me rendre à l'évidence : il était mort. Une tache de sang avait séché sur le calicot qui était troué par une balle. Les joues humides de larmes, la petite m'a tendu les bras d'un geste implorant.

– Oui, ma chérie, bien sûr, lui ai-je dit en le lui rendant.

En mettant bout à bout leur récit décousu, nous avons déduit que, après le grand rassemblement de la Little Bighorn, leur bande avait tenté de regagner ses terrains de chasse habituels, sinon d'en trouver d'autres qui ne soient pas infestés par les militaires. Trois jours auparavant, leurs chefs avaient aperçu des guerriers shoshones à cheval, qui les observaient depuis une corniche. Les

Shoshones avaient rapidement disparu et les chefs de la bande, devinant qu'il s'agissait de loups, avaient modifié leur itinéraire pour leur échapper. Quelques-uns dans le groupe avaient une monture, mais pas tous. Les enfants, notamment, allaient à pied. Ils avaient cheminé aussi vite que possible – les jeunes courant de front avec les chevaux, les tout-petits à califourchon devant leurs parents. Ils s'étaient hâtés jusqu'à la tombée de la nuit.

Espérant avoir évité le pire, ils avaient campé sur une rive du ruisseau où nous les avons découverts, sans faire de feu afin de ne pas trahir leur présence. Les adultes et les adolescents s'étaient relayés pour monter la garde devant la rangée de saules, derrière laquelle dormait le reste de la bande. Depuis leur emplacement, les sentinelles avaient une vue dégagée pour étudier les environs, au cas où l'ennemi approcherait. La lune aux trois quarts pleine leur permettait de bien surveiller les collines alentour, où elles avaient guetté l'apparition de cavaliers.

Les yeux baissés, un garçon a reconnu s'être assoupi avant l'aube, pendant le dernier tour de garde. Il n'a ni vu ni entendu les silhouettes des loups et des soldats qui avançaient, pas à pas, leurs chevaux derrière eux. Et ne s'est réveillé qu'au moment où l'un de ceux-ci, s'ébrouant nerveusement, a donné l'alerte à la bande. Mais alors il était trop tard.

Dès leur plus jeune âge, on apprend aux enfants indiens à prendre la fuite au moindre signe d'une attaque contre leur village. Aussi vite que possible, ils doivent courir, se mettre à l'abri, puis éviter de bouger et de révéler leur présence tant qu'un danger persiste. C'est donc ce qu'ils ont fait : emmenant leurs cadets avec eux, les plus grands ont détalé et se sont éparpillés. Six d'entre eux ont réussi à s'échapper juste avant que les loups et les soldats sonnent la charge. Depuis leur cachette, ils ont entendu les exclamations des assaillants, les détonations, les cris de leurs frères, pères et grands-pères en train de riposter par le feu ou de se battre au corps à corps. Les sœurs, mères et grands-mères poussaient des hurlements. Certaines, un bébé au bras, n'eurent pas le temps de se mettre à couvert. La jeune fille au nourrisson avait commencé à courir juste avant l'assaut. Elle se rendrait compte plus tard qu'une balle avait touché son enfant, le tuant sans doute immédiatement.

Les cris, le chaos s'étaient prolongés un moment, puis les armes s'étaient tues. Les seules voix qui résonnaient encore étaient celles des éclaireurs et des soldats. Tandis que l'aube pointait, les enfants avaient écouté les loups qui fouillaient le camp à la recherche d'armes, de nourriture, du moindre objet de valeur. Les Shoshones avaient prélevé des scalps et s'étaient emparés des chevaux rassemblés à proximité.

L'armée et ses éclaireurs étaient partis depuis longtemps quand les petits, sortant de leurs cachettes, s'étaient regroupés pour revenir au camp. Devant leurs familles massacrées, ils avaient poussé les longues plaintes des Indiens endeuillés. Et ils pleuraient de nouveau à ce moment de leur récit.

Les Shoshones avaient tout pris, même dévêtu les morts. Il ne restait pas une couverture, pas un arc, pas un fusil, pas une seule provision. Alors les grands avaient décidé de quitter les lieux. Rien ne les retenait et ils avaient craint que des esprits troublés s'élèvent, la nuit, des corps mutilés qui ne ressemblaient plus guère à leurs parents.

Suivant la ligne de saules, ils avaient longé le ruisseau et marché deux jours, jusqu'à hier soir, quand ils étaient tombés de sommeil. Ils s'étaient serrés les uns contre les autres, à même le sol, pour se tenir chaud comme une portée de chiots. Ils étaient repartis au matin et, en arrivant ici dans la journée, les grands qui avaient des couteaux avaient bâti leurs pauvres huttes. Ils n'avaient rien à manger et, quand Lulu les a entendus derrière les arbres, ils descendaient au ruisseau pour y pêcher à la main.

Nous avons décidé de camper au même endroit.

— Puisqu'ils ont envie de poisson, a dit Christian, Astrid et moi allons en rapporter, si le Seigneur y consent.

En une heure, ils ont pêché assez de truites pour nous nourrir tous. Nous avons allumé des feux et monté les loges rudimentaires que nous utilisons pendant les longs voyages. La question ne s'est même pas posée : nous allions recueillir ces petits orphelins au sein de notre bande. Avant la préparation du repas, j'ai emmené la jeune fille au bord du ruisseau. Elle portait toujours son bébé dans ses bras et je lui ai fait signe de s'asseoir sur la rive près de moi. C'est une Cheyenne et j'ai compris qu'elle s'appelait Sehoso. Christian, qui possède un vocabulaire plus étendu que le mien, devait m'apprendre que ce nom se traduit par Little Snowbird[1].

Je lui ai dit que nous devions laver son enfant, puis choisir un arbre et poser son petit corps dans les branches, afin qu'il puisse entamer son voyage à Seano. Bien sûr, j'aurais préféré l'enterrer à la manière des Blancs, pour la préserver des charognards, mais ce n'est pas la coutume indienne. Je savais aussi que les vautours et les corbeaux grignoteraient le cadavre jusqu'à ce qu'il tombe par terre, puis ils se poseraient dessus pour continuer. Plus tard, un loup ou un coyote les ferait peut-être fuir et emporterait le corps. Son travail terminé, les fourmis et les vers se chargeraient du reste et, dans ce cas, le bébé retournerait à la terre sans rien pour marquer son bref passage ici, si court qu'il nous aura quittés sans même porter de nom.

Sehoso et moi nous avons gagné le milieu du ruisseau. Le bébé était si frêle, si minuscule, que j'ai pu le tenir d'une main pendant que je le lavais. Depuis mon arrivée dans ces plaines, j'ai été confrontée à tant de douleurs et d'atrocités que j'ai fini par m'endurcir… comme nous toutes, je suppose. Comment survivre autrement dans cet environnement ? Pourtant, j'ai senti mes genoux fléchir dans l'eau froide. J'ai cru qu'ils allaient me lâcher, que j'allais m'effondrer de chagrin. J'ai repensé à la pire journée de mon existence, quand j'avais découvert chez moi le corps de ma propre fille, battue à mort par son père. J'étais aujourd'hui le témoin d'une autre indicible horreur : j'avais dans les mains un nourrisson au crâne transpercé par une balle.

J'ai nettoyé la bande de calicot dans laquelle il avait été emmailloté, et l'ai mise à sécher au soleil, sur un rocher. Cela n'a pris qu'une minute. J'ai pu m'en servir à nouveau pour envelopper l'enfant, en nouant bien les deux extrémités afin de protéger la

---

1. Petit junco.

tête et les pieds. Puis j'ai placé ce triste ballot sur la plus haute fourche d'un pommier sauvage sur la rive.

— Elle ne peut pas aller à Seano si elle n'a pas de nom, a dit Sehoso.

— Pourquoi ne l'appellerions-nous pas Mà'xeme ? lui ai-je proposé, sachant que c'est le mot cheyenne pour « pomme ».

— Oui, Mà'xeme.

Au pied de l'arbre, nous avons mangé quelques fruits mûrs en pleurant.

Nous avions trois feux pour le dîner, autour desquels nous avons composé différents cercles, certains cheyennes, certains arapahos, et d'autres mélangés. Sehoso et moi avions rapporté des pommes que nous avons distribuées. Les enfants se sont assis avec ceux qui les ont trouvés. Ils ont dévoré leurs truites avec une attention goulue, n'en perdant pas une miette et mangeant sans doute plus qu'ils n'en avaient besoin. Puis nous nous sommes retirés dans nos loges, que nous avons partagées avec eux. Sehoso s'est attachée à moi et s'est pelotonnée sous ma couverture. Je l'ai entendue, cette nuit, pousser de petits cris plaintifs.

Une meute de loups qui hurlait au loin m'a réveillée avant l'aube. Ils jappaient, gémissaient... ce chant lugubre qui vous glace le sang, comme imprimé en nous depuis des temps ancestraux. Aux premiers rayons du jour, alors que leurs cris s'estompaient, je me suis glissée dehors sans bruit pour descendre au ruisseau. Comme je m'y attendais, le corps du bébé avait disparu. Il ne restait plus qu'un bout de calicot déchiré sous le pommier. Je l'ai roulé en boule et jeté à l'eau. Mà'xeme nous avait quittés pour Seano.

23 juillet 1876

Ces vagabonds, comme nous les appelons maintenant, sont les premiers enfants que nous prendrons sous notre aile pendant nos dernières journées de voyage. Il y en aura d'autres, ceux qui ont vraiment peu de chances de retrouver leurs proches, des malheureux séparés de leurs parents lors de combats isolés contre les loups et les soldats, ou simplement disséminés par l'arrivée soudaine de l'armée et livrés à eux-mêmes. Il est déjà assez périlleux de se déplacer en bande, mais quand celles-ci sont réduites à une famille, une fratrie, l'isolement les rend particulièrement vulnérables. S'il n'y avait que l'armée ! Un nombre croissant de fermiers, de cow-boys, de chercheurs d'or, de colons de tout acabit parcourt le pays ou se dirige vers de petites villes, construites à la va-vite, où une vie misérable les attend. Nous nous sommes efforcés d'éviter tout contact avec les nouveaux arrivants, de nous tenir aussi loin que possible de cette engeance. D'abord, parce qu'ils sont animés de mauvaises intentions envers nous, ensuite parce que nous craignons de ne pouvoir empêcher nos jeunes guerriers de se jeter sur eux. Depuis qu'un périodique est tombé entre nos mains – j'y reviendrai plus tard –, nous savons qu'une certaine presse à sensation a attisé les peurs des colons en décrivant les Indiens comme des sauvages assoiffés de sang, prêts en toutes circonstances à terroriser les Blancs. Ce n'est peut-être pas toujours faux, il faut l'admettre. Résultat, les Blancs ont la « gâchette facile », c'est-à-dire qu'ils sont enclins à tirer à vue sur le premier Indien venu. De fait, le journal que nous avons lu contenait un article au sujet du « massacre » de Custer et de ses troupes, et préconisait sans ambages l'extermination totale des Peaux-Rouges.

Hier après-midi, nous avons aperçu un petit convoi de quatre chariots. Nous les avons repérés avant qu'ils nous voient et réussi à échapper à leur attention. Mais notre amie Carolyn Metcalf, celle qui, depuis le début de notre aventure, s'est le moins bien intégrée à la tribu, a eu assez de sang-froid pour s'éclipser sans se faire remarquer. C'est la seule parmi nous qui ait conservé ses vêtements d'origine, qu'elle porte et raccommode fréquemment. Elle les avait remis récemment.

Astrid s'est rendu compte de son absence au bout d'une heure environ. J'en ai compris aussitôt la raison. Ces derniers temps,

Carolyn s'est plainte régulièrement de nos conditions d'existence, dépourvues du confort et des commodités auxquels elle était habituée. Nous avons prié Christian de bien vouloir partir à sa recherche. Nous savons toutes que Carolyn n'a aucun sens de l'orientation et, s'il était nécessaire de se rapprocher de ces colons, il valait mieux que ce soit lui, d'abord parce qu'il est blanc, ensuite parce que sa veste de daim à franges rappelle plus volontiers un trappeur qu'un Indien. Si j'avais vu juste et qu'elle était allée à la rencontre de ces gens, je n'avais aucune idée de la façon dont elle se présenterait à eux, ni comment elle expliquerait que nous nous trouvions dans les parages. Tout ce dont nous étions sûrs, c'est qu'elle ne nous trahirait pas.

Nous ne voulions pas ralentir notre marche, et deux bonnes heures s'étaient écoulées lorsque Christian est revenu avec Carolyn saine et sauve. Lulu, Astrid et Maria, qui désapprouvaient sa conduite, l'ont accueillie avec un silence glacial.

— Désolée, mesdames, d'avoir filé à l'anglaise, a déclaré Carolyn. Mais, si je vous avais prévenues, vous auriez essayé de me retenir. Je n'ai pu résister au désir de m'entretenir un instant avec des gens civilisés.

Lulu s'est esclaffée :

— Ah oui, nous sommes devenues trop sauvages pour toi, n'est-ce pas ?

— Non, il ne s'agit pas de vous, bien sûr. Je parle de *ceux-là*, a répondu Carolyn avec un geste vague du bras. Ces hommes, ces femmes là-bas étaient charmants. Quatre familles de fermiers que le hasard a réunis dans l'Indiana et qui ont décidé d'affronter les dangers de la traversée vers l'Ouest, où ils comptent s'établir sur de bonnes terres. Ils se sont arrêtés en chemin et les dames m'ont préparé une tasse de thé. C'était absolument délicieux.

— Comment as-tu justifié notre présence ?

— J'ai prétendu être une sœur missionnaire, attachée à une agence indienne. Ce qui s'est révélé un mensonge commode quand notre aumônier est arrivé. Il a tout de suite joué son rôle, et à merveille. Ils nous ont recommandé la plus grande prudence, car il resterait des tribus rebelles dans la région.

– Nous, en effet, a rétorqué Maria. Nous pouvons toujours aller les tuer, si tu le souhaites, et leur voler leur thé si délicieux.

– Assez ! s'est écriée Carolyn en sortant un journal de sa sacoche. Regardez ce qu'ils m'ont donné ! Quand avez-vous lu un journal pour la dernière fois ? Dans le train, je suppose. Ils m'ont rapporté les histoires qu'on raconte, à propos des ravages causés par les Indiens des Grandes Plaines, à commencer par le massacre des Blancs à la Little Bighorn. Ils sont bien armés et, s'ils doivent tomber sur des sauvages, ils tireront sans sommation avant de se faire scalper. Voilà ce que le journal conseille à tous les colons. Je vous le prêterai dans un instant. Ce sont des gens adorables, qui ont de beaux enfants, très bien élevés. Même sur la route, les mères veillent à leur instruction et, naturellement, ils possèdent une bible. J'étais si heureuse de la tenir dans mes mains. J'avoue que je n'avais pas envie de les quitter.

Je devinais la suite. Plus tard dans l'après-midi, une fois que nous avions monté le camp, Carolyn est venue me trouver.

– Molly, tu as été ma première et ma plus proche amie depuis que nous sommes ici. Tu m'as sauvé la vie dans le train en m'ordonnant de me coucher par terre au moment de l'attaque. Tu es toujours si courageuse. Je me demande comment j'aurais survécu sans ta force de caractère.

– Je ne suis pas aussi courageuse que ça. Tu as survécu en comptant sur tes propres forces.

– Je n'en ai pas autant que toi. Quand j'ai appris que lady Ann et Hannah étaient reparties en Angleterre, j'ai éprouvé de la jalousie. Oui, c'est un péché, mais j'en étais vraiment malade. Bien sûr, comme toi, je n'ai nulle part où rentrer. J'ai un mari adultère, c'est un fourbe, une crapule, et je ne reverrai jamais plus mes enfants. Je ne retournerai pas là-bas. Mais quel destin m'attend ici ? Quel destin nous attend toutes ?

– Que diras-tu à ces fermiers si tu les suis ? Et sont-ils d'accord pour t'emmener ?

Gênée, elle a détourné les yeux et m'a répondu à voix basse.

– Ils ont déjà accepté. Je leur ai avoué que je n'avais pas d'argent. Ils me proposent d'enseigner la Bible à leurs enfants

en échange du voyage. Je suis à ma place chez eux, Molly. Une place que je n'aurai jamais ici, tu sais bien.
Elle avait raison.
– Fais comme tu le souhaites, Carolyn. Où se dirigent-ils ?
– Une petite ville qui s'appelle Bozeman, à l'ouest dans le Montana. Il paraît que c'est très beau.
– Comment te débrouilleras-tu là-bas ?
– Il faut que j'invente une histoire. En plus de mon nouveau nom, qu'ils connaissent déjà.
– Pas Vóhók'áse[1], j'espère ?
– Mais si. Que j'ai traduit en anglais, évidemment. Je m'appelle maintenant Carolyn Light. C'est joli, non ? Je trouverai peut-être un emploi à l'école, comme institutrice, ou à l'église.
– Oui, c'est joli. Cela te va parfaitement. Christian devrait pouvoir relever leur piste, demain, et te conduire jusqu'à eux. Je t'accompagnerai, mais pas jusqu'au bout.
– Tu as peur de vouloir m'imiter ?
– Pas un instant. Mon seul désir est de rejoindre Hawk, mon mari. Je suis enceinte de lui.
– Oh, Molly, tu me l'avais caché. C'est merveilleux.
– Tu t'es bien amusée avec ton mari indien, disais-tu. Es-tu sûre de ne pas être enceinte, toi aussi ? Cela n'arrangerait pas les choses que, de retour chez les Blancs, tu accouches d'un petit bébé brun.
– J'ai pris toutes les précautions pour éviter cela. Et j'ai récemment commencé un nouveau cycle.
– Que vas-tu lui dire ?
– Light est un gentil garçon, attentionné, que j'aime beaucoup. Mais il s'en remettra. Il épousera une autre femme… Je reconnais, a ajouté Carolyn avec un sourire entendu, qu'il était très doué sous les peaux de bison.
Nous avons ri gaiement.
Christian, elle et moi nous sommes levés tôt, ce matin. Émue, Carolyn a présenté ses adieux à tout le groupe qui, sans lui tenir rigueur de sa défection, lui a souhaité bonne chance. Nous

---

1. Le nom cheyenne de Light, le mari indien de Carolyn.

sommes partis à la recherche des fermiers de l'Indiana. Bien entraîné par les Cheyennes, l'aumônier s'y entend pour relever les pistes et il repéra facilement le convoi. À cheval, nous allions plus vite que les chariots, et nous les avons rattrapés avant midi.

Nous nous sommes arrêtés en haut d'une colline d'où nous les voyions progresser.

— Je n'irai pas plus loin, ai-je annoncé à Carolyn. Il est temps de se dire adieu, mon amie.

Nous sommes descendues de cheval pour nous embrasser.

— Tu me manqueras terriblement, Molly. Il ne s'écoulera pas une journée, tant que je serai vivante, sans que je pense à toi et que je prie pour toi.

— Tu me manqueras, toi aussi, Carolyn Light. Qui va tenir le calendrier à jour, maintenant ?

En riant, elle a ouvert sa sacoche et m'a confié le sien.

— Tu as bien fait d'en parler. Je n'en aurai plus besoin, maintenant. Et, si jamais tu passes par Bozeman...

— Je te rendrai visite, bien sûr. Tes voisins seront ravis de recevoir une squaw... ai-je plaisanté.

Les larmes aux yeux, elle m'a de nouveau serrée contre elle.

— Merci, Molly. Merci mille fois.

— Ne me remercie pas. Sois prudente, surtout. Et rappelle-toi que, si nous ne sommes plus du même côté, tu es toujours en pays indien. Ton journal parle de hordes barbares qui rôdent dans la région pour harceler les Blancs. C'est de la propagande pour révolter les bons citoyens et les encourager à liquider les derniers sauvages en liberté. Il y a du faux, mais du vrai aussi, tu le sais comme moi. Tes amis sont bien armés, penses-tu, seulement les Indiens ont un don pour surgir sans un bruit. Tu as beaucoup à apprendre à tes fermiers, à ce sujet. Des connaissances que tu auras acquises en travaillant à l'Agence, par exemple...

— Bon conseil, Molly, je m'en souviendrai. Ce sont des gens très débrouillards, j'ai l'impression. Je serai en sécurité avec eux.

— Je te souhaite d'être heureuse dans ta nouvelle vie, Carolyn. Je suis sûre que tu le seras. Tu le mérites.

Je l'ai suivie du regard alors qu'elle descendait dans la vallée avec Christian. Elle s'est retournée plusieurs fois sur sa selle pour me faire signe, et j'ai répondu de même. J'avoue avoir éprouvé une petite pointe de jalousie.

Les Journaux perdus de May Dodd

Guerrières

« *Wind nous a confectionné un casse-tête à chacune. Elle commence par tailler dans le bois une pièce assez solide pour servir de manche. Puis elle ramasse dans la rivière une pierre lisse et allongée. Enfin, elle assemble les deux au moyen de lanières découpées dans le cuir d'une bête que nous avons dépouillée. J'ai peine à m'imaginer en train de frapper le crâne d'un être humain à l'aide d'un instrument aussi meurtrier. "Tu seras étonnée de te rendre compte à quel point c'est facile, me dit-elle, quand quelqu'un essaie de te tuer." »*

(Extrait des journaux perdus de May Dodd.)

Mi-avril...

Wind s'est décidée à remodeler mes muscles atrophiés. Elle n'a pas besoin de me dire que, dans mon état actuel, je ne suis ni la reine de la chasse ni une guerrière confirmée. C'est pourquoi elle m'a proposé de construire une loge-à-suer. En l'absence de peaux ou de toiles, nous n'avons d'autre solution que de nous servir des pierres dont ces collines regorgent. Cela sera déjà l'occasion d'une bonne suée, me dit-elle, et l'exercice nous sera profitable. Nous avons choisi un endroit plus près de la rivière que de la grotte, suffisamment à l'abri des regards pour que d'éventuels voyageurs ne nous remarquent pas.

Depuis plusieurs jours, nous n'arrêtons pas de soulever des roches plus ou moins grosses, de les déplacer, les entasser, et encore, et encore... Un travail dur et fastidieux, dans le but d'accomplir la noble tâche qui consiste à les assembler, avec plus ou moins de bonheur, telle une gigantesque mosaïque. Je suis pleine de courbatures, tandis que Wind demeure infatigable, ce qui est à la fois encourageant et, forcément, très contrariant, si je me réfère à mes moyens limités.

Bien que de taille et de constitution moyennes, je m'estimais, après de nombreux mois de labeur chez les Cheyennes, plutôt forte pour une femme, et plus encore pour une Blanche. J'en étais arrivée à me croire capable de trimer aussi longtemps et aussi vite que les épouses cheyennes avec qui je partageais ma loge. Je m'étais fixé cet objectif et je n'étais pas peu fière de l'avoir atteint. Puis l'hiver était arrivé en même temps que ma grossesse, nous étions toutes enceintes, et le repos forcé nous a affaiblies. Ensuite, évidemment, la charge des militaires... cette maudite balle dans le dos...

Wind est un spécimen d'une espèce particulière. Je n'ai pas fourni, à ce jour, de description physique de ma femme-médecine. Si je le fais, peut-être aurai-je moins honte de paraître aussi frêle à côté d'elle (quand j'étais petite, on m'a souvent répété que j'avais un esprit de compétition un peu trop marqué)... Je vais commencer par son nom. Elle a longtemps été pour moi – comme sans doute sa jumelle, comment les reconnaître ? – un personnage inabordable tant elle inspire le respect. Toutes deux sont les principales conseillères de Little Wolf. Wind m'a appris que leur nom remonte à l'époque où elles étaient jeunes filles. Le Peuple traversait un jour une vaste plaine, dépourvue du moindre abri, lorsqu'une tempête avait surpris la tribu, soufflant des vents d'une force démesurée, si violents qu'on ne tenait pas debout. Les chevaux s'agenouillaient et s'effondraient. Les travois sur lesquels étaient attachés les peaux de bison, les mâts de tipi, divers bagages et même de jeunes enfants furent pris dans les tourbillons et projetés en l'air par-dessus les têtes. Il n'y avait d'autre solution que de se tapir, recroquevillé, en retenant ses filles et ses fils. Si l'on avait réussi à les rattraper, on leur plantait les doigts dans la terre. C'est alors qu'à une certaine distance, on avait remarqué deux silhouettes marchant contre le vent, portant toutes deux un enfant à chaque bras. Elles se faufilaient entre les rafales aussi aisément qu'un couteau tranche le beurre. Elles avaient fini par rejoindre le reste du groupe et s'étaient allongées aussi, sans lâcher leurs petits. On les avait par la suite surnommées Girls Who Move Against the Wind[1], un nom qui leur était resté à l'âge adulte.

Wind a les cheveux noirs, le teint très mat, un visage large, osseux, et des pommettes saillantes. Son nez est proéminent, légèrement busqué, son regard perçant, et ses yeux d'une couleur indéfinissable qui change suivant son humeur, le temps et la lumière. Parfois d'un jaune cuivré, telle une lune d'automne, ou ceux d'un loup, ils peuvent s'assombrir jusqu'à devenir profonds comme la nuit. D'une taille supérieure à la moyenne des femmes cheyennes, elle a une stature qui la grandit encore. De larges épaules, des bras fermes et robustes qui ont eu plus que leur part de dur travail, des jambes puissantes dont on devine qu'elles ont parcouru bien des miles. Je serais incapable de lui donner un âge. À l'évidence, je suis plus jeune qu'elle, mais ce n'est en aucune façon une vieille femme. Peut-être a-t-elle trente, quarante, voire

---

1. Celles qui avancent contre le vent.

cinquante ans. Son calme, son allure empreinte de sagesse et de dignité la font sans doute paraître plus vieille qu'elle ne l'est. Inébranlable, elle se révélera, selon les circonstances, aussi bien rassurante que terrifiante.

Par jeu, je me suis amusée à composer une petite allégorie. Supposons que vous soyez un ouvrier blanc de Chicago, la ville que j'habitais. En imaginant la scène, je pense à Harry Ames, qui était mon concubin là-bas.

En sortant d'une taverne, un soir, vous empruntez une ruelle sombre pour rentrer chez vous. Vous passez généralement par une rue mieux éclairée, mais c'est un raccourci, vous avez bu quelques bières et votre famille vous attend. En entendant du bruit derrière vous, vous vous retournez et découvrez qu'une meute de chiens errants, nombreux dans cette ville, a commencé à vous suivre. Leurs yeux brillent dans le noir, ils grognent d'un air menaçant, montrent des crocs blancs et luisants prêts à vous entailler la gorge. Il vous faut trouver immédiatement un moyen de leur échapper. Lorsque vous vous retournez dans l'autre sens, cette femme que je viens de décrire, Wind, surgit de l'ombre devant vous. Naturellement, vous êtes surpris... et c'est une surprise mêlée de crainte. Est-elle votre amie ou votre ennemie ? Difficile à dire. Vous n'avez guère le temps d'étudier la question, mais il émane d'elle une telle détermination que vous éprouvez du soulagement. Vous comprenez que cette femme a le pouvoir de vous tirer d'affaire et vous courez vers elle. Au moment où vous la rejoignez, les chiens vous foncent dessus en grondant et en aboyant. Par lâcheté, vous vous glissez dans son dos (oui, Harry, c'est toujours à toi que je pense) et, quand ils l'aperçoivent, ils se figent et détournent les yeux, tant son regard les impressionne. La queue entre les jambes, ils se mettent à gémir, inquiets, tournent en rond une minute, puis se dispersent rapidement. Elle les a intimidés, elle vous a sauvé.

Voilà la femme à qui j'ai le tort de me comparer. Nous continuons à ramasser des pierres pour monter les murs de notre loge-à-suer. Elle sera de forme circulaire, comme Wind a appris à les bâtir, jeune fille, dans le Sud-Ouest avec le peuple de son père, les Cheyennes du Sud, qui pratiquaient des échanges avec les tribus pueblos. Peut-être est-elle plus âgée que je ne le crois. Elle semble douée d'un courage et d'une sagesse intemporels.

Non daté

Bonheur ! Nous avons achevé notre loge et allons prendre notre premier bain de sudation. Wind commence par bénir le petit édifice sur lequel elle répand, pour le purifier, une mixture qu'elle a concoctée au-dessus du feu et qui est également censée nous protéger. Je souffre de mes courbatures, mais j'ai profité de ces journées de travail. Des pieds à la tête, j'ai repris du muscle, du tonus. Me voilà plus solide que jamais ! La vapeur flotte autour de nos corps nus, tandis que Wind asperge d'eau les pierres chauffées au feu et la sueur perle sur nos membres. Je me perds dans la contemplation de mes formes retrouvées. « Vanité des vanités »... Surtout que j'envie toujours la silhouette de Wind, ses admirables proportions, sa peau de bronze. Il est temps de courir jusqu'au ruisseau et de plonger dans l'eau glaciale. Je ne connais rien de plus revigorant !

Non daté

Maintenant que la loge-à-suer est achevée, Wind m'entraîne à chasser. Je commence à mieux maîtriser le tir à l'arc. Au lieu de rebondir sur les arbres (ou de passer à côté), mes flèches se plantent dans le tronc avec un *tchac* satisfaisant et cette vibration caractéristique qui indique que j'ai tapé dans le mille. Et j'ai tué mon premier cerf.

J'ai appris à écharner, dépecer et préparer les bisons et les élans que rapportaient les hommes, donc le sang et les viscères ne m'effraient pas. Je travaillais autrefois à Chicago dans une usine où l'on plumait et vidait les poulets, ce qui m'avait en quelque sorte préparée à la tâche. J'admets qu'abattre un gros mammifère n'est pas exactement la même chose. Je me souviens de la jument que j'ai achevée avec mon couteau pour lui ouvrir le ventre et placer le bébé de Martha dans ses entrailles, afin qu'il ne meure pas de froid, le matin où notre village a été détruit. Je ne sais plus quand les autres épouses de Little Wolf m'avaient raconté une scène de ce genre, mais elle était restée dans ma mémoire et j'avais agi presque sans réfléchir.

Je n'ai pas abattu mon cerf du premier coup. La flèche lui a transpercé le cou et j'ai suivi sa piste sanguinolente un bon quart d'heure avant qu'il ne s'écroule, encore vivant. Haletant, il braquait sur moi un regard terrorisé quand je me suis agenouillée près de lui. Avant de lui planter mon couteau dans le cœur, je lui ai demandé pardon, l'ai remercié pour son sacrifice, comme le font les Cheyennes en prenant la vie d'un animal.

Nous avons galopé dans les collines et le long de la rivière pour améliorer notre souffle et notre résistance. À ce jeu, je rattrape rarement Wind. Voilà une des admirables qualités de ce peuple, capable de courir jour et nuit à vive allure en cas de danger. Lorsqu'il campe en un lieu donné pendant une longue période, des courses sont organisées qui opposent les guerriers sur différentes distances. Notre chère Phemie, que nous avons perdue, avait des jambes fuselées et une foulée majestueuse. Toujours la plus rapide, elle surpassait les hommes et les femmes de toute la tribu. C'est peu de dire que je la regrette.

Wind nous a confectionné un casse-tête à chacune. Elle commence par tailler dans le bois une pièce assez solide pour servir de manche. Puis elle ramasse dans la rivière une pierre lisse et allongée. Enfin, elle assemble les deux au moyen de lanières découpées dans le cuir d'une bête que nous avons dépouillée. J'ai peine à m'imaginer en train de frapper le crâne d'un être humain à l'aide d'un instrument aussi meurtrier.

— Tu seras étonnée de te rendre compte à quel point c'est facile, me dit-elle, quand quelqu'un essaie de te tuer.

Nous sommes maintenant armées de couteaux, d'arcs, de flèches et de nos casse-tête.

— Il ne nous manque plus que des chevaux, poursuit-elle. Nous allons partir à pied et essayer d'en trouver sur notre route.
— Mais où ? Il faut encore les capturer.
— Ce n'est pas le plus compliqué. Commençons par en chercher. Si nous apercevons une troupe de chevaux sauvages, je me servirai de mon lasso pour en attraper deux. Peut-être croiserons-nous une bande de notre peuple, des Arapahos ou des Cheyennes, qui voudront bien nous en fournir quelques-uns, s'ils en ont assez. Nous n'avons rien à leur proposer en contrepartie, sinon ma médecine, mais c'est toujours ça. Il y a aussi nos ennemis, blancs ou indiens. Dans ce cas, nous agirons de nuit. Quand nous étions jeunes, ma sœur et moi étions les meilleures voleuses de la tribu. Nous avions tant de chevaux que nous étions riches. Comme nous ne sommes pas mariées, les hommes des sociétés guerrières nous offraient de la viande, des peaux et des prises de guerre en échange. Nous en donnions beaucoup aux pauvres, aux vieillards, à ceux pour qui s'en procurer était difficile. Mais voler est dangereux : nous risquons d'être tuées ou faites prisonnières. Maintenant, Mesoke, levons le camp. N'emportons que ce qu'il est possible de charger sur notre dos. Nous enterrerons le reste.
— Pourquoi ne pas le laisser dans la grotte ?
— Parce que d'autres sont capables d'y entrer et de se servir. Si nous enterrons nos affaires, et que nous sommes obligées de revenir, nous pourrons les déterrer, elles ne seront pas perdues.

Nous avons ainsi fait, ne gardant que nos couvertures, des réserves de viande séchée, la poêle, les couteaux, casse-tête, arcs et flèches. Wind avait cousu deux parflèches, dotés de sangles de cuir, que nous porterons en bandoulière, garnis de nos maigres possessions. Un peu lourds, mais on s'y fera.

J'éprouve une certaine appréhension, mais aussi une curieuse tristesse à l'idée de quitter cette grotte où j'étais à l'abri, où Wind m'a tout bonnement ressuscitée. Me voilà une personne neuve, prête à aborder l'existence sous un jour nouveau. J'ai décidé de laisser à l'intérieur, comme une sorte de relique, la page du registre que j'avais déchirée avant de confier celui-ci à Quiet One, Feather on Head et Pretty Walker. Peut-être qu'un voyageur las, ou une voyageuse, se réfugiant ici, la remarquera un jour. Peut-être trouveront-ils le réconfort à la pensée qu'une autre les y a précédés et que ce mot étrange les attendait.

Début mai

Nous cheminons depuis six jours, évidemment à pied, si possible sans nous éloigner de la rivière, près de laquelle il y aura toujours moyen de se cacher, si besoin. Pour faciliter notre progression, nous essayons de repérer et d'emprunter les foulées des animaux. Bien sûr, nous évitons les sentiers battus où la trace de l'homme est par trop sensible. De son œil exercé, Wind prête attention aux empreintes des chevaux de l'armée et des Blancs en général, reconnaissables à leurs fers. Autant s'en écarter. En revanche, les chevaux sauvages et ceux des éclaireurs ne sont pas ferrés, quoique ceux-ci protègent leurs sabots s'ils sont abîmés, en les chaussant d'un mocassin de peau. Dans ce cas, leurs montures laissent une empreinte différente. Les foulées nous mènent parfois dans les collines, mais il n'est pas question de gagner les contreforts des Bighorn Mountains dont les sommets sont encore enneigés. L'herbe est assez haute dans les plaines pour permettre aux chevaux sauvages d'y paître. Pour l'instant, nous n'en avons aperçu aucun.

J'ai plaisir à retrouver ce paysage et je m'étonne une fois de plus, moi qui suis née et qui ai grandi en ville, de m'être adaptée à la vie en plein air. Wind semble avoir une idée précise de la direction à prendre et, sans poser de question, je me contente de la suivre. Elle jouit d'une connaissance intime et instinctive de ce pays que son peuple nomade a parcouru pendant trop de générations pour les compter. C'est ce qu'on appelle l'inné. Il est merveilleux de voyager avec elle et Wind paraît aussi soulagée que moi de ne plus être confinée dans la grotte. Pourtant, nous avons beau nous être préparées, je ne peux nier qu'un sentiment de vulnérabilité me poursuit. Nous sommes après tout deux femmes seules dans une région infestée d'ennemis.

Trois jours plus tard

Bon Dieu, je me rends compte avec le recul que mes dernières lignes avaient quelque chose de prémonitoire. À propos de vulnérabilité... Nous étions en train de nous baigner dans la rivière, près de notre petit campement, comme chaque matin avant de manger et de nous remettre en route. En entendant des chevaux approcher, des hommes parler anglais, nous sommes rapidement sorties de l'eau et avons attaché nos couteaux à nos jambes. Nous avons enfilé jambières, mocassins, tuniques, et j'ai glissé mon carnet en bandoulière dans mon dos. Nos affaires – arcs, flèches, casse-tête, lasso, couvertures, poêle, tasses, ustensiles et mon autre registre vierge – étaient restées en haut. Nous ignorions qui étaient ces hommes et nous n'allions pas remonter pour essayer de le savoir. Il fallait nous cacher ou nous enfuir. S'ils étaient accompagnés d'un guide, celui-ci aurait vite fait de relever notre piste. Wind m'a indiqué par signes que nous devions marcher dans la rivière ou nager, dans le sens du courant, afin de ne pas laisser de traces. Nous allions revenir dans l'eau quand une voix a retenti derrière nous.

— *Ah, mes filles, quelle bonne surprise*[1] ! Jules n'a-t-il pas toujours dit qu'il était le plus grand des veinards ?

Rien que de l'entendre m'a glacé le sang. J'avais la chair de poule. Nous nous sommes retournées et Seminole était là, sur la rive, sa carabine braquée sur nous.

— Voyez-vous ça, deux bien-aimées qu'il aurait crues perdues et lui reviennent ensemble ! *Incroyable !* Où qu'il aille, quoi qu'il fasse, les femmes de Jules parviennent toujours à le retrouver. Elles ne peuvent oublier la douceur de sa bouche sur leurs seins.

Il a pointé son arme sur moi.

— Alors, serais-tu un fantôme ? s'est-il esclaffé. Eh oui, même les mortes ressuscitent pour Jules, tant ses charmes sont irrésistibles. On prétendait que tu avais succombé à tes blessures, qu'une

---

1. En français dans le texte.

balle t'avait atteinte dans le dos alors que tu te réfugiais sous une falaise. Quand Jules a appris ça, il s'est rendu sur place. Jules aime autant ses chéries vivantes que mortes, quand elles sont plus dociles. Mais il a eu beau chercher, tu n'étais plus nulle part.

— Qu'est-ce qui se passe, Seminole ? a demandé quelqu'un dans son dos. À qui tu parles ?

— Pas d'inquiétude, mon capitaine, a répondu l'infâme. J'ai deux merveilleux cadeaux à vous faire, à vous et à vos hommes. Vous aurez certainement envie d'accorder au bon Jules une petite prime pour son excellent travail d'éclaireur. Sortez de là, ma petite, m'a-t-il ordonné.

Braquant maintenant sur elle le canon de sa carabine, il s'est adressé à Wind en cheyenne.

— Toi aussi, femme du vent. Que Jules vous présente à ses estimés collègues, des messieurs bien élevés. Ils seront ravis d'avoir deux jolies filles pour compagnie.

Sous la menace de son arme, il nous a conduites à l'endroit où nous avions campé. Avachis sur leurs chevaux, s'y trouvaient cinq des personnages les plus abjects, tous blancs, que j'aurai jamais vus.

— Messieurs, a-t-il annoncé avec un grand geste du bras, vous avez devant vous la belle May Dodd de Chicago, et celle qui est devenue sa compatriote, la femme-médecine personnelle du grand chef Little Wolf, Woman Who Moves Against the Wind. Mesdames, voici les illustres membres du gang de Three Finger Jack, récemment exilés de nos territoires du Sud-Ouest, où de trop zélés représentants de la loi prenaient injustement plaisir à nous harceler.

Indiquant le premier de ceux-ci, il a poursuivi :

— Ici, l'intrépide chef de notre bande, Three Finger Jack soi-même. À sa gauche, Curly Bill Brody. Derrière lui, Wild Man Charlie Beaman. Et à sa droite, Mad Dog Mac Jackman[1]. Enfin, notre brillant conseiller spirituel que nous appelons simplement le

---

1. Dans l'ordre : Jack trois doigts ; Bill Brody le frisé ; Charlie Beaman le sauvage ; Mac Jackman le chien fou.

Diacre. Mes chéries, vous ferez bientôt plus ample connaissance avec chacun de ces gentlemen, dans le charme de l'intimité, bien sûr... à l'exception, peut-être, du Diacre, qui observe certains préceptes religieux.

Three Finger a craché un filet de salive imprégnée de tabac à chiquer.

— Seminole, tu veux la fermer ? a-t-il jeté.

Voûté sur son cheval, assez grand et doté de longues jambes, il avait une dégaine de banquier ruiné : melon poussiéreux, chemise sale boutonnée jusqu'au col (elle avait dû jadis être blanche), cravate de soie et gilet élimés, sous un pardessus râpé aux revers effrangés. En souriant, il a porté la main à son chapeau. À l'évidence, il se prenait pour une sorte de gentleman-bandit.

— Mes hommages, mesdames, enchanté de faire votre connaissance. Nous n'avons pas souvent la chance de croiser deux charmantes voyageuses et nous nous efforcerons d'assurer votre protection. Mes trois associés et moi-même saurons nous montrer galants.

Galants... Lesdits associés ont mis pied à terre, crachant à leur tour des jets de salive noire, et se sont approchés. Le dénommé Mad Dog s'est dirigé vers moi. C'était un homme trapu, aux petits bras, court sur jambes, pourvu d'une tête énorme. Prognathe, il avait à peu près ma taille. Les commissures de sa bouche étaient barbouillées de nicotine. On aurait pensé à un bouledogue dégoulinant de bave. Il a collé son visage contre le mien et ses lèvres repoussantes ont dessiné un affreux sourire.

— T'es peut-être attifée comme une sauvage, mais t'en es pas une, toi ? Bon sang, une jolie fille comme ça, on en mangerait.

J'ai reculé lorsqu'il a tiré sa langue noirâtre pour l'agiter devant moi. J'ai cru vomir tant il était laid, et son haleine, puante.

Leur compagnon Wild Man s'est avancé vers Wind. Peut-être le plus crasseux de la bande, c'était en tout cas l'individu le plus poilu que j'aie jamais rencontré. Une tignasse grasse sur un front bas, d'épais sourcils noirs, une barbe couleur de chique, garnie de je ne sais quelles autres saletés. Dire qu'il ressemblait à un singe reviendrait à insulter l'espèce. Il s'est dressé face à Wind en lâchant :

— Celle-là, à la moindre occasion, elle te collera son pied dans les parties.

Comme pour confirmer ses propos, Wind lui a donné un violent coup de genou entre les jambes. L'homme s'est affalé en hurlant, les mains sur ses organes intimes. Les autres ont éclaté de rire, comme s'ils n'avaient jamais rien vu de plus drôle.

— Fallait pas lui donner l'occasion, a commenté Three Finger.

— Je te tuerai ! criait Wild Man en se tortillant par terre. Je te tuerai, saloperie de squaw !

Seminole a collé le canon de sa carabine sous le menton de Wind et, lui relevant la tête, lui a dit en cheyenne ce que je traduirais par : « Femme du vent, Jules ne pourra pas te défendre contre ces gentlemen, et ta médecine est impuissante ici. Si tu veux rester en vie, il faudra te donner à eux et satisfaire leurs besoins, comme tu t'es autrefois donnée à Jules, avec amour et tendresse. Bien sûr, ma belle, tu te rappelles nos longues heures de bonheur... Seulement, je ne suis que leur employé et, même si tu te soumets à leurs désirs, ils restent capables de te tuer. »

Le quatrième larron paraissait plus jeune que les autres. Avec ses bottes, ses éperons et ses jambières de cuir, il avait tout du cow-boy. Sans doute l'avait-on surnommé Curly ironiquement car, en retirant son chapeau pour essuyer son front avec sa manche, il a révélé un crâne parfaitement chauve, à la peau rose comme celle d'un bébé. Il a filé droit vers nos parflèches, qu'il a ouverts l'un après l'autre, avant de vider leur contenu sur le sol et d'éparpiller nos affaires avec la pointe de sa botte. Il a ramassé mon registre vierge, l'a considéré brièvement et l'a jeté au feu, où il s'est consumé un instant avant de s'embraser. Il y a ensuite jeté nos arcs, nos flèches et nos casse-tête. Notre poêle, nos petites tasses de métal étaient posées sur une pierre à côté. Il a tout envoyé promener d'un coup de pied. Si fières du peu que nous avions, nous nous croyions riches. Bien que ce fût le cadet de nos soucis, les voir partir en fumée, pour ainsi dire, m'a rendue malade.

Curly a ramassé ma couverture et l'a reniflée.

— Sent bon... Ça doit être la tienne, ma jolie...

Il a regardé Wind.

— ... parce que les squaws qui puent, je les flaire à des miles à la ronde.

Il a fourré ma couverture dans un parflèche, qu'il m'a tendu.

— Tu peux le garder, m'a-t-il dit, comme si c'était une largesse de sa part. Le lasso, aussi. On aura une couverture propre, ce soir, pour se tenir au chaud, tous les deux. Et j'aurai assez de corde si j'ai besoin de te ligoter.

— Ne va pas trop vite en besogne, lui a conseillé Three Finger, crachant de nouveau par terre. Elle ne t'appartient pas, gamin. Tu attendras ton tour.

— Oui, patron, je sais. Et toi, la squaw, tu peux prendre la tienne. Je la touche même pas.

La pliant soigneusement, Wind l'a rangée dans son parflèche, qu'elle a suspendu à son dos, comme moi.

Le gang disposait d'une demi-douzaine de chevaux supplémentaires, dont deux servaient de bêtes de somme, chargés de marchandises, certainement volées. Les hommes nous ont passé un lasso autour du cou avant de nous faire monter à cheval. Wild Man s'était redressé et, se hissant maladroitement sur sa selle, il s'est assis en gémissant de douleur.

— Putain ! s'est-il exclamé. Je vais la tuer, je jure que je vais la tuer, cette immonde raclure d'Indienne de merde.

Wind était tenue en laisse par cette fripouille, tandis que le dénommé Mad Dog me tirait par l'autre bout de son lasso.

Après tout ce que j'ai enduré, l'année passée, avec mes amies... Nous avions déjà été enlevées et violées par une bande de Crows. Notre pauvre Sara avait été assassinée sous nos yeux. L'attaque de notre camp à l'aube, pendant lequel tant de femmes sont mortes avec leurs bébés. Ma blessure, cette longue et pénible convalescence... et voilà... je crois que je ne me suis jamais sentie aussi misérable qu'à ce moment, la corde au cou, captive d'un gang de malfaiteurs guidé par Jules Seminole. Je n'avais plus de larmes pour pleurer, ni la force d'être terrorisée. Cette somme d'épreuves, de pertes, de douleur pour en arriver là. Était-ce bien la peine ?

Au bout de quelques heures de route, les bandits se sont arrêtés pour manger. Ils nous ont ignorées, dans l'intention peut-être de nous soumettre par la faim. Qu'importe, je n'aurais rien pu avaler. Je m'attendais à être violée, battue par un ou plusieurs de ces messieurs, même achevée avec un peu de chance. Notre heure était venue, je ne pensais qu'à en finir.

Mais nous sommes repartis. J'observais Wind, de temps en temps. Toute la journée, elle a gardé la tête haute, fièrement. Son visage impénétrable ne trahissait rien – ni la peur, ni le découragement, ni la volonté de résister. Comme toujours, elle restait calme, réfléchie, imperturbable.

En fin d'après-midi, nos ravisseurs ont remis pied à terre afin d'installer leur bivouac pour la nuit. Ces crapules ont noué nos lassos à un arbre pendant qu'ils montaient leur camp. Tandis que nous les regardions, ignorant encore ce qui allait advenir de nous, Wind m'a chuchoté quelques mots. Elle se reprochait notre situation. Selon elle, il avait suffi qu'elle parle de Seminole, quelque temps plus tôt, pour le faire réapparaître, l'avertir de notre présence et nous mener à lui. Je n'en ai rien cru. Ces histoires de sorcellerie ne changeaient rien à l'affaire. Nous étions prisonnières de ces hommes, et c'est tout.

Three Finger nous a annoncé que, après le dîner, il jouerait au poker avec ses acolytes. Le gagnant choisirait l'une d'entre nous, la posséderait à loisir pendant la première nuit, l'autre revenant au moins mauvais joueur. Ils prévoyaient de recommencer, les soirs suivants, afin que chacun reçoive sa « part du butin ».

— Si je remporte la squaw, a jeté Wild Man, je la tue, cette truie. De toute façon, avec mes roustons gonflés comme des pastèques, j'arriverai pas à bander.

— Tu n'en feras rien, Wild Man, a rétorqué Three Finger. Tu as le droit de la bousculer un peu si ça te chante, à condition de ne pas laisser de marques. Mais la tuer ou l'abîmer, non, parce qu'on veut en profiter, nous aussi. Compris ?

— Oui, patron…

— Si c'est moi qui l'emporte, a dit Curly, je la loue à un de vous trois. Je ne supporte pas l'odeur des sauvages.

— Je te prends au mot, mon gars, lui a répondu Mad Dog. Elle est pas si mal, et c'est mieux que chouchouter la veuve poignet tous les soirs. Je lui attacherai les bras et les jambes sur des pieux et je lui collerai un bâillon sur la bouche. Elle me touchera pas, me mordra pas et elle laissera mes bourses tranquilles.

— Voyons, mes amis, s'est indigné leur cher Seminole. Jules peut vous affirmer, et il parle d'expérience, que cette femme-médecine est une fière amoureuse, sucrée comme l'herbe aux bisons. Bien sûr, notre doux béguin date d'il y a très longtemps, lorsqu'elle était encore jeune fille. Quels charmants ébats nous avons eus, tous les trois, elle, sa jumelle et moi ! Elles étaient tendres et dociles comme deux agneaux de lait. Jules a l'intention de gagner au poker, ce soir.

Je me suis tournée vers Wind, dont le visage, à l'instant, exprimait enfin quelque chose. Elle braquait un regard haineux sur Seminole et contenait à peine sa fureur. J'ai compris qu'il avait dû les violer toutes les deux pendant leur enfance.

— Jules ne touchera pas aux cartes, l'a rabroué Three Finger, pas plus ce soir qu'un autre. Seuls les Blancs joueront au poker. Pas question de partager avec un sang-mêlé.

— Mais, mon capitaine, c'est tout de même Jules qui les a trouvées et qui vous les apporte. Il mérite une récompense pour ses jolis cadeaux.

— Tu as entendu le patron, a tranché Curly. J'ai idée que tu as fourré les moutons plus souvent que les femmes. Pas question que tu nous refiles la fièvre aphteuse.

Ils ont éclaté de rire – à l'exception de Seminole, bien sûr.

— Cow-boy, si tu savais combien de femmes ont goûté au sirop de corps d'homme de Jules Seminole, tu n'en reviendrais pas. Figure-toi qu'elles en redemandent.

Le Diacre s'est agenouillé devant moi. Tout de noir vêtu, comme il sied aux prêtres, il avait un visage dur, anguleux, des yeux aussi noirs que ses frusques et aussi dénués d'humanité qu'un boulet de charbon.

– Voyons, voyons, ma petite dame, a-t-il susurré d'une voix basse et caressante. En voilà, une gracieuse créature... Notre guide Seminole prétend que vous seriez l'épouse d'un chef indien. Que vous lui auriez donné un enfant. Faut-il le croire ?

Je n'ai pas répondu et il m'a giflée.

– Espèce de répugnante traînée ! S'accoupler avec des sauvages, mettre au monde de petits moricauds... Vous êtes la honte de votre race, une insulte au Seigneur. Vous brûlerez en enfer pour expier vos péchés. Je ne vous toucherai pas.

– Enfin une bonne nouvelle, ai-je persiflé.

Il m'a giflée à nouveau et j'ai ajouté :

– Il va falloir vous laver les mains, cela fait deux fois que vous me touchez.

– Ouh là ! s'est écrié Three Finger, c'est qu'elle aurait du cran, la drôlesse. Faut que je vous dise, les gars, je me sens en veine, ce soir. J'ai comme idée que ce petit chou va me tomber dans les bras. Alors fiche-lui la paix, le Diacre, elle n'est pas à toi et j'insiste : il ne faut pas abîmer la marchandise. Pour être franc, curé, on en a plein les fesses, de ton prêchi-prêcha. Tu en veux pas ? Parfait. Dans ce cas, tu ne joues pas.

– Je n'ai jamais dit que je n'en voulais pas, j'ai dit que je ne voulais pas la toucher, du moins pas comme vous, mécréants que vous êtes. Vous vous vautrez dans la souillure, vous vivez dans l'avilissement du corps et de l'esprit...

– Tu as juste envie de lui taper dessus, c'est ça ?

– Elle a besoin d'une rossée, d'une bonne leçon pour se racheter. Elle suppliera le Seigneur de bien vouloir lui pardonner.

– Évidemment, c'est ça qui t'excite, le Diacre. Seulement, ton Seigneur ne joue pas au poker. Alors, bas les pattes !

Ils ont dîné au coucher du soleil. Nous étions toujours attachées et ils ne nous ont rien donné à manger. Leur repas terminé, ils ont entamé une partie, assis en tailleur autour du feu. Ils utilisaient des brindilles en guise de jetons et celui qui perdait tous ses gains était éliminé. Pendant ce temps, Seminole leur servait du whiskey qu'il leur faisait payer. Quand l'un d'entre eux était exclu du jeu, celui-là semblait n'avoir d'autre choix que de se coucher ou de continuer de boire jusqu'à s'écrouler ivre mort.

Seminole leur gardait rancune d'avoir été écarté dès le départ, ce qui ne l'empêchait pas de se saouler, lui aussi. J'ai repensé au soir où il avait apporté de l'alcool au village. Pris de boisson, les guerriers étaient devenus fous et la pauvre Daisy Lovelace s'était fait violer à plusieurs reprises. Après quoi Little Wolf avait banni Seminole de la tribu. Sa bouteille à la main, il s'est approché de nous en vacillant, pour tomber à genoux devant moi.

– Ah, ma chérie... Jules a presque oublié de t'annoncer la bonne nouvelle. En ton absence, tes chers amis Martha et Jules se sont mariés. Si tu n'avais pas filé comme ça, tu aurais été notre demoiselle d'honneur.

– Ne racontez pas d'histoires, Seminole ! Martha et son enfant ont été confiés au capitaine Bourke.

– Non, non, non, non... Son bien-aimé et ses étreintes lui manquaient trop. L'armée a voulu la renvoyer à Chicago, mais elle est descendue du train pour partir à la recherche de Jules, et il l'a trouvée. Nous étions si heureux ensemble. Hélas, on me l'a enlevée...

– Vous êtes malade. Laissez-moi tranquille !

Sans lâcher sa bouteille, il s'est dirigé à quatre pattes vers Wind.

– Ah, ma petite, ma chère petite, a-t-il chuchoté, j'ai de si bons souvenirs de toi et de ta sœur. Ah, ces jolies chattes...

La colère se lisait sur le visage de Wind.

– Un jour, a-t-elle sifflé entre ses dents, je jure de t'arracher le cœur et de le jeter en pâture aux chiens. Une vision me l'a appris et cela arrivera.

Ses mots étaient comme une gifle. Selon la façon dont on parle, la langue cheyenne sait être douce et musicale, mais aussi très discordante.

Seminole a réussi à se relever et, titubant, s'en est retourné près du feu.

— Ils ont volé l'épouse de Jules, marmonnait-il, mais notre amour triomphera et nous réunira. Comme toujours.

Il s'est effondré devant les joueurs de cartes.

— Mesoke, a murmuré Wind. As-tu ton couteau sur toi ?

Ces canailles n'avaient pas découvert les gaines de nos couteaux, sanglées à nos mollets, sous nos jambières de cuir.

— Oui. Je pensais que nous pourrions profiter de ce qu'ils sont saouls pour couper nos liens et filer.

— Non, celui qui s'appelle Three Finger n'est pas ivre. Il nous rattraperait. Écoute et rappelle-toi bien ce que je te dis. Quand les deux derniers auront terminé de jouer, ils viendront nous trouver. Nous les laisserons nous détacher et nous emmener où ils voudront. Ils s'éloigneront du feu pour empêcher les autres de nous voir avec eux. Va tranquillement avec le tien. Ne te bats pas, n'essaie pas de résister. Dis-lui qu'il peut faire ce qu'il désire. Dis-lui même que tu en as envie.

— Que j'en ai envie ? Mais quelle horreur... ai-je soufflé, dégoûtée. Je ne supporterai pas qu'un de ces misérables me touche. Je préférerais mourir qu'être violée encore une fois.

— Écoute-moi, Mesoke. Three Finger va remporter la partie et tu seras pour lui. Fais comme s'il te plaisait. Quand il retirera son pantalon et qu'il s'allongera près de toi, tu le caresseras. Compris ?

— Oh, Seigneur... Oui, je crois.

— Comme une femme avec l'homme qu'elle aime. Il gémira de plaisir. Continue jusqu'à ce qu'il répande sa semence, et alors tu le tues comme je t'ai montré. Tu y arriveras ?

— Oui, oui... sans doute. Mais s'il essaie de me prendre avant ? Je ne permettrai pas qu'il me possède.

— Tu le tues de la même façon.

— Et ensuite ?

— Ensuite, tu ne bouges pas, à moins que tu aies besoin de te dégager. Si leurs compagnons se réveillent, ils nous tueront aussi. Attends que tout soit silencieux, qu'ils dorment à poings fermés. Je te rejoindrai. Sois prête. Nous irons vers leurs chevaux. Je saurai les calmer pour qu'ils ne nous trahissent pas. Tu iras chercher ton parflèche à côté de la bûche sur laquelle sont posées les brides. Prends-le à l'épaule et ramasse doucement une bride. Serre le mors dans ta main. Tu le réchaufferas et le métal ne fera pas de bruit. Le cheval sur lequel tu étais aujourd'hui te reconnaîtra. Passe-lui la bride et détache sa longe du piquet. Accroche l'autre bout de sa longe au licou pour qu'elle ne traîne pas par terre. Tu détacheras en même temps que moi celles des autres chevaux et nous les accrocherons aussi. Ils commenceront à s'agiter un peu. Alors on monte vite en selle, je te donne le signal, et en avant ! Les autres se mettront à galoper derrière et la plupart vont nous suivre. Les hommes se réveilleront sans doute mais ils seront encore trop saouls, trop lents pour nous rattraper ou rattraper leurs bêtes. Tu as compris, Mesoke ?

— Parfaitement, Wind, j'ai compris.

Nous avons attendu la fin de leur partie qui traînait en longueur. Les nuits sont encore fraîches en cette période de l'année, nous nous trouvions assez loin du feu et ils ne nous avaient pas donné nos couvertures. Les deux derniers joueurs ont tout de même terminé et se sont approchés. Wind avait vu juste, Three Finger s'est agenouillé près de moi et m'a montré sa main mutilée.

— Je sais qu'ils sont pas bien beaux, a-t-il dit en agitant les trois doigts qui lui restaient, mais ces petits cochons savent faire les bonnes choses aux bons endroits. Tu te pâmeras de volupté…

Il a dénoué le lasso qui me retenait à l'arbre.

— Tu as l'air d'avoir froid, ma douce, on va arranger ça.

Wind était promise à Mad Dog, celui qui avait juré de la bâillonner, attachée à quatre pieux. La tirant violemment vers lui, il l'a forcée à se lever.

— Fais comme je t'ai dit, Mesoke, m'a-t-elle rappelé en cheyenne, pendant qu'il l'entraînait avec lui d'une démarche chancelante.

Il faisait une tête de moins qu'elle et elle a dû le soutenir pour qu'il ne tombe pas.

— Inutile de me brutaliser, lui a-t-elle murmuré en anglais. Je prendrai soin de vous sous les peaux de bison, vous pourrez me faire ce qu'il vous plaira.

— Bonne fille ! Voilà ce qu'on aime entendre... Je t'avais pas dit que j'étais pas si méchant ? Allez, m'dame la squaw, tu as beau puer comme une sauvage, je m'en fous tellement j'ai bu. La nuit est à nous...

Tandis que Three Finger m'emmenait avec lui, je l'ai complimenté, respectant point par point les instructions de Wind. J'avais espéré qu'il remporterait la partie... Il était si séduisant... Je ne pouvais lui résister...

— Je vous donnerai du plaisir, Jack, et, demain, nous voyagerons comme un jeune couple...

— Exactement ce que je pensais. Bon Dieu, May, c'est moi qui ai réuni ce gang et je ne vais pas te partager avec ces feignants. Je gagnais ma vie en jouant aux cartes, dans le temps, alors je les ai aidées un peu, ce soir...

Devant sa couche, Three Finger a retiré manteau, gilet et cravate qu'il a minutieusement pliés avant de les poser sur le sol. Puis il a ôté son melon qu'il a doucement placé sur ses vêtements. Et il a fini par s'asseoir pour se déchausser.

— J'ai trop froid pour me déshabiller comme ça, Jack. Mettons-nous sous les couvertures que je vous enlève votre chemise. J'ai envie de vous toucher, d'explorer votre corps...

— Oh ouais, ma chérie, oh ouais, a-t-il dit d'une voix rauque tandis que nous nous allongions. Je suis bien d'accord, je voyais ça comme ça. Three Finger Jack n'a jamais eu besoin de forcer une fille.

— Je savais que vous étiez un vrai gentleman, Jack.

Sous l'épaisse couverture de la Hudson Bay Co., j'ai déboutonné sa chemise pendant qu'il tâtonnait maladroitement sous ma tunique de daim, à la recherche de mes seins qu'il a fini par trouver avec ses trois doigts. Je l'ai débarrassé de ses bretelles.

— Baisse ton pantalon, lui ai-je suggéré, un peu essoufflée, comme gagnée par l'excitation. Je n'y arriverai pas toute seule et il faut que je te sente, que je te rende heureux.

— Oh oui, chérie, oh oui...

S'il n'avait pas autant bu que les autres, il était quand même ivre et il a dû se démener avec son froc, qu'il a repoussé jusqu'à ses genoux, sans prendre la peine de dénuder ses jambes. Pendant ce temps, j'ai libéré mon couteau de sa gaine pour le poser par terre près de moi.

— Allonge-toi, Jack, que je m'occupe de toi. Je te caresse d'abord, et ensuite tu viens dans ma bouche, si tu veux.

— Oh oui, chérie, oh oui...

C'est arrivé plus vite que je ne m'y attendais. J'avais à peine ouvert la braguette de son caleçon et pêché son membre en érection qu'il s'est contracté en gémissant. Un soubresaut des hanches et il projetait son sperme répugnant.

— Oh oui, chérie, c'est bon, c'est si bon...

J'ai ramassé le couteau et, appliquant toute ma force, je lui ai tranché la gorge d'un seul geste, comme Wind m'avait montré. Un souffle d'air imprégné de whiskey s'est échappé de sa trachée en même temps que le sang, lui inondant la bouche, produisait un léger glouglou. Les yeux épouvantés de Three Finger Jack brillèrent un instant au clair de lune.

— Tout le plaisir est pour moi, ai-je chuchoté tandis que son regard se figeait.

Moi qui n'avais jamais tué personne, j'avais toujours imaginé que, si les circonstances m'y obligeaient, je serais ensuite hantée par le remords et la honte. Mais pas du tout. J'éprouvais, au contraire, un vif sentiment de justice, de liberté, de puissance. J'ai pensé, quelque temps plus tard, que la violence dont j'avais été le témoin et la victime dans les plaines m'avait changée... et, peut-être à cet instant, étais-je devenue une véritable « sauvage ».

Levant les yeux, j'ai reconnu Wind derrière moi dans l'ombre. Elle m'a fait signe de la rejoindre. J'ai essuyé mes mains et les deux plats de la lame sur la couverture, dont je me suis dégagée. Nous avons décrit un grand cercle autour du campement, sans nous diriger immédiatement vers les piquets et les chevaux. C'était le moment le plus dangereux. Il ne fallait pas qu'un ou plusieurs d'entre eux, alertés, s'ébrouent ou hennissent. Quiconque vit dans la prairie, Indien ou Blanc, de jour ou de nuit, sait reconnaître ce signal qui trahit la présence d'intrus. Mais comme elle l'avait annoncé, Wind leur a parlé en cheyenne, si bas qu'on la devinait à peine. Rassurés, ils dressaient simplement l'oreille d'un air curieux. Leurs brides étaient étendues ensemble sur un arbre renversé à proximité, et nos parflèches posés derrière. Nous les avons récupérés et fixés sur notre dos. Avec mille précautions, j'ai choisi une bride dont j'ai saisi le mors. Reconnaissant mon cheval, je l'ai rejoint, lui ai mis un bras autour du cou pendant que je lui caressais gentiment le museau. Il a émis un petit souffle satisfait par les naseaux. Je lui ai passé la bride et lui ai doucement glissé le mors dans la bouche. Puis j'ai détaché sa longe, que j'ai enroulée sur elle-même avant de la fixer sur le licou. Wind et moi avons vite répété le même geste avec les autres chevaux, puis nous avons monté les nôtres et les avons orientés dans la direction opposée à la rivière. Wind a sorti d'une poche, sur le flanc de sa tunique, une forme sanguinolente que je n'ai pu identifier. Souriante, elle m'a regardée en hochant la tête puis elle a brandi cette chose en l'agitant fièrement et elle a poussé le cri le plus sauvage, le plus terrible, le plus glaçant que j'aurai entendu de toute ma vie. Pourtant, j'en ai entendu quelques-uns.

Nos chevaux et les autres sont aussitôt partis au galop et j'ai failli tomber du mien. Heureusement que j'ai grandi dans le milieu fermé des riches habitants de Chicago, ce qui m'a permis de me frotter à des pur-sang de course dès mon plus jeune âge. Je n'allais pas me laisser désarçonner aussi facilement. Nous nous sommes élevées au-dessus des arbres et de la rivière pour atteindre le sommet d'une colline, à découvert, où nous sont parvenus les lointains braillements de nos ravisseurs qui se réveillaient, encore saouls, et comprenaient ce qui était arrivé. Pendant que nous poursuivions notre course dans les plaines, sous une demi-lune, les neuf autres chevaux du gang galopaient derrière nous en ordre dispersé, comme s'ils tenaient à s'échapper, eux aussi.

À l'aube, nous avions franchi une distance suffisante depuis le campement. Nous avons ralenti la cadence et nous sommes finalement arrêtées à un point d'eau pour faire boire nos deux chevaux et leur offrir un peu de repos. Les neuf autres nous ont retrouvés peu après, sans doute guidés par la soif. Ils ont henni doucement en rejoignant les nôtres. Tandis qu'ils se rafraîchissaient, j'ai demandé à Wind quelle était cette chose qu'elle avait brandie tout à l'heure. Il faisait maintenant assez clair pour distinguer des taches de sang sur sa tunique. J'en avais aussi sur la mienne et sur mes mains. Nous sommes descendues de cheval pour nous rincer le visage et nous laver.

Elle a retiré la chose... je devrais dire l'organe de sa poche.

– C'est le cœur de celui qu'ils appelaient Mad Dog. Il ne pourra pas aller à Seano sans lui. Je souhaitais arracher celui de Seminole, mais il dormait près du feu au milieu du campement, et j'ai eu peur de réveiller tout le monde.

Un jour du mois de mai

En faussant compagnie à Seminole et aux survivants de sa bande, nous avons récupéré nos parflèches vides. Il nous reste nos couteaux et les lassos que nous avons détachés des selles de ces bandits. Nous avons l'habitude de vivre à la spartiate, cependant nous disposons maintenant d'un précieux butin : les onze chevaux que nous leur avons dérobés.

Si les hommes et les femmes-médecine se flattent souvent d'être à l'origine d'événements extraordinaires, Wind ne se vante jamais de rien. Je peux toutefois affirmer, par expérience, qu'elle a un don pour amadouer les chevaux. Sinon, comment expliquer le fait que tous ceux qui étaient attachés là-bas se soient joints à nous quand nous les avons libérés ? En réfléchissant, j'ai compris que, pendant que ces messieurs nous tenaient prisonnières, elle a repéré l'animal dominant de la troupe. C'est précisément celui qu'elle a choisi au moment de s'enfuir, en espérant qu'au moins quelques autres le suivraient. Ils se sont déployés dans les plaines sans trop se disperser, mais je n'étais pas certaine de les revoir. J'aurais pensé que certains seraient peut-être retournés auprès du gang. En ce qui me concerne, je m'estimais heureuse que nous en ayons chacune un. Je me félicite que nos ravisseurs soient privés de montures et qu'ils soient obligés de marcher un bon moment, où qu'ils aient l'intention d'aller.

Une chose est sûre, nous avons besoin de nous réapprovisionner. Nous savons nous contenter de peu, nous pouvons faire cuire de la viande en improvisant des brochettes avec des baguettes de bois, et nous mangeons avec les doigts comme les Indiens. Mais il va nous falloir autre chose que nos couteaux pour chasser, ne serait-ce qu'un arc et des flèches, bien que, ces derniers jours, nous ayons réussi à tuer quelques tétras et lapins à coups de pierre, même à pêcher avec nos mains dans les ruisseaux. Pour l'instant, nous trouvons de quoi subsister.

J'ai imaginé un plan d'action qui requiert un peu d'ingéniosité et dont nous devrions tirer profit. Jusque-là, nous avons soigneusement évité les endroits habités, qui ont à présent toute notre attention. Nous nous aventurons dans le nord du territoire du Wyoming, vers les contreforts des Bighorn Mountains et nous sillonnons un rayon d'une douzaine de miles autour de Fort Fetterman, où de nombreuses troupes sont en garnison et où le général George Crook a établi ses quartiers. Mon amie Gertie nous avait averties que le fort servirait de base aux campagnes d'hiver visant à briser la résistance des dernières bandes libres. J'ai idée que l'aide de camp du général, le capitaine John G. Bourke, qui est mon ancien amant et le père de Little Bird, ma fille, pourrait bien y être stationné.

Histoire de tâter le terrain, Wind et moi nous sommes déplacées aussi subrepticement que possible dans la région, comme seulement les Indiens savent le faire. Wind a connu ce pays toute petite, bien avant que ses ennemis s'en emparent. À proximité du fort se trouve maintenant un village de colons, qui pourvoient à ses besoins. Il s'agit, tout au plus, d'une série de tentes, complétées par une poignée de maisons neuves et de quelques autres en cours de construction.

La première propriété que nous avons repérée est une modeste exploitation, dotée d'un bâtiment de ferme au toit de bardeaux et aux murs de planches, sciées à la main. Il ne leur manque qu'une couche de peinture. Devant le bâtiment se dresse une remise qui jouxte deux enclos ; le premier renferme un cheval et une vache laitière, le second, deux cochons et une portée de gorets. Derrière la maison, s'étend un pré clôturé où paît un petit troupeau de bovins. Nous avons observé les lieux depuis les collines pendant une journée et demie, pour avoir une idée des occupants et de leurs habitudes. Un jeune couple sans enfants habite là. Le mari emporte partout avec lui une carabine Winchester, qu'il pose à portée de main tandis qu'il vaque à ses corvées. Son épouse travaille au jardin, s'occupe des poules, des cochons, remplit des seaux dans un puits qui paraît récent.

Cet après-midi, j'ai laissé Wind à notre poste de surveillance et je suis descendue à cheval. J'en tirais un autre derrière moi au bout de sa longe. À peine m'a-t-il aperçue que l'homme a ramassé son fusil, l'a armé et l'a maintenu en travers de sa poitrine.

— Halte ! m'a-t-il ordonné, la paume tendue vers moi, ce geste universel qui signifie « stop ».

J'ai obéi.

— Qui êtes-vous et que voulez-vous ?

— Je suis blanche, lui ai-je répondu, bien que je n'en aie pas l'air. Je ne suis pas armée et je désire simplement vous parler.

— Bien. Avancez... lentement... Et pas de gestes brusques.

J'ai levé les mains. La dame est sortie du bâtiment de ferme et m'a étudiée depuis le perron. Je me suis rapprochée de son mari et j'ai mis pied à terre.

Il m'a examinée avec curiosité.

— S'il est vrai que vous êtes blanche, pourquoi êtes-vous vêtue comme une sauvage ?

J'ai suivi son regard : ma tunique, mes jambières et mes mocassins en daim étaient tachés et déchirés par endroits. Wind avait fait son possible pour laver toute trace de sang et les recoudre, mais je comprenais bien l'impression que je donnais à ces gens.

— J'ai été retenue prisonnière un long moment, leur ai-je annoncé. Votre maison est la première que je trouve sur mon chemin. Je voudrais vendre mon deuxième cheval.

— Quelle tribu vous a enlevée ?

— Les Pawnees, ai-je menti, ceux-ci comptant parmi les ennemis des Cheyennes.
— Ceux qui se coiffent bizarrement ?
— Voilà.
— Ils vous ont gardée longtemps ?
— J'ai perdu la notion du temps... deux ans, peut-être.
— Ont-ils... ?

L'homme a baissé les yeux en retournant la terre avec la pointe de sa botte.

— Non, rien de la sorte. Ils m'ont traitée correctement et ils ont fini par me relâcher.
— Pourquoi n'allez-vous pas à Fort Fetterman ? Vous n'êtes pas loin et l'armée vous viendrait en aide.
— C'est ce que j'ai l'intention de faire. Mais auparavant, j'aimerais savoir ce que vous me donneriez en échange du cheval.
— Il nous serait bien utile. On peut le seller ?
— C'est un cheval de selle et de bât.
— Il ne craint pas le bétail ?
— Je n'en sais rien. Il répond aux rênes et il est obéissant. Je ne vois pas ce qui s'y opposerait.
— Combien en voulez-vous ?

Je me suis tournée vers l'épouse.

— Je voudrais prendre un bain et j'ai besoin d'une robe, de linge de corps, de bas, de chaussures, d'une brosse à cheveux ou d'un peigne.

Puis à nouveau vers le mari.

— Et de cent dollars en liquide.
— C'est cher payer.
— J'ignore combien coûte un cheval décent, de nos jours. Mais, il y a quelques années, il fallait compter deux cents. Celui-ci est en bonne santé, encore jeune, doux et il est bien ferré.

Je me suis retournée vers la dame.

— Je ne vous demande pas votre plus belle robe ni votre meilleure paire de chaussures. N'importe quoi fera l'affaire, même des vêtements de travail. Ce qui m'importe, c'est de pouvoir me présenter en ville sans qu'on m'insulte, qu'on me frappe ou qu'on me tue parce que j'ai l'air d'une squaw blanche.

J'ai fixé mon interlocuteur.

— Mon prix n'est pas si élevé que ça.

Son épouse a souri.

— Aimeriez-vous dîner avec nous, madame, m'a-t-elle proposé, quand vous aurez pris votre bain et que vous vous serez changée ?

— Oh oui, j'en serais ravie. C'est fort aimable de votre part.

— Je m'appelle Sarah.

Sur son fourneau, elle a mis de l'eau à chauffer qu'elle a versée pour moi dans une baignoire en fer et m'a prêté un bon vieux savon. J'ai défait mes nattes et me suis lavé les cheveux. Juste ciel, c'était divin. Sarah m'a donné une simple robe à carreaux rouges et blancs, des dessous, de longs bas de coton, maintes fois reprisés, mais doux et chauds, et des chaussures de grosse toile aux talons heureusement assez courts. Moi qui me suis habituée aux mocassins, j'ai craint de ne pas pouvoir les porter et mes premiers pas ont été hésitants.

Gênée, Sarah s'est excusée de n'avoir que ces frusques à m'offrir, mais je l'ai assurée qu'elles étaient bien assez élégantes. Un vrai luxe ! Je me suis brossé les cheveux, qu'elle a relevés avec des épingles. Puis elle m'a mis un miroir devant les yeux.

— Regardez, May, comme vous êtes jolie.

Presque toutes les loges de notre village possédaient un miroir, rapporté des comptoirs, mais il y avait longtemps que je ne m'étais pas vue. J'ai eu l'impression de contempler une étrangère.

— Qui est cette femme ? ai-je lâché dans un souffle. Je ne la reconnais pas.

De fait, je me suis rappelé à cet instant que je suis – et serai toujours – deux personnes différentes. Il faudrait que je reprenne langue avec cette femme qui me dévisageait et ne semblait pas non plus me reconnaître.

Je ne m'étais pas assise pour dîner à une vraie table depuis bien longtemps également... depuis un certain soir à Fort Laramie, avec le capitaine Bourke. Cela semble appartenir à une existence révolue. Nos vies sont si souvent et si vite bouleversées, rien ne retrouve son cours originel, tout se transforme en autre chose et, malgré nos efforts, nous n'avons guère de prise sur le résultat.

J'ai dû me surveiller pendant le repas, éviter de me servir du ragoût avec les mains et de me lécher les doigts. Je ne suis peut-être plus une compagnie très convenable pour les gens normaux. Ceux-ci, Wendell Peterson et son épouse, avaient voyagé depuis le Missouri, plus de six mois auparavant, pour s'établir ici. Ils m'ont longuement interrogée à propos des sauvages. De même qu'un instant plus tôt, quand M. Peterson avait cherché un terme pour me demander poliment si j'avais été violée... mais quel terme poli conviendrait-il... ? je me suis surprise à défendre l'honneur de nos ennemis les Pawnees. Les sauvages se valent tous pour les Blancs, qui ne cherchent pas vraiment à différencier les tribus. Gertie nous avait rapporté cet adage, comme quoi le seul bon Indien est un Indien mort. C'est pourquoi, au lieu de valider les préjugés de mes hôtes, j'ai fait de mes ravisseurs imaginaires de parfaites ladies et de parfaits gentlemen. J'ai senti au fond de moi que M. Peterson était déçu que mon récit manque de détails choquants, et je n'ai rien dit des hors-la-loi blancs qui ont croisé mon chemin.

— Avez-vous eu des contacts avec des Indiens depuis que vous êtes ici ? l'ai-je interrogé à mon tour.

— Nous voyons ceux qui traînent sans cesse autour du fort, quand nous allons nous approvisionner dans les comptoirs, a-t-il répondu. Une triste bande d'ivrognes et de mendiants, pas hostiles pour autant. Les plus dangereux évitent les environs du fort. («Que vous croyez», aurais-je pu le détromper.) L'armée patrouille régulièrement la région et nous a affirmé que la plus grande partie des rebelles avait été soumise et consignée dans les réserves. Mais on nous conseille de rester vigilants, de ne pas nous départir de nos armes, c'est pourquoi j'ai toujours ma carabine à portée de main.

À l'évidence, j'avais affaire à un couple plus que décent, de ceux qui s'efforcent de subvenir à leurs besoins, de vivre dignement, comme tout le monde. Se souciaient-ils, se rendaient-ils seulement compte que cette terre, divisée par l'État en parcelles de soixante-cinq hectares afin de la distribuer à des fermiers comme eux, ou de la vendre au prix de gros à de riches exploitants, avait pendant mille ans été le pays de populations indigènes dont les derniers représentants étaient aujourd'hui pourchassés, massacrés ou assignés à résidence, afin que les colons puissent en profiter ?

Ils m'ont donné pour le cheval le prix que j'avais demandé, et même proposé un lit pour la nuit. Légèrement à contrecœur, j'ai décliné. Je dois admettre que ce premier retour dans le monde civilisé ne manquait pas de charme ; un bain chaud, des cheveux lavés, une robe à carreaux propre et un dîner à la ferme avec deux agréables personnes parlant ma langue maternelle. De plus, j'avais à présent cent dollars en poche.

J'ai fait un ballot de mes vêtements de daim que je me suis accroché au cou. Mais grimper en robe sur mon cheval n'allait pas de soi, et monter en amazone, sans selle, n'était guère mieux. En désespoir de cause, j'ai retroussé ma robe jusqu'à ma taille, ce qui a suscité l'hilarité de Sarah, pendant que son mari baissait les yeux en bon chrétien. D'un coup de talon, j'ai lancé ma monture au trot jusqu'aux limites de la ferme, puis au petit galop. Sans me retourner, j'ai levé le bras pour un dernier au revoir et j'ai poussé mon meilleur cri de guerre, terrifiant à mes propres oreilles, juste pour leur rappeler – à moi aussi – que, malgré ma nouvelle tenue et mes dollars, je n'étais pas tout à fait acquise à la civilisation.

En me voyant revenir, Wind m'a observée avec un brin d'amusement.
— Je me demandais si tu rentrerais un jour, Mesoke.
— Tu sais que je ne te quitterai jamais, Wind.
— Tu ressembles à une Blanche.
— Nous oublions parfois que j'en suis une, lui ai-je dit en riant. Mais je vais retirer ces habits. Je les remettrai demain quand nous irons en ville.

— Quand *tu* iras en ville, a-t-elle corrigé. Je dois rester ici avec les chevaux. Et j'aurais peur d'y aller. J'ai rêvé qu'on m'enfermait dans la prison de fer.

Le lendemain

Tôt ce matin, j'ai quitté notre campement avec trois chevaux en sus du mien. J'espérais en vendre deux et conserver le troisième pour rapporter le matériel que je comptais me procurer. Nous avions convenu, Wind et moi, qu'il nous fallait d'abord de bonnes selles, et j'avais l'intention d'acheter une carabine, tant pour chasser que pour nous défendre. Enfin, je voulais me trouver des vêtements convenables de cavalière.

Évidemment, je n'aurais pas été très à l'aise et j'aurais inutilement attiré l'attention en me présentant dans une colonie blanche en montant un cheval à cru, avec ma robe retroussée jusqu'à la taille. Dès que la petite ville m'est apparue de loin, j'ai mis pied à terre et j'ai marché jusqu'à celle-ci en tirant les quatre animaux par leurs longes. J'avais toujours la sensation d'être devenue une étrangère et, même sans ma tunique et mes jambières de daim, j'ai dû sans cesse garder à l'esprit que j'étais une respectable Américaine. À mon grand soulagement, la foule était assez nombreuse pour que je passe inaperçue. Le bourg étant situé à proximité de Fort Fetterman, un certain nombre de femmes d'officiers étaient en train d'y faire leurs courses, et des soldats chargeaient leurs chariots de vivres et de fournitures. Je me suis dirigée vers les écuries, que je n'ai pas eu de mal à repérer, et j'ai attaché les chevaux à la barre horizontale devant l'entrée, sous l'enseigne : A. J. Bartlett & Sons[1]. Un manège jouxtait l'écurie, entre celle-ci et le corral. À l'intérieur, deux garçons curaient les stalles. J'ai demandé à voir leur patron et ils m'ont indiqué un bureau au milieu du couloir central.

Sur place, j'ai remarqué que le bureau servait également de

---

1. A. J. Bartlett & Fils.

sellerie. Un homme, qui travaillait à sa table, s'est levé quand j'ai passé le pas de la porte. C'était un grand costaud d'une cinquantaine d'années, qui perdait ses cheveux et arborait une impressionnante moustache recourbée.

— Que puis-je faire pour vous, chère madame ?

— Êtes-vous M. Bartlett ?

— C'est moi-même, a-t-il répondu en contournant son bureau. Entrez, je vous prie. Qui ai-je le plaisir de recevoir ?

J'avais pensé à me servir du nom de mon ancien compagnon.

— Je m'appelle Abigail Ames et j'ai deux chevaux à céder. Peut-être serez-vous intéressé ou connaissez-vous quelqu'un qui le serait ? Il me faudrait aussi deux selles, si vous avez un sellier à conseiller.

— Bien sûr. Je suis également sellier, mon magasin se trouve au coin de la rue. Et nous vendons des articles de seconde main, si cela vous tente. Nous en avons tout un éventail, comme vous pouvez le voir. Pour les chevaux, je veux bien jeter un coup d'œil. Ils sont dehors ?

— Attachés à la barre.

— Commençons par là.

Nous sommes ressortis pour que Bartlett examine les trois hongres que j'avais emmenés : un bai, un isabelle, un cheval pie.

— J'en cède deux sur ces trois-là, lui ai-je dit. Pas le mien, qui est bridé, et j'en garde un autre pour transporter du matériel. Ils sont tous en bonne santé.

Il a ouvert la bouche de chacune des bêtes pour inspecter leurs dents et leurs gencives. Il a soulevé leurs sabots, leur a passé une main sur le flanc.

— D'où viennent-ils, madame Ames ?

— De chez un marchand de Grand Rapids, dans le Nebraska, à qui nous les avons achetés, mon mari et moi.

— Pourquoi vous en séparez-vous ?

— C'est notre profession, nous acquérons et revendons des chevaux. Nous en avons une bonne troupe, à l'heure qu'il est, c'est le moment de nous séparer de quelques-uns d'entre eux. Les trois sont débourrés, habitués au bât, ils sont bien dans leur bouche et répondent aux rênes. Vérifiez vous-même, si vous le souhaitez.

— Si je puis me permettre, pourquoi n'est-ce pas votre mari qui s'occupe de ces choses ?

— Il s'est cassé la jambe et doit rester allongé. Mais j'ai toute compétence pour gérer nos affaires, n'ayez crainte.

Bartlett s'est approché du cheval que je montais.

— Vous n'avez pas de selle ?

— Nos deux selles ont été volées. Voilà pourquoi il m'en faut d'autres.

— Par des Indiens, je parie... ces foutues charognes. Passez-moi l'expression... Bizarre qu'ils n'aient pas pris les chevaux.

— Pari perdu, monsieur Bartlett. Ce sont des Blancs qui les ont dérobées, pas des Indiens. Sous la menace de leurs armes et ils ont emporté quelques chevaux aussi. Mais vous posez beaucoup de questions. Êtes-vous intéressé ou pas ?

Il m'a dévisagée avec un sourire pincé.

— En effet, m'dame, vous semblez savoir gérer vos affaires.

Il a appelé les deux garçons, qui étaient ses fils, et me les a présentés – Clive, l'aîné, devait avoir quatorze ans, et son jeune frère Cooper, une douzaine d'années. Il leur a demandé d'apporter trois brides et trois selles. Une fois les chevaux harnachés, les trois hommes les ont menés autour du manège, passant d'une allure à la suivante, et changeant de monture afin que chacun puisse se faire une idée. Je n'avais aucun doute sur les capacités de ces animaux. Wind les avait préparés, elle avait parfait leur dressage. Certains sont, par nature, plus ou moins sauvages et ombrageux, et Wind, mieux que personne, parvient à corriger leurs défauts.

Avant de mettre pied à terre, Bartlett et ses fils se sont réunis au milieu du manège pour comparer leurs impressions. Le père avait un visage impassible lorsqu'il est revenu vers moi, près de la balustrade.

— Mes gars vont s'occuper des bêtes, m'a-t-il dit. Allons dans mon bureau voir si nous pouvons nous entendre.

J'en ai vendu deux à M. Bartlett, qui aurait bien pris le troisième.

Je lui ai répété que j'en avais besoin pour charger mes provisions, en sus de l'équipement que j'allais lui acheter. À savoir deux selles McClellan, semblables à celles qu'utilise la cavalerie, et tout ce qui va avec : couvertures, sacoches et étuis à carabine en cuir, ainsi que deux lassos et deux paniers de bât en toile que je remplirais aisément. Après d'âpres négociations, il a déduit ces articles du prix des chevaux, dont j'ai tout de même tiré quatre cents dollars. Je lui ai appris que nous avions perdu une étrille sur les pistes et il m'en a donné une. Cela ne me gêne aucunement de rapporter du matériel d'occasion. Tout est en bon état, bien entretenu, le cuir des selles, qui a vécu, a eu le temps de s'assouplir, et elles seront plus confortables pour nous et nos montures. Celui des autres articles n'est pas rigide, il se relâchera avec le temps et un peu de cire. Neuf, l'ensemble m'aurait coûté beaucoup plus cher et nous aurait donné l'air de cornes vertes, Wind et moi, ou pire, de deux voleuses.

— Votre mari et vous possédez de nombreuses bêtes, disiez-vous ? m'a rappelé Bartlett, une fois le marché conclu. Je suis client. Combien vous en reste-t-il ?

Il posait la question nonchalamment, soucieux de ne pas paraître trop intéressé.

— Quatre, sans doute, sans compter nos montures et nos chevaux de bât, que nous conservons tous pour l'instant.

— Je comprends pourquoi votre homme vous laisse le champ libre, madame Ames. Vous êtes dure en affaires. Cependant vous n'auriez pas obtenu un meilleur prix chez les marchands des environs. Lorsqu'on veut vendre ou acheter des chevaux, ici, c'est à Bartlett & Sons qu'on s'adresse. Même les intendants du fort viennent chez nous.

— La question n'est pas que mon mari me *laisse* le champ libre, monsieur. Nous sommes associés avec les mêmes droits. Il a confiance en moi et je n'ai pas besoin de sa permission.

Je n'ai jamais eu froid aux yeux, on m'a même accusée d'être entêtée – un trait de caractère qui, à la demande de mon père, m'a valu d'être internée à l'asile d'aliénés. Mon expérience avec les Cheyennes, la vie difficile qu'il nous faut mener, Wind et moi, dans ce pays dangereux, n'ont fait que m'enhardir. Après avoir liquidé ce scélérat de Three Finger Jack, je suis d'autant moins encline à me faire traiter comme une gamine. Alors, quitte à m'inventer un mari blanc, autant définir une relation qui me convienne.

Bartlett a de nouveau affiché son sourire pincé.

— Mes excuses, madame Ames. Aucune insolence de ma part. Vos aptitudes parlent d'elles-mêmes. Votre mari a de la chance de vous avoir pour associée.

Cet homme me plaisait. Juste, honnête, il n'avait pas peur de considérer une femme comme son égale.

— Il n'est pas impossible que nous vous proposions d'autres chevaux, finalement.

— Où logez-vous ? Votre mari étant immobilisé, je pourrais me déplacer pour les voir.

— Nous n'avons pas de domicile fixe pour le moment. Mais nous employons une Cheyenne qui est une excellente dresseuse. Peut-être reviendrai-je avec elle, la prochaine fois, et nous vous en amènerons. Cependant, l'idée d'apparaître dans une colonie blanche ne l'enchante pas. On ne le lui reprochera pas... Donc, si vous nous assuriez qu'il ne lui arriverait rien...

Avant de m'engager, il était nécessaire d'en discuter avec Wind et d'évaluer les risques d'une autre expédition en ville. J'ai laissé mes achats et les chevaux aux écuries et suis repartie à pied vers les magasins généraux, à proximité. Il va sans dire qu'on n'y trouvait ni culotte ni veste de cavalière, ni aucun pantalon pour femme, inutile de poser la question. À Chicago, la loi nous interdisait depuis longtemps d'en porter en public. J'ai donc demandé au vendeur ce qu'il avait pour les hommes, dans les premières tailles. Il m'a proposé une paire en toile bleue, un modèle qui, m'assurait-il, avait la faveur des fermiers. J'ai donc choisi la moins grande. Également des jambières en cuir (pas si différentes, finalement, de la version cheyenne), des bottes de cheval pour homme qui m'allaient assez bien, des chaussettes, une chemise de garçon, une veste à franges et un chapeau de cow-boy, à larges bords et pourvu d'une mentonnière. J'ai acheté des aiguilles et du fil, au cas où j'aurais besoin de réparer mes vêtements ou de leur apporter une touche féminine. Je serai peut-être habillée en homme pendant quelques jours, mais je n'ai pas encore renoncé à toute forme de coquetterie. D'ailleurs, je me suis offert un miroir.

Sans oublier des ustensiles de cuisine et quelques réserves, puisque nous n'avons plus rien : une cafetière en métal avec deux tasses et deux assiettes, une poêle et une cocotte, des sacs de sucre, de farine, de sel et un quatrième, indispensable, de café. Bien sûr, les Cheyennes s'approvisionnent aux comptoirs depuis des décennies, dépendent d'eux pour certains articles, pourtant j'ai éprouvé une sensation étrange en me servant chez les Blancs, en les payant avec de l'argent. Un curieux retour en arrière. J'ai pris également une tente de toile pour camper plus facilement, ainsi que deux Winchester 1873 d'occasion, avec une boîte de cartouches pour chacune. Ce sont des carabines légères, à canon court, d'un maniement facile à dos de cheval.

Le propriétaire tenait rangé sous son comptoir un coffret en bois qu'il a dégagé et ouvert pour moi.

— Tant que nous sommes dans la quincaillerie, madame, peut-être ceci vous intéressera-t-il, pour votre sécurité personnelle ? C'est un Remington 1875 Army à simple action. Un modèle récent, fabriqué depuis l'an passé. Le fort m'en a commandé tout un stock, il en restait quelques-uns et je n'ai plus que celui-là.

Ce serait mon dernier achat. J'ai pensé que Wind et moi ne manquerions de rien pendant un moment.

Comme j'allais remonter à cheval, j'ai demandé à cet homme, après l'avoir payé, si je pouvais me changer dans son arrière-salle, lui confier mon attirail et revenir plus tard avec mes paniers. Ravi de m'avoir eue pour cliente, il s'est montré très conciliant et m'a promis que mes marchandises seraient emballées et prêtes dans l'après-midi.

Dans l'arrière-salle, j'ai enfilé mes habits neufs, plié ma robe et enveloppé mes chaussures de toile. En repassant dans le magasin, je me suis aperçue que deux soldats étaient entrés et parlaient au propriétaire devant le comptoir. Ils se sont tournés vers moi.

J'avais relevé mes cheveux et je portais par bonheur mon chapeau à larges bords. Aussitôt mon regard a été attiré par les yeux noisette, enfoncés, d'un de ces deux hommes... le capitaine John G. Bourke. Tête baissée, je me suis vite dirigée vers la porte, sans savoir s'il m'avait reconnue. Il n'avait aucune raison de me croire encore en vie et, ainsi vêtue, je ne correspondais pas à l'image qu'il avait sans doute conservée de moi.

Devant les écuries, mes chevaux étaient de nouveau attachés à la barre. Les garçons avaient sellé le mien et fixé les paniers sur l'autre, avec tout mon équipement. J'ai gagné sans tarder le bureau à l'intérieur.

— Je déplore un léger inconvénient, monsieur Bartlett, peut-être pourriez-vous m'aider ?

— Que vous arrive-t-il, madame Ames ?

— J'ai entrevu un homme aux comptoirs, que je préférerais éviter.

— Vous cause-t-on des soucis ?

— Pas exactement. C'est plutôt d'ordre personnel. J'ai acheté des marchandises et, en réglant ma facture, j'ai promis au patron de revenir les prendre dans l'après-midi. J'aurais souhaité qu'un de vos gars y aille avec mon cheval de bât pour tout récupérer. Je le rémunérerai.

— Cela ne présente pas de difficulté, madame Ames. Je les envoie tous les deux, et cela ne vous coûtera rien. Ils connaissent bien M. Bacon, le propriétaire, qui leur remettra simplement vos affaires. Pendant ce temps, peut-être pourrions-nous reprendre notre conversation à propos de vos autres chevaux ?

— J'y pensais. Nous profiterons de leur absence.

À leur retour, j'ai demandé à ses fils, l'air de rien, s'ils avaient remarqué des soldats aux comptoirs ou si le patron s'était inquiété de mon absence.

— Pas de soldats, madame, m'a assuré Clive, l'aîné. Mais M. Bacon voulait savoir qui vous étiez.

— Que lui as-tu répondu ?

— Que vous faisiez commerce de chevaux, apparemment. Il ne fallait pas ?

— Si, c'est très bien. Merci beaucoup, les garçons, lui ai-je dit, soulagée.

S'il m'avait reconnue, Bourke aurait interrogé M. Bacon, attendu que je repasse par les magasins, ou peut-être serait-il parti à ma recherche. Cependant, et même si cela ne m'aurait valu que des ennuis, j'ai eu un petit pincement au cœur, comme un vague regret, qu'il ne l'ait pas fait.

Les Journaux perdus de Molly McGill

Réunions

« Alors que nous cheminions aujourd'hui dans la prairie, j'ai entendu le cri caractéristique d'un faucon et j'ai levé les yeux. Il tournoyait au-dessus de ma tête. Je connais ce cri, je connais ce mouvement dans le ciel. En scrutant l'horizon, j'ai aperçu un cavalier solitaire au loin, qui tirait un travois. Sans hésiter, sans un mot pour mes amis, j'ai talonné Spring et suis partie au galop dans sa direction. »

(Extrait des journaux perdus de Molly McGill.)

5 août 1876

J'ai rempli d'une écriture minuscule les dernières pages du carnet de Meggie et de lady Ann, et je n'ai plus de place. Si je veux continuer à tenir un journal, je dois me résoudre à utiliser le calepin du soldat Miller, qui est encore presque vierge. J'ai honte d'avoir dépouillé son cadavre, ou plutôt celui de son cheval, car jamais sa mère ne pourra lire ses derniers mots, mais je ne vois pas où me procurer du papier autrement.

Nous continuons de recueillir des vagabonds, plusieurs familles et quelques bandes de jeunes guerriers qui, pour la plupart, s'étaient échappées des agences afin de participer au grand rassemblement de tribus à la Little Bighorn. Après quoi, plutôt que de se transformer en loups pour les soldats bleus, de harceler leur propre peuple, ils ont décidé de profiter un peu plus longtemps de leur liberté, d'une dernière chance de chasser le bison, dont les troupeaux se réduisent à grande vitesse. Ils sont donc les bienvenus parmi nous. Il reste si peu de traces du monde qu'ils ont connu et pour lequel ils ont été préparés au cours de leur brève existence. Un monde dans lequel ont vécu cent générations avant eux. À l'approche de l'hiver, ils rejoindront les agences, où ils auront grand-peine à subsister grâce aux rations de famine que l'État leur fournit, amputées de la part volée par les fonctionnaires chargés de la distribution. Voilà l'autre monde que l'homme blanc leur réserve et qu'ils doivent adopter, car ils voient bien l'ancien se refermer derrière eux. Nous-mêmes avons perdu le nôtre et il semble bien que le suivant nous échappe. Menés par une aveugle, nous poursuivons notre fuite vers une destination inconnue...

Alors que nous cheminions aujourd'hui dans la prairie, j'ai entendu le cri caractéristique d'un faucon et j'ai levé les yeux. Il tournoyait au-dessus de ma tête. Je connais ce cri, je connais ce mouvement dans le ciel. En scrutant l'horizon, j'ai aperçu un cavalier solitaire au loin, qui tirait un travois. Sans hésiter, sans un mot pour mes amis, j'ai talonné Spring et suis partie au galop dans sa direction.

— Attention, Molly ! a lancé Christian dans mon dos. Tu ne sais pas qui c'est !

— Bien sûr que si !

Il m'était difficile de distinguer son visage à distance mais, comme d'habitude, il portait une seule plume à son bandeau. Hawk n'est pas grand amateur des somptueuses tenues dont se parent les guerriers avant les combats : les tuniques cousues de perles, les peintures au visage, les nattes décorées, les colliers en os, les divers totems dont ils ornent leurs chevaux et ces majestueuses coiffes de plumes qui touchent presque terre. Ils tiennent à paraître féroces et magnifiques sur le sentier de la guerre, pour instiller la peur dans le cœur de leurs ennemis, se préserver du pire et... au cas où leur médecine ne suffirait pas, où ils périraient quand même, au moins peuvent-ils se présenter à Seano dans leurs plus beaux atours. Alors que Hawk, en temps de paix comme de guerre, se contente de simples vêtements de daim, sans fioritures, ne tresse pas ses cheveux, et une unique plume de faucon – son animal protecteur – se dresse sur sa tête.

En me rapprochant, je me suis aperçue que sa grand-mère, Bear Doctor Woman, était installée sur le travois derrière son cheval. M'arrêtant net devant eux, j'ai bondi à terre et couru vers lui, tandis qu'il descendait lui aussi de sa monture. Quand nous nous sommes regardés, j'ai senti une vague d'amour, de joie, de désir me submerger. Dans les bras l'un de l'autre, nous nous sommes longuement embrassés, sans relâcher notre étreinte, comme si nous avions peur de nous perdre à nouveau.

— J'avais craint de ne jamais te revoir, ai-je chuchoté à son oreille.

— J'ai bien cru te perdre, moi aussi.

Je suis allée saluer Bear Doctor Woman sur son travois. Comme elle avait les yeux fermés, je me suis penchée pour lui parler doucement. Elle les a ouverts et m'a observée un instant, l'air absent, comme si elle ne me reconnaissait pas. Puis elle a souri et, dans un souffle, m'a appelée par mon nom cheyenne,

Heóvá'é'ke, Yellow Hair Woman, qui était aussi celui de la mère de Hawk. Bear Doctor Woman l'avait recueillie sous son aile lorsque, toute jeune, elle avait été enlevée à sa famille blanche.

— Heóvá'é'ke, mon cœur se réjouit de te savoir parmi nous. Je vais mourir et Hawk a besoin de toi, m'a-t-elle confié en cheyenne.

Je me suis demandé si elle ne me prenait pas pour sa mère, et non pour son épouse.

— J'ai tout autant besoin de lui.

— Je l'ai prié de me laisser au bord de la piste pour que je puisse m'éteindre en paix. Mais il a peur de me perdre comme il t'a perdue.

Nous l'avions constaté depuis notre arrivée chez les Indiens : quand les anciens tombent malades ou deviennent trop âgés pour voyager, ils s'en vont mourir de leur côté afin de ne pas ralentir la tribu ou, si celle-ci s'établit plusieurs mois au même endroit, ne pas être un fardeau pour leur famille. Une réalité brutale, inspirée des rythmes et des lois de la nature.

— Dis à Hawk que je dois partir, Heóvá'é'ke, a poursuivi sa grand-mère. Je suis prête. Tu prendras soin de lui, maintenant que tu es revenue.

Hawk et moi avons décidé que, pour profiter l'un de l'autre après notre longue séparation, nous voyagerions légèrement à l'écart de la bande, tout en suivant la même direction. De même, nous garderions nos distances, le soir, au moment de camper. Quand nous avons repris la route, l'après-midi, j'ai rapporté à Hawk les paroles de sa grand-mère.

— Elle souhaite que je l'abandonne, je sais. Mais je ne peux pas. Elle ne m'a pas laissé mourir, elle.

— Tu es bien trop jeune pour mourir. Náhkohenaa'é'e est âgée, malade et épuisée. Elle se prépare pour Seano. Tu dois respecter ses désirs.

— Elle accepte ce que je lui donne à boire et à manger. Je veille à ce qu'elle dorme confortablement.

— Tu le fais pour elle, mais aussi pour toi, Hawk.

— Oui, a-t-il admis. En quelques mois, j'ai perdu mon grand-père, ma mère, ma femme et ma fille. Náhkohenaa'é'e est la seule famille qu'il me reste.

— Non, ce n'est pas vrai, puisque je suis là et que nous aurons bientôt un enfant.

Au fil de la journée, nous nous arrangeons pour rester à proximité d'un cours d'eau. Tôt dans la soirée, nous avons choisi de monter le camp au bord d'un ruisseau. Hawk et moi avons entravé nos chevaux pour qu'ils puissent paître dans l'herbe haute et nous avons détaché le travois. Avant de prendre sa grand-mère dans ses bras pour l'installer près du ruisseau, Hawk s'est penché vers elle pour lui dire que nous étions arrivés. Il ne nous a fallu qu'un instant pour comprendre qu'elle était décédée. Sans aucun doute, elle avait attendu mon retour… ou peut-être celui de sa fille… pour entamer son voyage à Seano. Elle voulait être sûre que je serais auprès de Hawk lorsqu'elle quitterait ce monde.

Il a abattu de jeunes arbres afin de construire une plateforme funéraire, sur laquelle il a placé la vieille femme dans son travois. Elle semblait légère comme une plume quand il l'a soulevée. Il a posé près d'elle quelques-unes de ses affaires et ses totems personnels pour l'aider dans sa traversée. La nuit tombe alors que j'écris ces lignes. J'ai ramassé du bois et allumé un feu. Assis en tailleur à côté de la charpente sur laquelle repose Bear Doctor Woman, Hawk commence à chanter tout bas pour elle, pour le Grand Esprit, ou peut-être les deux. Je ne sais pas, ne poserai pas de question.

Je m'endors et, quand je me réveille dans la nuit, il chante encore. Lorsque, de nouveau, je me réveille à l'aube, il chante toujours. Il finit par se relever, tendre ses bras vers les cieux, alors il se retourne et rend grâce aux Quatre Directions. Je ravive le feu, réchauffe un peu de viande que j'avais prévue pour la veille. Nous mangeons en silence, puis je rassemble nos affaires et je prépare nos chevaux avant notre départ. Le soleil franchit la crête des collines lorsque nous reprenons la route et un nouveau jour paraît.

22 août 1876

De nombreuses journées à dos de cheval, bien que nous nous arrêtions souvent quand la bande repère un troupeau de bisons ou quand le gibier devient particulièrement abondant. Je rends fréquemment visite à mes amies, à ma petite Mouse que j'aime tant, passant de notre camp au leur, et je reste parfois auprès d'elles un après-midi entier. Hawk et moi continuons de mener notre vie parallèlement et notre intimité nous est chère. Je ne peux dire à quel point j'aime cet homme, dont tout montre qu'il m'aime aussi. Un amour qui grandit chaque jour. Que nous cheminions en silence ou que nous conversions longuement, c'est un bonheur d'être ensemble, même de partager les tâches quotidiennes, comme monter ou démonter notre bivouac. Je l'accompagne à la chasse (je me débrouille maintenant avec un arc et des flèches), je l'aide à dépecer et découper nos prises. Personne ne lira ces lignes, je rougis en les écrivant, mais voilà... nous ne sommes jamais rassasiés l'un de l'autre, nos corps en redemandent sans cesse. Nous faisons l'amour le matin, après le repas de midi, en nous couchant et souvent au milieu de la nuit. Avide de donner et de recevoir du plaisir, je perds toute réserve auprès de Hawk. Nous ressemblons à deux animaux en rut. Il suffit parfois que nos regards se croisent pour que nous quittions aussitôt nos chevaux vers le premier bosquet et que nous nous jetions l'un sur l'autre. Je crie sans retenue lorsqu'il me mène à la jouissance et il m'arrive même de pleurer. D'aussi violentes émotions m'étaient encore inconnues. L'amour emplit chaque espace de nos corps, chacune de nos idées, c'est un rayonnement, un étourdissement presque constant.

Nous avons longuement parlé de Ma'heona'e, Holy Woman, cette femme aveugle qui nous guide, douée selon lui d'une grande sagesse. Quand je lui demande où elle nous conduit, il reconnaît n'en savoir rien. Il m'explique que certains croient à l'antique récit tribal de la Création, selon lequel un monde plus véritable se cache derrière le nôtre – le monde qu'occupait le premier

Peuple il y a de cela des milliers de générations, un monde sans guerre ni famine, où la terre est féconde, les oiseaux et le gibier abondants, les troupeaux de bisons innombrables, où les rivières foisonnent de poisson. Un monde où les montagnes, les plaines et les océans sont si vastes que les êtres humains ne peuvent tous les parcourir, où les personnes de toute tribu et de toute couleur vivent harmonieusement en paix, un monde assez grand pour les accueillir – celui que nous aurions dû avoir.

– On dit que le Peuple y mène quasiment la même existence que la nôtre, poursuit Hawk. Il y a des naissances, des morts, parfois des accidents. On peut tomber de cheval, être attaqué par un ours, des loups, même piétiné par les bisons, mais personne ne succombe aux maladies que les Blancs ont répandues parmi nous. On n'y voit pas d'enfants mourir de faim, ni se faire tuer à coups de flèche, de couteau, de lance. Les gens ne s'entretuent pas et il n'y a pas d'armes à feu. Ils dansent, chantent, se rassemblent autour d'un festin, se marient, ils font l'amour et des enfants. Ils chassent, cueillent, se nourrissent de racines, de plantes, cultivent quelques céréales. Ils aiment les jeux, la force physique, ils s'affrontent à la course, au tir à l'arc, à cheval. Les femmes participent aux jeux et rivalisent avec les hommes. Parfois ce sont les tribus qui se mesurent les unes aux autres et, si elles ne manquent pas de fougue et de hardiesse, l'amitié et la gentillesse prévalent.

– Merveilleux... C'est le monde dans lequel nous mène cette aveugle ?

– Oui. Elle en connaît le chemin, assure-t-il. Elle l'a découvert dans sa vision.

Je ne peux réprimer un petit rire sarcastique.

– Cela ressemble à un paradis pour les vivants. Un rêve de bonheur. Pas étonnant qu'il nous faille si longtemps pour arriver. Et tu y crois ?

– Je ne sais ce que je dois croire.

– Donc tu n'y crois pas réellement. Pourtant nous la suivons.

– Oui.

– Mais pourquoi ?

— Par respect pour elle et pour ma grand-mère, qui affirmait que Holy Woman a une très bonne médecine. Le bon choix consiste à la suivre.

— Comment savait-elle que nous avions Holy Woman à notre tête ?

— Elle avait deviné que c'était elle. Nous avions retrouvé votre piste et nous marchions sur vos pas depuis un moment.

— J'ai l'impression de tourner en rond, comme si nous décrivions des cercles toujours plus grands.

— C'est le cas.

— Cela n'a aucun sens.

— Aucun, admet Hawk. Cependant nous avons croisé des troupeaux de bisons et il y a toujours du gibier à chasser, ce qui nous permet de nous nourrir. Nous avons réussi également à éviter les soldats, et les éclaireurs ne nous ont pas repérés.

— Pour l'instant, du moins.

Je le reconnais : nous ne souffrons pas de la faim, nous n'avons pas rencontré d'ennemis. Si nous ne nous sentions pas si vulnérables, si nous parvenions à repousser l'inquiétude qui nous taraude, notre périple ne manquerait pas d'agréments. Surtout pour Hawk et moi, qui sommes réunis.

— Nous aurons bientôt besoin d'un endroit pour camper pendant l'hiver, lui fais-je remarquer. Auprès de Little Wolf et de sa bande, peut-être ? Nous ne pouvons pas errer comme cela éternellement.

— Non, mais c'est en hiver, quand nous sommes immobiles, que l'armée nous attaque. Un grand village est une proie facile pour les loups. Nous avons appris à nos dépens que, dans un village, il est impossible de nous défendre et de protéger nos familles.

— Alors nous allons nous déplacer constamment ? Indéfiniment ? Continuer à décrire des cercles derrière une aveugle, dans l'espoir d'accéder à un monde parfait qui tient du mythe ou de l'utopie ? C'est de la folie. L'hiver approche, de toute façon, et il est nécessaire de s'établir quelque part avant les premières neiges.

— Ma'heona'e suit cette trajectoire, car c'est ainsi qu'elle a découvert le monde véritable derrière le nôtre. En parcourant le Cercle sacré. Elle y est allée, elle l'a observé, elle est revenue le dire au Peuple et l'y conduire.

— Oui, elle a vu en rêve un monde idéal et je parie que, dans ce rêve, elle a même recouvré la vue. Nous courons derrière elle à la recherche de son rêve, seulement voilà, le monde des rêves est une chose, et celui dans lequel nous vivons en est une autre. Tout cela est bien beau, nous serions sûrement heureux d'habiter un tel endroit. J'admire Holy Woman, son endurance et son courage, mais s'entêter à la suivre est une folie.

Hawk me regarde avec ce sourire entendu, presque imperceptible, qui me fait toujours fondre... de tendresse et de désir. Je prends dans la mienne sa main forte et fine, si bien dessinée, l'attire vers moi, je passe mes lèvres sur ses doigts et les prends dans ma bouche. Il glisse son autre main sous ma tunique, monte vers mes seins et... Peut-être sommes-nous déjà arrivés dans le monde idéal de Holy Woman, mais l'ignorons-nous encore...

5 septembre 1876

Tôt ce matin, Hawk et moi étions devant le feu, emmitouflés dans une couverture, lorsque nous avons entendu le chant précoce d'une sturnelle. À ma grande surprise, il lui a répondu par un de ses cris de faucon – pas celui, strident, qu'émettent les rapaces en vol, mais une sorte de gazouillis interrogateur, comme s'il engageait la conversation avec l'autre oiseau. Puis un cheval a henni, s'est ébroué au loin, et plusieurs autres lui ont répondu. Pensant qu'un groupe de cavaliers approchait, j'ai pris peur, mais Hawk ne semblait pas s'inquiéter.

Peu après, deux femmes ont fait apparition dans le camp, menant derrière elles deux chevaux de bât, chargés de provisions, et une demi-douzaine encore qui les suivaient au bout de leur longe. J'ai reconnu la prophétesse Woman Who Moves Against the Wind, qui a hélé Hawk en cheyenne et s'est glissée adroitement à terre. Il s'est levé pour l'accueillir chaleureusement. J'ai toujours été intimidée par cette grande femme solide, qui est la principale conseillère de Little Wolf. Le chef cheyenne lui voue une confiance absolue et, indiscutablement, elle inspire le respect. Elle portait les traditionnels mocassins et jambières, ornés de perles, une longue tunique de daim, fendue au milieu pour monter à cheval, ainsi qu'un carquois garni de flèches sur son dos. Un arc était sanglé derrière sa selle, ainsi qu'une Winchester dans son fourreau, sur l'encolure de sa monture.

La deuxième femme, blanche, est restée un moment sur la sienne, promenant sur notre camp un regard perçant auquel rien ne semblait échapper – elle nous jaugeait avant de rejoindre l'autre cavalière. Elle était coiffée d'un de ces chapeaux à larges bords, comme ces cow-boys que nous avons repérés récemment, qui menaient un troupeau en transhumance vers le nord. Ses cheveux châtains, détachés, lui tombaient en cascade sur les épaules. Sa peau claire, comme la mienne, avait bruni au soleil. Chemise de toile, jambières de cuir, pantalon bleu à l'ourlet rentré dans ses bottes montantes, une veste à franges du style qu'affectionnent les pionniers (et notre Christian Goodman) – cette femme avait de l'allure ! Sous sa veste, j'ai remarqué le revolver dans sa gaine.

À l'évidence, Hawk la connaissait. Il l'a saluée avec un plaisir mêlé de surprise. Lorsqu'elle lui a répondu en cheyenne, qu'elle paraissait maîtriser parfaitement, j'ai éprouvé malgré moi une pointe de jalousie. De plus, cette jolie fille faisait irruption dans notre lune de miel. Je me suis demandé si elle n'avait pas été enlevée à sa famille, dans son jeune âge, comme la mère de Hawk. Sans doute pas, car elle ne serait pas vêtue ainsi aujourd'hui.

Hawk les a invitées à s'asseoir avec nous près du feu. Woman Who Moves Against the Wind a proposé du café et sorti d'une sacoche un petit sac de cuir qui en était rempli, pendant que l'autre femme retirait d'un parflèche une cafetière et deux tasses en fer. Certaines d'entre nous ont peut-être encore du café que nous avions pris, entre autres choses, sur les chevaux de bât de l'armée, rapportés de Little Bighorn. Mais Hawk et moi avons épuisé nos réserves, il y a quelque temps déjà, et nous buvons une sorte de thé amer, composé de racines, de menthe, de plantes et de baies comestibles que nous ramassons en chemin.

Comme le veut la tradition lorsqu'on reçoit des visiteurs, Hawk est allé chercher son calumet. Pour le faire durer, nous mélangeons notre tabac à diverses herbes que les Cheyennes consomment en guise de substitut. Nous avions aussi la blague du soldat Miller. Autour du feu, nous avons partagé le café en faisant passer la pipe. Sans prendre part à la conversation, j'ai essayé de comprendre, autant que possible, ce qui se disait. Il semble que la discussion tournait autour des mouvements de troupes, des éclaireurs, de nos projets d'un village pour l'hiver et de l'endroit où Little Wolf a établi le sien. La dame au chapeau ne m'avait pas adressé la parole et, me sentant exclue, je lui ai demandé, dans mon cheyenne rudimentaire, si elle parlait anglais.

– Assez bien, m'a-t-elle dit en riant. Et vous ?

J'ai ri moi aussi.

– Beaucoup mieux que le cheyenne.

Je lui ai tendu la main.

– Je m'appelle Molly.

– Et moi, May.

Un léger frisson m'a parcouru le dos.

Je me suis levée pour chercher la sacoche dans laquelle sont rangés mon registre, le calepin du soldat et le calendrier relié de Carolyn. Revenue devant le feu, j'ai dégagé du registre la feuille trouvée dans la grotte.

– Ceci est peut-être à vous. Si vous êtes bien celle que je pense.

– À savoir ?

– May Dodd ? ai-je répondu, hésitante.

– Oui… c'est exact. Il y a bien longtemps, j'étais May Dodd. Puis May Dodd Ames, car mon compagnon s'appelait Ames. Je suis ensuite devenue May Dodd Little Wolf, surnommée Mesoke, ou Swallow[1], quand j'ai épousé le grand chef cheyenne de la Douce Médecine. Ces derniers temps, pour reprendre contact

---

1. Hirondelle.

avec le monde des Blancs, j'ai recouru à un pseudonyme, Abigail Ames. Alors je ne sais plus très bien qui je suis vraiment... Et vous, qui êtes-vous ?

— Molly McGill Hawk, mieux connue sous le nom de Heóvá'é'ke, Yellow Hair Woman... ou encore Mé'koomat a'xevà, Woman Who Kicks Men in Testicles[1]. Choisissez celui qui vous plaira. J'admets que ces deux derniers ont moins de charme que Swallow.

Elle a ri de bon cœur. Maintenant que les présentations étaient faites, nous nous sommes à nouveau serré la main, chaleureusement – comme deux vieilles amies, alors que nous venions seulement de nous rencontrer.

May a pris la feuille que je lui tendais et l'a posée sur son genou plié. Un sourire ironique aux lèvres, elle l'a regardée en la lissant du bout des doigts.

— Seigneur, c'est ce qu'on appelle une bouteille à la mer, a-t-elle fini par dire.

Elle m'a dévisagée d'un œil inquisiteur.

— Où avez-vous déniché ça ?

— Dans la grotte où vous l'avez laissé.

— Quand ? Comment ?

— Il y a quelques mois, au printemps. Vers la fin avril, sans doute.

Elle a poussé un petit rire amer.

— Vous faites partie du nouveau contingent de femmes blanches du programme FBI[2], n'est-ce pas ? J'aurais dû m'en douter. Et vous tenez un journal. Je vois que l'État n'a pas mis longtemps à nous remplacer. Vous avez certainement appris que le programme a été interrompu, que notre cher gouvernement nous a abandonnées dans la nature...

— Bien sûr, nous sommes au courant. Et donc des fugitives. Nous aurions sans doute beaucoup de choses à nous dire, May.

— Je pense bien. Mais, tout d'abord, qui vous a emmenée dans la grotte ?

---

1. Celle qui donne des coups de pied dans les testicules.
2. Programme Femmes blanches pour les Indiens.

— Votre amie Martha nous y avait conduites, les sœurs Kelly et moi. Martha n'avait plus toute sa tête, pendant un certain temps, et elle était persuadée de vous y trouver. Elle ne pouvait accepter que vous soyez morte... et, de fait, vous ne l'êtes pas. Nous y sommes allées par gentillesse, pour essayer aussi de lui faire entendre raison. La grotte était vide et cela n'a rien arrangé.

— Alors vous avez vu notre village détruit. Que faisiez-vous là-bas ?

J'ai raconté à May que notre groupe, capturé par les Lakotas, avait séjourné dans celui de Crazy Horse, et que Hawk avait décidé de nous emmener dans l'ancien village de Little Wolf afin de rendre hommage à sa mère, son épouse et sa fille qui y avaient perdu la vie.

— C'est tout de même étrange, a-t-elle remarqué. Car Martha a bien failli me trouver. Malgré son état, peut-être avait-elle de bonnes intuitions. Wind et moi sommes restées quarante-huit jours dans cette grotte. La femme-médecine m'a sauvé la vie et guérie de mes blessures. Ce fut une longue convalescence. Nous devions être parties depuis peu quand vous y êtes arrivées. D'accord, je ne possède pas de calendrier, mais Wind a compté les journées, et nous nous sommes mises en route à la fin du mois d'avril ou au tout début du mois de mai. Dans ce cas, nous nous sommes ratées de quelques jours à peine. Si nous étions restées encore un moment, nous aurions pu joindre nos forces, ce qui, croyez-moi, nous aurait évité nombre d'ennuis.

— Il y a une chose qui m'échappe, May. Woman Who Moves Against the Wind a suivi la bande de Little Wolf. Comment aurait-elle réussi en même temps à vous soigner dans cette grotte ?

Elle s'est esclaffée.

— Parce qu'elles sont deux, Molly.

— Comment cela, deux ?

— Comme les sœurs Kelly, de vraies jumelles. J'ai vécu dix mois dans la loge de Little Wolf sans jamais m'en douter, car on les voit rarement ensemble. Ce sont elles qui ont construit les charpentes funéraires sur lesquelles ont été placées les dépouilles de nos morts, dont les parents de Hawk.

— Il faut le dire à Hawk.

– Wind le lui a dit.

Nous nous sommes tues un moment, réfléchissant probablement toutes deux aux circonstances particulières qui nous rapprochaient.

– Depuis qu'on vous a envoyée ici, May, lui ai-je finalement demandé, avez-vous jamais eu le sentiment de vivre parmi une espèce différente, dans un monde étranger ?

Encore ce rire charmant. Malgré tout, elle semble avoir conservé un grand sens de l'humour, non dénué d'ironie, ce qui n'est pas un mince avantage dans notre situation.

– Bien sûr, Molly, dès que j'ai découvert qui allaient être nos maris, et les loges qu'ils nous ont attribuées. Ce sentiment ne m'a pas quittée depuis. Un gouffre sépare les deux peuples, qui n'ont jamais pu s'accepter l'un l'autre, encore moins s'unir. Les Blancs exterminent les Indiens ou les enferment dans les réserves, parce qu'ils leur font peur. Les disparités sont trop grandes. Ils ne leur ressemblent en rien et les colons sont incapables de les comprendre. Non qu'ils fassent le moindre effort, d'ailleurs.

– Et on peut attendre le pire de chaque côté. Rien de très rassurant, n'est-ce pas ?

– Surtout que nous sommes prises en étau entre les deux. À propos, est-il vrai que Seminole a fait Martha prisonnière ?

– Comment le savez-vous ?

– Nous avons, nous aussi, croisé cet animal sur notre chemin. J'en parlerai plus tard. Bon Dieu, j'ai la tête qui tourne… Peut-être le tabac, je n'ai pas l'habitude. J'ai besoin de me lever et de marcher un peu. Après toutes ces heures à cheval, j'ai impression d'être un centaure. Vous m'accompagnez, Molly ?

Nous sommes descendues au ruisseau et, gardant le silence, avons longé la rive. Le soleil s'était levé et l'air se réchauffait rapidement. Des nuages d'insectes se formaient à la surface de l'eau, attirant les truites qui, venant les gober, laissaient au-dessus d'elles de petits ronds translucides. Les hirondelles parcouraient le ruisseau tranquille, imprimant de leurs ailes la trace fugace de leur passage. Dans la prairie se répondaient les premiers chants des oiseaux.

– Il n'est pas moins étrange, a remarqué May, que ce pays soit parfois le paradis sur Terre et se transforme aussi vite en enfer. Je ne peux m'empêcher de penser à Martha, qui est tombée dans les griffes de cet infâme Seminole.

– Cela m'est arrivé aussi et j'en suis sortie indemne. Je crains que Martha n'ait pas eu cette chance.

– De tout notre groupe, elle était la moins préparée à une telle épreuve.

– Ce qu'ont pensé Susie et Meggie. Mais elle s'est aguerrie. Vous aurez du mal à la reconnaître.

– Je me réjouis que ces adorables fripouilles aient survécu à l'attaque du village. Sont-elles avec votre bande ?

J'ai dû apprendre à May ce qui était arrivé. Elle est redevenue songeuse.

– Vous savez, Molly, m'a-t-elle dit finalement, à bord du train qui nous a menées dans ce pays sauvage, nous avions bien surveillé nos sacs et nos autres affaires, car elles étaient d'incorrigibles chapardeuses. Vous relâchiez votre attention ne serait-ce qu'une minute, et l'une d'elles avait votre broche à son revers. Elles prétendaient n'avoir aucun instinct maternel et ne s'être engagées que pour éviter la prison. Tenir les deux années prévues, accoucher, laisser leurs bébés aux Cheyennes et renouer avec leur existence crapuleuse à Chicago. Évidemment, comme toutes les mères, elles sont tombées en adoration devant leurs nourrissons. Je comprends qu'elles aient éprouvé une rage folle contre les militaires… Je partage leur sentiment. À vous entendre raconter leurs exploits, elles sont devenues de vraies guerrières, décidées à venger leurs petites. J'imagine que, parmi les soldats, certains ont passé un mauvais quart d'heure. Je leur tire mon chapeau à toutes les deux, j'aimerais en avoir fait autant.

– Je me suis également accrochée avec elles, mais nous nous sommes rapprochées par la suite. Elles parlaient souvent de vous, vous décrivant comme une fille très chic, instruite, un modèle pour elles. Elles vous respectaient et vous aimaient. Selon elles, vous étiez le ciment qui maintenait l'unité du groupe. Je ne devrais peut-être pas vous répéter cela, May, mais elles vous ont aussi qualifiée de garce...

Le visage de May s'est assombri et j'ai aussitôt regretté mes propos.

— Pardonnez-moi. Je ne voulais pas vous blesser. Je croyais que vous le saviez. À ce qu'elles disaient, c'était un sujet de plaisanterie entre vous.

— Ne vous excusez pas, Molly. Nous n'arrêtions pas de nous taquiner sur ce genre de choses, mais y repenser me met mal à l'aise, depuis quelque temps. Elles vous auront rapporté que j'ai eu une liaison, brève et déplacée, avec le capitaine John Bourke. Elles ne m'ont pas laissée l'oublier ! De mon côté, je n'ai pas raté une occasion de leur rappeler leur carrière de filles légères à Chicago.

— Comme on vous tenait pour morte, elles ont pris votre place de chef pendant un temps. Cela n'était pas facile, mais elles ont fait de leur mieux. Leur aide nous a été précieuse quand les Lakotas nous ont capturées. Leurs facéties, leur insolence nous ont souvent fait rire. Elles avaient du toupet, les deux Irlandaises ! Si nous vous avions retrouvée plus tôt et que vous aviez pu vous réunir, elles n'auraient sans doute pas connu la même fin.

— Probablement. Leur histoire me brise le cœur. Elles me manqueront, ces diables de rouquines. Et toutes celles qui ne reviendront pas...

May pleurait. J'ai pensé qu'il était temps de rejoindre le reste de la bande, notamment Martha, et ma suggestion a semblé lui plaire. Bien qu'elle paraisse solide et qu'elle ait le rire facile, j'ai deviné en May une profonde lassitude, même une certaine fragilité. Il lui serait bénéfique de renouer des liens avec au moins deux de ses amies proches. Pour lui ménager la surprise, je lui ai caché que Phemie était là également.

Wind et Hawk étaient en grande conversation quand nous nous sommes rassises auprès d'eux devant le feu. Nous leur avons dit que nous partions rejoindre les autres Blanches. Ils nous rattraperaient dans un jour ou deux avec les chevaux de bât et ceux que Wind et May nous avaient offerts.

En rassemblant quelques affaires avant de seller Spring, j'ai éprouvé une vive tristesse à l'idée de mettre fin à cette vraie lune de miel avec Hawk. Il devait s'en rendre compte, lui aussi. Les règles collectives des peuples nomades ne laissent guère d'intimité aux individus et aux couples ; notre vie amoureuse serait désormais bridée. J'étoufferai à présent mes cris dans la laine épaisse des peaux de bison. Nous nous sommes embrassés avant de nous quitter. Un dernier regard les yeux dans les yeux, plein de regret mutuel, et j'ai enfourché mon cheval.

Le reste de la troupe campait de l'autre côté d'une large vallée. Nous y serions dans une heure au plus. En peu de temps, May et moi nous étions trouvé des affinités et nous sentions à l'aise l'une avec l'autre, au point de nous tutoyer. Sa présence me rappelait à quel point je regrettais Carolyn, Ann, Hannah, Meggie et Susie, notre camaraderie, nos plaisanteries quotidiennes, le sentiment d'être unies par un même destin. May avait perdu nombre de ses amies et je comprenais d'autant mieux son chagrin.

— Tu sembles t'être bien adaptée à cette vie, m'a-t-elle glissé en chemin.

— Tu sais mieux que moi qu'on n'a pas le choix, May. On fait avec ou on meurt. C'était devenu la devise de notre groupe : « S'adapter ou périr ». Même si l'un n'empêche pas l'autre, parfois.

— Vous avez l'air très amoureux, Hawk et toi. À deux, on est plus fort. Wind m'a rapporté ce qu'a subi sa famille. Quelle horreur...

— Je sais ce que tu as enduré, toi aussi, et j'en suis navrée. Nous avons passé quelques sombres journées près de ton ancien village. Ces lieux sont hantés, surtout la nuit. Nous avons tous fait les mêmes cauchemars, comme si les esprits des victimes continuaient de s'agiter et n'avaient de cesse de nous tourmenter.

— Je les connais, ces esprits, crois-moi. Au fond de ma grotte, ils m'ont poursuivie dans mes rêves pendant quarante-huit jours et quarante-huit nuits. Et j'avais en tête les images fraîches du carnage. Tu n'as pas vu ça.

— Non. Pardonne-moi si mes mots sont déplacés.

— Ce n'est rien, Molly, je comprends. Susie et Meggie t'en ont sans doute parlé, mais, après le massacre de notre tribu, les soldats ont dressé un immense bûcher pour brûler toutes nos possessions et les cadavres de nos morts. Dans les collines, nous étions serrés les uns contre les autres pour nous protéger du froid, et l'odeur de la chair carbonisée qui flottait jusqu'à nous nous donnait la nausée. Je ne parviendrai pas à oublier ça. Je n'ai jamais eu le courage de redescendre au village. Comme je te l'ai dit, Wind et sa jumelle ont construit toutes seules des plateformes funéraires pour y placer les restes calcinés de notre peuple. Même si j'en avais eu la force, je n'aurais pas eu le cran de les aider.

Les bisons avaient brouté l'herbe de la vallée mais, par endroits, elle était encore assez haute pour effleurer le ventre de nos chevaux. Celle qui restait commençait tout juste à jaunir. Des sturnelles s'envolèrent sur notre passage et nous avons effrayé une compagnie de tétras, qui se sont dispersés devant nous. C'était une splendide journée d'automne. En galopant de front avec May, j'ai pensé au chemin parcouru depuis notre point de départ, aux chances infimes que deux femmes blanches, l'une de Chicago et l'autre de New York, se rencontrent un jour dans ces plaines, moi vêtue comme une squaw, elle comme un cow-boy, deux fugitives déracinées au milieu de l'immense prairie.

— J'ai remarqué que tu es bigrement bien équipée, May. La selle, les chevaux, les bottes, les carabines, le revolver... Plutôt bien habillée aussi. Si je puis me permettre, comment t'es-tu procuré tout cela ?

Elle est repartie de son rire franc.

— Je suis devenue une parfaite voleuse de chevaux. Wind m'a tout enseigné dans ce domaine. Nous avons été enlevées par une bande de hors-la-loi, menée par Jules Seminole. Je n'entrerai pas dans les détails, mais nous avons réussi à leur glisser entre les doigts et, par la même occasion, à leur dérober une troupe de chevaux. Ce fut le début de ma carrière. Nous n'avions plus que deux couvertures, mais les chevaux constituent un bien précieux dans les plaines. Alors nous avons monté une sorte d'entreprise. Nous les avons revendus et, grâce à l'argent gagné, j'ai pu acheter les vêtements que je porte, afin de me présenter sous l'aspect d'une vraie Blanche aux comptoirs, aux écuries et dans les petites villes qui poussent ici et là. Cela me permet d'être considérée avec certains égards et de faire de meilleures affaires que sous les atours d'une squaw. Auquel cas personne ne voudrait traiter avec moi. Sans compter que la plupart de mes interlocuteurs estiment qu'une Blanche passée chez les sauvages, forcément d'une moralité douteuse, mérite d'être rouée de coups et violée. Alors qu'on me reçoit comme une respectable commerçante. J'ai aussi acheté nos deux Winchester et mon Remington. Si Wind m'accompagne parfois aux comptoirs, elle évite les villages de colons. Lorsqu'on nous pose des questions en chemin, ce qui s'est produit deux fois, je prétends qu'elle est ma servante. C'est un mensonge qui ne me plaît guère, mais qui la protège. Fortes de nos premiers succès, nous avons ensuite pris pour cible les trains, les transhumances, les bandes indiennes ennemies, et même, une fois, le camp de ravitaillement du général Crook. Nous capturons aussi des mustangs sauvages pour varier notre assortiment. Wind se charge de les débourrer et de les dresser. Elle a un véritable talent pour cela. Nous serions vraiment riches, si nous n'avions pas donné la plus grande partie de nos chevaux aux bandes indiennes que nous rencontrons, ou aux pauvres diables parqués dans les agences.

— Les voleurs de chevaux risquent la pendaison, n'est-ce pas ?

— Si on les arrête, ils sont pendus à l'arbre le plus proche. Mais comme dit mon amie Dirty Gertie McCartney, la muletière : « Faut bien gagner sa vie, ma petite. Pas facile pour une femme dans ce pays. »

J'ai ri à mon tour.

— J'ai rencontré Gertie au village de Crazy Horse. C'est un sacré personnage. Nous nous sommes très bien entendues.

— Cela n'est pas pour m'étonner.

— Elle avait la plus grande estime pour toi. Si nous la revoyons, elle sera ravie de te retrouver.

— Dis-moi, Molly, tu en sais beaucoup plus à mon sujet que moi en ce qui te concerne. Je ne voudrais pas être indiscrète, mais qu'est-ce qui t'a amenée ici ? Si tu préfères te taire, je comprendrai.

Dans notre groupe, on n'a jamais forcé personne à révéler ses secrets.

— Au point où j'en suis, May, je n'ai plus grand-chose à cacher. Même à toi. Je vais te résumer mon histoire et on n'en parlera plus. J'ai grandi à la campagne, dans le nord de l'État de New York. Je me suis mariée trop jeune, ce n'était pas l'homme qu'il me fallait, mais j'ai donné naissance à une merveilleuse petite fille, Clara, et nous sommes partis nous installer à New York. J'ai été institutrice et je me suis occupée d'œuvres de bienfaisance. J'avais pour mission de chercher un abri pour des enfants d'immigrants, abandonnés, qui vivaient dans les rues. Mon mari était un ivrogne et, lorsqu'il s'est rendu compte qu'il ne serait jamais un riche banquier — le rêve qui l'avait conduit là-bas —, il s'est mis à boire de plus en plus. Incapable de garder un emploi, même au bas de l'échelle, il est devenu violent. Nous avons plusieurs fois déménagé pour des logements moins chers, et je me débrouillais pour nous nourrir tous trois. Un soir, je suis revenue du travail et j'ai découvert que, dans un accès de rage éthylique, il avait battu notre petite fille à mort. Je l'ai tué avec un couteau de cuisine et on m'a déclarée coupable de meurtre. J'ai prié pour être exécutée, mais on m'a condamnée à la perpétuité... à Sing Sing. Tu devines la suite.

— Seigneur Dieu ! a lâché May.

Nous avons alors remarqué un nuage de poussière, derrière nous dans la vallée. Un petit groupe de guerriers indiens, sans doute une demi-douzaine d'hommes, qui se rapprochait en poussant des cris hostiles. Parmi eux, deux cavaliers portaient des coiffes de chef.

— Des Crows, a deviné May.

— Suis-moi, l'ai-je pressée. Ils ne nous rattraperont pas et nous ne sommes pas loin de notre bande.

Courbées sur nos selles, nous avons lancé nos chevaux à vive allure, pendant que retentissaient des coups de feu. Nous étions hors de portée, mais nos montures se sont mises à galoper comme si elles étaient conscientes d'être poursuivies. Nous avons bientôt aperçu la fumée qui s'élevait au-dessus du camp, au bord de la rivière. Nos sentinelles nous avaient certainement déjà repérées, ainsi que les Crows derrière nous.

Un instant plus tard, nos propres guerriers à cheval quittaient le camp à toute vitesse vers les assaillants. Lorsqu'on se déplace soi-même, il est difficile de reconnaître d'autres cavaliers en mouvement, mais je suis sûre qu'il y avait des Cœurs vaillants dans le groupe. Encore un coup d'œil derrière moi, et j'ai constaté que nos poursuivants hésitaient. Leurs montures tournaient en rond. J'ai crié à May de s'arrêter et j'en ai fait autant. Comprenant que nos guerriers étaient plus nombreux qu'eux, les Crows se sont ravisés. Telle une nuée d'oiseaux qui changent ensemble de direction, ils ont rebroussé chemin. Nous les avons regardés, maintenant poursuivis, jusqu'à ce qu'ils disparaissent derrière une colline.

Il était inutile d'épuiser nos chevaux et nous avons parcouru le reste du chemin à pied. J'en ai profité pour parler à May de notre société guerrière, de l'entraînement que nous avons suivi sous la direction de notre patronne arapaho, Pretty Nose, une des rares Indiennes qui soient chef de guerre.

– Peut-être la connais-tu ? Elle a aussi du sang cheyenne et navigue entre les deux tribus.

– Pas très bien, m'a répondu May. Elle est venue plusieurs fois dans notre loge rendre visite à des parents cheyennes et consulter Little Wolf. Je sais qu'elle est plus jeune que moi. En tout cas, elle a l'estime de mon mari, qui admire son courage et ses aptitudes au champ de bataille. Ils discutaient de tactique, de combats, un domaine généralement réservé aux hommes.

J'ai dit quelques mots à May au sujet des autres filles qu'elle allait rencontrer : Maria, notre Indienne mexicaine ; Astrid, d'origine norvégienne, qui a épousé l'aumônier mennonite Christian Goodman, notre bonne conscience ; notre professeur de danse, l'actrice française Lulu Larue. À propos aussi de celles qui nous ont quittées : d'abord Carolyn, quelques jours plus tôt, mais aussi lady Ann Hall qui, accompagnée de sa servante, la petite Hannah Alford, était venue en Amérique pour tenter de retrouver son amoureuse Helen Flight.

— Helen était une amie proche. Elle avait un coup de crayon fabuleux et beaucoup de cran. Une guerrière, elle aussi. Elle évoquait souvent lady Ann. Il faut avoir une certaine volonté pour entreprendre un tel voyage… surtout pour découvrir, une fois arrivée, que Helen avait disparu. Je comprends qu'elle soit rentrée chez elle. J'aimerais bien avoir un chez-moi… J'ai de l'argent dans les poches, maintenant, largement de quoi me payer un billet de train pour Chicago. J'imagine parfois que je récupère mes enfants, que j'emmène ma fille Little Bird avec moi… ma petite Wren, qui vit auprès de Little Wolf. Je commencerais une vie nouvelle avec eux trois, sous un nom d'emprunt. Tu ne rêves jamais de revenir à New York, Molly ?

— Plus rien ne m'y attend… À part Sing Sing et d'horribles souvenirs. De toute façon, je reste ici. Je vais avoir un enfant de Hawk. Même si j'avais le choix, je ne bougerais pas.

— Un heureux événement en perspective. Tu me pardonneras, j'espère, mais, compte tenu de ma propre expérience, ce serait justement une raison de partir. Pour le bien de cet enfant…

Une chose extraordinaire s'est produite quand nous avons atteint le camp. Deux jeunes lads de chez nous nous ont accueillies, prêts à prendre nos montures pour les attacher aux piquets. En les apercevant, May s'est écriée : « Mon Dieu ! »

Dans son empressement, elle est presque tombée de sa selle et elle s'est agenouillée pour prendre un des deux garçons dans ses bras. Elle pleurait en bafouillant un mélange de cheyenne et d'anglais, tandis qu'elle serrait le jeune homme contre elle, puis le repoussait pour bien le regarder, comme si elle doutait qu'il soit vivant. Lui-même s'était mis à pleurer et répétait : « Mesoke ! Mesoke ! » en s'accrochant à son cou.

— Mo'éhnoha, Mo'éhnoha ! lui répondait-elle. Je te croyais mort, mon petit Horse Boy. Tu t'étais effondré devant mes yeux.

— Je te croyais morte moi aussi. C'est ce qu'on m'avait dit.

Le tenant par les bras, elle l'a de nouveau étudié de pied en cap, comme si elle doutait encore.

— J'ai pourtant vu Bourke te tirer dessus ! s'est-elle exclamée, presque en colère.

Elle l'a serré une fois de plus contre elle.

— Il m'a raté, Mesoke. La balle est passée au-dessus de ma tête. Je m'étais peint le front, la veille, pour les danses. C'est pour ça que tu m'as cru mort. J'ai eu tellement peur quand il a braqué son arme sur moi que j'ai fait pipi sur moi. Et, quand il a tiré, c'était comme si je m'endormais.

— Mon petit Horse Boy... m'a confié May sans le lâcher, les yeux ruisselants de larmes. Mon premier ami parmi les Cheyennes. J'étais persuadée que le capitaine Bourke l'avait tué et je lui en ai voulu comme une folle. Mais je dois comprendre que ce garçon, effrayé, s'est seulement évanoui.

May et moi nous dirigions vers l'autre bout du camp quand nos guerriers sont revenus. Le soleil se couchait derrière les collines. Elle avait souhaité tout de suite retrouver Martha, mais j'avais insisté pour que nous nous installions d'abord, car j'étais certaine que Martha était allée combattre les Crows avec eux. J'avais préféré ne pas le dire à May, qui se serait inquiétée.

Notre bande commençait à se rassembler pour acclamer nos guerriers victorieux. Femmes et filles poussaient de joyeux trilles, indiquant que tous étaient rentrés vivants, avec peut-être quelques ecchymoses. Deux hommes dans le groupe arboraient les coiffes de nos ennemis, d'autres ramenaient les chevaux des Crows, ainsi que leurs carabines, leurs boucliers et quelques scalps. J'ai reconnu, en queue de cortège, plusieurs membres des Cœurs vaillants. Les sociétés guerrières masculines ne nous considèrent toujours pas comme leurs égales, c'est pourquoi elles nous relèguent à cette place. Le temps que May et moi arrivions à nous faufiler, les guerriers avaient mis pied à terre et rassemblaient leurs trophées de guerre. Nos jeunes lads ont accouru pour emporter leurs montures vers les piquets. Ils les débarrasseraient de leurs selles, vérifieraient qu'elles n'étaient pas blessées, les laveraient, les brosseraient et les mèneraient près de la rivière afin qu'elles puissent boire et paître. Ils reviendraient les sangler plus tard et les rassembleraient. Puis des équipes de trois garçons se relaieraient pendant la nuit pour les garder. Pas de vol de chevaux à craindre ici.

— Mais où est Martha, Molly ? m'a demandé May. J'ai scruté la foule pendant que nous jouions des coudes, mais je ne l'ai pas aperçue.

— Martha fait partie de la société des Cœurs vaillants, May. Elle doit se trouver du côté de nos guerriers.

— Ne dis pas de bêtises. C'est tout juste si elle sait mettre un pied devant l'autre. Alors partir se battre avec les cavaliers...

— Il lui manque encore certaines aptitudes, mais, comme je te l'ai appris, elle a beaucoup changé depuis la dernière fois que tu l'as vue. En plus de son âne, elle possède deux chevaux de guerre, maintenant.

— Impossible ! Tu as un drôle de sens de l'humour, Molly.

— Eh bien, allons la chercher, lui ai-je proposé en riant.

Nous avons déambulé au milieu des cavaliers qui bavardaient entre eux, se vantaient de leurs exploits en exagérant un peu. Tous ont étudié May et ses habits de cow-boy avec une certaine défiance.

— Ne vous inquiétez pas, c'est ma prisonnière, leur ai-je assuré.

May s'est esclaffée, puis s'est ravisée :

— Je risque de me faire scalper. J'aurais dû me changer et mettre mes vêtements indiens. Mais j'étais impatiente d'arriver.

En train de dessangler sa monture, un cavalier nous tournait le dos.

— Bonjour, Martha ! lui ai-je lancé. Regarde qui nous tombe du ciel !

— Ah, Molly ! a-t-elle dit en se retournant.

Elle avait du sang sur sa tunique, ses joues et ses mains. Son sourire a disparu lorsqu'elle a reconnu May, puis son visage a exprimé un éventail d'émotions – la perplexité, le doute, le soulagement – avant de se tordre sur une grimace. Elle a porté les mains à ses yeux, tandis qu'un frisson lui secouait les épaules et que, ses jambes la lâchant, elle s'agenouillait. May l'a imitée.

— Est-ce ainsi qu'on accueille une vieille amie ? lui a-t-elle dit en saisissant ses avant-bras. Es-tu blessée ? C'est ton sang que tu as sur toi ?

— Cela ne peut pas être toi, May, a bafouillé Martha en pleurant, sans retirer ses mains de ses yeux, comme si elle avait peur de ce qu'ils lui révélaient. Tu es morte ! Est-ce un rêve, une illusion, ou suis-je en train de redevenir folle ?

May n'a pu retenir un petit rire.

— Morte, pas encore. Je ne suis ni un rêve ni une illusion et, non, tu n'es pas folle. Baisse les mains, regarde-moi et, s'il te plaît, dis-moi si tu es blessée.

Lentement, Martha a obéi et ses larmes ont cessé de couler. Elle a essuyé son nez du revers de la main, laissant une traînée rouge sur son visage. May l'a aidée à se relever et elles sont tombées dans les bras l'une de l'autre.

— May, ma plus chère amie... Non, je ne suis pas blessée. J'ai tué un ennemi et c'est son sang que j'ai sur moi.

De sa main gauche, Martha a soulevé le scalp accroché à sa ceinture de cuir tressé.

— J'ai fait des touchers et rapporté mon premier scalp.

— Seigneur, s'est écriée May, tu as scalpé un homme !?

— J'ai scalpé un *ennemi*. Il a tenté de me tuer, mais j'ai été plus rapide. Kills in the Morning Woman[1] m'a montré comment faire.

D'un air sévère, Martha a dévisagé son amie en poursuivant :

— Mon Dieu, tu as survécu... Comment est-ce possible ? Où étais-tu pendant tout ce temps ?

— Réservons cela pour plus tard, Martha. Tu dois avoir bien des choses à me raconter, toi aussi. Nous y reviendrons... à condition que votre bande accepte que nous nous joignions à elle, Woman Who Moves Against the Wind et moi. Nous avons été seules tout l'été et un peu de compagnie ne nous ferait pas de mal, cet hiver.

Sans que nous la voyions, Phemie s'était approchée de nous.

— Cela devrait pouvoir s'arranger, a-t-elle déclaré de sa voix grave et sonore.

---

1. Celle qui tue le matin.

En entendant cette voix si reconnaissable, May s'est figée. Puis elle s'est retournée en ouvrant des yeux ronds et elle a contemplé Phemie un long moment.

— À propos de revenante, en voilà une autre ! a-t-elle lâché, et elle s'est jetée dans ses bras.

En se détachant de Phemie, elle a gardé ses mains dans les siennes.

— Je pourrais en dire autant, a répondu celle-ci, un grand sourire aux lèvres. Voyez-moi ça ! Le chat aux neuf vies ! Et il n'a pas perdu un poil, apparemment ! En pleine forme, ce matou ! Sauf qu'il est accoutré comme une Blanche...

— À moi de te faire un compliment. Tu es splendide ! Toujours ce port de reine !

— Où as-tu déniché ces frusques ? Tu n'es pas passée de l'autre côté, au moins ?

— Bien sûr que non, Phemie. Il ne faut pas se fier aux apparences. Je reste aussi cheyenne que toi.

Elles ont éclaté de rire.

Le crieur du camp a annoncé qu'une fête serait organisée ce soir, avec des danses, pour célébrer le retour de nos guerriers victorieux, qui mimeront autour du feu le récit de leur combat contre les Crows. Après s'être soigneusement débarbouillés, ils sont déjà tous en tenue de cérémonie... autant que faire se peut, du moins, en ces temps de misère. Il va sans dire que, en matière de garde-robe, nous sommes plutôt limitées, nous aussi. Heureusement, May avait conservé sa tunique, ses jambières et ses mocassins. Vu les regards suspicieux, voire menaçants, que lui jettent ceux de notre bande qui ne la connaissent pas, elle a jugé préférable de ne pas porter ses habits de cow-boy à la fête. Nous avons réuni quelques bijoux – collier de perles, bracelet, boucles d'oreilles – pour détourner l'attention de ses vieux vêtements de daim, usés et rapiécés. Nous lui avons également natté les cheveux, et elle est apparue transformée.

— Voilà qui est beaucoup mieux, a commenté Martha en nous rejoignant.

Celle-ci, nous l'avons remarqué, portait à sa ceinture son premier scalp, qu'elle ne manquera pas de mettre en valeur pendant les danses.

— Vraiment mieux... a-t-elle continué. Après le choc initial que j'ai éprouvé en te retrouvant, j'ai craint que tu n'aies renoué avec tes origines, ce qui nous rendrait inconciliables.

— Martha, ma chère, lui a répondu May, tu n'ajouterais pas mon scalp à ta ceinture, quand même ?

— Bien sûr que non. Mais j'ai embrassé cette nouvelle vie si entièrement que je me méfie des *ve'ho'e*[1]... et, compte tenu de la façon dont ils nous traitent, je serais plutôt vindicative à leur égard. On ne peut pas dire qu'ils s'inquiètent beaucoup de nous.

— C'est l'évidence, Martha, et je partage tes sentiments. Seulement, de temps à autre, il n'est pas inutile de se regarder dans la glace et de reconnaître que, même si nous nous sommes adaptées à une culture différente de la nôtre, nous sommes toujours des *ve'ho'à'e*[2]. Je suis revenue dans le monde des Blancs, ces derniers mois, j'ai fait affaire avec des marchands, des fermiers et des colons. J'ai trouvé vexant d'être mieux accueillie par ces gens que je ne l'aurais été, vêtue comme une squaw. D'un autre côté, j'admets avoir ressenti une vague nostalgie, le mal du pays, en quelque sorte. Je ne parle pas de l'asile, bien sûr, a ajouté May en riant. Mais aujourd'hui – elle a ouvert les bras –, je reprends pied en terre cheyenne, sans regret. Et j'ai hâte de te voir à la danse.

Depuis la Little Bighorn, les festivités s'étaient faites assez rares. Ce soir, de grands feux ont été allumés et de la viande mise à griller – bison, cerf, élan. Musiciens, danseurs et spectateurs ont commencé à se rassembler. Bien sûr, c'est aussi l'occasion de célébrer le retour de May Dodd qui, avant la fin de la soirée, se verra, j'en suis sûre, baptisée d'un nouveau nom en l'honneur de

---
1. Les Blancs.
2. Les Blanches.

sa « résurrection ». Meggie, Susie, Gertie m'avaient beaucoup parlé d'elle, et la façon dont elle est reçue par ceux qui la reconnaissent atteste qu'elle compte parmi les personnes importantes du Peuple.

Dog Woman, notre *he'emnane'e*, à moitié homme à moitié femme, s'occupe activement des préparatifs, distribue des ordres à tout va, remet chacun à sa place, réprimande les enfants... Après la Little Bighorn, elle a préféré quitter la bande de Little Wolf et se joindre à la nôtre. Je crois que cela tient au fait que, malgré l'embarras que nous lui avions causé avec notre numéro de cancan devant le village – un peu ridicule, mais fort amusant –, elle s'est attachée à nous. Nous devons représenter pour elle une forme d'exotisme et, sociable comme elle est, elle nous étudie soigneusement, nous et nos manières, même lorsqu'elles lui déplaisent. Quand la pauvre a aperçu May avant le début des festivités, elle a fondu en larmes et, effrayée, elle est partie en courant. Nous avons pensé qu'elle pleurait de joie, que la surprise était trop grande. May nous a expliqué que, au contraire, Dog Woman, émotive, l'a prise pour un fantôme. Le temps de dissiper le doute, et elles se sont embrassées comme de vieilles amies.

Il fait maintenant nuit noire, et le jeune Horse Boy est venu nous rejoindre près du feu après avoir pansé les chevaux avec les autres lads. Je me suis tant étendue sur ma lune de miel avec Hawk que je n'ai pas reparlé de Hóhkééhe, Mouse, dont les parents avaient été tués lors de la charge de Mackenzie contre le village de Little Wolf. Hawk et moi avions projeté de l'adopter après notre mariage, ce que nous n'avons pu faire, puisqu'il a été blessé à la bataille de Rosebud Creek, pendant laquelle j'ai été faite prisonnière de mon côté. Ce sont ses grands-parents, Bear et sa femme Good Feathers[1], qui ont continué de s'occuper d'elle. Quand j'ai retrouvé la petite orpheline à la Little Bighorn, Bear et Good Feathers m'ont assuré qu'elle nous avait réclamés, Hawk et moi, autant que ses propres parents. La mort nous suit ici pas à pas, les jeunes comme les vieux, aussi inévitable que nos propres ombres...

---

1. Ours et Bonnes plumes.

Ils me l'ont confiée lorsqu'ils se sont séparés de nous pour suivre Little Wolf. Épuisés, ils pensaient déjà à entreprendre leur voyage à Seano et ils croyaient qu'elle serait mieux avec moi. Quand, il y a un mois, j'ai galopé pour retrouver Hawk, je savais que mes amies veilleraient sur elle. Peut-être vivons-nous dans un monde « différent », comme disait May, mais la bande est une grande famille dans laquelle chacun fait attention aux autres. May y a vite retrouvé sa place, il fallait juste qu'elle se change. On l'aurait forcément regardée de travers si elle s'était jointe à la fête dans son costume de cow-boy.

Mouse est nichée sur mes genoux devant le feu, tandis que Horse Boy, plus grand, s'est blotti contre May, bras dessus bras dessous, comme pour mieux la retenir. Je pense à l'image que nous donnons : deux femmes, deux enfants. Nous avons chacune perdu les nôtres, et ils ont, eux, perdu leurs parents. Nous avons autant besoin d'eux qu'eux d'elle et moi.

La bande s'est assise en tailleur autour de nous. Derrière le cercle des danseurs, les flammes du brasier décochent vers le ciel noir de gigantesques flèches rouges et il flotte dans l'air l'odeur du gibier en train de rôtir sur les petits feux à proximité.

Brusquement résonnent les cris de nos sentinelles à la limite du camp, suivis d'une vive agitation. Nos guerriers se redressent et se saisissent de leurs armes (tout le monde est censé les conserver à portée de main) ; les enfants se dispersent, comme ils l'ont appris, pour aller se cacher dans les broussailles, les plus âgés emmenant les plus jeunes. D'un bond, Horse Boy quitte May et, avec les autres lads, court vers les piquets pour veiller sur les chevaux. Nous aussi armées, notre lot de guerrières se lève et se dirige vers le tumulte. Les étoiles se comptent par milliards dans ce ciel d'encre, cependant la lune est absente et, au-delà des flammes, l'obscurité est totale.

Tout aussi soudainement, les sentinelles relaient le signal de fin d'alerte – le hululement du grand-duc, répété plusieurs fois. Le danger est donc écarté. Le cœur battant, nous poussons un soupir alors que, dans l'ombre, deux de nos hommes escortent trois silhouettes que nous ne distinguons pas encore.

— Bon sang de bonsoir ! lâche une voix familière. Je leur ai dit, à vos gars, moi, que c'était pas du boulot ! Cette vieille Gertie leur est passée sous le nez ! Une minute de plus et je m'asseyais avec vous, ni vu ni connu !

Les trois silhouettes apparaissent à la lumière, tandis que les sentinelles repartent à leur poste. Gertie retire son chapeau de cow-boy mité, dont se dégagent des bouffées de poussière lorsqu'elle le frappe contre sa cuisse.

— Je ne voudrais pas m'imposer, mesdames, poursuit-elle, mais une belle fête cheyenne avec à manger et des danses, c'est plus fort que moi, je peux pas résister. On entend les tambours à un mile à la ronde, et puis ces odeurs alléchantes...

Elle sautille et fait claquer les talons de ses bottes.

— D'ailleurs, j'ai mis mes souliers de bal, ce matin...

Brusquement, elle paraît reconnaître May, puis moi, et se fige totalement.

— Nom de Dieu de... lâche-t-elle dans un souffle. Tu es revenue des morts, May ? Toi aussi, Molly ?

Avant d'ajouter en se retournant :

— J'ai idée que nous avons mis les pieds chez les fantômes, les filles. Il y a des années que, dans les plaines, on me raconte des histoires de camps indiens par des nuits sans lune, peuplés de morts uniquement. Des hommes, des femmes, des enfants... qui semblent ne pas se rendre compte qu'ils ont claqué pendant les guerres et qui font leurs petites affaires comme d'habitude... Mesdames, je crois qu'il vaudrait mieux mettre les bouts. Je n'ai plus très envie de danser.

— Gertie, je commence à en avoir assez qu'on me prenne pour un fantôme, lui dit May. Viens plutôt me serrer dans tes bras... J'espère que tu t'es lavée, ce matin... Tu verras que c'est bien moi, en chair et en os.

Derrière Gertie, deux autres femmes sont sorties de l'ombre. À notre tour d'être stupéfaites. Revoilà lady Ann Hall et sa servante Hannah Alford.

COMMENTAIRE DE MOLLY STANDING BEAR

Les Amazones

« *Alors que les Grecs font cercle autour de l'Amazone qui agonise dans la poussière et dans le sang, Achille lui arrache son casque étincelant, révélant soudain le visage de la jeune femme. La beauté farouche de Penthésilée brille encore d'un éclat pur [...]. Bien des hommes rassemblés autour d'eux se disaient qu'ils auraient aimé qu'une telle femme les attende chez eux en Grèce. Achille reste muet.* »

Adrienne Mayor, *Les Amazones,
Quand les femmes étaient les égales des hommes*
traduction Philippe Pignarre

Le lecteur me pardonnera ce court intermède... Mon rôle se limitant à compiler cet ensemble de journaux, je n'ai peut-être pas de raison de m'excuser, mais je m'en remets tout de même à votre indulgence. Je n'ai pas reçu beaucoup d'instruction, sinon celle que l'on m'a donnée dans une de ces écoles « indiennes » où l'on nous avait envoyés en grand nombre – où le prêtre me maltraitait dans une cave obscure. Disons que l'expérience m'aura brouillée avec les études, à plus forte raison avec l'église. J'y ai pourtant été une lectrice compulsive, et les livres, échappatoire bienvenue, m'ont servi de professeurs. J'ai lu tout ce qui m'est tombé sous la main, peu de choses, en fait, dans un pensionnat catholique, le plus accessible étant évidemment la bible. Dans les deux testaments, j'ai appris le sens de bien des termes : fratricide, matricide, parricide, infanticide, génocide, épuration ethnique, esclavage, soumission sexuelle... À peu près tout ce qu'on a besoin de savoir sur le mal, la violence, l'avilissement. Malgré cela, certaines parties sont enrichissantes, et j'ai tenté d'y trouver le réconfort.

Du fait que je m'intéressais à la bible, on m'a considérée comme une élève travailleuse – une candidate pour le noviciat... à ce qu'affirmait le bon « père » qui me violait. Mon initiation à l'obéissance, par cet émissaire du seigneur, avait un caractère éminemment biblique... Au fait, cela n'est pas par manque d'instruction que j'évite de mettre la majuscule à certains mots, mais à cause du mépris et du dégoût qu'ils m'inspirent. J'ai fini par fiche le camp, et la fuite allait être un schéma directeur de mon existence. J'ai fui le pensionnat, l'église, le père untel (je ne mentionnerai pas son nom par peur des représailles). J'ai fui ma famille, un oncle pervers qui, lui aussi... J'ai fui un homme avec qui j'ai vécu brièvement, qui me battait lorsqu'il était saoul, c'est-à-dire trop souvent. J'ai arrêté de lire – une grossière erreur ; enfin, une parmi d'autres –, je suis partie à Denver, où je me suis prostituée sur Colfax Avenue. Je suis moi-même devenue droguée. Héroïne, cocaïne, morphine, speedball, tout ce qu'on voudra. Je vendais mon corps pour pouvoir m'approvisionner et j'ai eu la chance de ne pas y passer. J'ai compris par la suite que cela avait été une

COMMENTAIRE DE MOLLY STANDING BEAR

forme de suicide inconscient. Un matin, j'ai repris connaissance dans une chambre de motel qui puait le sexe tarifé, un de ces endroits où les clients emmènent les filles une heure ou moins. J'avais été tabassée et volée. On m'avait même pris mes vêtements, mes chaussures, et je me suis couverte d'un drap pour sortir. La police m'a ramassée, mise au trou, puis envoyée au centre de santé municipal. Une fois désintoxiquée, j'ai trouvé un job dans une bibliothèque. J'ai recommencé à lire, à me réfugier dans les livres, les récits, les vies des autres. Ce qui m'a permis de sauver la mienne et de me rendre compte que j'avais le don de changer de forme, une faculté qui dormait en moi depuis longtemps. J'ai appris à pénétrer ces histoires, à incarner leurs personnages, à m'habiller de leur peau. Comme un hologramme, pourrait-on dire. Je ne saurais tout à fait expliquer comment je fais, j'y arrive, c'est tout… Quand j'étais petite, les anciens de la tribu m'avaient parlé d'un de mes ancêtres, Hawk, qui pouvait se transformer en rapace et voler. Parmi les vieux, ceux qui n'avaient pas sombré dans l'alcool s'efforçaient encore de transmettre ces récits issus de nos traditions, ayant trait à des actes improbables, à des individus aux dons irréels, des animaux doués de parole, des hommes et des femmes qui les entendaient et les comprenaient. Je n'ai jamais rien mis en doute, jamais exigé de preuve, et j'y crois toujours. Nos aïeules rapportaient l'épopée d'un groupe de femmes blanches et d'autres races, venues vivre parmi les Indiens, mais aussi de guerrières qui, en plein galop, étaient capables de percer d'une flèche le cœur d'un ennemi. Mais elles restaient discrètes là-dessus, car ces histoires déplaisaient aux chefs de la tribu et aux hommes en général. Ceux-ci n'aimaient pas que l'on dépeigne nos femmes autrement que comme des épouses dociles, de mères qui ont pour seules occupations de pourvoir aux besoins du foyer, de leur mari, d'élever les enfants. De mon côté, je n'ai rien oublié : comme les livres, ces récits continuent de vivre à l'intérieur de moi. Si j'ai des trous de mémoire, ils concernent uniquement cette sale période pendant laquelle j'étais putain et toxico. Mais c'est aussi bien : j'ai des accès de colère chaque fois que j'y repense.

En renouant avec la littérature après cette trop longue parenthèse, je me suis rappelé ces histoires de guerrières, qui ont suscité en moi un intérêt nouveau. Ma propre expérience (d'accord, je n'ai de reproches à faire qu'à moi-même) m'avait menée à l'inévitable conclusion que, pour une Indienne, il n'est qu'un moyen de survivre dans le monde blanc : rester sobre, s'endurcir et se battre. Nous autres femmes avons appris à nos dépens ce que coûte la passivité. Je me suis intéressée au mythe des Amazones qui, selon la légende, perdaient toujours leurs combats contre les Grecs. Dignes et courageuses adversaires, elles étaient très belles et leurs attraits ne manquaient pas de charmer les héros. Par exemple, après avoir tué la reine Penthésilée, qui avait lutté « telle une lionne altérée de sang, Achille, désolé, ne peut éloigner ses regards de celle qu'il vient de priver de la vie. Un mortel chagrin le dévore ». Avec cette remarque : « Plusieurs Grecs souhaitaient jouir dans leur patrie des chastes embrasements d'une épouse aussi belle[1]. »

Franchement, à part un homme, qui écrirait de telles inepties ? Achille regrette d'avoir vaincu Penthésilée, il aurait préféré la posséder, ce qui, pour commencer, dénote une certaine perversité. Et, bien sûr, les autres guerriers « auraient souhaité » que leurs ternes épouses ressemblent à la reine amazone, une éventualité inconcevable dans la société patriarcale des Grecs à l'époque. Sans oublier le fait que, quand bien même cela aurait été possible, leurs maris en auraient eu une peur bleue… en même temps qu'ils les désiraient. Un paradoxe qui ne déplairait pas à certains, je suppose.

Ces mythes ont été créés par les hommes dans le but de réduire les femmes à la passivité, à la soumission, car, dans le fond, notre force leur inspire la crainte. Selon les récits de nos aïeules, notre peuple comptait autrefois des guerrières qui, comme dans d'autres sociétés, étaient aussi vaillantes qu'eux sur le champ de bataille. C'est de leur exemple que je m'inspire.

---

1. Adrienne Mayor, *Les Amazones, op. cit.*

COMMENTAIRE DE MOLLY STANDING BEAR

Un après-midi, sans raison apparente, j'ai ressenti le besoin d'aller consulter une vieille femme-médecine, nommée Esévóná'e, ou Buffalo Woman[1], qui vit seule depuis de nombreuses années dans un tipi en marge de la réserve, sur un terrain appartenant à un paysan cheyenne près de Rosebud Creek. Sa famille s'occupe d'elle, lui apporte à manger, pourvoit à ses besoins, ainsi que différents membres de la tribu qui profitent de ses conseils et de sa très bonne médecine. Comme les Indiennes de la réserve ne savent plus fabriquer de tipis, Buffalo Woman a confectionné le sien avec des peaux de bison que lui a données un couple de fermiers du Dakota du Sud, les O'Brien. Ils élèvent encore le vieux mammifère dans un habitat aussi naturel que possible, ce qui implique de reproduire à l'identique les prairies d'origine – sur quelques centaines d'hectares, du moins. Des Blancs formidables, appliqués, pour qui le sacré n'est pas un vain mot. Esévóná'e a toujours refusé de résider dans un tipi cousu avec du cuir de vache, malsain à tous égards.

J'ai gratté sur le rabat au-dehors et elle m'a invitée à entrer. Malgré le petit feu qui brûlait au centre de sa loge, j'ai mis un moment à m'habituer à l'obscurité. Certains lui donnent plus de cent ans, mais personne, pas même elle, ne connaît exactement son âge. Buffalo Woman est minuscule, presque chauve. Parcourue de minces veines rouges, la peau diaphane qui recouvre son petit crâne paraît aussi fragile qu'un parchemin usé. J'ignore si elle a jamais appris l'anglais, car elle ne parle que le cheyenne et l'arapaho. Je maîtrise bien les deux langues et cela ne me dérange pas. On m'avait avertie qu'elle aimait fumer et, lorsqu'on rend visite à une ancienne ou à une femme-médecine, il est indispensable de se présenter avec un cadeau. Je lui avais apporté un paquet de tabac.

Elle m'a regardée avec ses yeux fins et brillants qui semblaient tout deviner, tout percevoir – les yeux d'un oiseau de proie.

– Je sais qui tu es, mon enfant. Je t'attends depuis bien des

---
1. Femme bison.

années et je savais que tu viendrais. Tu es la petite fille qui a été assassinée.

— C'était ma sœur, grand-mère. Le journal a commis une erreur. J'ai réussi à m'enfuir, moi.

— Non, non, c'était bien toi, a-t-elle assuré avec un hochement de tête convaincu. Je ne lis pas les journaux.

— Comme tu voudras. Et pourquoi m'attendais-tu ?

— Pour te remettre une chose qui t'appartient. Une chose que ma propre grand-mère m'a confiée quand j'étais petite. Elle m'a ordonné de la conserver, car un jour une femme se présenterait et je la reconnaîtrais.

— Alors, c'est moi ?

Sans répondre à la question, elle m'a de nouveau regardée avec ses yeux perçants. Cela suffisait.

— Quelle est cette chose ?

— Un ballot bien enveloppé, que je n'ai jamais ouvert, car ce n'est pas mon affaire. Ma mission était de le préserver jusqu'à ce que tu arrives. Fumons une pipe ensemble, mon enfant. Faisons honneur au bon tabac que tu as apporté. Ensuite, je te donnerai ton bien et je m'en irai.

— Tu t'en iras ?

— Il est temps pour moi d'emprunter la grande route suspendue dans le ciel[1] et d'atteindre Seano, ma petite. Je t'ai attendue afin de rendre à ma grand-mère le dernier service qu'elle m'avait demandé. Quand je la reverrai, je compte pouvoir lui dire que j'ai tenu ma promesse.

La vieille femme a dégagé une pipe d'une bourse bordée de perles, puis, entre son pouce et trois doigts noueux, squelettiques, elle a prélevé du sachet de tabac une généreuse pincée dont elle a adroitement rempli le fourneau. Elle a enflammé une brindille au-dessus du feu, allumé sa pipe et tiré de longues bouffées. Puis elle a levé le fourneau pour louer le ciel, l'a baissé pour bénir la terre, et l'a orienté vers les quatre points cardinaux. Cela fait, elle me l'a tendue.

---

1. La Voie lactée.

COMMENTAIRE DE MOLLY STANDING BEAR

Nous avons fumé en silence en nous repassant le calumet jusqu'à ce qu'il soit terminé. Buffalo Woman a vidé les cendres dans le feu, rangé la pipe dans sa bourse et me l'a offerte.

— Garde-la, mon enfant. Je n'en aurai plus besoin.

Alors elle s'est retournée pour saisir un paquet rangé contre un pan du tipi. Il était emballé dans une vieille bande de cuir maintenue par une sangle. Elle l'a poussé vers moi.

— Voilà, ma fille. Merci d'accepter ce présent de ma grand-mère. Presque toute ma vie, je l'ai conservé près de moi. Je suis contente que tu sois venue le chercher. Je dois dormir maintenant.

Une peau de bison était déroulée près d'elle sur le sol. Buffalo Woman s'est couchée en chien de fusil. Elle avait tant rapetissé avec l'âge qu'elle ressemblait à une fillette de dix ans, vieillie prématurément. Je me suis assise près d'elle et j'ai posé doucement une main sur son front.

— Merci, grand-mère. Repose-toi.

Je suis restée un moment avec elle. Son souffle s'est espacé, puis s'est éteint. Son front est devenu froid. On n'aurait pu souhaiter une fin plus paisible. Je l'ai imaginée, redevenue jeune femme, cheminant dans la Voie lactée vers Seano.

J'ai dénoué la sangle, déplié le cuir sec et craquelé, qui contenait une série de registres anciens, aux couvertures décolorées. Celui que j'ai soulevé a répandu de petits fragments de papier, jauni par le temps. J'avais apporté les premiers à Jon Dodd, qu'il avait publiés dans son magazine sous le titre *La Vengeance des mères*. Les autres sont réunis dans le présent ouvrage.

Récemment, je suis revenue trouver Jon à l'endroit où il avait planté sa caravane dans la réserve, quelques semaines plus tôt. À ma grande surprise, il était encore là. Je ne l'avais pas revu depuis le soir où j'avais chassé les accros à la meth qui lui cherchaient des noises.

J'ai fait exprès d'y aller de nuit. Les lumières étaient éteintes à l'intérieur de la caravane. Il n'en restait qu'une d'allumée dehors. Sous l'auvent, Jon avait installé une petite table pliante avec une seule chaise. J'ai pensé qu'il s'était couché. Bizarrement, la porte n'était pas verrouillée. J'ai ouvert et je suis entrée. Allongé sur le dos, il ronflait légèrement. Comme les fois précédentes, j'avais mon costume de guerrière du XIXe siècle – tunique, jupe, jambières et mocassins de daim –, mais j'avais tenu à m'arranger un peu. J'avais tressé mes cheveux avec des lanières de cuir et glissé une plume d'aigle dans une tresse. Sur le front, un bandeau ourlé de perles, un collier d'os de bison au cou et mon couteau dans une gaine, également perlée. J'avais voulu me faire belle, mais aussi lui flanquer une bonne trouille.

La nuit était chaude. Apparemment nu, Jon dormait sous un drap. J'ai retiré jambières et mocassins, remonté ma jupe et, montant sur le lit, me suis doucement assise sur lui, à califourchon. J'ai sorti mon couteau de sa gaine et, délicatement, j'ai posé la lame contre sa gorge. Il a ouvert les paupières, mais n'a pas bougé.

— Si vous vous demandez ce qui vous réveille… ai-je murmuré en pressant la lame un peu plus.

Il m'a étudiée en réfléchissant.

— Molly Standing Bear, a-t-il dit finalement. Je dois faire un rêve érotique.

— Non, petit Blanc.

Il n'avait pas peur de moi, ce qui m'a déçue.

— Vous savez que vous êtes plutôt jolie, ce soir ?

— Mon miroir semblait le croire.

Je le sentais gonfler entre mes jambes.

— Vous dormez toujours nu ?

— Vous ne portez jamais de culotte ?

— On ne porte pas de culotte, chez nous. Où croyez-vous que je m'habille, chez Victoria's Secret ? Comment savez-vous que je n'en porte pas, d'ailleurs ?

— Disons que je sens une chaleur… particulière se dégager de vous.

Il a gigoté sous mes cuisses. J'ai diminué la pression sur la lame du couteau.

— Je pourrais facilement vous tuer, vous voyez ?

— J'y ai pensé. Mais je me suis demandé : pour quoi faire ?

COMMENTAIRE DE MOLLY STANDING BEAR

— Parce que je suis une Amazone et que les Amazones tuent les hommes. Parce que vous avez menti à mon propos dans votre magazine. Vous m'avez fait passer pour une petite salope qui aurait couché avec vous dès notre première rencontre et qui, en plus, voulait un bébé de vous. Qu'est-ce que c'est que ça ?

— C'est vrai, j'ai menti, pardonnez-moi. Mais le journalisme est souvent plus intéressant avec une touche de fiction. Ce qui, bien sûr, n'est pas de l'avis de tous mes confrères...

— Si c'est de la fiction, ce n'est plus du journalisme.

— Vous avez raison, Molly... Est-ce une vocation, chez vous, d'assassiner les gens ?

— Plus ou moins.

— Voudriez-vous éloigner ce couteau de ma gorge ?

Je l'ai rangé dans sa gaine.

— Je tenais seulement à clarifier nos positions, ai-je répondu en remontant le long de son corps pour me poser doucement sur le visage de Jon. Je vous avais prévenu : les Amazones prennent leur plaisir quand elles veulent et avec qui elles veulent.

— En effet, a-t-il admis d'une voix légèrement étouffée, nos positions ne sauraient être plus claires...

— Bon, tais-toi un peu, petit Blanc, et fais tes preuves, maintenant.

— Tu sais, Molly, m'a-t-il dit alors que nous étions couchés dans les bras l'un de l'autre, derrière cette carapace de... guerrière, de... Cœur vaillant, il y a comme de la douceur, de la tendresse. Sans doute aussi des réserves d'amour qui s'ignorent. Et, pour un rendez-vous galant, c'était beaucoup mieux qu'aller au cinéma.

— Ne brûlons pas les étapes, Jon, laissons l'amour tranquille. En plus, je n'appellerais pas ça un rendez-vous galant. J'avais seulement envie d'un bon moment et il fallait que tu connaisses mon odeur. De quoi j'ai goût, aussi...

— Alors, voyons... Je pense à ces ruisseaux de montagne où l'on pêche la truite au début de l'automne. L'eau claire a une

saveur minérale, avec un petit rien d'épicé que lui donnent les algues et les feuilles mortes que le courant emporte...
— Pas mal ! On ne m'avait encore jamais décrite de cette façon.
— On ne m'avait encore jamais apprivoisé de cette façon. Cela méritait un peu d'attention.
— Je ne suis pas convaincue par les algues et les feuilles mortes, quand même.
— Il faut que je te dise autre chose, Molly. Tu es sûrement la fille la plus bizarre que j'aie rencontrée. Et la plus mystérieuse. Cette façade aguerrie que tu présentes, je me suis souvent demandé si elle ne cachait pas une certaine fragilité. Même quand on était mômes, que les gars de la réserve avaient déjà peur de toi, je l'avais senti. J'aimerais en savoir un peu plus sur ta vie.
— Chaque chose en son temps. On y arrivera, mais pas tout de suite. Pour l'instant, j'ai encore du mal à accorder ma confiance, surtout aux hommes. Je ne dédaigne pas de m'envoyer en l'air à l'occasion, mais je ne suis pas prête à me livrer.
— OK. Alors raconte-moi simplement une chose qui me parle de toi. Une histoire, ce que tu voudras. Après, ce sera mon tour.
J'y ai réfléchi un instant.
— D'accord, j'ai une idée. Puisque tu aimes les métaphores... Tu auras remarqué les chiens errants qui courent dans la réserve. Même s'ils traînent plus souvent autour du village, tu as dû en voir quelques-uns par ici. Certains ont été maltraités, abandonnés, ou bien on ne s'est jamais occupé d'eux. La plupart sont affamés et, pour beaucoup, malades. Il y a bien longtemps, avant que tu viennes avec ton père, j'ai travaillé au comptoir, dans le centre, pendant l'été. Un jour que je sortais les poubelles au fond de la cour, j'en ai aperçu trois, des mâles, qui rôdaient par là, attirés par de vieux cartons. De l'endroit où j'étais, j'ai entendu un autre chien grogner. Je me suis faufilée derrière les trois premiers, puis me suis rapprochée des cartons pour regarder ce qu'ils contenaient. C'était encore un chien, tout petit – en fait, une chienne, comme je l'ai vérifié plus tard. Nous étions en hiver et elle s'était fait un petit nid dans des restes d'isolant que quelqu'un avait jetés là. Un genre de niche pour chien SDF. Elle n'a pas fait attention

COMMENTAIRE DE MOLLY STANDING BEAR

à moi, elle était absorbée par les trois mâles qu'elle ne quittait pas des yeux. Elle grognait en montrant les dents. Je veux dire, elle était vraiment minuscule, l'un des trois aurait pu la démolir et, tous ensemble, la dévorer en une seconde. Mais non. De temps en temps, l'un d'eux faisait mine de l'attaquer ou de se ruer sur elle. Le dos dressé, les crocs à découvert, la chienne ne se laissait pas impressionner. Elle grondait de plus en plus fort, de plus en plus menaçante. Elle était coriace, elle défendait son territoire, et les trois autres n'osaient pas se mesurer à elle. Soit ils en avaient peur, soit ils la respectaient, finalement. En tout cas, ils sont partis, la queue entre les jambes.

« J'ai eu envie de la ramener à la maison, mais je savais que ma famille n'en voudrait pas. Alors je lui ai donné à manger, chaque fois que je pouvais. Un jour que je me suis enfuie de chez moi, pour changer, je l'ai prise avec moi. Cette fois, j'étais allée jusqu'à Billings et je l'ai amenée au refuge pour animaux. Ils l'ont vaccinée gratuitement et le véto m'a dit qu'elle n'avait sans doute pas plus d'un an. À peine un an, et elle intimidait ces trois gros clebs.

« Cette chienne m'a donné une leçon d'autorité, de courage et de fermeté. Il faut affronter le danger, tant pis si au fond de soi on tremble de trouille. Quand on ne défend pas son territoire, personne ne le fera à notre place. J'ai appris à refuser d'être une victime, même si j'en étais déjà une et que cela durerait encore un certain temps… Je parle d'un membre de ma famille, plus grand et plus fort que moi. Il ne servait à rien de le défier, ni de jouer les dures. Mais quand, plus tard, je suis devenue victime de ma propre faiblesse, c'est en repensant à cette petite chienne que je m'en suis sortie.

« À Billings, il n'avait pas fallu longtemps pour qu'on me remette la main dessus et qu'on me renvoie à la réserve. J'avais laissé la chienne au refuge, et une fille qui travaillait là l'a adoptée. Je l'adorais, cette chienne. Ça me réconfortait de savoir qu'elle avait maintenant un endroit où elle était à l'abri, peut-être une jolie maison avec un jardin, quelques enfants qui jouaient avec elle…

Je me suis mise à pleurer, Jon m'a serrée contre lui et j'ai continué, la tête dans son cou. Il n'a pas posé d'autres questions ni même ouvert la bouche, ce dont je lui suis reconnaissante, car il n'y avait rien à ajouter. Simplement, il est des choses que nous gardons en nous toute notre vie, les meilleures comme les pires.

Les journaux perdus de May Dodd

Hors-la-loi

« J'ai alors fait une chose étrange, et j'ai beau y repenser depuis, je ne me l'explique toujours pas. Je tenais d'une main les longes des deux bêtes et, affectueusement, j'ai posé l'autre sur la joue du garçon. Puis je l'ai embrassé sur la bouche, comme si j'en étais amoureuse. Il m'a rendu mon baiser. »

(Extrait des journaux perdus de May Dodd.)

12 juin 1876

Nous avons cédé quatre autres chevaux à Bartlett & Sons, cette fois dans les contreforts des Bighorn, à onze miles de Fort Fetterman. Des bêtes que nous avions volées au gang de hors-la-loi et dont nous avons tiré le meilleur parti. Après avoir vécu parmi les chasseurs, les cueilleurs, les trappeurs – chez qui tout s'échange –, revenir dans un monde où les choses s'achètent et se vendent vous procure un drôle de sentiment. Avoir tout cet argent en notre possession n'est pas moins étrange, sans compter le costume d'Américaine que je porte, celui des femmes de la Frontière. Tenir ce rôle me donne l'impression d'être un imposteur qui garde un pied dans chacun des deux mondes.

En sus de nos deux chevaux préférés, Wind et moi en avons gardé deux que nous utilisons pour transporter nos affaires et, parfois, nous permutons avec ces derniers. J'ai aussi fait l'acquisition, aux comptoirs, d'un vrai calendrier et de plusieurs registres vierges. Cela étant, je n'ai pratiquement rien écrit, ces derniers jours.

Pour cette deuxième transaction, A. J. Bartlett et ses deux fils nous ont retrouvées à l'extérieur de Tent City, dans un endroit choisi au préalable. Nous n'avions pas eu besoin de mener nos bêtes en ville et tout risque était écarté de rencontrer le capitaine Bourke. Il est bien sûr inutile d'exposer Wind aux humiliations et aux dangers qu'encourt une Indienne dans une ville de Blancs. De toute façon, comme je l'ai déjà dit, elle refuse obstinément de se rendre dans un village ou une ferme d'Américains. Ce n'est pas moi qui le lui reprocherais.

Comme d'habitude, les Bartlett ont examiné les chevaux, vérifié qu'ils étaient maniables, en bonne santé, et, après avoir négocié un instant, nous nous sommes entendus sur un prix acceptable pour les deux parties. Ils sont décents et respectueux envers moi, mais ignorent totalement Wind. De toute évidence, il me serait impossible de traiter avec eux si j'étais vêtue comme une squaw. Notre apparence physique... un autre motif qui pousse les colons à exterminer et incarcérer les premiers occupants de ce pays, tout simplement parce qu'ils ne leur ressemblent pas. Ils ont le teint mat, un faciès mongolique, étrange à leurs yeux mais d'une beauté saisissante ; ils logent dans des tentes plutôt que des maisons ; c'est une société de nomades, contrairement à celle des Blancs ; pour eux, les hommes font partie intégrante de la nature, sur laquelle ils n'ont aucune prétention. Ils forment aussi, ne le nions pas, un peuple de guerriers. Sans doute l'un des rares traits dominants que nous partagions... sauf que les Blancs sont supérieurs en nombre et utilisent des armes plus meurtrières. C'est le combat d'une civilisation contre le monde sauvage, que ce dernier n'a guère de chance de remporter.

– Madame Ames, m'a dit Bartlett quand nous avons conclu l'affaire, si votre mari et vous avez d'autres bêtes à vendre, sachez que je suis toujours intéressé par de beaux chevaux en bonne santé. Vous choisissez bien les vôtres. Ne nous oubliez pas. Vous avez pu constater que nous sommes des commerçants honnêtes et que nous proposons toujours le bon prix.

– En effet, monsieur. Je penserai à vous. Mais tout le mérite ne me revient pas, loin de là. Je ne ferais rien sans notre associée, Wind, ici présente...

Elle n'avait pas mis pied à terre et suivait la scène d'un œil méfiant.

– C'est elle qui a débourré tout notre cheptel. Elle est connue dans sa tribu pour ses talents de dresseuse. Si vous n'avez rien contre les chevaux indigènes, ou plus exactement les lointains descendants des races importées en Amérique par les Espagnols, peut-être serons-nous en mesure de vous en soumettre quelques-uns. Ce sont des animaux robustes, adaptés aux plaines de ce pays depuis des générations. Une fois habitués à l'homme, ils sont tout aussi bons, sinon meilleurs, que les chevaux de l'armée.

Poliment, Bartlett a porté la main à son chapeau pour saluer Wind, un geste qui lui faisait honneur.

– Je serai ravi de considérer ceux que vous voudrez bien me montrer. À propos de l'armée, je dois vous rapporter qu'un certain capitaine Bourke m'a rendu visite, le lendemain de votre dernier passage.

Le sellier m'a étudiée attentivement avant de poursuivre, au cas où il aurait suscité une réaction de ma part.

— Il a posé nombre de questions à votre sujet, madame Ames.

J'ai senti mon cœur battre, mais je ne crois pas m'être trahie.

— Vraiment ? Je ne vois pas pourquoi. Quel genre de questions ? Dans quel but ?

— Il vous a aperçue aux comptoirs, ce jour-là, et il a eu l'impression de vous reconnaître. Il cherchait à savoir s'il se trompait.

— Je n'ai pas de M. Bourke dans mes relations et le nom ne me dit rien.

— Lorsqu'il m'a interrogé, je lui ai expliqué que vous ne teniez pas à retourner au magasin pour récupérer vos affaires... même si j'ignorais pourquoi. Je lui ai appris votre nom, le fait que votre mari et vous-même êtes originaires du Nebraska et que vous vendez des chevaux. J'espère ne pas avoir empiété sur votre vie privée, mais, comprenez-vous, je suis souvent en affaire avec l'armée et, lorsqu'un officier me pose des questions, je suis obligé de lui répondre. Il y va de ma réputation.

— N'ayez crainte, monsieur Bartlett, il n'y a pas de mal. Vous n'avez rien révélé qui puisse nuire à mes intérêts. De toute évidence, cet officier m'a prise pour quelqu'un d'autre.

— Je dois aussi vous avertir, vous et votre mari, que le danger couve en ce moment, au nord de Tent City. On parle d'un vaste rassemblement d'Indiens rebelles, de l'autre côté de la frontière, dans le territoire du Montana. Ce sont, pour la plupart, des bandes de Sioux, de Cheyennes et d'Arapahos qui refusent de se rendre dans les réserves, comme l'exige le gouvernement, et qui préparent de nouvelles guerres. Le général Crook a quitté Fort Fetterman avec un important détachement de troupes, dans l'intention de surprendre ces vermines et de les écraser une bonne fois pour toutes.

— Ah... merci de m'avoir prévenue, monsieur. Mon mari ne sera pas en état de voyager pendant un moment, mais Wind et moi n'allons pas arrêter de travailler pour autant. Ces grandes manœuvres me paraissent propices aux affaires, il va y avoir de la demande pour les chevaux. Selon vous, de qui une Indienne et une Blanche, seules sur les pistes, ont-elles le plus à craindre ? Les sauvages ou les soldats ?

— Les deux, madame Ames, surtout lorsqu'ils déclenchent les hostilités. Sauf votre respect, je m'étonne que votre mari vous laisse vous déplacer sans sa protection. Croyez-moi, vous n'avez pas envie de vous trouver sur la ligne de front.

Bartlett était loin de se douter que nous naviguions précisément entre les deux camps.

— Je vous recommande de vous établir au plus près d'ici. Notre région est promise au meilleur avenir et se développe rapidement. Grâce au fort, vous serez à l'abri des barbares. En outre, notre maison vous achètera vos chevaux. Inutile de risquer votre vie en vous aventurant trop loin.

— Grâce à vous, nous n'en avons plus beaucoup en réserve. Pour en capturer d'autres, nous devons nous déplacer.

— Alors limitez vos recherches à l'est, à l'ouest et au sud, madame, c'est plus prudent.

Nous avons pris congé. J'ai annoncé à Wind que nous devions déguerpir et ne jamais revenir ici.

— Où allons-nous, Mesoke ? m'a-t-elle demandé.

Je m'étais posé la question et j'avais envisagé deux possibilités, opposées l'une à l'autre. Nous pouvions battre la campagne encore un moment ou rejoindre la bande de Little Wolf à l'agence Red Cloud, à condition qu'elle y soit toujours… et retrouver ma fille, Little Bird. C'était elle, avant tout, que je voulais délivrer de cet endroit. L'épisode morbide que j'avais vécu dans la grotte, puis ma convalescence avaient bâillonné mon instinct maternel, qui se réveillait maintenant. De mes trois enfants, j'avais perdu tout espoir d'en revoir deux. Ma petite dernière me manquait terriblement et elle n'était pas si loin, elle… Seulement, voilà, l'armée s'apercevrait de ma présence à l'Agence et la signalerait aux autorités. On me renverrait à Chicago, direction l'asile d'aliénés de Lake Forest. Et je perdrais Little Bird de nouveau. Mieux valait continuer sur notre lancée.

— Au nord, ai-je répondu. Là où les tribus et les troupes vont engager le combat. Le Peuple aura besoin de chevaux. Nous en capturerons pour lui.

23 juin 1876

Nous avons poursuivi notre route sans trop nous écarter des Bighorn Mountains, sachant que l'armée, ses lourds trains de mules et ses chariots suivraient les pistes déjà tracées vers l'est. Évidemment, il vaut mieux éviter tout contact… à moins que nous décidions de faire un raid sur l'immense troupeau de chevaux qu'elle doit convoyer.

Nous traversons un pays riche et ravissant au début de l'été. Les contreforts sont couverts de forêts vertes et odorantes de pins tordus, de bosquets de trembles aux feuilles nouvelles, de buissons d'églantiers. Les prairies de montagne sont le siège d'une nature abondante, d'une extraordinaire variété de fleurs épanouies, si belles qu'on ose à peine les fouler à cheval. La faune est tout aussi diverse : cerfs, mulets, chevreuils, élans, antilopes, mouflons, dindons, ours, coyotes et pumas. Sans oublier les oiseaux – grouses, faucons, aigles, chouettes, hiboux…

Torrents et ruisseaux se jettent dans les rivières plus larges des plaines en contrebas. Les eaux sont encore hautes après la fonte des neiges, mais la décrue s'amorce. Nous n'avons pas de mal à trouver des truites dans les petits cours d'eau isolés. J'avais acheté, à Tent City, une canne en bambou, un moulinet et du fil en crin de cheval. Le vendeur en avait des stocks, m'avait-il expliqué, car la pêche est devenue un passe-temps prisé des soldats de Fort Fetterman… quand ils ne sont pas occupés à traquer et tuer d'hostiles Indiens. Le général Crook lui-même s'y serait mis.

À cette époque-ci de l'année et dans un tel paysage, il serait aisé de nourrir un sentiment de sécurité, évidemment illusoire, comme si les guerres avaient disparu. Mais nous prenons le temps de flâner un peu, de savourer ce paradis montagnard, d'ignorer un moment la tâche qui nous attend, les combats à venir.

Une fois n'est pas coutume, en l'absence de messages de sa

jumelle, Wind paraît hésitante. Nulle vision pour lui indiquer où est sa sœur, où se trouvent Little Wolf et sa bande.

1ᵉʳ juillet 1876

Il y a quelques jours, nous avons pris le risque de redescendre dans la vallée, en quête de chevaux. Comme aidées par la providence, nous étions encore dans les contreforts quand nous avons aperçu, à distance dans la plaine, un grand nuage de poussière, déplacé par un troupeau de bétail en transhumance vers le nord – sans doute vers le territoire du Montana où, selon M. Bartlett, les éleveurs s'approprient de vastes prairies, maintenant que bisons et tribus indiennes sont presque décimés. Cela m'a rappelé une scène, tout à fait au début, quand notre groupe de futures épouses avait entamé son périple vers l'ouest. Notre train s'était arrêté pour laisser passer un troupeau de plusieurs milliers de bêtes, et ces chipies de Susie et Meggie, devant les fenêtres, avaient montré leurs fesses aux cow-boys. Certaines d'entre nous avaient été amusées, d'autres choquées. Absolument ravis, les cow-boys avaient fait tournoyer leurs chapeaux en poussant des cris de joie. Cela paraît si loin… nous étions encore jeunes et fraîches !

De plus près, Wind et moi avons estimé que le troupeau comptait deux ou trois cents têtes de longhorns. Impossible d'évaluer précisément leur nombre, notamment à cause de la poussière qu'elles soulevaient. Plusieurs cow-boys conduisaient également un petit cheptel de chevaux. Pour nous faire une idée de leur emploi du temps, nous les avons suivis pendant deux jours, d'assez loin pour ne pas nous exposer. Le soir, nous nous sommes rapprochées à pied de leurs feux de camp, pour savoir où et comment ils parquaient les différents animaux jusqu'au lendemain. J'avais remis mes vêtements de daim, de sorte que Wind et moi nous déplacions sans bruit, silencieuses comme des fantômes. Elle m'avait prévenue que les chevaux sentiraient notre présence, que c'était une bonne chose, car ils s'en souviendraient quand nous reviendrions les voler. Certains étaient attachés à des pieux, d'autres à proximité de leurs cavaliers pendant la nuit, et le gros du cheptel était retenu par une série de piquets, disposés en cercle. Ce sont ceux-là que nous visions et, comme nous n'étions que deux, il ne fallait pas compter en emporter beaucoup. Contrairement à ceux que nous avions dérobés aux hors-la-loi, ces chevaux ici ne nous connaissaient pas. Ils flaireraient seulement notre odeur, m'a expliqué Wind, et seraient probablement inquiets lorsqu'ils nous verraient pour de bon.

– À l'époque, quand j'étais petite fille, la tribu avait constaté que j'avais un don. Les hommes m'emmenaient lorsqu'ils faisaient un raid, parce que je leur portais chance. Comme chez nous, nos ennemis gardaient leurs chevaux de combat entravés devant leur loge. Ils en avaient parfois un, parfois deux. Toujours d'excellentes montures, mais les plus difficiles à voler car, au moindre bruit, quelqu'un se réveillait dans le tipi. C'est à moi que l'on confiait ce travail, puisque je sais les apprivoiser, leur murmurer à l'oreille et m'en faire des amis. Je n'ai pas besoin de mots pour leur parler et ils m'écoutent. Tu es blanche, et les chevaux de cow-boys connaissent l'odeur des Blancs. Ceux des bandits t'avaient acceptée facilement et je crois que ceux d'ici ne te rejetteront pas. Pour notre premier raid, nous en choisirons deux chacune, un à monter et l'autre à emmener. Mais nous irons près d'eux la veille, pour les habituer à nous, les toucher, et décider lesquels nous voulons.

Nous sommes revenues très tard le lendemain, pendant que les hommes dormaient. Il n'y avait dans le ciel qu'un mince trait de lune, mais nous avions un œil perçant après plusieurs soirs d'entraînement. Nous avions repéré où se trouvait le garçon solitaire qui surveillait le cheptel, la nuit, légèrement à distance du bivouac de ses collègues. À cette heure, il était couché. Lorsqu'il se réveillait, il faisait le tour du cheptel, puis reprenait sa place, la tête sur sa selle en guise d'oreiller.

Ces gars n'avaient pas la vie facile. Pourtant nous les avions entendus chanter, la veille après leur dîner. L'un d'eux jouait de la guitare, un autre de l'harmonica. Certaines de leurs chansons étaient gaies, rythmées, et d'autres tristes – tant la mélodie que les paroles, des histoires d'amours malheureuses. Contrairement à

Wind, j'aimais leur musique et j'ai dû admettre, une fois encore, que les miens… les Blancs… pouvaient me manquer.

La nuit suivante, nous sommes allées choisir nos chevaux et les amadouer. J'ai jeté mon dévolu sur une petite jument alezane et un hongre bai, près d'elle, qui avait une tête particulièrement bien dessinée. Je savais que Wind me faisait confiance. Je les ai caressés doucement sur les flancs et le long de la crinière. Quant à elle, Wind s'intéressait à deux hongres, un isabelle et un palomino.

Le surlendemain, nous avons de nouveau suivi le troupeau jusqu'au soir. Quand les cow-boys ont arrêté de chanter, nous étions étendues sur le ventre, bien réveillées, à proximité du campement. Depuis le temps que nous les observions, je commençais à m'attacher à eux et j'avais presque mauvaise conscience à l'idée de les voler. C'était de jeunes hommes, certains encore des adolescents, qui exerçaient un dur métier pour gagner leur vie. Des journées entières en selle, des semaines et des mois sur les pistes à respirer la poussière autour d'un troupeau de vaches sans cesse en train de beugler. Il m'a fallu repousser ces pensées car, nous aussi, nous avions du travail et, pour ce qui est des difficultés, rien à leur envier.

Nous nous sommes approchées sans bruit du cheptel et nous sommes glissées dans le cercle. Comme la veille, quelques chevaux nous ont accueillies nerveusement, faisant un quart de tour sur leur arrière-train pour nous regarder. Nous sommes restées immobiles jusqu'à ce qu'ils se calment. Ils n'étaient pas assez agités pour inquiéter ou réveiller leurs gardiens. Leurs bruits, habituels pour des animaux attachés, se mêlaient à ceux du bétail, parqué quelques dizaines de mètres plus loin. Wind et moi nous sommes séparées, prenant chacune une direction opposée. J'ai vite retrouvé ma jument, que j'ai caressée un instant avant de délier sa longe, puis de l'amener près du hongre bai, que j'ai libéré également. Nous avions prévu de marcher un moment avec eux, puis de les monter et de nous enfuir au galop. J'ai tressailli en me retournant : devant moi se dressait le jeune homme qui aurait dû être endormi de l'autre côté du cercle. Par réflexe, j'ai porté un

doigt à mes lèvres en espérant qu'il ne donnerait pas l'alerte. Il m'a simplement observée d'un air perplexe.
— Que faites-vous là ? a-t-il chuchoté.
Je n'avais d'autre choix que de lui dire la vérité.
— Je vous prive de deux chevaux. Je vous en supplie, ne me livrez pas à vos collègues.
Il m'a étudiée de pied en cap.
— Vous êtes vêtue comme une sauvage et vous êtes blanche ?
J'ai alors fait une chose étrange, et j'ai beau y repenser depuis, je ne me l'explique toujours pas. Je tenais d'une main les longes des deux bêtes et, affectueusement, j'ai posé l'autre sur la joue du garçon. Puis je l'ai embrassé sur la bouche, comme si j'en étais amoureuse. Il m'a rendu mon baiser.
— Merci, ai-je murmuré, mes lèvres contre les siennes, merci de tout mon cœur.
Je me suis éloignée avec les deux chevaux, ne me retournant qu'une fois vers lui. Complètement ébahi, il continuait de me regarder, pendant que je disparaissais dans l'obscurité.
Je ne pensais pas qu'il me suivrait, ni qu'il préviendrait les autres, et sans doute était-ce la raison pour laquelle je l'avais embrassé spontanément. Était-ce seulement un réflexe, ou le besoin d'un contact physique avec un homme ? Il était joli garçon et je dois avouer que j'ai pris plaisir à ce baiser... cette brusque intimité... un désir endormi qui soudain se réveillait. Taquines, Susie et Meggie m'avaient souvent traitée de garce et peut-être ne se trompaient-elles pas totalement. Et puis, je devais me sentir seule depuis trop longtemps.
Wind m'a rejointe avec ses deux chevaux. Nous avons cheminé en silence et, à bonne distance du cheptel, je lui ai appris ce que je venais de faire.
— C'était astucieux, Mesoke, m'a-t-elle dit, car tu as diverti son attention. Mais dangereux aussi, car les jeunes hommes sont parfois imprudents quand le sang afflue dans leur *vétoo'otse*[1]. Il aura sans doute envie d'un peu plus qu'un baiser...

---

1. Pénis.

J'ai ri doucement.

– Il était comme changé en pierre. Il n'a peut-être pas bougé depuis...

Nous avions emporté des cordes en bandoulière, avec lesquelles nous avons confectionné des sortes de hackamores – des brides sans mors – que nous avons noués sur les têtes des chevaux. Wind m'avait montré comment faire. Nous sommes montées à cru, prudemment, car on n'est jamais sûr d'être bien compris sans le mors. Mais ma jument m'obéissait parfaitement, comme le palomino de Wind. Nous nous sommes mises en route en tirant les autres chevaux derrière nous.

Au bout d'une heure, nous avons atteint le ravin isolé dans lequel nous avions monté notre camp, laissé nos paniers et attaché les quatre autres bêtes. Il était peu probable que les cow-boys, s'ils s'étaient aperçus de quelque chose, se soient lancés en pleine nuit à nos trousses. Mais l'aube poindrait dans quelques heures et, dès lors, ils en seraient capables. Nous avons donc tout emballé et chargé dans le noir, avant de regagner les contreforts, afin de nous éloigner d'eux autant que possible. Pour éviter une sanction, le garçon que j'avais embrassé ne dirait peut-être pas à ses collègues que quatre chevaux avaient disparu pendant son tour de garde. Dans ce cas, ils ne le remarqueraient pas aussitôt. Pour ne pas ralentir la progression du troupeau, ils étaient susceptibles d'en faire leur deuil et de ne pas tenter de nous retrouver. Enfin, il valait mieux ne pas trop y compter.

Nous avons cavalé jusqu'au milieu de l'après-midi et remonté notre camp assez tôt, près d'un ruisseau dans une petite vallée calme où Wind se rappelait avoir séjourné quand elle était enfant. Nous allions pouvoir nous y délasser un jour ou deux. Nous avions à peine dormi depuis l'avant-veille et nous tombions de sommeil. Voler des chevaux n'est pas une activité de tout repos.

Nous avons monté la tente de toile que j'avais achetée, un luxe pour nous, et entravé les chevaux afin qu'ils broutent l'herbe printanière. Wind s'est endormie aussitôt allongée à l'intérieur. Je suis descendue au ruisseau, me suis déshabillée et suis entrée dans l'eau afin de laver la poussière et la sueur dont j'étais couverte. L'eau était glacée, mais la sensation merveilleuse. J'ai fait la planche le temps de mouiller mes cheveux, me suis frotté le corps et le visage pour me nettoyer de mon mieux. Craignant de m'engourdir, je me suis secouée et suis revenue à la rive. Haut dans le ciel, le soleil brillait encore tandis que je m'allongeais dans l'herbe chaude. Brusquement, j'ai entendu un cheval hennir plus bas dans la vallée, et un des nôtres lui a répondu. Me redressant, j'ai aperçu un cavalier solitaire qui se détachait de la ligne des arbres et continuait au petit galop. Bon Dieu, Wind avait eu raison, cet idiot de cow-boy nous avait finalement suivies.

À quatre pattes, elle est sortie adroitement de la tente, aussi vive et alerte qu'un animal au réveil. Elle s'est levée, son fusil à la main, l'a épaulé et braqué sur le jeune homme.

— Ne tire pas, lui ai-je dit. Pas tout de suite. Essayons de savoir ce qu'il veut.

— Nous savons ce qu'il veut, Mesoke.

Les Indiens ayant un esprit plutôt terre à terre, j'ai décelé une pointe d'ironie dans sa réponse. Mon influence, peut-être.

— Écoutons-le d'abord, ai-je insisté.

Je n'allais pas remettre mes vêtements de daim sales après m'être lavée. J'avais prévu de dormir avant d'enfiler mon costume de trappeur. Alors je me suis dressée nue, sans chercher à me couvrir, et tant pis pour la bienséance. Peut-être avais-je aussi envie d'émoustiller un peu plus ce garçon.

Voyant Wind le tenir en joue, il a ralenti sur son cheval et déclaré en levant les bras :

— Je ne vous veux pas de mal. Je viens en ami. Vous pouvez garder les chevaux, cela m'est égal. Je ne suis pas là pour ça.

À mi-chemin entre elle et moi, il est descendu de sa monture. Celle-ci a relevé la tête et henni de nouveau, suscitant une réponse de ma jument qui paissait plus loin avec les autres. À l'évidence, ces deux-là se connaissaient bien. Le garçon portait un chapeau à larges bords, incliné sur sa nuque, des jambières et un gilet de cuir, une cartouchière à son ceinturon avec un revolver dans sa gaine. Il a fait quelques pas vers moi, les bras toujours levés, en penchant la tête d'un côté pour éviter de me voir nue, ce qui donnait à sa démarche une allure comique.

— Désolé de vous déranger pendant votre toilette. Votre amie parle-t-elle anglais ? Sinon, voulez-vous la prier de baisser son arme ? Je répète : je viens en ami.
— Elle parle anglais, mais il est peu probable qu'elle m'obéisse. Si vous ne tenez pas à vos chevaux, pourquoi êtes-vous là ? Comment nous avez-vous retrouvées ?
— Je vous ai suivies à la trace.
— Vous savez relever une piste ? Je pensais que seuls les Indiens y parvenaient.
— J'ai du sang indien, m'dame. Mon grand-père était à moitié comanche.
— Que voulez-vous ?
— Savoir pourquoi vous m'avez embrassé, m'dame.
J'ai ri.
— Vous avez parcouru tout ce chemin pour me poser cette question ?
— Oui, m'dame.
— Arrêtez de m'appeler « m'dame », ce n'est pas de mon âge.
Il a affiché un petit sourire ironique.
— En effet, m'dame, vous êtes jeune.
— En êtes-vous si sûr ? Vous ne me regardez même pas. Regardez donc !
Il s'y refusait et je m'amusais beaucoup.
— Vous êtes du genre timide.
— Non, j'ai du respect pour les dames. Ma mère m'a appris les bonnes manières. Ça serait pas très chrétien que je me rince l'œil comme ça, après vous avoir dérangée dans votre bain.
— Ne vous souciez pas de ce qui est chrétien ou pas. Vous êtes chez les barbares, ici.
— Alors pourquoi ?
— Pourquoi quoi ?
— Pourquoi m'avez-vous embrassé ?
— Pour détourner votre attention et que vous n'alertiez personne.
À son expression maussade, j'ai compris que ma réponse ne lui convenait pas.

– Qu'avez-vous imaginé ? Que j'avais un coup de foudre ?
– Non, m'dame... Je n'ai rien imaginé. On pouvait croire, quand même.
– C'est la première fois qu'une femme vous embrassait ?
– Pas comme ça. Et, pour ce qui est de détourner mon attention, c'est réussi. Cette alezane que vous avez prise ? Eh bien, c'est la mienne. J'allais lui faire un petit bonsoir quand je suis tombé sur vous. Et quand vous m'avez embrassé, j'ai eu l'impression de rêver. Vous savez, parfois on rêve qu'on est réveillé, qu'on a commencé sa journée, mais en fait, non, on est encore endormi.
– Je connais ça.
– C'est ce que je croyais. Voilà pourquoi je n'ai pas donné l'alarme. C'était comme dans un rêve, quand on essaie de crier et qu'aucun son ne sort.
– Je vais vous rendre votre jument.
– Gardez-la. Je n'en veux pas.
– Maintenant que j'ai répondu à votre question, vous allez rebrousser chemin et rejoindre votre troupeau, n'est-ce pas ?
– Non, m'dame... Je voulais vous demander si je peux rester avec vous et votre amie.
– Pardon ?
– Vous m'avez bien entendu.
– Mais pour quoi faire ?
Il a haussé les épaules.
– Je suis parti un peu après vous. Je n'ai rien dit à personne, j'ai plié mon balluchon, sellé mon cheval et voilà. Ils vont penser que c'est moi, le voleur. Vous savez comment on traite les voleurs de chevaux dans ce pays ? On les pend au premier arbre. De toute façon, j'en avais assez de mener le troupeau tous les jours, d'entendre meugler les bêtes et d'avaler de la poussière. Et puis j'ai un peu d'argent de côté. À chaque étape, depuis le Texas, notre patron nous donnait un acompte. Les autres gars se relayaient pour aller en ville, ils claquaient leur paye à boire du whiskey avec les filles... Pas moi, alors j'ai un petit pécule. J'ai bien réfléchi. Je ne vous gênerai pas, je vous protégerai des bandits, des Indiens... bien que... vous soyez indienne aussi... enfin, un genre de...

— Il faudrait que j'en discute avec mon amie, qui est indienne, en effet. Même si nous étions d'accord, pour quelque temps du moins, vous devez comprendre que, les baisers sur la bouche, c'est terminé.
— Oui, m'dame, je comprends... Ce n'était qu'un rêve.
— Je vous ai dit d'arrêter avec vos « m'dame ». Je m'appelle May Dodd, et vous ?
— Chance Hadley, m'dame. De Tascosa, au Texas. Enchanté, May Dodd.

Il a porté la main à son chapeau, la tête toujours orientée de l'autre côté.
— Quand les gens se présentent, lui ai-je fait remarquer, ils doivent être face à face. Si vous êtes gêné par ma nudité, regardez-moi seulement dans les yeux.
— Oui, m'dame... Euh, pardon : May.

Se décidant enfin, il a retiré son chapeau et il a rougi. Je n'ai jamais vu un homme rougir à ce point. Avait-il pour la première fois une fille nue devant lui ? J'admets qu'il paraissait inoffensif, et probablement débrouillard. Ce garçon me plaisait. Je dis « ce garçon », pourtant, en plein jour maintenant, il ne semblait pas plus jeune que moi, plutôt l'inverse. Grand, mince, assez raide, il plissait les paupières comme pour cacher un étonnement amusé. Il avait de longs cheveux châtains, emmêlés, des yeux bruns et mobiles ; un visage adulte, sans rides, le front large, le nez droit et un menton bien dessiné. Sa peau a bientôt repris sa couleur normale, bronzée, avec quelque chose d'un cuir de selle. Il portait une barbe de plusieurs jours. J'ai dû reconnaître qu'il était beau, peut-être était-ce la raison pour laquelle je n'avais pas résisté au désir de l'embrasser... J'ai pensé brusquement que ce serait un soulagement de l'avoir avec nous. Wind et moi étions seules depuis longtemps, dans la grotte et sur les pistes. Je l'aime énormément, elle m'a sauvé la vie, mais elle n'est pas loquace et nous avons épuisé, il y a belle lurette, tout sujet de conversation qui ne tourne pas autour du temps qu'il fait, de la nourriture, des chevaux et de la chasse. Nous sommes de plus très vulnérables sans la tribu pour nous protéger. Tout compte fait, j'espérais qu'elle serait d'accord.
— OK, Chance, allons consulter mon amie. Son nom entier est

Woman Who Moves Against the Wind, et je l'appelle simplement Wind. Je vais vous présenter l'un à l'autre. Si elle accepte, très bien. Sinon, vous devrez partir. Dans ce cas, je vous rends les chevaux que je vous ai volés. En revanche, dans notre monde, ceux qu'elle vous a pris lui appartiennent et il m'est impossible de vous les restituer.

– C'est loyal, May. Et je vous le répète, je ne veux pas des chevaux. Gardez-les. Surtout la jument. Permettez-moi de vous l'offrir. Vous l'avez bien choisie, c'est une excellente monture. Au fait, elle s'appelle Lucky... Mais puisqu'elle est à vous, maintenant, vous pouvez lui donner un autre nom.

– Celui-là est très bien, Chance. Inutile d'en changer. Et merci. Ce n'est plus un animal volé et j'en suis ravie...

Wind avait baissé son fusil sans pour autant s'en séparer. Elle avait suivi notre conversation et compris que le garçon n'était pas dangereux. Je lui ai rapporté en cheyenne qu'il n'était pas venu récupérer ses bêtes, mais seulement me parler. Également que son grand-père était à moitié comanche. Peut-être s'adoucirait-elle à l'idée que Chance était d'origine indienne ? Le fait qu'il ait réussi à suivre notre piste, en pleine nuit de surcroît, l'avait sûrement impressionnée. Je lui ai dit qu'il semblait être un gars honnête et elle a admis que, pour un Blanc, il était poli, qu'il s'était conduit décemment en évitant de me reluquer. Cependant, quand je lui ai transmis sa demande, elle s'est renfrognée.

– Non, Mesoke, je n'ai pas confiance.

– Pourquoi ?

– Parce que c'est un Blanc, qu'il conduit ses vaches puantes sur nos terres à la place de nos frères bisons, et que son peuple est en train de les exterminer.

J'ai tenté de lui expliquer que ce n'était pas précisément ses vaches, que Chance travaillait simplement pour des éleveurs, mais cela ne faisait aucune différence à ses yeux.

– Cela n'a pas d'importance non plus qu'il ait du sang indien ? ai-je suggéré.

Le regardant en face, elle s'est adressée à lui dans une langue que je ne connaissais pas, le comanche probablement. Je ne savais pas qu'elle le maîtrisait. À mon immense surprise, il lui a souri en répondant dans la même langue.

— Vous parlez comanche ?

— Grâce à mon grand-père, avec qui j'ai vécu quand j'étais petit. Il tenait à ce que je comprenne sa mère. Il m'emmenait souvent dans la tribu. Si jamais des guerriers attaquaient notre ranch, cela pouvait être utile.

Chance a poursuivi la conversation avec Wind, par une question apparemment, à laquelle elle a répondu.

— Que lui avez-vous dit ?

— Je voulais savoir où elle l'avait appris, elle.

— Et alors ?

— Votre amie a grandi dans le Sud, sa mère était cheyenne du Sud. Les Comanches et les Cheyennes sont alliés. Ils utilisent différentes langues, mais ils parcourent souvent les mêmes terres. Votre amie affirme qu'elle a aussi de lointains parents chez les Comanches.

Ils ont continué un instant et le cow-boy m'a de nouveau traduit leurs propos. Après ces semaines et ces mois passés avec Wind, j'avais honte d'ignorer ces aspects de sa vie. Il fallait qu'un parfait inconnu me les révèle !

— Elle m'a demandé le nom de ma famille comanche et elle affirme qu'elle la connaît, m'a rapporté le jeune homme. Elle va peut-être être d'accord.

Ce revirement m'a fait sourire. Je me suis tournée vers elle.

— Tu accepterais qu'il se joigne à nous ? ai-je interrogé Wind en cheyenne.

— Je ne lui fais pas beaucoup confiance, mais il peut rester quelque temps. Par le sang, c'est surtout un Blanc, et il vit comme un Blanc. Il faudra le surveiller de près.

— Elle se méfie, ai-je expliqué à Chance. Vous êtes notre invité, mais ce sera provisoire.

— Je ne sais pas ce que cela signifie, m'dame.

— Cela signifie que vous restez, qu'elle vous tiendra à l'œil et qu'il faudra faire vos preuves.

— Entendu, m'dame.

— Pour l'instant, nous avons besoin de dormir, elle et moi. Je suppose que vous aussi. Attachez votre cheval avec les nôtres, et ne bivouaquez pas trop près de nous.

— Oui, m'dame, merci, a-t-il dit, tout content. Euh, pardon... oui, May. Comptez sur moi pour vous laisser tranquilles. Je promets de ne pas déranger. Mais si vous avez besoin de quoi que ce soit, n'hésitez pas. Je suis adroit de mes mains, je sais faire des tas de choses utiles.

— Je n'en doute pas, Chance.

27 juillet 1876

J'ai négligé mon journal depuis quelques semaines et j'ai tant de choses à écrire. Les bandes isolées de Cheyennes, d'Arapahos et de Sioux que nous avons rencontrées nous ont parlé des batailles que le Peuple et ses alliés ont livrées et remportées. D'abord à Rosebud Creek, le mois dernier, les Lakotas de Crazy Horse et les Cheyennes de Little Wolf ont battu les troupes du général Crook. Puis, il y a quelques semaines, notre ennemi juré, George Armstrong Custer a été anéanti avec tout son régiment. Ce qui vient confirmer que Little Wolf a bien quitté l'Agence. Cependant, nous ignorons où il se trouve à présent. À ce qu'on nous dit, les bandes se sont toutes dispersées, chacune de son côté, afin d'échapper aux nouveaux détachements de soldats qui convergent dans la région. Nous avons passé la frontière du territoire du Montana, la terre d'origine de notre tribu, et sommes arrivés dans la zone dangereuse, à proximité de la Tongue River. Pour l'instant, les bandes indiennes s'étant disséminées, un calme étrange semble régner ici, comme à la fin d'une violente tempête, quand le ciel se dégage et que le soleil revient.

En définitive, Wind et moi sommes contentes d'avoir le cow-boy avec nous, quoique pas toujours pour les mêmes raisons. Comme il l'affirmait lui-même, Chance est adroit de ses mains (un euphémisme). Je m'en étais doutée. Oui, il sait faire des tas de choses utiles : chasser, préparer à manger, relever une piste, s'occuper des chevaux et il se révèle d'une agréable compagnie, tant pour moi que pour Wind, avec qui il discute souvent en comanche. Il s'ouvre facilement quand je m'intéresse à lui, me parle de son enfance au Texas, de la ferme dans laquelle il a grandi. Il pose peu de questions de son côté et j'aurais tendance à me confier spontanément, ce qui ne m'arrive pas souvent. J'en ai rarement eu le temps et l'occasion avec les hommes que j'ai connus. Malgré la réputation qu'on m'a faite, je n'en ai eu que trois dans ma vie : Harry Ames, mon compagnon à Chicago ; John Bourke, avec qui j'ai eu une brève liaison, plutôt tumultueuse, et qui n'en reste pas moins le père officieux de ma fille ; et Little Wolf, le grand chef, avec qui je me suis mariée sous le haut patronage du gouvernement américain... Trois hommes très différents, mais je ne me serais pas livrée à ceux-ci aussi aisément qu'à ce jeune cow-boy.

Il respire tellement l'innocence, cependant, que je lui ai livré, je l'avoue, une version amplement remaniée de mon histoire, même assez fallacieuse. Lui aurais-je tout raconté – les liens qui m'unissaient à Harry Ames, mes enfants illégitimes, mon internement à l'asile pour de prétendues débauches sexuelles, mon inscription désespérée au programme FBI, ma liaison avec Bourke, mon mariage avec Little Wolf et mon troisième enfant –, j'aurais donné à ce garçon une idée fausse de ma personne. Je lui ai simplement dit que j'avais grandi à Chicago où j'avais été membre d'une société missionnaire, puis que, sous l'égide du gouvernement et de l'Église épiscopale, je m'étais rendue dans l'ouest du pays en compagnie d'un groupe d'idéalistes passionnées, dans l'intention de civiliser et de convertir les Cheyennes, ce qui supposait de vivre avec eux. Tout cela paraissait plausible, honorable, ordonné... plus que la réalité. Je ne sais pourquoi exactement j'ai ressenti le besoin de travestir les choses, mais c'est ainsi. En revanche, tout est vrai dans le récit que je lui ai fait de la destruction de notre village. Ce jour-là, le colonel Mackenzie, mal renseigné par un éclaireur indien, Jules Seminole, avait cru attaquer celui du chef oglala-lakota Crazy Horse, et non celui de Little Wolf, où je logeais avec d'autres femmes blanches. Je ne lui ai rien caché de ma blessure, de ma longue convalescence. J'étais maintenant à la recherche des autres missionnaires et de nos amis cheyennes encore en vie. Il devait comprendre que, pendant notre séjour chez eux, nous nous étions rendu compte que la façon dont ils étaient traités par l'État et les militaires était en tout point honteuse, barbare, déplorable. C'est pourquoi, toujours disposées à aider ces Indiens, nous devions nous cacher puisque nous avions pris leur parti. Nous risquions d'être arrêtées car nous avions, en quelque sorte, pactisé avec l'ennemi. Après tout, il s'agissait d'une version légèrement édulcorée des faits. Je restais fidèle à l'esprit, sinon à la lettre de l'histoire. Naturellement, je n'ai pas mentionné que j'étais prête à prendre les armes et à me battre contre l'armée, s'il le fallait.

Wind s'était radoucie envers Chance, mais s'opposait à ce qu'il nous accompagne pour une raison essentielle : il était blanc, citoyen américain, attaché à son pays et ne se dresserait pas contre sa propre armée. De plus, il n'approuve guère notre activité de voleuses de chevaux et ne nous prêtera pas main-forte lorsque nous opérons.

— Il a beau avoir du sang indien, Mesoke, m'a-t-elle confié en tête à tête, c'est un Blanc et les Blancs sont nos ennemis. Le jour arrivera où il faudra se séparer de lui. Nous rentrerons chez les nôtres, et lui chez les siens. Ce garçon est amoureux de toi, cela crève les yeux. Voilà pourquoi il est là, et peut-être en es-tu vaguement amoureuse, toi aussi.

— Je le connais à peine. C'est un peu tôt pour parler d'amour.

— Pas pour écarter les cuisses, apparemment. Cela finira mal, si tu te laisses aller.

Une vision sombre et réaliste qu'il m'était difficile de réfuter.

— Toutes mes amours se sont mal terminées, Wind.

Nous avons passé quelques journées dans notre vallée secrète des Bighorn, à nous reposer, chasser et pêcher. Depuis les contreforts, nous longeons ce que les Blancs appellent, selon notre cow-boy, la piste Bozeman, plus bas dans la plaine. C'est la route initiale que les prospecteurs ont suivie, pendant la dernière décennie, pour gagner les régions aurifères depuis l'Oregon. Elle traverse en leur milieu les terres ancestrales des Cheyennes et des Sioux. Aujourd'hui, ce sont surtout l'armée, les colons avec leurs chariots, ainsi que les éleveurs qui l'empruntent. Ces derniers ont délimité, tout autour, de vastes pâturages pour faire brouter leurs bêtes, ce qui explique, bien sûr, la présence de Chance et du troupeau qu'il conduisait.

Des journées idylliques, et nous avons quitté la vallée avec regret. J'aurais tant aimé vivre ici, entre les forêts de pins tordus, les trembles, la verte prairie ponctuée de fleurs sauvages, le ruisseau qui la borde et les nombreux animaux qu'elle abrite. Mais il est dangereux de nous attarder, de nous attacher à un petit coin de paradis avec l'envie de l'appeler chez soi. Dieu que ces voyages constants me fatiguent, depuis si longtemps maintenant. Les Blancs n'étaient sans doute pas faits pour être un peuple nomade.

J'ai recommencé à porter mes vêtements de pionnière. Nous nous dirigeons vers le nord et, comme il est probable que nous rencontrions autant de Blancs que d'Indiens, j'ai décidé avec Chance de nous faire passer pour deux jeunes mariés qui se déplacent avec leur servante, une indigène « civilisée » – aussi répugnante soit pour moi l'idée d'exploiter qui que ce soit. D'un autre côté, cela ne me déplaît pas de donner une image extérieure normale et rassurante, bien que fictive.

Nous nous étions remis en route depuis moins d'une semaine quand Wind, partie en éclaireuse, a repéré un convoi de colons, composé de seize chariots tirés par des bœufs, qui se dirigeait vers le Montana. Ils acheminaient également une quarantaine de chevaux, certains sellés et montés, d'autres regroupés et gardés par des garçons et des chiens. Nous nous sommes rapprochés de la plaine pour les suivre et les observer un ou deux jours, comme à notre habitude.

Tout l'après-midi, Chance s'était curieusement montré avare de paroles. Le soir devant le feu, il a déclaré :

– Je ne vous aiderai pas à voler leurs bêtes.

– Cela paraissait assez clair, ai-je remarqué. Nous ne vous avons d'ailleurs rien demandé.

— Pourquoi faites-vous cela ? Vous en avez déjà plus que de besoin.

— Je vous ai expliqué, Chance. Ce sera pour les bandes amies que nous rencontrerons. Certaines n'ont pas rendu les armes et continuent de se battre contre les soldats. Elles ont besoin de toute l'aide qu'on peut leur fournir, et des chevaux frais sont toujours utiles. Appelons ça notre contribution à la résistance.

— Mais ces gens qui voyagent avec leurs chariots, ce sont de bonnes gens qui emmènent leurs familles vers une vie meilleure. Méritent-ils de se faire dépouiller ?

Wind lui a sèchement répliqué en comanche des propos qu'il m'a traduits :

« Ils volent nos terres et massacrent nos frères bisons qu'ils laissent pourrir dans les plaines. Peu nous importe que ce soient de bonnes gens ou pas. Nous ne les avons pas invités. Nous ne leur avons pas offert nos terres. Nous n'avons pas dit à leur armée d'attaquer nos villages à l'aube en hiver, de détruire nos loges et de parquer les survivants dans leurs agences, sans le droit de sortir, sans assez à manger pour nos enfants, sans gibier à chasser. Qu'avons-nous fait pour mériter ça ? Tu as du sang comanche, tu pourrais t'en souvenir parfois ! »

Chance, qui n'avait pas de réponse à offrir, n'a pas tenté d'en trouver une. Le regard fixe, il contemplait le feu.

— Eh bien, si vous ne leur dérobez que quelques chevaux, sans blesser personne, je peux peut-être vous aider un peu, a-t-il suggéré après un long silence.

— On ne vous a rien demandé, ai-je répété.

— Je sais, mais je vous propose un coup de main.

— Si vous tenez à nous aider, vous vous impliquez vraiment. Il n'y a pas de « un peu » ni de « peut-être ». Qu'est-ce que ça veut dire ?

— Comme vous y allez ! a-t-il lâché, quoique sans animosité.

Il paraissait même vaguement amusé.

— Je n'aime pas les équivoques.

— Je ne sais pas ce que cela signifie.

— Cela signifie que vous êtes entièrement avec nous ou pas

du tout. Wind s'occupe de ce raid. Elle a un certain talent pour ça et nous n'aurons pas besoin de vous.

— Eh bien, je vais faire des progrès en anglais... Je n'ai pas reçu beaucoup d'instruction chez moi. Il fallait travailler au ranch, éviter les conflits avec le voisinage... et voilà qu'aujourd'hui j'apprends plein de mots compliqués. D'accord, May, je suis de la partie ! Plus de... d'é-qui-vo-que. Je ne me trompe pas ?

— C'est parfait, Chance, ai-je admis en riant.

— Il y aura une jolie fille pour m'embrasser, pendant ce raid ?

— Et puis quoi encore ?

Wind avait prévu d'employer une autre tactique, cette fois, sans doute plus simple. Un après-midi, elle nous a envoyés, Chance et moi, rendre visite aux colons dans la vallée pour étudier leur campement. Nous avions chacun un cheval de bât en sus du nôtre et nous avions préparé notre histoire. Nous étions un couple d'éleveurs texans, venus explorer le territoire du Montana, où des prairies étaient disponibles pour les Blancs, maintenant que l'armée avait décidé de régler une bonne fois le « problème indien ». Nous ne voulions pas perdre de temps. Ils se sont étonnés que nous voyagions sans protection et sans guide. Ne savions-nous pas que lesdits Indiens étaient loin d'avoir enterré la hache de guerre ? De plus, des gangs de hors-la-loi sillonnaient la région pour attaquer et rançonner les pionniers vulnérables. Ils nous ont proposé de nous joindre à eux ; nous serions plus en sécurité ainsi. En outre, des détachements de l'armée, qui surveillaient la piste, les escortaient souvent.

Chance avait eu raison, c'était de bonnes gens, des familles de fermiers des quatre coins du pays qui s'étaient groupées à Grand Island, dans le Nebraska, appâtées par la publicité des périodiques de l'Est, qui décrivaient l'Ouest comme la nouvelle Frontière américaine. Là-bas les attendait quantité de terres disponibles, gratuites, au sol fertile. Des sociétés spécialisées dans les expéditions au long cours étaient établies à Grand Island. Lorsqu'elles avaient réuni un assez grand nombre de familles, elles rassemblaient des trains de chariots et organisaient leur voyage vers ces paradis encore vierges. Les colons nous ont invités à dîner, à dormir sur place, et nous avons accepté. Tandis que nous faisions connaissance avec leurs enfants, que nous les écoutions parler d'eux, j'ai commencé à avoir honte de notre comédie. J'hésitais à voler ces braves gens et je devinais qu'il en était de même pour Chance.

Après le dîner, pendant que les hommes buvaient du whiskey et fumaient, les femmes m'ont prise à part pour discuter entre nous. Après mon incursion chez le fermier et son épouse, qui m'avaient offert un bain et quelques vêtements en échange d'un cheval, c'était la deuxième fois depuis mon arrivée dans les plaines, un an et demi plus tôt, que je me trouvais parmi des personnes dites civilisées. Je m'étonne de constater à quel point l'expérience, à plus forte raison quand elle nous éloigne de nous-mêmes, influe sur la façon dont nous voyons les choses. Il m'est apparu que, finalement, les relations entre hommes et femmes étaient fort semblables dans les deux cultures – blanche et indigène. Je me rends compte que j'occupe un étrange entre-deux, puisque je n'appartiens ni tout à fait à la première ni tout à fait à la seconde. Ces dames étaient charmantes, aimables, attentives, pourtant, à l'évidence, je ne vis plus dans le même monde qu'elles et sans doute n'en serai-je plus capable.

Chance et moi avons attaché nos chevaux à un pieu, à la limite du cercle formé par les chariots, avant de dérouler couvertures et tapis de sol sous le ciel étoilé. Nous allions dormir près de nos bêtes.

– Vous avez l'air troublé, ce soir, Chance, ai-je murmuré quand nous nous sommes allongés l'un près de l'autre.

Appuyé sur un coude, il s'est tourné vers moi.

– Vous aviez raison pour ce qui est de l'équivoque. Mais ce n'est plus vraiment ça, May. En fait, je dois vous avouer que je ne marche plus. Je ne pourrai pas faire de mal à ces gens, qui nous ont accueillis à bras ouverts et qui nous ont nourris. Ils sont tellement gentils. Désolé, mais je n'ai jamais volé personne et ce n'est pas aujourd'hui que je vais commencer. Encore moins à leurs dépens.

Je me suis comme lui dressée sur un coude pour mieux le regarder dans l'obscurité.

— J'avais deviné, Chance, lui ai-je répondu. Et j'avais besoin de vous l'entendre dire. Inutile de vous excuser, je n'y arriverai pas non plus.

— Ça me rassure, a-t-il chuchoté. Seulement, il faudra annoncer la nouvelle à Wind. Forcément, elle m'en voudra de vous avoir fait changer d'avis. D'accord, nous parlons comanche ensemble, mais elle ne m'aime pas beaucoup, je m'en suis bien aperçu. Pas que je le lui reproche. Voyez, j'en connaissais des Comanches, au Texas. La plupart ont baissé les bras aujourd'hui, prêts à partir dans une réserve de l'Oklahoma où l'État veut les envoyer. C'était de grands guerriers et d'excellents cavaliers, au point qu'ils étaient surnommés « les seigneurs des plaines ». Mais voilà : ils n'avaient rien à eux, à part ce qu'ils volaient. Et ils volaient tout le monde, les Blancs, les Mexicains, les colons, les voyageurs, quiconque s'aventurait sur leurs terres. Ils tuaient les hommes pour dépouiller les femmes et les enfants. L'armée et les éleveurs ont fini par les avoir à l'usure, jusqu'à ce qu'ils ne soient plus assez nombreux pour se battre. Le père de mon grand-père était blanc, et éleveur lui aussi. Il avait sympathisé avec eux et il avait épousé une de leurs filles. Il les aidait autant que possible, leur donnait un peu de bétail, des chevaux, alors ils lui fichaient la paix parce qu'il était généreux. Et la tribu a plus ou moins adopté mon grand-père parce que sa mère était comanche. J'ai beaucoup de respect pour les Comanches et, grâce à lui, eux aussi nous ont fichu la paix, de leur côté. Enfin, pas entièrement, mais c'est une autre histoire…

— Pourquoi me raconter ça maintenant ?

— Parce que j'ai pensé à votre situation. Je vous ai écoutée, May, je suis conscient que vous avez un pied de chaque côté. Au bout du compte, quoi qu'il arrive, nous sommes blancs, vous et moi, c'est une évidence.

— Visiblement, vous êtes plus à l'aise que je ne le suis avec ces familles et je me suis demandé si vous ne souhaitiez pas les suivre. Ce que je comprendrais, puisque Wind et moi retrouverons notre peuple, un de ces jours. Alors vous n'aurez plus envie de rester avec nous. Les Indiens ne voudront pas de vous. Notre combat n'est pas le vôtre. Wind n'en a jamais douté, voilà pourquoi vous pensez qu'elle ne vous aime pas. Mais elle a raison.

— Il vaudrait mieux que je m'en aille, c'est ce que vous essayez de me dire ?

Je me suis penchée vers lui et lui ai posé une main sur la joue, comme le premier soir.

— Je n'y tiens pas, Chance, mais il le faudra tôt au tard. Moins vous traînerez, mieux cela vaudra.

Il m'a souri, s'est rapproché, ou peut-être l'ai-je attiré vers moi. Il sentait le whiskey, le tabac, la sueur et le cheval – une odeur pas désagréable.

— Sans doute, May. Pourtant, cela ne m'amuse vraiment pas.
— Ai-je le droit de vous embrasser ?
— Vous n'aviez pas demandé jusque-là.
— Ce soir, je vous le demande.

Il n'a pas répondu et nos lèvres se sont jointes.

Nous n'avons pas beaucoup dormi. Nous avons ouvert nos couchages pour les réunir, nous sommes entièrement déshabillés et serrés l'un contre l'autre. Il avait des mains calleuses de cow-boy, de travailleur, mais il m'a touchée avec une infinie douceur, comme si j'étais un objet de porcelaine qu'il craignait de briser. J'étais sûre que c'était sa première fois. Il explorait mon corps avec tant d'amour, presque avec révérence, que j'en ai eu les larmes aux yeux et l'envie de m'abandonner totalement. De toute ma vie, je ne crois pas avoir autant désiré un homme. J'ai caressé ses bras musclés, goulûment embrassé ses biceps, glissé mes doigts le long de ses fesses fermes et saisi son membre dans ma main.

La nuit a passé vite. Nous nous parlions tout bas après nos étreintes, émerveillés, nous endormant un instant et nous réveillant vite pour faire l'amour à nouveau, et encore, et encore…

Au matin, nous avons remercié nos hôtes généreux, qui ont tenté de nous convaincre une fois de plus de rester avec eux. Nous avons décliné et sommes repartis, Chance sur le cheval pie avec lequel il nous avait retrouvées, et moi sur son alezane. Il m'a regardée en souriant.

— Nous avons bien joué notre rôle de jeunes mariés, non ?
J'ai ri.
— Sur le bout des doigts... Et notre lune de miel aura duré toute la nuit. C'était ta première fois ?
— Je suis si maladroit que ça ? a-t-il dit en riant lui aussi.
— Pas une once de maladresse, Chance. Tu es l'homme le plus prévenant qui soit. Tu es allé de découverte en découverte, et je ne me suis jamais sentie autant aimée.

Quand nous sommes retournés à notre base dans les contreforts, Wind était assise devant le feu. Chance n'a pas mis longtemps à remarquer les trois nouveaux chevaux attachés à la grande longe entre les deux trembles. Nous savions évidemment d'où ils provenaient et nous avons compris qu'elle nous avait envoyés chez les colons pour faire diversion, ou plus simplement pour avoir les coudées franches. Je l'ai interrogée et elle m'a répondu : « Je savais qu'en leur rendant visite, vous changeriez d'avis parce que vous êtes blancs comme eux. Il vaut mieux que je vole moi-même les chevaux de mes ennemis. Je suis une ombre qu'on ne voit pas. Je ne leur en ai pris que trois. Je ne vous demanderai plus de m'aider. »
Elle a souri avant d'ajouter : « Vous avez de quoi occuper vos nuits. »
Wind est parfois si insaisissable que je n'ai pu déceler si elle était en colère contre nous ou pas. Peut-être est-elle jalouse de Chance, car nous formions une sorte de couple, elle et moi, et il s'est interposé entre nous. Nous a-t-elle aperçus en train de faire l'amour ? Ou se rendait-elle compte, grâce à ce sixième sens qui la caractérise, que nous étions à présent liés, lui et moi.
Sur le chemin du retour, nous nous étions posé la question de savoir si nous allions maintenant dormir ensemble. Nous ne sommes plus, pour ainsi dire, des adolescents qui habitent chez leurs parents. Il paraît absurde de maintenir une distance, la journée, pour nous retrouver en cachette le soir. Avant que notre village soit attaqué, j'avais prévenu Little Wolf que, si nous

nous rendions à l'Agence, il faudrait qu'il renonce à deux de ses épouses – Feather on Head et moi – pour ne garder que Quiet One. Wind était au courant et n'ignore pas que le grand chef représente pour moi davantage une figure paternelle qu'un mari. Le plaisir féminin n'est pas une priorité pour messieurs les Cheyennes, chez qui une femme considérée « facile » sera généralement mal vue, parfois même ridiculisée. Il y en avait une, dans notre bande, qui portait le nom d'Éehe'e, que l'on peut traduire par Camps All Over Woman[1], une façon détournée de qualifier ses mœurs légères. J'espère que Wind n'aura pas l'idée de m'appeler ainsi, quoique franchement, comme je l'ai expliqué à Chance, je me moque depuis longtemps de ma réputation. Cela m'amuserait plutôt que l'on me tienne pour une « garce ».

J'avais cependant besoin de me rapprocher de Wind. Je ne voulais pas qu'elle se sente délaissée à cause de Chance. Certes, j'hésitais à voler les Blancs, mais elle devait savoir que je restais avant tout loyale envers elle et son peuple. Tandis que Chance s'éloignait pour desseller nos montures, les étriller et les laisser paître un instant, je me suis assise près d'elle devant le feu. Je lui ai rapporté que, en dînant avec les colons, nous avions appris que le camp de ravitaillement du général Crook se trouvait seulement à quelques heures de cheval au nord-est de leur bivouac.

— Tu refuses que je t'accompagne pour de nouveaux raids, lui ai-je dit, mais j'ai bien suivi ton exemple et tu as constaté que, moi aussi, je suis silencieuse comme une ombre. D'accord, je n'arrive pas à tenir ces gens pour des ennemis. En revanche, l'armée américaine est toujours mon ennemie, elle. Crois-tu que j'aie oublié ce qu'elle a infligé au Peuple, à moi, mes amies, leurs enfants ? Non, impossible. Les soldats de Crook, là-bas, auront sûrement des quantités de chevaux. Je souhaite y aller avec toi et en rapporter un bon nombre. Le cow-boy attendra ici et surveillera les nôtres en notre absence.

— Pourquoi ferait-il ça ?
— Parce que je le lui demanderai.

---

1. Celle qui campe partout.

Elle a hoché la tête avec un sourire pincé.

— Oui, il fait tes quatre volontés. Il va te suivre partout comme un petit chien, Mesoke.

J'ai ri.

— Peut-être pas partout, non. Je lui ai suggéré de se joindre aux colons, de poursuivre son voyage avec eux, puisque nous ne pourrons pas le garder avec nous. Il ne veut pas.

— C'est un garçon honnête, Mesoke. Je l'apprécie. Il est fidèle à son peuple et il t'est dévoué, ce que je respecte. Mais il doit choisir son camp.

— Je sais. Nous partirons demain à l'aube vers celui des Américains.

Je ne m'étendrai pas sur ce dernier raid, beaucoup plus simple que les autres, et de loin le plus profitable. L'armée avait bivouaqué dans une petite vallée, cernée par des collines. Visiblement, la plupart des soldats étaient de sortie, en train de pourchasser les Indiens, de sorte qu'il n'y avait sur place qu'un maigre détachement pour veiller sur le matériel et les provisions. Ceux-là n'imaginaient pas que l'ennemi aurait le culot de les provoquer dans leur fief et de leur voler des bêtes. De fait, au cours des deux journées pendant lesquelles nous les avons observés, leur réserve de chevaux était fréquemment laissée sans surveillance. Elle comptait bien plus d'une centaine de têtes. Ils broutaient dans les collines, pendant que les militaires allaient à la pêche, un passe-temps bienvenu, certainement, compte tenu du peu de distractions offertes en dehors de leurs exercices. C'est pourquoi nous avons décidé, Wind et moi, de ne pas opérer de nuit, de rassembler autant de chevaux qu'il était possible en plein jour, sans prendre de risques inutiles, pendant que leurs gardiens étaient occupés ailleurs.

Bordés de ravines, les pâturages vallonnés offraient de nombreuses cachettes. En selle, nous avons progressé le long d'un sentier encaissé. Wind a porté son choix sur quatre chevaux que nous allions éloigner ; nous avions chacune deux licous et deux longes. Les autres paissaient tranquillement vers le fond de la vallée. Apparemment, ils avaient l'habitude d'être déplacés et Wind pensait que, mus par l'instinct grégaire, beaucoup suivraient les quatre premiers. Elle ne s'est pas trompée. Nous sommes reparties avec un total de vingt-sept têtes, sans grand effort de notre part.

Nous avions quitté notre camp de la Tongue River six jours plus tôt. À notre retour, Chance s'est montré impressionné par notre butin – même s'il condamnait toujours nos actions. Avant notre départ, je lui avais dit que, si nous n'étions pas revenues dans un intervalle de douze jours, c'est que nous avions été capturées ou tuées. Il était donc soulagé de nous revoir. En chemin, Wind et moi nous étions concertées. Ce raid serait le dernier avant longtemps. Nous voulions retrouver les nôtres, voire quelques bandes alliées, distribuer notre cheptel aux uns et aux autres. Avant de nous remettre en route, nous nous reposerions quelques journées et il serait temps de dire au revoir à Chance. Nous allions nous enfoncer en territoire indigène… aussi morcelé, quadrillé soit-il… et notre peuple, de toute façon, accepterait mal qu'un Blanc nous accompagne.

– Il va devoir nous laisser, Mesoke, a conclu Wind.

Le soir venu, nous avons dîné devant le feu. Elle avait tué une antilope que Chance a préparée sur un tournebroche qu'il a lui-même façonné. Parmi tant d'autres choses, il est excellent cuisinier. Nous lui avons raconté notre raid et décrit l'agencement du camp de ravitaillement. Wind s'est retirée dans la tente, puis Chance et moi dans une loge qu'il a également construite en notre absence. C'est un assemblage de branches de saule, courbées et recouvertes de toile. Il a installé à l'intérieur un matelas composé de rameaux de pin, sur lesquels il a disposé nos tapis de couchage et nos couvertures. Douillet, agréable, l'ensemble m'a donné l'impression d'un petit nid conjugal, comme s'il m'invitait dans notre première maison.

Pour ne pas briser le charme, je me suis abstenue de lui apprendre ce que nous avions décidé, Wind et moi. J'ai cependant deviné qu'il avait compris et que, nécessairement, nous aborderions le sujet dans la soirée. Nous nous sommes dévêtus et allongés l'un près de l'autre.

— Tu as remarqué que les chevaux de l'armée sont marqués au fer, n'est-ce pas, May ?
— Bien sûr.
— Nous sommes à découvert. Si des soldats tombaient sur nous, ils reconnaîtraient leurs bêtes et nous arrêteraient.
— Je sais.
— Il faudrait donc lever le camp.
— Oui. Nous en avons parlé, Wind et moi.
— Et alors ?
— Tu t'en doutes. Nous partons rejoindre notre peuple et confier nos chevaux à ceux qui en ont besoin.
— C'est le peuple de Wind, May.
— C'est le mien aussi. Je n'ai pas d'autre endroit où aller.
— Mais si, avec moi. L'Amérique est un vaste pays… Marions-nous, tu porteras mon nom. Officiellement. D'après ce que tu dis, tout le monde croit May Dodd morte, de toute façon. Une vie nouvelle nous attend.
— Des amies de notre village ont survécu, Chance. Je ne les laisserai pas tomber. Je ne suis pas morte et je ne veux pas que l'on continue à le croire. Et, même si la situation était différente, tout s'est passé très vite entre nous et nous nous connaissons à peine.
— Je n'ai jamais éprouvé de tels sentiments pour une femme.
— Peut-être parce qu'elle t'a déniaisé. Un beau matin, tu me regarderas et tu te demanderas dans quel guêpier tu t'es fourré.
— Je me pose déjà cette question…

Il a ri avec moi et nous nous sommes enlacés, nos corps nus ondulant l'un contre l'autre. Mes seins contre sa poitrine, j'ai caressé ses bras, son dos, et senti son membre durcir sous mon ventre. Naturellement, il était trop tôt pour affirmer que j'étais amoureuse de cet homme… j'aurais aimé que nous ayons plus de temps…

Songeurs, nous sommes restés étendus sans rien dire un long instant. J'ai fini par briser le silence.

— Où iras-tu, Chance ?
— Il y a un moment que j'y réfléchis, May. Je ne peux pas rejoindre les autres cow-boys. Ils doivent être presque arrivés, à

l'heure qu'il est. Même si je les persuadais que je n'ai pas volé leurs chevaux, ils voudraient savoir où j'étais passé.

— Et ta famille au Texas ?

— C'est une idée. Mais Zeke Pardue, le chef des transhumances, est un vrai enfant de salaud. Dès qu'il sera rentré, il fera un tour dans notre ranch, et si je suis là... on devine la suite. Oui, je suis dans le pétrin, mais je vais me débrouiller.

— Tout est de ma faute. Je suis navrée, Chance.

— Je ne te reproche rien. Si tu avais volé un autre cheval que le mien, tu aurais filé sans que je prête attention à toi. Je me félicite de ton choix. Plus j'y pense, plus je trouve que j'ai de la chance. Lucky valait bien ce doux baiser...

— Je regrette de ne pas en avoir choisi un autre, justement. Ce baiser ne t'a apporté que des ennuis.

— Des ennuis, oui, mais tellement de bonheur. Ne t'inquiète pas pour moi. Je m'en sortirai comme toujours. Va savoir, peut-être nos chemins se croiseront-ils de nouveau ?

Deux jours plus tard, avant de nous séparer, Chance a fait une dernière tentative. Déjà en selle, il s'apprêtait à partir avec le cheval de bât que Wind lui avait donné en réserve.

— À deux, vous n'allez pas vous amuser à conduire tout ce cheptel. Une paire de bras en plus, ça ne serait pas du luxe, non ? Je pourrais vous seconder encore un moment, le temps que vous en donniez quelques-uns.

Le visage fermé, Wind lui a répondu en anglais.

— Si nous abordons un camp indien, accompagnées d'un Blanc, et que personne ne nous reconnaît, les femmes et les garçons se jetteront sur toi. Ils te feront tomber de selle, t'assommeront à coups de pierre et de bâton. Tu seras torturé, Chance, on te coupera les testicules. Tu seras scalpé et tué à petit feu. Pour la seule raison que tu es blanc et que nous avons trop souffert à cause de ton peuple.

Il a hoché la tête.

— Oui, m'dame, c'est ce que font aussi les Comanches.

– Au revoir, Chance, lui ai-je dit. Descends au sud par la grande piste. C'est le plus sûr.

Il a porté la main à son chapeau avec un doux sourire aux lèvres, triste et charmant.

– Adieu, May. C'était merveilleux.

– Pour moi aussi, cow-boy.

Et il a glissé en comanche quelques mots que Wind m'a traduits : « Prends bien soin d'elle. »

13 août 1876

Après deux journées de route, nous sommes tombées sur une petite bande de guerriers lakotas, voyageant avec leurs familles, et nous avons dormi plusieurs nuits dans leur camp. Wind parle sioux et en connaissait certains. Les hommes, qui s'étaient battus contre Custer, nous ont décrit la victoire qu'ils ont largement remportée, ainsi que les manœuvres récentes de l'armée. Nous leur avons donné un grand nombre de nos chevaux. Ils nous ont témoigné une infinie reconnaissance et nous ont préparé une belle fête avec des danses. Ils ont tenu également à nous honorer par des cadeaux : bijoux et mocassins ornés de perles, une robe de daim brodée pour remplacer la mienne, usée et rapiécée, et un couteau de guerrier, au fourreau décoré de franges et de perles pour Wind. Hormis quelques mots simples, j'ignore tout de la langue sioux, mais j'ai éprouvé un grand bonheur à reprendre place parmi le peuple indigène.

Puis, en longeant le Rosebud Creek[1], nous avons rencontré une bande composée de Cheyennes et d'Arapahos, à qui nous avons confié d'autres bêtes et qui, quoiqu'ils fussent bien moins lotis que les Lakotas, nous ont également remerciées avec divers présents. Nous sommes restées deux nuits et deux jours en leur compagnie. Nous leur avons demandé s'ils savaient ce qu'étaient devenus Little Wolf et les siens, mais ils n'ont pas su nous répondre. En revanche, et cela n'a pas manqué de nous intriguer, un des

---

1. Le ruisseau du Bouton de rose.

anciens nous a dit qu'ils avaient récemment croisé une bande leur ressemblant, comportant des membres de tribus différentes, ainsi que plusieurs femmes blanches – non pas des prisonnières, mais vêtues comme des squaws. Certaines arboraient même des attributs de guerrières. J'ai assailli le vieil homme de questions, mais il n'a pas pu me révéler où elles se trouvaient non plus.

— Nous sommes disséminés, m'a-t-il dit en ouvrant les bras, les doigts tendus pour indiquer toutes sortes de directions. Nous recherchons les rares troupeaux de bisons que les Blancs n'ont pas encore massacrés et nous nous efforçons d'éviter les soldats. À moins de tomber sur eux en chemin, nous ignorons où sont les nôtres. Cette bande dont je te parle, avec le groupe de Blanches, suivait Holy Woman, une femme-médecine qui a eu une vision. Elle les conduit vers le monde véritable qui se cache derrière celui qu'on voit.

Wind, qui connaît cette femme, a le plus grand respect pour sa médecine. Elle s'appelle aussi Ma'heona'e et elle est aveugle. Bien sûr, j'ai entendu parler de l'autre monde auquel croient les Cheyennes. Une sorte de paradis dans lequel les tares et les imperfections du nôtre ont disparu, ce qui ne manque pas d'attrait dans cette époque désolée. Pourtant, hors d'une vision ou d'une hallucination, personne dans la tribu n'a encore localisé ce doux refuge. J'ai bien l'impression que presque toutes les sociétés entretiennent une utopie de ce genre, un mythe, une essence surnaturelle. Pour autant que je sache, aucune, toutefois, n'a jamais réussi à leur donner une existence tangible. Il faut cependant garder espoir. Sans doute arriverons-nous à rattraper cette curieuse bande avant qu'elle s'évapore dans un univers parallèle... J'ai tout de même du mal à l'imaginer.

18 août 1876

Bon sang, mais cela n'en finira donc pas ? Peut-être avions-nous relâché notre vigilance, mais rien ne laissait prévoir... Nous suivions une piste au bas d'une petite falaise, en menant derrière nous les huit chevaux qui nous restent, en sus de nos montures et des chevaux de bât. Deux hommes nous sont brusquement tombés dessus, l'un sur Wind qui me précédait, l'autre sur moi. Ils nous ont probablement assommées quand nous avons touché le sol, emportées par leur élan, car lorsque nous avons repris conscience, nous étions étendues sur le dos, nues, bras et jambes écartés, les poignets et les chevilles attachés à des pieux. Ils nous avaient bâillonnées à l'aide de foulards sales imprégnés de sueur. J'avais mal à la tête et, en ouvrant les yeux, je n'ai pas tardé à reconnaître l'infâme figure de Seminole qui me reluquait d'un air mauvais.

— Ah, ma jolie ! s'est-il exclamé. Voilà comment Jules traite les meurtrières, les voleuses de chevaux et les amoureuses qui le trahissent... Cette fois, ceux qui n'ont pas obtenu vos faveurs vont pouvoir se rattraper. Et ne comptez plus vous échapper ! Terminé, les vilains couteaux qui surgissent de nulle part. Vous êtes immobilisées, et pas question de mordre non plus. Vous vous rappelez sûrement les distingués collègues de Jules : Curly Bill, Wild Man Charlie et le Diacre... Deux nouveaux membres se sont joints à nous, que je vais vous présenter. Wee Willy James[1], pour commencer. Un surnom plein d'esprit, car vous verrez bientôt qu'il est monté comme un âne. Et Cuts Women[2], un vieux copain sang-mêlé, qui est un vrai artiste et un surineur hors pair. Il confectionne d'élégants bracelets à partir de morceaux choisis de l'anatomie féminine. Toi, ma belle, a-t-il dit, s'accroupissant près de moi et plaçant sa main sur ma vulve, tu vas nous donner le plus charmant bijou qui soit.

Il a retiré le bâillon qui m'encombrait la bouche.

— Si tu as quelque chose à dire pour ta défense, c'est le moment.

— Oui, j'ai quelque chose à dire, quoique peut-être pas pour ma défense. Vous êtes la créature la plus repoussante que j'aie jamais rencontrée. Je n'ai qu'à vous regarder pour avoir envie de vomir. Wind vous tient pour un sorcier, mais je n'y crois pas. Vous n'êtes qu'un pitoyable fou, une mauviette et un lâche.

---

1. James petite bite.
2. Découpe les femmes.

— Mon bel amour, en voilà des méchancetés ! Il est donc temps de la refermer, ta gueule de putain, a-t-il rétorqué en nouant à nouveau son immonde foulard sur mes lèvres. Pour que Jules et ses amis profitent de toi sans entendre les horreurs que tu profères. Mais voilà qui devrait te mettre du baume au cœur ; quand nous en aurons fini avec toi et que Cuts Women t'aura découpée, c'est Jules qui aura le plaisir de porter ta petite chatte à son poignet, en souvenir de nos ébats...

Je ne rapporterai pas les propos outranciers que ses acolytes nous ont tenus par la suite, préambule au châtiment répugnant auquel nous allions être soumises et qu'ils nous ont décrit en détail... Le soleil couché, la nuit tombait et ils ont allumé un feu. Accroupi près de nous, le Diacre lisait à haute voix les passages les plus violents de l'Ancien Testament, si excité qu'il en avait l'écume aux lèvres et nous baignait de postillons.

Après une tournée de whiskey, ils ont tiré à la courte paille pour définir dans quel ordre ils allaient nous posséder. Wild Man Charlie aurait l'honneur de commencer. S'approchant de nous, il s'est adressé à Wind :

— N'imagine pas, saloperie de squaw, que j'aie oublié ce que tu m'as fait. Quand j'aurai terminé avec ton amie, je graverai mes initiales sur ton cul pourri.

Il a dégainé le Colt qu'il portait à la ceinture et lui a agité sous le nez.

— Ensuite, comme je n'ai pas l'intention de te toucher, je te fourrerai le canon là où il faut et tu peux espérer que, par inadvertance, je ne presse pas sur la détente.

Wild Man a rengainé son arme et s'est avancé vers moi. J'ai prié pour que nous mourions vite toutes deux, mais nous n'aurions sans doute pas cette chance. Une mort expéditive serait trop douce pour deux voleuses comme nous.

Soudain nous avons entendu un bruit de sabots qui martelaient le sol. J'ai réussi à soulever ma tête de quelques centimètres, juste assez pour apercevoir un cheval gris pommelé, avec un éclair peint sur son poitrail, monté par un Indien au visage recouvert de motifs rouges et noirs qui lui donnaient l'air du diable en personne. Il a poussé un long cri de guerre terrifiant et, tandis que Wild Man ressortait son revolver, a lancé son couteau sur lui. Étendue sur le dos, j'ai vu le couteau tourner sur lui-même alors qu'il fendait l'air, puis la lame se ficher jusqu'au manche dans le cœur de Wild Man. Presque en même temps, l'Indien levait son bras gauche, armé d'un revolver. Il a tiré deux fois pendant que Wee Willy et Cuts Women se redressaient en hâte devant le feu. Ils n'étaient pas debout qu'ils s'effondraient déjà. Curly Bill a couru vers son cheval, s'est hissé dessus et l'a éperonné. Mais l'animal, sentant la peur de son cavalier, s'est cabré en hennissant, l'a désarçonné et s'est enfui. Le sauvage a tiré sur ses rênes et arrêté le sien. En mettant pied à terre, il a retiré d'un fourreau, accroché à sa taille, ce qui ressemblait à un sabre de l'armée. Il s'est avancé vers Curly Bill, qui reculait à quatre pattes comme un crabe, et lui a transpercé le cœur. Dans ma position, je ne pouvais embrasser toute la scène. Apparemment, Seminole avait disparu. Je ne voyais que le Diacre qui, toujours accroupi près de nous, pleurait comme un veau. Il semblait non seulement perdre la foi, mais aussi le contrôle de sa vessie, pendant que l'Indien s'approchait de lui, d'un pas souple, des mocassins aux pieds. Notre prétendu prêtre leva les bras devant cette vision d'enfer, supplia le sauvage de l'épargner, mais celui-ci, implacable, virevolta sur lui-même avec la grâce d'un danseur, apportant à son sabre un élan si puissant qu'il trancha net la tête du Diacre. Elle roula un instant sur le sol et s'immobilisa devant la mienne, en m'observant comme si ce triste sire était encore en vie. Je croyais ma dernière heure arrivée, pourtant je me sentais détachée, étrangement calme face à ce nouveau coup du sort. Et voilà que du bout de la lame, l'homme coupa les liens qui m'entravaient, retira mon bâillon, puis libéra Wind de la même façon. Tout bas, elle lui adressa quelques mots que je ne comprenais pas. Le connaissait-elle ? Je me suis couchée sur le côté, en chien de fusil, les jambes repliées, en essayant de cacher ma poitrine sous mes bras. L'Indien s'est retourné et s'est agenouillé près de moi. J'évitais son regard et, me rendant compte que je n'avais pas peur, j'ai planté mes yeux dans les siens. À cet instant, son curieux maquillage s'est comme liquéfié, et le doute n'était plus permis.

– Bon Dieu... Chance ?

Son sourire affectueux offrait un contraste saisissant avec son apparence guerrière.

– Oui, m'dame, a-t-il répondu en me prenant dans ses bras.

– Attention, lui ai-je murmuré à l'oreille. Le plus dangereux de la bande est encore là.

Son revolver à la main, il a rapidement étudié les environs, puis s'est dirigé vers l'endroit où les brutes avaient monté leur camp.

– Seminole a filé, May, m'a assuré Wind.

Assise comme moi par terre, les mains sur les épaules, elle couvrait ses seins avec ses bras. Sa poitrine est plus généreuse que la mienne et donc plus difficile à cacher. Une femme n'est jamais aussi vulnérable que dévêtue et, les Cheyennes étant spécialement pudiques, l'humiliation était double pour elle.

– Il est parti à cheval quand Chance est apparu. Je t'ai dit, Seminole est un sorcier. Il sera difficile de le capturer et d'en venir à bout. Tu as bien vu : dès que nous sommes livrées à nous-mêmes, il s'arrange pour nous retrouver en compagnie d'hommes malfaisants comme lui. Lorsqu'ils meurent, il s'échappe et rassemble d'autres mauvais esprits. C'est un démon et, pour le tuer, il faudra lui enfoncer un pieu dans le cœur.

– Allons, Wind, ce n'est qu'un homme, mortel comme chacun de nous. Nuisible, mais pas invincible.

Je me suis aperçue qu'elle avait du sang à l'intérieur des cuisses. Wild Man l'avait menacée de la violer avec le canon de son arme et il avait eu le temps de le faire. Elle n'avait sans doute pas moufté sous son bâillon. Cette fille est décidément une leçon de courage.

– Bon Dieu, il t'a blessée !

– J'en ai vu d'autres, Mesoke.

Chance nous rapportait nos vêtements.

– Il n'y a plus personne, a-t-il dit en se détournant, à part ces cinq cadavres.

Sans nous regarder, il nous a tendu nos affaires. Toujours de dos, il a parlé à Wind d'une voix très douce, en comanche, pendant que nous nous rhabillions. J'ai attendu qu'elle ait répondu pour lui demander :
– Tu l'avais reconnu ?
– Ses peintures, son cri de guerre et le dessin sur son cheval sont ceux d'un Comanche. Il ne doit pas y en avoir beaucoup d'autres dans les environs.
– Et toi, Chance, où es-tu allé chercher ton attirail ? Et tes habits ?
– Je les ai cousus, tout simplement. Après vous avoir quittées, j'ai acheté des peaux à un comptoir. Mon grand-père m'avait appris bien de choses. Il voulait non seulement que je parle comme les Comanches, mais aussi que je connaisse leurs mœurs. Nous sommes en pays indien, alors j'ai pensé à t'imiter, May. Me mettre dans la peau d'un Blanc ou d'un Indien selon les circonstances. Ce qui m'est plus facile, car j'ai du sang indigène.
– Et l'épée ? C'est un sabre de l'armée ?
– Je l'ai acheté également. À un déserteur, croisé en chemin, qui avait besoin d'argent. Grand-père m'avait aussi enseigné l'escrime. À l'époque, ça ne manquait pas de soldats au Texas. On ne savait jamais qui allait nous tomber sur le dos, de l'armée mexicaine ou des Comanches, les uns après les autres. C'était un sacré bonhomme ! Il connaissait toutes les façons de se battre : la boxe, le corps à corps, la lutte indienne, les armes à feu, le couteau, l'épée...
– Un bon professeur...
Chance a souri.
– J'ai glané de petites choses de mon côté. Ce coup de sabre, par exemple, en pivotant sur les talons... J'étais sûr de t'impressionner.
Ses crâneries m'ont fait rire.
– Il n'était pas utile de nous impressionner. Tu nous as sauvé la vie, cela suffit. Maintenant, je reconnais que ce geste était saisissant...
J'ai jeté un coup d'œil à la tête du Diacre.

— ... mais tu aurais pu éviter de l'envoyer vers moi.

Chance a souri de plus belle. Ses dents paraissaient trop blanches dans ce visage rouge.

— Je ferai attention, la prochaine fois. On ne peut pas deviner dans quel sens elle va rouler...

Maintenant habillées, Wind et moi nous sommes levées. En plaisantant, Chance et moi avions légèrement détendu l'atmosphère après ce carnage. Wind, elle, dominait l'épreuve avec ce stoïcisme que j'ai souvent constaté dans la tribu.

— Il faut nous occuper des chevaux, a-t-elle dit.

Nous avons retrouvé nos montures attachées aux piquets que les bandits avaient plantés, ainsi que nos deux chevaux de bât. Les leurs étaient encore sellés, et ils en avaient six autres, probablement volés, chargés de provisions ou servant de rechange. Des huit que nous avions dérobés à l'armée, nous en avons compté cinq qui broutaient librement à proximité. Ce sont, après tout, des animaux sociaux et, tant qu'ils ont de l'herbe pour se nourrir et qu'ils sont entourés par leurs congénères, ils n'éprouvent pas le besoin de se sauver. Nous avons supposé que les trois derniers, sans doute pas bien loin, se joindraient à nous quand nous partirions.

Les hors-la-loi n'avaient pas pris le temps de fouiller nos affaires, pressés comme ils étaient de nous « châtier ». Pourquoi le corps des femmes inspire-t-il chez les uns l'admiration, l'amour, la passion, et, chez les autres, ce désir de salir, d'abîmer, de mutiler ? Il ne m'a pas échappé que, grâce à l'intervention inespérée de Chance, nous avions réussi à éliminer totalement le gang de Three Finger Jack. Ce n'était pas le but, mais nous rendions un fier service à tous les voyageurs des plaines, Blancs et Indiens.

Nous avons rassemblé leurs revolvers et vidé sur le sol le contenu des bâts de chacun de leurs chevaux. Chance y a découvert des armes supplémentaires, ainsi que des munitions et de l'argent. Nous avons abandonné le camp en l'état, et les dépouilles aux charognards. Ces hommes ne méritaient pas d'être enterrés. Wind et moi avions la mince satisfaction d'imaginer les urubus, perchés sur leurs cadavres, en train de leur dévorer les yeux. Les coyotes et les loups chasseraient ensuite les vautours, se nourriraient des chairs et des viscères, avant de céder la place aux animaux nécrophages, vers, blattes et fourmis, qui achèveraient le travail, pour ne laisser que les os. Une telle fin me paraissait convenir à cette bande de misérables, qui avaient certainement, au cours de leurs pérégrinations, volé, violé, terrorisé, assassiné quantité de malheureux. Cependant leur guide, le « sorcier » Jules Seminole, courait toujours, ce qui n'avait rien de rassurant.

Nous avons enfourché nos chevaux et nous sommes dépêchés de nous éloigner. Nous devions être hors d'atteinte des fantômes de ces hommes, dont Wind craignait qu'ils nous rattrapent et se vengent. Bien sûr, Chance était avec nous.
— Je ne te quitte plus, May, a-t-il déclaré. Tu vois ce qui arrive quand je ne suis pas là. J'ai l'habitude de conduire les chevaux et vous pouvez compter sur moi.
— Je me demande comment tu as encore fait pour nous retrouver.
— J'ai suivi votre piste un certain temps, sauf quand j'ai eu besoin de provisions. Vous aviez beaucoup de bêtes avec vous, j'ai repéré les endroits où vous en avez donné, mais il en restait assez pour que je retrouve vos traces. Tout seul, j'étais plus mobile et plus rapide. J'ai cousu ma tenue de Comanche, un soir devant le feu. Pour mes peintures, je me suis débrouillé avec des pigments, du charbon de bois et du saindoux que j'ai achetés dans un comptoir. Voilà pourquoi je sens si mauvais. Moi-même, j'ai du mal à supporter l'odeur. Puis, avant-hier, j'ai compris que vous étiez suivies. À leurs empreintes, j'ai calculé combien ils étaient, combien de chevaux ils avaient avec eux, et, apparemment, l'un d'eux relevait votre piste. Je ne savais pas qui c'était, ni ce qu'ils voulaient, mais forcément, c'était vous qu'ils cherchaient. Donc je les ai filés discrètement. Alors… où allons-nous maintenant ?
— Wind et moi partons retrouver notre peuple. Elle pense que nous n'en sommes plus très loin. J'ignore d'où elle tient ces certitudes, mais elle en a souvent et elle se trompe rarement. Ceci étant, tu n'es pas le bienvenu dans notre camp, Chance.

— Pourquoi ?
— Pour les raisons que je t'ai données et d'autres que tu ne connais pas.
— Ah. Et quelles sont les autres, May ?

Après les événements de la journée, ce n'était pas le moment de m'épancher et de lui dire la vérité. Mais, dans un sens, je la lui devais et sans doute n'y aurait-il jamais de bon moment pour cela.

— Pour commencer, je suis mariée à un influent chef cheyenne qui porte le nom de Little Wolf.

Abasourdi, il s'est retourné sur sa selle.

— Tu es... *mariée* ?!
— Oui et non... ai-je hésité, évasive.
— Ça ne peut pas être « oui et non », May. Soit tu es mariée, soit tu ne l'es pas.
— Eh bien... selon la tradition cheyenne, je le suis. Little Wolf a cependant deux autres épouses.
— La coutume, comme chez les Comanches. Ce n'était pas un mariage à l'église, devant un pasteur et en présence de Dieu, je suppose ?
— Pas dans une église, non. Ni sans doute en présence de Dieu. En revanche, nous avons été unis par un pasteur épiscopalien... lors d'une cérémonie... en plein air, disons. Au moment de répondre à la question « Voulez-vous prendre pour époux... », nous avons été plusieurs à nous abstenir, donc cela ne compte pas vraiment.
— Quel soulagement ! a jeté Chance, sarcastique.
— Je t'ai déjà dit que nous ne savions pas tout l'un de l'autre.
— Tu m'as surtout raconté un tas de conneries, May.
— Je ne t'avais jamais entendu jurer.
— Tout le monde a ses limites. Qu'y a-t-il d'autre ?
— J'ai une petite fille qui grandit dans la tribu.
— Tu l'avais emmenée ou tu l'as eue avec ton chef ?
— Cela aussi est légèrement compliqué... Avant de vivre chez les Cheyennes, je suis tombée enceinte d'un capitaine de Fort Robinson. Et Little Wolf croit être le père de la petite, comme le reste de la tribu.

Chance m'a dévisagée d'un air profondément perplexe.

– *Légèrement* compliqué ? s'est-il écrié. Et… c'est tout ?
– Avant cela, j'ai été mariée à Chicago avec un autre homme… enfin, pas exactement mariée, cela s'appelle vivre en concubinage. Et nous avons eu deux enfants.

Il s'est tu un long moment, en regardant droit devant lui, par-dessus la tête de son cheval. Quand il a repris la parole, je n'ai pas reconnu sa voix – elle était dure, aigre, venimeuse. On aurait cru entendre une vipère siffler.

– Pas étonnant que tu embrasses le premier cow-boy venu. Tu es un peu une putain, May.
– Quel horrible mot ! Je ne suis pas une putain.
– Une dévergondée alors ? Une femme légère ?
– Appelle-moi comme tu voudras… ce qui te fera plaisir… Mais une putain, tu n'en as pas le droit. Voilà pourquoi je ne t'ai pas tout dit au départ. Oui, j'ai commis des erreurs dans ma vie, et je le regrette. Mais il faut saisir les choses dans leur contexte. J'ai une longue histoire que tu n'es pas en mesure de comprendre. J'espérais qu'un jour viendrait peut-être où il serait possible de tout te raconter. Et tu ne me rejetterais pas pour autant. C'est ce que tu es en train de faire et je ne te le reproche pas.
– Je n'ai pas besoin d'entendre le reste. J'ai suffisamment de détails comme ça.

Chance a fait faire demi-tour à son cheval et il a échangé quelques mots en comanche avec Wind. Puis il a talonné les flancs de sa monture, crié « En avant ! » et il est parti au galop, s'éloignant de moi en toute hâte.

– Que disait-il, Wind ?
– Il m'a demandé si je savais où nous allions. Je lui ai répondu que oui.
– Je t'avais dit que mes amours finissaient mal.

Les Journaux perdus de Molly McGill

Le monde véritable derrière le nôtre

« Ils leur dirent qu'en dansant ils pouvaient créer un nouveau monde. Il y aurait des glissements de terrain, des tremblements de terre, des vents puissants. Les collines s'empileraient les unes sur les autres, la terre s'enroulerait comme un tapis en enveloppant les horreurs des Blancs – les animaux puants qu'ils avaient apportés, les moutons, les cochons, les poteaux télégraphiques, les mines et les usines. En dessous se trouverait l'ancien et nouveau monde, le monde merveilleux tel qu'il était avant l'arrivée des profiteurs blancs. [...] Enveloppés avec le reste, les Blancs disparaîtraient, repartiraient sur leur propre continent. »

John Fire (Lame Deer) et Richard Erdoes,
Lame Deer, Seeker of visions[1]

---

1. Lame Deer, *En quête de visions*.

5 septembre 1876

— Gertie, lui a dit lady Ann Hall en s'avançant vers elle, si tu t'imagines qu'après ces mois de voyage, nous allons rebrousser chemin, je t'assure qu'il n'en est pas question. Pour commencer, cette affaire de fantômes est totalement ridicule. Allons, ce sont des histoires qu'inventent les petites filles pour se faire peur quand elles dorment chez leurs amies. Mais qu'une solide gaillarde comme toi, avec son expérience de la vie dans les plaines, donne foi à de telles inanités, voilà qui me dépasse. De plus, fantômes ou pas, je reconnais l'odeur du gibier en train de griller et j'ai l'eau à la bouche. En ce qui me concerne, je ne refuserais pas une invitation à partager un festin avec tes prétendus revenants, et m'amuser un peu.

— Aye, j'ai rien contre un petit gueuleton, moi non plus, a renchéri Hannah. Je savais pas que les esprits faisaient la cuisine. J'vas m'assister tout de suite.

— Comme vous pouvez le constater, mesdames, je n'ai toujours pas réussi à débarrasser ma servante de son détestable argot de Liverpool.

— Bon, d'accord, a admis Gertie. Elles m'ont quand même filé des sueurs, ces deux-là, quand je les ai aperçues côte à côte. May, on tenait de source sûre que tu étais morte, dans une grotte après la charge de Mackenzie. Frère Anthony t'aurait donné les derniers sacrements et c'est pas le genre à bonimenter, quand même. Et toi, Molly, j'étais là quand tu as sauté depuis la falaise. Lady Hall me chante une histoire saugrenue, comme quoi Phemie et Pretty Nose t'auraient sauvée, pourtant c'est pas ce que j'ai vu, moi. On s'est chamaillées là-dessus en chemin. Eh, diable, vous voilà toutes les deux, maintenant ! Je sais pas ce qui est arrivé, mais j'aurai peut-être bientôt la clé du mystère. En attendant, mon petit cœur, a-t-elle dit en s'approchant de May, t'attends pas à ce que ta bonne Gertie sente meilleur que d'habitude. Tu m'as demandé de te serrer dans mes bras, alors je me fais pas prier. Ça sera à toi, Molly, après ! Bon sang de bonsoir, mais c'est bien May, ma parole ! Bon retour chez les vivants !

— Je ne te cache pas mon plaisir de te retrouver, Gertie !

— Au fait, le 'pitaine Bourke pensait avoir croisé, il y a quelque temps, une fille au comptoir de Tent City et il se figurait que c'était toi. Il était sens dessus dessous, le pauvre ! Tu sais ce que je lui ai répondu ? « Soit c'était un fantôme, soit elle lui ressemblait, voilà ! Vous avez peut-être pas bien regardé. » Ensuite, il me raconte que, selon le patron de l'écurie, elle s'appelle Abigail Ames, qu'elle est mariée et qu'elle vend des chevaux avec son époux, qui est comme elle de Grand Island, dans le Nebraska. Alors je lui fais : « Quand on est morte dans une grotte, au-dessus de la Powder River, avec une balle dans le dos, on se marie pas trois mois après avec un gars du Nebraska. » « Bon, tu dois avoir raison, Gertie... », il marmonne. Je me suis gourée, alors ? C'était toi, ma poulette ?

— En effet, c'était moi.

— Fichtre...

À mon tour, Gertie m'a serrée dans ses bras.

— Au fait, Molly, m'a-t-elle dit à l'oreille, ça fait un bon moment que Badger et moi, ma vieille mule, on se trimballe tes fichus registres. Je t'ai promis de ne pas les ouvrir, mais je les ai lus quand même, puisque je te croyais morte, alors je pensais que ça te serait égal. Ça serait peut-être pas une mauvaise idée de te les rendre, maintenant.

Lorsqu'elle a relâché son étreinte, elle nous a observées, May et moi, les larmes aux yeux, et elle a éclaté en sanglots – un spectacle qui, à ce que j'ai compris, n'est pas donné à tout le monde.

— Bon Dieu, s'est-elle reprise en essuyant son nez du plat de la main. Non seulement je vieillis, mais je deviens fleur bleue, en plus. Vous pouvez être fières, tiens ! Faire chialer Dirty Gertie...

Une fois les présentations terminées, pour celles qui ne se connaissaient pas, nous avons repris nos places autour du feu sur les peaux de bison, en nous serrant un peu pour les nouvelles arrivantes. Le repas étant bientôt prêt, nous sommes allées nous servir devant les broches, en découpant nous-mêmes des morceaux de gibier rôti.

— Mais alors, qu'avez-vous fait depuis votre départ ? ai-je demandé à Ann et Hannah quand nous nous sommes rassises. Qu'est-ce qui vous a poussées à revenir ?

— Moi, je veux retrouver mon mari bien-aimé, Little Beaver[1], a dit Hannah. Est-il ici dans ce camp ?

— Oui, et s'il n'est pas déjà devant l'un des feux, il ne devrait pas tarder à assister aux danses.

J'avais tout juste fini ma phrase qu'elle a bondi sur ses jambes, alors qu'elle avait à peine touché à sa viande. Sans attendre un instant de plus, elle est partie à la recherche du jeune homme.

— Cette petite est littéralement envoûtée, a jeté Ann alors que nous la regardions s'éloigner. C'est l'une des raisons pour lesquelles nous sommes là, quoique pas la principale en ce qui me concerne. J'avoue qu'il devenait pénible d'entendre Hannah regretter ce garçon, de se languir à longueur de journée. Évidemment, elle me tenait responsable de sa situation. En quoi, oui… elle n'avait pas tout à fait tort. Pour répondre à ta question, Molly, nous avons pris le train vers l'est à Medicine Bow et, après un long voyage, ponctué de retards, nous avons enfin atteint New York, où j'ai réservé des couchettes dans un bateau pour l'Angleterre. Il ne restait de places qu'à bord d'un navire sur le chemin du retour, et nous devions attendre qu'il arrive à bon port.

« Malheureusement, le pauvre rafiot a coulé quelque part au milieu de l'Atlantique, ce qui, bien sûr, n'a fait que nous retarder davantage… Plusieurs semaines passées, donc, à remettre en cause ma décision de partir. Je ne pouvais pas chasser de mon esprit la dernière image que j'avais de toi, Molly, qui me plongeait et me replongeait dans le trouble et l'embarras. Intolérable pour un esprit logique comme le mien. Ce que j'ai tenté d'exprimer dans la lettre que je t'ai écrite… Mon domaine de Sunderland me manquait, mais plus je me rappelais les manières débilitantes de l'aristocratie britannique, moins j'étais pressée de la

---

1. Petit castor.

revoir. Franchement, mes amies de la campagne me manquaient davantage.

L'expression nous a toutes fait rire. Christian Goodman, qui nous rejoignait avec sa femme Astrid, a relevé avec humour :

— Bien sûr, Ann, nous sommes une bande de paysans ! Rassure-toi, tu nous as manqué, toi aussi.

— Je me suis rendu compte que, sans ma chère Helen, je n'avais plus grand-chose à espérer là-bas, a poursuivi lady Hall. Nous vivions d'ailleurs comme des recluses, étant donné la nature de nos relations. En outre, un grand nombre de nos amis s'étaient écartés de nous à cause du scandale, quand la chose est devenue publique et que j'ai dû quitter mon mari. Donc, tout bien réfléchi, j'ai fini par m'adresser à un banquier de New York afin de transférer peu à peu en Amérique l'argent déposé sur mes comptes en Angleterre. À ce stade, nous pouvions embarquer sur un autre navire, qui est reparti sans nous. Nous étions décidées, ce serait à nouveau le Grand Ouest, et en train. Pendant toute la traversée, la petite Hannah a laissé éclater sa joie de revoir enfin son cher Little Beaver. Depuis la gare de Medicine Bow, je n'ai pas eu de mal à retrouver Gertie, par l'intermédiaire des militaires. Elle aussi faisait le point sur sa vie, elle vous en parlera sûrement. Nous étions fort inquiètes que vous ayez disparu sans laisser de traces… Enfin, après ces interminables pérégrinations… nous voilà !

— Des danses vont avoir lieu, ce soir, lui a annoncé Lulu. Pour célébrer ton retour, celui de Hannah et de May. Mais aussi la victoire de nos guerriers aujourd'hui contre une bande de Crows.

— Splendide ! s'est exclamée lady Hall. Je me joindrai volontiers aux festivités. Bien que j'aie les deux pieds dans la même bottine… ou le même mocassin, j'ai pris goût à ces danses. Eh bien, mesdames, j'ai comme l'impression d'être chez moi !

Heureuses d'être réunies, May et Gertie étaient en pleine conversation. Elles avaient tant à se dire au sujet des derniers mois de leur existence.

Quant à moi, j'avais une sensation étrange et désagréable, provenant du fait que nous étions rassemblées à ce moment particulier… les vivantes comme les « mortes ». Les mots me manquent pour bien l'exprimer, mais c'était une curieuse coïncidence d'être regroupées, ce soir, au même endroit. Comme si un événement se produisait, sur lequel nous n'avions pas prise. Que nous étions un théâtre de marionnettes, manipulées par quelque force supérieure. Une idée stupide, sans doute, mais tenace.

Je me suis éloignée du feu, autour duquel tout le monde bavardait gaiement, pour aller m'asseoir seule devant le ruisseau. Allongée dans l'herbe sur le dos, je cherchais la réponse à une question que j'avais du mal à formuler. Les étoiles tissaient une maille si dense dans le ciel sans lune qu'il était presque impossible de reconnaître les constellations. Un grand trait de blanc de chaux traçait la Voie lactée. Ce spectacle m'a toujours fascinée. Il démontre quelle minuscule place nous occupons dans l'univers impénétrable, aussi insignifiants que des poussières emportées par le vent.

Une étoile filante a traversé la voûte et j'ai senti au même instant mon enfant remuer dans mon ventre. Un bon présage qui m'a ramenée sur terre. Nous avons besoin de trouver un abri sûr pour nos enfants, voilà le souci, le devoir essentiels des mères de toutes espèces. Malgré le scepticisme que j'affiche à l'égard du prétendu monde « véritable », les étoiles m'ont fait comprendre que tout est possible, rien n'est inconcevable. Peut-être Holy Woman a-t-elle veillé à ce que nous soyons rassemblés ici car nous n'en sommes plus loin ? Les oiseaux et les autres animaux se reproduisent au printemps, selon le principe qu'il offre à leurs petits les meilleures chances de survie. Si, une année donnée, ils doivent périr à cause du mauvais temps, des prédateurs ou des maladies, leurs parents recommenceront l'année suivante, mus par le même instinct, le même espoir. Sans doute guidée par un instinct analogue, notre femme-médecine nous fait-elle décrire des cercles de plus en plus grands, certaine de bientôt découvrir la fissure, la brèche par laquelle nous quitterons ce monde imparfait pour accéder au second. Je ne suis plus très loin d'y croire.

Les premières notes de musique retentissent, il est temps que j'aille assister aux danses.

Au début des festivités, les guerriers miment en dansant leur victoire contre les Crows. À notre grande surprise, la première à se présenter n'est autre que Martha. Celles d'entre nous, blanches et indiennes, qui la connaissent bien sont assises ensemble sur le sol. Les orphelins que nous avons pris sous notre aile sont là également, avec ma jeune amie Sehoso, dont le bébé est mort sous les balles des soldats, et ma petite Mouse. Les étoiles peuvent attendre, pas les enfants.

Martha apparaît dans le cercle des danses, le visage peint, les paupières cernées de rouge, vêtue de jambières, de mocassins et d'une tunique de guerrière ornée de différents totems : un ours, un loup, quelques oiseaux. Elle porte une tenue de combat complète – collier d'os de bison autour du cou, un plastron lui aussi en os, ourlé de part et d'autre de longues franges. À la taille, un couteau à manche de cuir dans un étui orné de perles, et du côté opposé de la ceinture, retenu à un passant, un petit tomahawk à tête de pierre. Elle est à la fois superbe et terrifiante. Je jette un coup d'œil en douce vers May, qui l'observe d'un air stupéfait.

Accompagnée par les tambours qui semblent se répondre, les trois gourdes et les flûtes – Lulu a travaillé avec les musiciens pour étoffer leur registre et donner une touche personnelle aux danses des Cœurs vaillants –, Martha commence sur un simple pas de deux, les bras tendus devant elle. C'est le galop d'un cheval qu'elle imite, l'image d'une guerrière se rendant au champ de bataille. Elle ramasse une lance et un bouclier de cuir, placés au milieu du cercle, sangle les lanières du bouclier autour de son bras gauche et glisse la hampe de la lance sous le droit. Puis elle lève le bouclier bordé de plumes d'aigle qui s'agitent un instant. En son centre sont peints trois cercles rouges autour d'une main tendue de même couleur, censée arrêter les balles et les flèches. Martha se tourne vers les spectateurs, sa lance dressée vers eux, baisse la tête et les épaules, plie les genoux et sautille en cadence comme si, en selle, elle fondait sur l'ennemi. Elle a une expression féroce, déterminée, on croirait presque qu'elle nous attaque. À mesure qu'elle avance, elle déplace son bouclier de haut en bas, plus loin ou plus près d'elle, et se cache derrière lui à mesure qu'elle esquive les projectiles.

Brusquement, elle désarçonne son adversaire d'un coup de lance et l'assistance étouffe un cri. Chacun de nous a l'impression d'être propulsé à terre. Martha lâche la lance et mime le moment où elle descend de cheval. Elle saisit son tomahawk, fait quelques pas, s'agenouille, brandit l'arme et, d'un seul coup mortel, l'abat sur son ennemi. Elle glisse le tomahawk dans le passant de sa ceinture, retire le couteau de son étui, saisit la tête du guerrier par les cheveux. Le métal réfléchit les couleurs du feu quand, d'un geste sec et précis, elle scalpe sa victime. Martha essuie les deux faces de la lame sur ses jambières, replace le couteau dans sa gaine. En se relevant, elle détache le vrai scalp du guerrier, attaché à sa ceinture, l'agite en l'air au rythme des tambours, puis pousse un long cri de guerre, strident et triomphant, au son duquel les spectateurs, aussitôt debout, se mettent à danser sur place en poussant des trilles. Une manière d'applaudir le premier fait d'armes de la jeune femme et l'extraordinaire pantomime qu'elle vient d'exécuter. Notre groupe de femmes blanches déborde de fierté à l'égard de notre collègue Cœur vaillant. Il faut croire qu'en de tels instants, nous partageons le caractère brutal de l'humanité entière, et pourquoi le nier ?

Quand Martha nous a rejointes devant le feu, nous l'avons couverte d'éloges. May était stupéfiée par les prouesses de son amie.

— Dis-moi, lui a-t-elle demandé, tu démontres à présent une remarquable force physique, mais où as-tu appris à danser comme ça, avec tant de grâce et d'expression ? Sans vouloir t'offenser, il t'avait toujours manqué une certaine… souplesse.

— Pour cela, a répondu Martha, il faut remercier mon professeur de danse et de théâtre, Lulu Larue. Avez-vous été présentées ? Lulu, c'est toi l'artiste, tu as le droit de faire la révérence.

— Merci, merci ! Le mime jouit d'une longue tradition en France… Je l'ai étudié à Marseille sous la direction du fils du grand Jean-Gaspard Deburau. Cette forme de théâtre s'adapte bien au monde indigène et j'ai montré à Martha ce que je savais. Bravo, ma chère, ton numéro était réussi !

— Vois-tu, May, je suis sortie de ma coquille, a continué Martha. J'ai vécu une mésaventure si effroyable que je suis encore incapable d'en parler. Je te raconterai un jour, il le faut. Grâce à notre société guerrière, aux leçons de Phemie et Pretty Nose, j'ai pu me durcir intérieurement et je me suis musclée, ce qui m'a donné confiance en moi. Je suis maintenant prête à me battre jusqu'à la mort, pour moi, pour mon peuple et pour mon enfant.

— Où est Little Tangle Hair[1] ? l'a interrogée May.

— Au camp de ton mari Little Wolf, avec son père, Tangle Hair, et la deuxième épouse de celui-ci, Grass Girl[2]. Peut-être te souviens-tu d'elle ? Ils s'occupent bien de mon fils, qui reçoit toute l'affection dont il a besoin. J'ai préféré rester avec les Cœurs vaillants quand notre bande s'est scindée après la bataille de l'herbe grasse. Je n'étais pas encore formée pour me battre, mais je ne supportais pas l'idée de recommencer à vivre comme une squaw ordinaire. J'ai une vengeance à préparer, un homme dans le cœur duquel j'enfoncerai un pieu…

— D'après ce que j'ai pu constater, tu as fait des progrès !

— Sans doute, mais je recueille seulement le fruit de mes efforts. Pour la première fois, j'ai ressenti un certain pouvoir. J'irai bientôt retrouver mon fils.

— Comme moi ma petite Little Bird.

Les danses et les agapes se sont poursuivies toute la nuit et, comme les feux étaient régulièrement entretenus, nous nous sommes simplement couchées sur les peaux de bison et les couvertures que nous avions apportées. Ma petite Mouse s'est lovée contre moi. Nous ne prêtions plus guère attention aux battements constants et monotones des tambours, dont les cadences hypnotiques sont propices au sommeil. Certaines d'entre nous,

---
1. Petit Cheveux emmêlés.
2. Fille de l'herbe.

réveillées dans le courant de la nuit, ont entamé ces conversations à voix basse, aux tonalités étranges qui les distinguent de leurs équivalents du jour.

May a demandé à Gertie si elle conduisait encore des trains de mules pour l'armée, et Gertie lui a expliqué qu'elle s'était retirée, en gardant cependant quelques bêtes, celles auxquelles elle est le plus attachée.

— Comment gagnes-tu ta vie à présent, si ce n'est pas indiscret ?

— Mon petit cœur, entre nous, il n'y a pas de secret. Pose-moi n'importe quelle question, et je te répondrai comme tu le ferais toi-même. Alors, voilà, il y a trop longtemps que je joue sur deux tableaux. Je travaille d'un côté pour l'armée et, de l'autre, je file prévenir les Indiens de ses intentions, je leur livre les plans de bataille. Tu en as profité, toi et tes copines, Molly et sa troupe aussi. J'escortais justement Molly jusqu'à la gare de Medicine Bow, quand Bourke l'avait faite prisonnière et...

Gertie a roulé sur elle-même pour vérifier :

— Tu lui as raconté ça, Mol ?

— Non, nous n'en avons pas parlé.

Gertie s'est retournée vers May.

— Alors disons seulement qu'il s'est passé une chose curieuse et incompréhensible. J'ai longtemps vécu avec les Cheyennes du Sud, j'ai eu des enfants dans la tribu, j'ai voyagé et vécu avec d'autres Indiens aussi. Alors j'ai l'habitude de certains phénomènes, inexplicables pour les Blancs. Avec le temps, j'ai fini par leur trouver un sens, à ces bizarreries, je n'y faisais plus trop attention. Faut prendre ça avec le reste, quoi. Mais, cette fois, tous les Blancs qui étaient là ont vu Molly sauter de la falaise et c'était un suicide. Pour autant que je sache, seule Martha affirme qu'elle a été sauvée. Et lady Hall raconte que c'est les deux : Molly est tombée *et* on l'a sauvée. Ce qui la tracasse un brin.

— Je t'écoute, Gertie, a jeté Ann à voix basse. Dire que ça me tracasse un brin est un doux euphémisme. Pour avoir une confirmation, pourquoi ne pas interroger Pretty Nose et Phemie, puisque ce sont elles qui l'ont sauvée et qu'elles sont ici ?

— Ce que j'ai fait, tout à l'heure, a annoncé Gertie. Elles

répondent que tout ce que chacun a vu s'est réellement passé. Et pas un mot de plus.

— Ce n'est pas une réponse, ça n'a aucun sens.

— Strictement aucun, Ann. Seulement, écoute, May, tous les Blancs qui étaient là – les soldats, Christian, Astrid, Hannah et moi-même –, sont entièrement d'accord : Molly a sauté du bord de la falaise, elle a disparu là-dessous, fin de l'histoire. Sauf que ça n'est pas fini, puisqu'elle est ici avec nous. Pas étonnant que je vous aie prises pour des fantômes ! L'ennui, c'est que je suis trop souvent avec les Blancs et je ne sais plus penser comme les Indiens. D'accord, je travaille du mauvais côté, mais il faut tout de même gagner sa croûte. Et puis, avec ce que j'apprenais là-bas, je pouvais renseigner la bande, et vous avec, les filles. Mais aujourd'hui, il n'y a plus moyen de vous aider, de sauver personne, ni vous ni les Cheyennes. Ils n'auront plus jamais la même vie. N'empêche, quand lady Ann et Hannah sont revenues vous retrouver, j'ai sauté le pas. J'ai rendu mon tablier de muletière, j'ai décidé de rallier les derniers Indiens rebelles... et vous par la même occasion... Je vais me battre et mourir avec vous, parce que c'est comme ça que ça va se terminer, j'ai peur. Nous serons logées à la même enseigne.

— Tu es une fille bien, Gertie, l'a assurée May. Tu t'es toujours démenée pour nous et notre tribu. Tu nous as averties maintes fois que l'armée allait nous tomber dessus. Mais les Indiens sont un peuple fier, qui n'est pas prêt à renoncer, et beaucoup, en son sein, ne le seront jamais. Inutile de te dire que, parmi nous, celles qui sont restées ont fait ce choix, faute d'un autre endroit où aller, et nous sommes plusieurs à avoir eu des enfants ici. Je ne vous connais pas, Ann Hall, mais j'étais très proche de Helen qui parlait souvent de vous. Je sais que vous êtes une femme déterminée et j'admire votre courage d'avoir fait chemin arrière. D'un autre côté, je crois que vous avez commis une grave erreur... peut-être commettons-nous toutes une grave erreur. Gertie a raison d'affirmer qu'il n'y a plus rien à faire pour sauver qui que ce soit. Nous allons probablement mourir.

C'était un de ces aveux francs et brutaux qui surgissent au

cœur de la nuit, un abrégé des peurs et des pensées qui nous assiègent dans nos rêves, nous tirent du sommeil et nous gardent éveillées jusqu'à l'aube. Après quoi, le jour donne généralement meilleur aspect aux choses, l'espoir renaît, nos terreurs nocturnes semblent exagérées et nous reprenons nos activités. Parmi nous, certaines ne dormaient pas et se sont tues en entendant Gertie et May tenir ces propos douloureux. Elles ne pouvaient nier la vérité, et celle-ci les accompagnerait dans leur journée, car la mort n'est pas ici une idée abstraite.

Au lever du jour, du tapage a de nouveau retenti à la lisière du camp. Rapidement, les cris d'alarme des sentinelles se sont mués en ovations satisfaites. Quelques minutes plus tard, une petite foule poussait vers nous un homme cerné de toutes parts. Les femmes et les enfants lui frappaient les jambes et les fesses à coups de bâton. D'autres lui jetaient des pierres, l'accablaient d'insultes, se moquaient de lui. C'était à l'évidence un Indien, mais de quelle tribu, je l'ignore. Il a tenté de défendre sa cause un instant, dans une langue différente du cheyenne, que je maîtrise déjà mal. Impossible pour moi de comprendre quoi que ce soit.

Après cette longue nuit, nous avions fini par nous lever et certaines étaient prêtes à retourner dans leur loge. Martha et May, qui dormaient dans la même, y étaient déjà. Gertie, elle, a saisi quelques mots.

— Sacré nom d'une pipe ! s'est-elle exclamée. Je me demande bien ce que fabrique un Comanche dans les parages. D'après ce que j'ai appris, ils ont déjà assez d'ennuis dans le Sud. Pourquoi en chercher ailleurs ? Et, apparemment, personne ici ne parle le comanche.

— Comment sais-tu qu'il parle comanche, Gertie ?

— J'ai appris leur langue chez les Cheyennes du Sud. Ils s'entendaient bien avec eux, faisaient du troc ensemble et s'unissaient parfois contre les Apaches. Ce qui est assez comique, parce que les Comanches parlent la même langue que les Shoshones, alors que les Cheyennes et les Shoshones sont des ennemis jurés. Je vais m'approcher un peu pour écouter ce pauvre gars.

Je l'ai suivie en direction de la petite foule. D'autorité, Gertie a joué des coudes pour se frayer un chemin, jetant quelques ordres en cheyenne, dont celui de se calmer et d'arrêter de brutaliser le nouveau venu. Elle est arrivée près de lui, ils se sont entretenus un instant et le bonhomme a paru soulagé. Gertie s'est retournée vers les nôtres, leur a fait signe de se disperser, leur expliquant qu'il appartenait à une tribu comanche du Texas. Il était animé de bonnes intentions, on pouvait lui fiche la paix. Curieusement, la petite foule a obéi sans discuter. Le guidant par le coude, Gertie m'a rejointe avec lui. Son visage grimé lui donnait l'air d'un vrai diable. Pas étonnant qu'on l'ait pris pour un ennemi.

— Molly, je te présente Chance Hadley. Il dit être un ami de May.

— Enchanté de vous rencontrer, m'dame, a-t-il assuré avec un sourire poli, bien qu'il eût certainement très mal après les coups qu'il avait reçus.

— Également ravie, Chance, ai-je répondu, sensible au caractère étrange de la situation. Vous êtes à la recherche de May, n'est-ce pas ?

— C'est la vérité vraie. Je reconnais les empreintes de son cheval et j'ai suivi sa piste jusqu'ici.

— Pour quoi faire, si je puis demander ?

— Nous sommes amis, m'dame. Peut-être même... un peu plus que ça, si vous voyez ce que je veux dire...

Embarrassé, il a baissé la tête.

— ... Du moins je l'étais, avant de faire une grosse bêtise.

Son fard était déjà rouge et il s'empourprait comme un écolier amoureux. J'avais donc tout lieu de le croire.

— Je n'en ai pas l'apparence, mais je suis blanc en fait. Cow-boy de métier.

— Oui, Chance, ai-je souri à mon tour, je n'ai eu qu'à vous écouter. J'avais deviné à votre accent. Je serai heureuse de vous conduire à la loge de May, si vous le souhaitez.

— Cela serait fort aimable. Et vous, m'dame, a-t-il ajouté en tendant sa main à Gertie, je vous dois une fière chandelle. Y a pas à tortiller, vous m'avez sauvé la vie. Je ne m'attendais pas vraiment à ce qu'on comprenne le comanche, chez vous, mais valait mieux essayer ça que parler anglais.

— Tu as raison, fiston. Ils t'auraient massacré tout de suite, sinon. Seulement, vois-tu, le comanche, ça ressemble beaucoup au shoshone parce que, il y a longtemps, les deux tribus vivaient ensemble. Et les Cheyennes détestent les Shoshones presque autant qu'ils détestent les Blancs. Alors, bien que personne cause shoshone ici, à part moi, nos compagnons ont quand même un peu d'oreille. C'est pour ça qu'ils te sont tombés dessus à bras raccourcis. Ils t'auraient gaiement achevé à petit feu, tiens. Allez, Molly va t'emmener chez May. Mais, plus tard, si on a un moment, je ferais volontiers un brin de causette avec toi.

— Avec plaisir, m'dame. Autre chose... je suis arrivé tout à l'heure sur un cheval gris pommelé. Je suppose que vos copains se sont partagé mes affaires, mais est-ce que j'ai une chance de le récupérer ?

— Les jeunes doivent s'en occuper et il ne manquera de rien, ton canasson. Maintenant, pour ce qui est de te le rendre, je vais voir ce que je peux faire, mon gars. Délicat, comme opération, tu imagines. Le premier qui a fait un toucher et pris ton cheval est censé le garder.

— Oui, je suis au courant. Dès qu'elles m'ont repéré, les sentinelles m'ont cerné, désarçonné et elles ont toutes fait des touchers. Si vous pouviez intervenir en ma faveur, je vous en serais très reconnaissant. C'est que je l'aime beaucoup, cet animal.

En chemin, pendant que nous nous dirigions vers le tipi de Martha, Chance a porté ses mains à sa figure.

— Je ne voudrais pas abuser de votre gentillesse, m'dame, a-t-il dit, mais ça vous embêterait beaucoup que je descende au ruisseau pour me laver un peu ?

— Vous craignez de faire peur à May avec vos peintures, Chance ? Et si vous m'appeliez Molly, au fait ?

— Non, m'dame... je veux dire : Molly. Elle m'a déjà vu

comme ça. Seulement, j'aimerais quand même... eh bien, me présenter un peu plus...

— ... à votre avantage ?

— Voilà, oui... a-t-il admis en rougissant de nouveau, riant malgré lui. Je crois que les gamins m'ont éraflé les joues en me jetant des pierres. J'ai dû saigner, j'en profiterai pour nettoyer ça aussi.

J'étais impressionnée. Il s'exprimait sans une once de colère, sans même se plaindre, comme tout à l'heure à propos des sentinelles.

— Cela ne m'ennuie pas, allons vous débarbouiller.

Je me suis souvenue de Martha à l'époque où la bande l'avait rebaptisée Red Painted Woman[1]. Retirer à l'eau froide ce fard composé d'argile et de graisse animale n'est pas une mince affaire. À l'évidence, Chance savait comment s'y prendre. Je me suis assise sur la berge pendant qu'il ôtait sa tunique de guerre, qu'il a soigneusement posée sur l'herbe. Agenouillé devant le ruisseau, il a prélevé deux bonnes poignées de limon sablonneux, et quelques petits galets avec lesquels il s'est vigoureusement frotté le visage. Puis il s'est rincé à l'eau claire et il a répété l'opération. Pour finir, il s'est mouillé les cheveux avant de les peigner grossièrement en arrière, et il s'est aspergé les aisselles. Cela fait, il s'est relevé, s'est essuyé avec sa tunique qu'il a remise sur son dos.

Chance m'a regardée en remontant sur la berge et m'a demandé :

— J'y suis arrivé, m'dame ? Tout est bien parti ?

Il était beau garçon, assurément, avec des traits bien dessinés, anguleux. Sa peau hâlée par le soleil avait rougi alors qu'il se lavait. Il pouvait facilement passer pour un Indien. Puisqu'il parlait comanche, j'ai pensé qu'il était peut-être sang-mêlé.

— Plutôt bien, Chance. Vous êtes plus présentable pour retrouver votre... compagne, si vous me permettez de l'appeler ainsi.

J'ai eu droit à un franc sourire, non dénué de fierté.

— Oui, Molly, je crois que vous pouvez. Je l'espère, en tout cas.

Je commençais à comprendre que Chance est un de ces per-

---

1. Femme peinte en rouge (cf. *La Vengeance des mères*).

sonnages si sympathiques qu'ils s'attirent sans effort les bonnes grâces de presque tout le monde. Il avait beaucoup de simplicité, un charme naturel sans artifice qui avait sans doute séduit May. Je me suis amusée en repensant au terme qu'avaient parfois employé Susie et Meggie à son sujet. Si je comptais bien, depuis son arrivée dans les plaines, un an et demi plus tôt, elle avait eu trois amants : le capitaine Bourke, le chef Little Wolf et aujourd'hui Chance Hadley.

Tandis que nous regagnions le village, je lui ai posé la question :

— Comment vous êtes-vous rencontrés ?

— C'est une drôle d'histoire, Molly. Je convoyais du bétail vers le nord, depuis le Texas, avec d'autres cow-boys, et, un soir... je l'ai surprise en train de me voler un cheval.

J'ai éclaté de rire.

— Quel romantisme !

Il a ri avec moi.

— C'est drôle, parce que... c'est romantique, oui !

Cet homme me plaisait de plus en plus. May serait sûrement ravie. Arrivée devant son tipi, j'ai gratté près de l'ouverture. Martha a dégagé le rabat, nous a vus et elle a fait un pas au-dehors.

— Bonjour, Molly, a-t-elle dit en étudiant Chance, partagée entre la méfiance et la curiosité.

— May est-elle avec toi ?

— Oui, Molly, je suis là, a répondu May à l'intérieur. J'arrive... Je viens de me réveiller, il faut que je m'habille un peu. La nuit a été courte...

Emmaillotée dans une couverture des comptoirs, elle nous a rejoints devant la loge. Les paupières plissées au soleil du matin, elle a considéré Chance un certain temps.

— Bon Dieu, a-t-elle dit finalement avec un petit sourire aux lèvres, ironique et affectueux. Comment fais-tu pour me retrouver à chaque fois, cow-boy ?

Elle a ri franchement en le prenant dans ses bras. Sa couverture est tombée à terre tandis qu'il la serrait contre lui.

— Je t'ai suivie à la trace, May, comme d'habitude...

J'ai proposé à Martha de m'accompagner jusqu'à ma loge.

— Un café, peut-être ?
Elle a hoché la tête.
— Excellente idée, Molly.

7 septembre 1876

À mon grand soulagement, Wind et Hawk nous ont rejoints tôt ce matin, avec toute une troupe de chevaux pour nous. Quand nous avons appris, grâce à nos éclaireurs, qu'ils étaient en train de traverser la vallée, beaucoup se sont rassemblés pour assister à leur entrée dans le village, constatant avec plaisir que leur chef, Aénohe comme ils l'appellent, était entièrement remis de ses blessures. La plupart ont également reconnu Woman Who Moves Against the Wind, la fidèle devineresse de Little Wolf. À la tête de notre petit groupe de femmes, j'ai comme elles poussé des trilles enthousiastes à leur arrivée. Nous avons toutes appris à moduler ces fameux trilles, une jolie coutume qui convient à l'accueil de nos compagnons de retour.

Wind sera l'hôte de Holy Woman et de sa petite-fille Howls Along Woman[1], Amahtoohè'e en cheyenne. J'ignore encore pourquoi elle porte ce nom, faute, sans doute, de l'avoir entendue hurler... Âgée d'une quinzaine d'années, elle semble être l'élève de la vieille femme, lui servir d'yeux et de bras droit. Elle ne la quitte pas d'un pouce, elles cheminent ensemble pendant la journée et, le soir, c'est la petite qui monte leur tipi.

Hawk et moi avons installé le nôtre à la limite du camp, et non à l'écart comme j'aurais préféré. Si, par égard pour elle, il suit les ordres de Holy Woman, il est toujours considéré comme le chef de notre bande, telle qu'elle était quand nous avons quitté le village de Crazy Horse au printemps dernier. Compte tenu de son rang, il nous est impossible de nous isoler, nous devons camper avec les autres. Peut-être Howls Along Woman aura-t-elle bientôt quelque occasion de hurler, mais en ce qui me concerne,

---

1. Celle qui se joint aux hurlements.

je dois faire preuve de discrétion dans le feu de la passion... Ce qui ne nous a pas empêchés, tout de même, de fêter nos retrouvailles (avec un peu de retenue) sous les peaux de bison.

9 septembre 1876

Changement d'atmosphère... Après les températures agréables de l'été, il souffle un vent du nord glacial, prélude de la saison à venir. Certains des jeunes guerriers qui avaient fui les agences pour nous rejoindre ont pris congé avant la tempête qui s'annonce. Ils iront retrouver leurs familles là-bas, et les maigres subsides que leur octroie l'État, censés les aider à passer l'hiver. Les discussions vont bon train dans la bande qui se demande avec inquiétude si l'endroit où nous sommes ne conviendrait pas pour les mois froids. Il y avait longtemps que nous n'étions pas restés un moment quelque part. Quelques-uns y sont favorables – l'eau ne manque pas, il y a de l'herbe pour les chevaux, et la visibilité, bonne dans les quatre directions, permet de détecter d'éventuels ennemis à l'approche.

Ainsi que la plupart des sociétés, je suppose, les tribus indiennes reposent sur une organisation complexe, sinon byzantine, du pouvoir « politique ». De plus, nous avons auprès de nous plusieurs familles d'Arapahos, très étendues, qui obéissent à des règles particulières, ce qui ne facilite pas les choses. Comme, du côté cheyenne, les anciens ont suivi Little Wolf, notre bande se compose de nombreux enfants et femmes blanches – notamment les nouvelles venues May, Gertie, Ann et Hannah. De fait, maintenant que les jeunes guerriers sont repartis, nous comptons parmi nous plus de femmes que d'hommes. Après moult délibérations et plusieurs tours de calumet, nous nous sommes mis d'accord pour établir un conseil tribal qui reflète cette situation peu commune. Pretty Nose, qui est arapaho et jouit du statut de chef de guerre, y tient le rang le plus élevé. En principe, car Hawk, respecté par les deux tribus en tant que chef et guerrier cheyenne, partage désormais cette place avec elle. Le conseil réunit également Gertie, car elle a été l'épouse d'un Cheyenne du Sud ; Phemie, eu égard à ses exploits sur le champ de bataille ; May, qui est mariée au Chef de la Douce Médecine ; ainsi que Woman Who Moves Against the Wind, la fidèle conseillère de celui-ci. Au moins un pacifiste devait être représenté, ce qui mérite d'être signalé, et notre aumônier mennonite Christian Goodman fait également partie du lot. Enfin, le conseil comprend deux membres de la société des Cœurs vaillants, Warpath Woman et Kills in the Morning Woman ; mais aussi Red Fox, un ami proche de Hawk ; et un jeune guerrier arapaho, dénommé High Bear[1]. Ce qui fait un total de sept femmes et quatre hommes. Nous avons institué une nouvelle forme de commandement, presque une nouvelle tribu qui, si elle ne porte pas de nom, a pour ainsi dire ses propres lois à écrire.

Hawk et Pretty Nose se sont entretenus avec Holy Woman qui, en tant que visionnaire, est un personnage à part. De la même façon qu'un prêtre ou un pasteur chez les Blancs, elle a ses fidèles qui ne la quittent pas. Peut-être est-ce le résultat de l'influence que j'exerce sur lui, si minime soit-elle, toutefois Hawk supporte de moins en moins l'intransigeance de cette vieille femme aveugle et son entêtement à nous faire tourner en rond. De son côté, Pretty Nose reste décidée à la suivre.

Apparemment aucune décision n'était encore prise à ce sujet jusqu'à ce que, ce soir, le crieur du camp annonce à tout le monde que nous devons nous préparer à nous remettre en route demain matin. Pour quelle destination, il ne l'a pas dit.

10 septembre 1876

C'est presque le blizzard quand nous nous réveillons ce matin. Si tôt avant l'hiver, cela paraît anormal, mais on m'assure que la chose s'est déjà produite. Nous n'allons quand même pas voyager

---

1. Femme sur le sentier de la guerre ; Celle qui tue le matin ; Renard roux ; Grand ours.

par un temps pareil, dit Hawk. Mais voilà que le crieur passe dans notre « quartier », nous ordonne de lever le camp et de nous dépêcher. Avec ce vent qui ballotte notre loge, nous l'entendons à peine. Enfin, ce n'est pas possible ! En poussant légèrement le rabat de la tente, je vois ceux qui viennent d'être avertis, en train de plier leurs tipis avec les plus grandes difficultés, ou de charger leurs affaires sur les travois et les chiens de bât. À contrecœur, nous les imitons, car c'est un ordre de Holy Woman.

Bien que, de son vivant, la grand-mère de Hawk m'ait appris comment procéder, je suis toujours ébahie de constater avec quelle vitesse et quelle économie de moyens ces gens sont capables de démonter leur campement, même par un temps comme celui-ci. Ma petite Mouse, que nous abritons de nouveau, est déjà initiée à cet art. Elle me regarde attentivement pour suivre mes instructions. Inutile de lui parler, ma voix serait couverte par les bourrasques. Je lui réponds par signes. En moins d'une heure, la bande s'est mise en route sous un impossible vent contraire qui nous jette au visage des pelletées de flocons glacés et nous brûle la peau.

Par chance, grâce aux bêtes que Wind et May nous ont apportées, tout le monde est à cheval, même les enfants, parfois juchés à deux ou trois sur la même monture. À cause de la tempête, toute conversation est exclue. Nous nous protégeons comme nous pouvons. J'ai enveloppé Mouse, assise derrière moi, dans une couverture des comptoirs. Elle a passé ses bras autour de ma taille, mon corps lui fournira au moins un peu de chaleur et lui servira de coupe-vent. Je garde les yeux mi-clos, le visage tourné sur le côté pour ne pas avoir sans cesse ces tourbillons devant moi.

Nous progressons ainsi, heure après heure, sans moyen d'estimer le temps qui s'écoule ni vers où nous allons, car le soleil a disparu et nous sommes enfermés dans un cocon de blancheur. Les chevaux avancent lentement, avec précaution, hésitant à poser leurs sabots sur le sol, comme s'ils craignaient qu'il se dérobe sous leur poids. Je persiste à me demander si Holy Woman jouit vraiment de toutes ses facultés, et nous des nôtres, puisque nous la suivons encore. Je commence à craindre que, si la tempête se prolonge, nous soyons promis à une mort certaine en l'absence d'un abri. Lisant dans mes pensées, Hawk m'indique par signes qu'il se déplace vers la tête du cortège afin d'interroger notre guide. C'est la troisième fois déjà depuis ce matin. Il hésite tout de même à s'éloigner de nous. Comme nous ne distinguons rien, nous nous efforçons de former un groupe assez compact, car, si l'un d'entre nous devait être séparé des autres, il lui serait pratiquement impossible de les rejoindre. Par signes aussi, je réponds à Hawk que j'ai compris.

Il ne revient pas, l'inquiétude me ronge, mais je n'ose pas partir à sa recherche. Le temps passe, la tempête devient plus violente. J'ai l'impression que nous sommes prisonniers d'un cauchemar qui nous retient et nous entraîne vers quelque destination effrayante. Je brûle de me libérer, de revoir la lumière, de retrouver un peu d'espace, un paysage, aussi aride soit-il, n'importe quoi de familier. Mouse me serre la taille et je sens qu'elle a peur. Avec son petit front collé sur mon dos, sans doute entend-elle mon cœur battre la chamade.

Soudain retentit devant nous, apportée par le vent, la plainte la plus horrible, la plus déchirante qui soit jamais parvenue à mes oreilles. Si elle ressemble au cri d'un animal désespéré, ce n'est pas celui d'un coyote, ni d'un loup, mais l'expression intense d'une douleur bien humaine, si bouleversante que les chevaux s'arrêtent net, agitent leur crinière, hennissent et s'ébrouent nerveusement. Spring, ma jument, piaffe en donnant des coups de tête. Je tire les rênes de crainte qu'elle ne s'emballe. Quelle catastrophe a suscité un tel hurlement ? Je redoute le pire car je ne sais toujours pas où est Hawk.

Mais tandis que nos chevaux nous imposent l'immobilité, la tempête se calme, le vent faiblit, la neige se réduit à de petits flocons qui fondent avant même de toucher terre. Il semble que nous échappions enfin aux éléments, et le mur de nuages auquel nous nous heurtions s'ouvre pour révéler des pans de ciel bleu. Un soupir de soulagement se propage le long de notre cortège, dont la plus grande partie, sauf ceux qui se trouvent juste devant, est restée invisible pendant des heures. Je m'aperçois que nous avons réussi à nous tenir près les uns des autres.

Également soulagés, les chevaux se remettent en marche et les femmes poussent de joyeux trilles. Avec un petit rire, Mouse se dégage de sa couverture et nos voix se joignent à la liesse qui accueille le soleil. Tandis que je cherche Hawk du regard, je distingue plusieurs hommes agenouillés près de lui, devant une silhouette étendue au bord de la piste. Je talonne Spring et, me dirigeant vers eux, je comprends soudain qui a crié et pourquoi. Holy Woman est couchée sur le ventre. Elle aussi agenouillée, la jeune Howls Along Woman gémit de douleur à ses côtés. Mouse et moi mettons pied à terre. Je ne peux prendre Hawk aussitôt dans mes bras, ce qui serait considéré comme un manque de politesse. C'est une délivrance de le voir sain et sauf, mais le moment serait mal choisi.

— Que s'est-il passé ? lui demandé-je tout bas.
— Quand la tempête s'est dissipée et que le soleil est apparu, Holy Woman est tombée morte de son cheval.
— Mon Dieu... depuis des semaines, nous suivons ses méandres... et maintenant, elle n'est plus là !

Aussitôt, j'ai honte de l'indifférence que je montre à l'égard de cette pauvre femme et de sa petite-fille en pleurs. Je ne connaissais pas vraiment Holy Woman, pourtant, dans ces circonstances, je devrais lui témoigner un minimum de respect, même si je la considérais comme une illuminée qui nous entraînait malgré nous dans sa quête futile. Je ne suis pas toujours lucide en ce moment, mais l'idée m'a souvent traversé l'esprit.

— Ne vois-tu pas où nous sommes ? me dit Hawk. As-tu regardé autour de nous ?
— Non, j'étais inquiète et je n'ai pensé qu'à toi.

Mais je suis son conseil et parcours des yeux le paysage, la large vallée où nous avons séjourné avant la tempête, les hautes herbes de la prairie qui commencent à jaunir, la rivière au-delà, bordée d'une profonde forêt de peupliers adultes. Comme avant notre départ. Au loin, dispersé sur les collines ondoyantes, un troupeau de bisons est en train de paître.

— Holy Woman savait qu'elle mourrait quand nous arriverions ici. Elle avait décrit sa vision à sa petite-fille Amahtoohè'e, qui vient de me l'apprendre.

— Ici ?

Hawk me dévisage avec un mince sourire.

La nouvelle de la mort s'est propagée dans la bande, de nouveau à l'arrêt. Les trilles ont laissé place aux longues plaintes endeuillées des Indiennes qui pleurent leur femme-médecine.

— Nous allons camper là, déclare Hawk.

Les Journaux perdus de May Dodd

Amour et guerre

« *J'ai alors aperçu deux cavalières, avec chacune un porte-bébé sanglé sur la poitrine, qui s'approchaient de nous au petit galop. La première agita son bras vers moi en souriant. Je l'ai reconnue au bout d'un instant ; bon Dieu, était-ce possible ? Descendant de cheval en même temps, nous avons avancé l'une vers l'autre. Je ne quittais pas des yeux le nourrisson dans son porte-bébé et je n'arrivais pas à y croire. "Non, ce n'est pas vrai, ai-je murmuré tout bas. Bien sûr, tout cela n'est qu'un rêve, la tempête, l'éclaircie, la vallée, Holy Woman, les trilles, les mélopées, les gambades des chevaux, notre bande saine et sauve. Réveille-moi, Chance !"* »

(Extrait des journaux perdus de May Dodd.)

12 septembre 1876

J'ignore comment Wind pouvait savoir que le destin nous mènerait finalement si près. En colère, Chance nous avait quittées brusquement, c'était selon elle une bonne chose qu'il soit parti et nous n'avons plus abordé le sujet. Cheminant en silence, nous n'avons guère parlé, d'ailleurs, pendant les quelques journées suivantes. J'avoue que j'étais blessée, moi aussi en colère, par le reniement acerbe du cow-boy. Que de belles déclarations d'amour avait-il murmurées dans l'intimité. Je m'en veux également d'avoir baissé ma garde, d'avoir cru en ce garçon, ne serait-ce qu'un moment. L'expérience aurait dû m'apprendre à faire plus attention, et pourtant...

Nous avons rejoint il y a huit jours le camp du guerrier cheyenne Hawk et de son épouse. Drôle de couple que voilà ! C'est une grande blonde solide, bien charpentée, qui répond au nom de Molly McGill. Elle faisait partie du deuxième groupe de femmes blanches envoyées par erreur dans le cadre du programme FBI, alors qu'il était déjà enterré. Elle me paraîtrait plus à sa place dans une ferme à traire les vaches. Non, je suis injuste... et jalouse sans doute, car elle est très jolie, sûrement capable et elle a une certaine assurance. Hawk et elle sont manifestement amoureux. Un bonheur que je leur envie, peut-être ? Oui, naturellement...

En outre, nous nous entendons plutôt bien. Molly saisit parfaitement le caractère désespéré de nos situations respectives. Nous sommes en tout point tributaires des natifs, ce qu'elle semble accepter courageusement. Elle attend un enfant de Hawk et, comme pour nous autrefois, une naissance représente l'espérance et l'avenir.

L'après-midi même de notre arrivée, Molly m'a conduite, à travers une large vallée, vers le campement de la grande bande qui s'est formée après la bataille de l'herbe grasse. Pour des raisons qu'elle ne m'a pas données, elle n'y était pas présente. Les choses se précipitent et nous n'avons pas eu le temps d'aborder certains sujets. En quelques mots, elle m'a tout de même révélé les circonstances qui l'ont poussée à participer au programme FBI. À l'évidence, cette fille a eu plus que sa part de malheurs et de chagrins.

Au milieu de la vallée, nous avons été prises en chasse par un groupe de guerriers crows. Molly étant comme moi bonne cavalière, nous leur avons échappé. D'autre part, les guerriers du camp, arrivant en force, se sont lancés à leurs trousses, prêts à en découdre.

C'est peu après que j'ai retrouvé mes proches amies Martha et Phemie, ainsi que mon petit Horse Boy que j'avais cru mort, tué d'une balle par John Bourke au village de Little Wolf. De la joie, de l'étonnement, mais aussi de l'incrédulité quand j'ai aperçu Martha, qui a toujours été si maladroite, si mal coordonnée, si peu faite pour l'activité physique. Quelle incroyable transformation ! Enfin, Martha, une guerrière ? Seigneur Dieu ! Et pourtant si, c'est exactement ce qu'elle est devenue. Elle est revenue de ce combat contre les Crows sur son cheval bariolé, tachée de sang et un scalp à sa ceinture. Voilà un tableau que, même dans mes rêves les plus fous, je n'aurais pu imaginer.

Le soir, pendant les danses qui fêtaient la victoire, elle a mimé son affrontement avec l'ennemi d'une manière si évocatrice que nous étions cloués sur place, littéralement tenus en haleine.

Mais je saute déjà quelques étapes, car ce n'est pas tout. Avant le début des festivités, tandis que le gibier rôtissait sur les broches et que nous prenions place devant le feu, qui d'autre a fait apparition dans le camp ? Cette bonne vieille Gertie, entourée d'une certaine lady Ann Hall – oui, l'ancienne amante de feu mon amie Helen Elizabeth Flight –, accompagnée de sa servante, une vaillante jeune femme de Liverpool, dénommée Hannah Alford.

J'allais bientôt penser que ces retrouvailles, ici à cet instant, portaient la marque de… je ne dirais pas du destin… mais peut-être servent-elles une sorte de dessein qu'il nous faudrait comprendre. J'étais si heureuse d'avoir près de moi ces êtres chers, notamment Phemie et Horse Boy que je croyais morts. Bouleversée, je n'ai réfléchi à rien, me contentant d'accepter cette grâce merveilleuse que l'on m'accordait. Ainsi vit-on parmi les Indiens... dans le présent, sans poser de question.

La fin de la soirée s'est révélée moins gaie. Le repas et les danses terminés, les hommes partis pour la plupart, nous sommes restées entre nous, assises sur les peaux de bison, à bavarder. Nous avons fait le point sur les derniers épisodes de notre existence et pensé à l'avenir sombre promis au peuple qui nous a recueillies. Leur avenir est le nôtre. Une de ces discussions franches dans le cœur de la nuit sur les dures réalités. Épuisées par une journée riche en émotions, Martha et moi avons pris congé de nos amies et nous avons gagné sa loge, dans laquelle elle m'invitait.

Molly McGill m'a réveillée, le lendemain matin, en grattant sur le rabat de la tente. Déjà debout et habillée, Martha est sortie tandis que je me rendormais. J'ai dû y renoncer car Molly demandait à me voir. Je me suis levée en vitesse et suis allée à sa rencontre, enveloppée d'une couverture.

Dehors se dressait une autre apparition des plus inattendues. Dans mon demi-sommeil, éblouie par le soleil matinal, j'ai plissé les paupières et l'ai étudié un long instant avant d'être certaine que... Je lui ai dit quelques mots – impossible de m'en souvenir –, il m'a répondu et, à cet instant, ma colère, mon humiliation ont disparu. Contre ma volonté, mais incapable de me retenir, j'ai bondi dans les bras de mon cow-boy, Chance Hadley, et ma couverture a glissé par terre.

Avec tact, Molly a invité Martha à boire un café dans sa loge et elles se sont éclipsées. Je me suis détachée de Chance, j'ai ramassé ma couverture pour ne pas rester nue, tout en jetant un coup d'œil aux alentours. Par chance, nos voisins n'avaient pas encore quitté leurs tipis. Je me suis réfugiée dans le nôtre et j'ai maintenu le rabat ouvert pour laisser entrer Chance.

– Assieds-toi, lui ai-je proposé en lui indiquant ma couche.

Il a obéi.

– Avant toute chose, il faut nous expliquer.

Il a hoché la tête.

— Si jamais tu me traites à nouveau de putain, ou quoi que ce soit de ressemblant, je te tue.

— Me tuer ? Tu y vas un peu fort, May.

— Pas toi, quand tu m'insultes ?

Penaud, il a baissé la tête pour ne pas soutenir mon regard.

— Je ne me suis jamais comporté ainsi devant une femme. Ma mère aurait honte de moi et j'ai honte également. Je suis plus que désolé, May. Je suis venu te supplier de me pardonner. Je ne le mérite peut-être pas, rien ne peut excuser mes paroles. J'avais sans doute… pensé que… j'étais le premier. Mais je n'ai pas beaucoup d'expérience avec les femmes, du moins aucune avec qui je sois allé aussi loin que toi. Je n'avais jamais été amoureux et, quand tu m'as révélé certaines choses, j'ai cru devenir fou. Complètement fou.

J'ai posé ma main sur la sienne.

— Écoute, Chance, j'aurais dû davantage te parler de ma vie. Mais le temps manquait et je n'étais pas prête à le faire. Il était trop tôt pour te dire toute la vérité. J'avais deviné qu'elle te rebuterait.

— Tu n'as pas besoin de dire quoi que ce soit, May. Je ne poserai plus de question.

— Il faut que tu saches que… d'une certaine façon, tu as été le premier, car je n'ai pas éprouvé avec les autres ce que j'ai éprouvé avec toi. Comprends-tu, mon premier amant, Harry Ames avec qui j'ai vécu, était contremaître dans les silos de mon père. J'étais jeune, impressionnable, et je pense aujourd'hui que, si je me suis liée à lui, c'était pour me rebeller contre l'autorité paternelle. Harry m'a donné deux enfants, un garçon et une fille, et je ne regrette rien.

« Un soir, mon père est arrivé chez nous, accompagné de plusieurs hommes. Ils m'ont enlevé mes enfants et il m'a fait interner dans un asile de fous. Je n'ai trouvé qu'un moyen d'en sortir. Je me suis portée volontaire pour participer à un programme confidentiel dont le but était d'envoyer des femmes blanches, à l'ouest, chez les Indiens. Nous devions épouser des Cheyennes et leur faire des enfants… L'État pensait ainsi les convaincre…

grâce à nous... de déposer les armes, afin de les intégrer dans le monde soi-disant civilisé. Tu connais la suite. Je t'ai raconté l'attaque de notre village, et je n'ai pas menti.

« Juste avant que les guerriers cheyennes viennent à Fort Robinson chercher leurs femmes blanches, j'ai eu une liaison avec un capitaine de l'armée qui m'avait prise sous son aile. C'est lui qui nous avait emmenées au fort pour procéder à "l'échange" avec les Indiens. Voilà ce qui était prévu, vois-tu, nous allions être échangées contre des chevaux. Je n'ai pas à m'excuser non plus de ce qui s'est passé avec lui. Le capitaine Bourke était un homme bon, j'avais peur, je me suis désespérément accrochée à lui. Je suis une fille de la ville et j'étais terrifiée par ce qui allait suivre. Nous l'étions toutes, d'ailleurs. Penses-tu, nous nous engagions à vivre avec des sauvages... nous marier avec eux, leur donner des enfants ! Seigneur, j'ai encore des frissons quand je me souviens des premières journées. N'empêche, je me suis efforcée de paraître courageuse, au moins pour soutenir les autres femmes.

« Le chef Little Wolf m'a choisie pour épouse. Non qu'on nous ait demandé notre avis. J'ai cependant eu de la chance, car c'est un grand homme, un chef respecté et un valeureux guerrier. Quand j'ai accouché, tout le monde a compris qu'il n'était pas le père de ma fille, que c'était bien sûr John Bourke. Mais Little Wolf l'a acceptée comme la sienne et, à ce jour, je ne sais toujours pas s'il se doute de quoi que ce soit.

« Voilà mon histoire, Chance, j'aurais dû tout te raconter plus tôt. Pour être franche, je ne croyais pas te revoir quand tu es parti, la première fois. Lorsque tu nous as sauvées, ensuite, j'ai pensé qu'il fallait que tu en saches un peu plus à mon sujet. Malheureusement, je me suis mal exprimée et ce n'était pas le bon moment. J'arriverai peut-être à te pardonner, mais tes insultes restent inexcusables.

— Je t'ai seulement demandé ton pardon, May. Rien ne peut excuser ce que j'ai dit. J'avais aussi une chose à t'annoncer. Si tu me pardonnes finalement, et que nous parvenons à sauver notre peau, je t'emmènerai à Chicago et tu retrouveras tes enfants. J'ai toujours eu envie de connaître les grandes villes de l'Est.

— Merci, Chance. Si seulement c'était possible… En attendant, insulte-moi encore et tu le regretteras. Je ferai bien pire que te tuer.

Il y a deux jours, sans que l'on nous explique pourquoi, nous avons levé le camp et nous sommes mis en route dans un blizzard épouvantable. De telles trombes de vent, de neige que, sans le moindre doute, la bande courait à sa perte et si, par miracle, certains survivaient, notre précieux cheptel de chevaux serait condamné. Cela semblait une pure folie de partir par ce temps et j'ai ordonné à Horse Boy de rester près de moi, puisqu'on ne voyait pas à trois mètres. Si nous ne faisions pas attention, nous risquions de nous éparpiller dans la tourmente. Les malheureux qui se retrouveraient isolés, sans visibilité et incapables de s'orienter, étaient voués à une mort certaine. Mais ce petit vaurien m'a désobéi, il a filé sur son mustang pour rejoindre le cheptel. J'ai vainement crié sous le vent pour qu'il revienne. Saisies par le gel, les larmes qui jaillissaient de mes yeux n'ont pas eu le temps de couler. À mes côtés sur son cheval gris, Chance a tendu le bras et posé une main sur le pommeau de ma selle, tentant de me rassurer par quelques mots que je ne pouvais entendre.

Nous avons cheminé ainsi pendant des heures, en nous efforçant de serrer de près ceux qui nous précédaient. Les bourrasques entrouvraient par moments l'épais rideau de neige, ce qui nous permettait de ne pas les perdre de vue. J'ai appris à mes dépens que les tempêtes des plaines sont extrêmement dangereuses. Peu avant de donner naissance à Wren, je m'étais égarée dans le blizzard, j'avais failli mourir et c'est le petit Horse Boy qui m'a sauvée. À moins de vouloir échapper à des poursuivants, aucun chef sain d'esprit ne déplacerait jamais sa bande dans ces conditions. Plus les éléments se déchaînaient contre nous, plus j'étais furieuse contre Hawk et cette femme-médecine qui nous éloignaient d'un endroit qui, pour beaucoup, avait paru convenir à un village d'hiver. Folle de colère, je me suis demandé si cette Holy Woman, comme ils l'appellent, n'avait pas l'intention de nous faire périr, si ce « monde véritable » qu'elle recherche n'est pas simplement le néant de la mort, un sort peut-être préférable, selon elle, à celui que l'armée nous réserve.

Amassée par le vent, la neige formait peu à peu des congères que nos chevaux franchissaient avec courage. J'imaginais déjà qu'au printemps, lorsqu'elles commenceraient à fondre, quelqu'un découvrirait nos corps figés sous la blancheur – une longue colonne d'hommes et femmes, d'enfants, de chiens et d'autres animaux, pétrifiés sur la piste. Je remâchais ces sombres visions quand le vent s'est soudain calmé. Aux rafales de glace qui nous fouettaient le visage ont succédé de lents flocons qui se détachaient les uns les autres. Des lueurs apparaissaient dans le brouillard, qui se dissipait doucement. Les nuages noirs se dispersèrent et le soleil apparut dans le ciel. Les femmes poussèrent des trilles. Mais, brusquement, retentit un horrible cri de douleur, suivi par de longs gémissements, ces chants funèbres qui me donnent toujours la chair de poule. Nous étions revenus en automne, au cœur d'une vallée, et j'ai aperçu Hawk et Molly, penchés sur le corps de cette maudite femme-médecine. Elle gisait, morte, au pied de son cheval.

En regardant autour de moi, j'ai constaté avec soulagement que la bande semblait saine et sauve. En contrebas de la vallée, notre cheptel se dispersait joyeusement, quelques chevaux bondissaient et ruaient de plaisir. Sur les leurs, Horse Boy et ses copains galopaient parmi eux. Comme les femmes pleuraient encore, leur exubérance avait quelque chose de choquant.

J'ai souri à Chance qui m'a souri lui aussi. Martha se tenait près de lui et Wind était là, du côté opposé. Tous bien en vie. Derrière moi, Phemie, Pretty Nose et les autres Cœurs vaillants avaient réussi à rester groupées.

J'ai alors aperçu deux cavalières, avec chacune un porte-bébé sanglé sur la poitrine, qui s'approchaient de nous au petit galop. La première agita son bras vers moi en souriant. Je l'ai reconnue au bout d'un instant ; bon Dieu, était-ce possible ? Descendant de cheval en même temps, nous avons avancé l'une vers l'autre. Je ne quittais pas des yeux le nourrisson dans son porte-bébé et je n'arrivais pas à y croire. « Non, ce n'est pas vrai, ai-je murmuré tout bas. Bien sûr, tout cela n'est qu'un rêve, la tempête, l'éclaircie, la vallée, Holy Woman, les trilles, les mélopées, les gambades des chevaux, notre bande saine et sauve. Réveille-moi, Chance ! »

J'ai tendu le bras vers le bord de notre couche.

« S'il te plaît, réveille-moi ! »

— Tu ne reconnais pas ta fille, Mesoke ? s'est étonnée Feather on Head en me regardant d'un air bizarre. Moi non plus, tu ne me reconnais pas ?

J'ai tenté de répondre, mais en vain. Comme parfois dans les rêves, j'étais sans voix. Les deux mains sur le front, j'ai vaguement hoché la tête en même temps que j'éclatais en sanglots. Je tremblais sans pouvoir m'arrêter.

La deuxième cavalière avait mis pied à terre et Martha approchait derrière moi.

— Ressaisis-toi, May ! Tu vois bien que ce sont Feather on Head et Grass Girl, a-t-elle dit, comme si la situation n'avait rien d'étrange. Peut-être n'as-tu pas connu Grass Girl, la deuxième femme de mon mari Tangle Hair ? J'admets qu'elle est encore toute jeune. Mais ce n'est pas une raison pour te mettre à pleurer ! Allons, elles nous rapportent nos bébés ! Tu sais, j'ai toujours pensé que nos enfants grandiraient, qu'ils rencontreraient l'âme sœur et se marieraient un jour. Nous serions grands-mères ensemble, cela ne serait pas merveilleux ?

À l'entendre radoter ainsi, j'ai compris que je ne rêvais pas.

— Enfin, qu'est-ce qui te prend ? a-t-elle poursuivi. Que diable, la May Dodd *d'autrefois* ne braillait pas comme ça !

Je me suis maîtrisée, les larmes ont séché, mes tremblements ont disparu et j'ai baissé les mains.

— Tais-toi ! Tu dis n'importe quoi, Martha ! Évidemment, je sais qui c'est ! Je suis passée de la surprise à l'émotion, c'est tout. Et j'essaie de comprendre comment elles ont fait pour nous retrouver.

— Revoilà la May que je connais ! s'est-elle exclamée.

— Nos maris Little Wolf et Tangle Hair nous ont envoyées, a expliqué Feather on Head, parce que Woman Who Moves Against the Wind a eu une vision, dans laquelle notre village allait encore subir un assaut des militaires, et les petits mourir dans nos loges sous les balles des soldats. Ils ont pensé qu'ils seraient en sécurité auprès de Holy Woman.

— Mais, Feather on Head, où est ton fils Little Egg ?

Elle s'est détournée avec une expression navrée.

— Quand nous t'avons laissée dans la grotte, nous avons retrouvé Little Wolf, puis marché dix jours dans le froid pour gagner le camp de Crazy Horse. Pretty Walker et Quiet One s'occupaient de Little Bird, et je portais Little Egg sur moi. Tu te rappelles, Mesoke, qu'il était chétif. Nous l'appelions Vòvotse, car il était fragile comme un œuf. Je l'ai serré contre ma peau pendant deux jours et, au milieu de la troisième nuit, il a pris mal. Je sentais son petit corps fiévreux contre le mien et, de brûlant, il est devenu glacé.

— Mon Dieu, quelle tristesse. Je suis désolée, Feather. Tu as sauvé ma fille et perdu ton fils.

— Pretty Walker et Quiet One ont eu plus de chance avec Little Bird. Egg n'était pas aussi robuste.

— Comment êtes-vous arrivées ici ?

— Nous étions déjà là hier soir, alors que la tempête se préparait. La famille de Tall Bull[1], l'Arapaho, nous a accueillies dans sa loge. Nous sommes parties avec eux, ce matin, dans le blizzard. Nous étions très inquiètes pour les bébés, mais nous les avons bien couverts. Tu ne prends pas ton enfant dans tes bras, Mesoke ?

Mes larmes ont recommencé à couler tandis que je regardais la petite tête de Wren, qui me regardait à son tour.

— Si, si, bien sûr. Mais elle aura oublié que je suis sa mère. Je me suis toujours demandé qui la nourrissait, pendant ce temps.

— Te souviens-tu, dans la grotte, alors que tu croyais mourir ? Tu as voulu que Pretty Walker, Quiet One et moi, nous emmenions Little Bird avec nous. Juste avant que nous partions, tu lui as donné le sein une dernière fois.

— Oui, je m'en souviens comme si c'était hier. Depuis, il ne s'est pas écoulé une journée sans que j'y repense.

---

1. Grand taureau.

Je me suis baissée pour caresser les petites joues de Wren, qui m'a souri.

— Onze mamans ont perdu leurs petits, pendant la première nuit du voyage. Elles avaient toutes du lait. Comme je n'avais plus Egg, j'ai donné le sein à Little Bird. Les jumelles que tu aimais bien l'ont fait aussi quand leurs bébés sont morts. Tu vois, le camp de Crazy Horse ne manquait pas de nourrices.

— Je suis si navrée pour toi, et si reconnaissante que tu aies pris soin de ma fille. Tu es devenue sa maman, maintenant.

— Non, Mesoke, m'a dit Feather. Mets-lui simplement un doigt dans la bouche, comme le jour de sa naissance, et elle se rappellera qui tu es. Tu es sa mère, mais je reste avec toi. J'ai encore beaucoup de lait. J'allaite ton fils également, a-t-elle annoncé à Martha, mais il mord, ce petit diable !

Quand Martha et moi avons détaché les deux bouts de chou de leurs porte-bébés, Wind et Chance nous avaient rejoints.

— Tu te souviens de Little Bird ? ai-je demandé à Wind en me tournant vers elle pour lui montrer la petite.

— C'est toi qui as oublié une chose, a-t-elle répondu en riant. Quand tu as accouché, tu étais si faible après t'être perdue dans la tempête que tu as failli mourir. Et c'est moi qui l'ai mise au monde.

En quelque sorte, nous voilà revenus à notre point de départ, Wren et moi. J'ai survécu à une tempête pour lui donner naissance, nous avons été séparées par un long et froid hiver pendant lequel j'ai guéri de mes blessures, et nous avons bravé ensemble un deuxième blizzard avant de nous retrouver dans les bras l'une de l'autre.

23 septembre 1876

C'est aujourd'hui, je crois, jour d'équinoxe, qui marque le début officiel de l'automne. Depuis que la tempête nous a placés dans cette vallée, nous profitons d'un temps merveilleux, frais le matin et le soir, avec juste ce qu'il faut de chaleur le reste de la journée. Le long de la rivière, les peupliers perdent leur habit de feuilles vertes, pour revêtir du jaune, du rouge et de l'orange. Joli, mais la saison du déclin n'est pas ma préférée, car elle annonce l'hiver et me remet en mémoire les douloureux moments de l'année écoulée.

Je n'ai guère eu le temps de noircir des pages, ces derniers jours. Nous participons tous à l'installation de notre village, un travail ardu et, bien sûr, nécessaire. Nous manquions de pins tordus pour monter de vrais tipis dans notre précédent campement et, à cause du blizzard, nous n'avons pu emporter les mâts que nous avions. C'est pourquoi hommes, femmes et grands enfants ont grimpé dans les montagnes afin de couper de jeunes arbres et les rapporter au village, qui commence à prendre forme.

Chance et moi aménageons notre loge dans le cercle des Cœurs vaillants qui, pour l'instant, ne m'acceptent que comme membre honoraire. Le moment venu, je devrai faire mes preuves en tant que cavalière, archère, et dans le maniement d'autres armes – carabine, couteau, lance et tomahawk. Les membres actuels sont beaucoup plus habiles que moi, même Martha, ce qui me contrarie franchement. Cette « période d'essai » est assez humiliante. Wind, de par son statut et ses talents de dresseuse, est membre à part entière. J'ai la chance qu'elle ait commencé à m'initier à l'art de la guerre et, pour ce qui est de l'équitation, je me considère l'égale de chacune – à l'exception notable de Wind, Pretty Nose et Phemie. Toutes trois cavalières chevronnées, elles sont capables de mener leurs montures à bout de rênes, et parfois même sans. Elles les ont entraînées à réagir aux ordres les plus subtils – une légère pression des genoux, des cuisses, des mollets ou des pieds. Leurs chevaux répondent également à la voix. Chance maîtrise lui aussi ces techniques, héritées de son grand-père et des Comanches. Elles donnent le précieux avantage, les deux mains étant libérées, de pouvoir manier des armes tout en galopant. Je m'exerce avec Wind pour y arriver, mais cela prendra sans doute un moment.

Un mot à propos de Pretty Nose, la patronne des Cœurs vaillants. C'est une Arapaho, plus jeune que moi et qui, à ce que j'ai compris, a du sang cheyenne. Elle incarne la guerrière indienne dans toute sa splendeur. Une belle et forte femme, avec du caractère, qui inspire le respect et la crainte. Si elle participe activement à l'aménagement du camp, elle trouve quand même le temps d'instruire ses « soldats ».

En la voyant sur son mustang peint, en tenue de combat, pourvue de toutes ses armes, je pense aux Amazones de la mythologie grecque, dont je lisais les récits quand j'étais petite. Je les trouvais si extraordinaires que je rêvais d'en être une. Drôle d'idée, certainement, pour une jeune fille de la bonne société de Chicago... Ou peut-être était-ce précisément parce que j'étouffais dans ce monde que les légendes me plaisaient tant. Un monde de contraintes qui m'a conduite à m'insurger contre ma famille, de là mon séjour à l'asile et la suite.

Aujourd'hui, ces rêves peuvent devenir réalité, et moi, une véritable Amazone, avec pour modèles Pretty Nose et, bien sûr, ma chère Phemie, notre princesse africaine. En tenue de combat, elles sont aussi impressionnantes l'une que l'autre. Molly McGill, la paysanne, en impose également lorsqu'elle se joint à elles pour les exercices – malgré les réticences de Hawk, son mari, comme je l'ai appris. Je ne suis pas du genre à refuser un défi, ni à jouer les seconds rôles, et j'ai bien l'intention de devenir l'égale de nos championnes.

Si le beau temps se maintient, des jeux guerriers auxquels participeront hommes et femmes doivent être organisés, dès que le village sera établi et que nous aurons assez de provisions pour l'hiver – des réserves de gibier, des peaux à tanner, du bois et des bouses de bison séchées pour le feu. La tradition veut que ces divertissements aient lieu à cette époque de l'année, avant que nous soyons confinés plusieurs mois dans les tentes.

Lorsque j'ai un moment de libre, je m'entraîne avec Phemie. J'apprends ce que je ne sais pas faire pour devenir membre à part entière de la société guerrière. Les jeux seront l'occasion de démontrer si j'ai progressé ou pas. J'ai toujours eu l'esprit de compétition, peut-être un peu trop, et il n'est pas question de faire mauvaise figure au cours des épreuves. Je tiens surtout à me mesurer à Molly, qui, pendant ma longue absence, s'est arrogé la place de chef que j'avais tenue dans notre groupe. Oui, il m'arrive d'être prétentieuse...

Notre grande vallée, entourée de montagnes, ne manque pas de gibier de toute sorte – bisons et antilopes dans la plaine, élans et cerfs mulets dans les hauteurs, tous bien gras à l'approche de l'hiver. L'Anglaise lady Ann, à qui j'ai rendu visite, a acquis un fusil récent à New York, dont elle se sert pour chasser les tétras et les grouses, abondants dans les environs. Elle me rappelle beaucoup Helen ; elle partage d'ailleurs son tipi avec Bridge Girl, l'ancienne amie de Helen, qui est aussi le bras droit de cette vieille coquine de Dog Woman (je l'ai souvent importunée jadis, pourtant Dog Woman est un individu unique autant qu'adorable). Nous avons largement de quoi nous nourrir et je n'oublie pas l'aumônier mennonite, Christian Goodman, qui est un pêcheur émérite. La rivière toute proche et les ruisseaux alentour qui l'alimentent foisonnent de belles truites et, lorsqu'il en revient, il les distribue généreusement.

Tôt un matin, j'ai réussi à trouver une heure ou deux pour l'accompagner. J'ai confié Wren à Feather on Head, et emporté la canne et le matériel que j'ai achetés aux comptoirs de Tent City. Christian n'a pas son pareil pour lancer sa ligne, mais il s'est de plus révélé un très agréable compagnon. Nous avons regagné le village avec un sac plein de poisson.

En pêchant, nous avons longuement parlé de sa confession qui, si elle s'inspire de quelques principes raisonnables, s'aligne toutefois sur les structures patriarcales, communes à la plupart des institutions humaines. Toutes les religions semblent être organisées au bénéfice du sexe masculin, avec pour conséquence que les femmes sont reléguées au second plan : elles accouchent, élèvent les enfants, s'occupent des corvées. Voilà pourquoi je me méfie des religions, celles des Indiens y compris. En outre, ai-je fait remarquer à l'aumônier, aussi chrétien et admirable soit le refus de la violence dont il est partisan, cette attitude s'accorde mal aux réalités de notre existence ici.

– Croyez-moi, May, m'a-t-il répondu, j'entends fréquemment

cet argument dans la bouche de vos vaillantes amies. À mon regret, mon épouse Astrid s'est jointe à elles. Voilà ce que c'est d'avoir du sang viking... Mais je vous pose la question : quel bénéfice l'humanité a-t-elle tiré de ses guerres incessantes ? Que nous ont-elles jamais apporté, à part la mort, la souffrance et le chaos ? La paix et l'harmonie entre les peuples ne sont-elles pas notre but ultime ?

— J'en suis moins sûre que vous, Christian. Les hommes ne poursuivent pas tous cet objectif. Beaucoup, sinon la plupart, cherchent surtout à dominer les autres. Si l'on refuse et, dans notre cas, si l'on ne veut pas être exterminés ou emprisonnés, on est obligés de riposter.

— N'est-il pas vain de riposter, justement ?

— Non. Nos tribus défendent leur pays, leur terre qu'elles habitent depuis un millénaire.

— Vaut-il la peine de mourir pour elle ?

— Certainement.

— Même si l'espoir est mince de la conserver face à un ennemi puissant et bien plus nombreux ? Êtes-vous prête à sacrifier la vie de votre enfant pour une cause perdue d'avance ?

J'ai compris que je n'aurais pas le dernier mot.

— Non, ai-je admis. Je n'irais pas jusque-là.

Pour des raisons pratiques, Chance, moi et, bien sûr, ma fille Wren... j'écris son nom avec bonheur... mais aussi sa nourrice, Feather on Head, et mon petit Horse Boy allons vivre dans la même loge. Notre précédent wigwam, que nous avions démonté et emporté, est trop étroit pour nous abriter tous, c'est pourquoi nous sommes en train de bâtir un grand tipi.

Avec Phemie, Pretty Nose et plusieurs autres, Chance chasse le bison dans le but d'engranger des peaux qui serviront de toile de tente. Nous aurons également de la viande à faire sécher en prévision de l'hiver. L'expérience n'est pas nouvelle pour lui. Jeune homme, il s'y était déjà entraîné. Depuis son cheval au galop, il sait précisément quelle partie de l'animal viser avec sa lance ou son arc, afin de l'abattre d'un seul coup. J'ai maintes fois eu l'occasion de le constater, c'est une activité dangereuse dont on peut revenir blessé ou ne pas revenir du tout.

Feather et moi avons longtemps logé ensemble et nous connaissons bien notre travail de squaws. Au terme d'une chasse fructueuse, nous nous rendons en groupe sur le terrain pour dépecer les bêtes, les découper en quartiers que l'on charge sur les travois afin de les rapporter au village, tirés par des chevaux ou des chiens. À propos de chien, nous en avons récemment apprivoisé un – ou plutôt est-ce lui qui nous a apprivoisés. Il s'est un jour aventuré près de ce qui sera notre loge, tandis que Feather et moi décharnions et tannions les peaux avant de les tendre sur les châssis que Chance a façonnés. Il a également taillé, écorcé et assemblé les perches de notre futur tipi, qui paraît déjà très grand et, à vrai dire, luxueux ! Quand les peaux seront assez sèches, nous pourrons les coudre et les fixer aux perches. Toute la bande s'active comme nous, bien consciente que l'hiver nous attend et que nous devons être prêts dès les premiers froids. Peut-être avec un peu de chance profiterons-nous de ce que les Blancs appellent l'été « indien ».

Pour en revenir à notre chien, il est d'une race courante dans les plaines. C'est un gros père – énorme, hirsute avec de longs poils et de grandes pattes. Je ne sais d'où il sort et ne me rappelle pas l'avoir vu dans les parages quand nous sommes arrivés. Il est apparu un beau matin, s'est couché près de nous et nous a regardés travailler. Il attendait sûrement qu'on lui jette un morceau de viande ou de gras, ce qui, de fait, s'est produit. Little Bird était installée à la verticale sur son porte-bébé, ce qui lui permet de nous observer et de commencer à avoir une idée de notre vie ici. Fascinée par le chien, elle ne le quittait pas des yeux. Comme pour engager une sorte de dialogue, elle gazouillait en lui souriant. Curieux, il s'est redressé, s'est étiré paresseusement et s'est approché d'elle. J'ignorais ce qu'il lui voulait et, par réflexe, j'ai pris Little Bird dans mes bras avec son porte-bébé. Comprenant peut-être que j'avais peur, il s'est tout bonnement recouché. J'ai remis le porte-bébé à sa place, calé contre un mât du tipi, et je n'ai pas bougé tandis que le chien s'allongeait près d'elle, apparemment à l'aise, sans une once d'agressivité. Wren a continué de babiller, ravie d'avoir un nouvel ami. Voilà comment Falstaff – je l'ai appelé ainsi en référence au personnage de Shakespeare – s'est insinué dans nos bonnes grâces. Wren et lui se sont attachés l'un à l'autre. Falstaff est un bon compagnon, qui ne refuse jamais une bouchée de quelque chose, mais attend poliment qu'on la lui donne.

De son côté, Chance a été facilement accepté par la bande. Si Gertie y est pour beaucoup, il le doit aussi à son bon caractère et à ses multiples talents. Il a retrouvé toutes ses affaires, sa tenue de cow-boy, ses bottes, son chapeau – au grand dam d'une des jeunes sentinelles, Hátavesévé'háme, ou Bad Horse[1] en anglais. Il avait été le troisième à faire un toucher quand Chance est arrivé, et il croyait que ces choses lui étaient dues. Chance a également récupéré son six-coups, ses couteaux, son sabre, et surtout King, l'étalon pommelé qu'il aime tant. On ne peut pas trouver moins indien, comme nom, les rois n'existant pas chez nous.

Mon cow-boy, qui s'y connaît bien en matière de chevaux, a proposé au Peuple un moyen de compléter le peu de nourriture qu'ils ont à disposition pendant les mois gris. On les laisse généralement brouter ce qu'ils peuvent, fouiller dans la neige si elle n'est pas trop épaisse, pour dégager quelques brins d'herbe, et parfois ils mangent l'écorce des arbres, ce qui n'est guère plus nourrissant. Quand l'hiver est particulièrement rigoureux, ils sont nombreux à mourir de faim, décharnés, ou simplement de froid. Mettant son idée à exécution, Chance, lorsqu'il ne chasse pas, délaisse un instant la construction de notre tipi pour travailler d'arrache-pied dans les champs, où il fauche les hautes herbes de l'automne à l'aide de son sabre. Il en fait de belles meules qu'il dispose en divers points du village, où elles serviront de fourrage. Pour l'aider, il a recruté les petits lads de la tribu qui utilisent les couteaux les plus longs qu'on leur prête – certaines lames atteignent les quarante centimètres.

Tout le monde admire son caractère entreprenant, mais les

---

1. Mauvais cheval.

Cheyennes n'apprécient pas que je me sois liée avec un autre homme, puisque je suis l'une des trois épouses de Little Wolf. Évidemment, je m'attendais à cette sorte de reproche, car si un homme peut « se dégager » d'une femme, comme ils disent, la réciproque n'est pas vraie, surtout lorsqu'il s'agit du Chef de la Douce Médecine. Nous avions abordé ce sujet, lui et moi, quand je l'avais persuadé de se rendre à l'Agence, peu avant l'attaque de Mackenzie. Je l'avais prévenu que les Blancs l'obligeraient à renoncer à deux de ses épouses – je pensais à Feather on Head et moi – pour n'en garder qu'une, Quiet One. Celle-ci est la première, la favorite, la vraie maîtresse de sa loge. À contrecœur, il avait convenu que j'avais raison. Et voilà que je prends moi-même un second mari… Eh bien, tant pis si la tribu m'en tient rigueur, nous ferons avec ! Une tradition de plus que j'aurai brisée. Je ne ressens aucun besoin de m'excuser. Après tout, selon le proverbe anglais, « Ce qui est bon pour l'oie l'est aussi pour le jars ». En d'autres termes, ce qui vaut pour lui vaut pour moi !

1er octobre 1876

Il est une chose à laquelle tout le monde pense depuis notre arrivée, il y a plusieurs semaines de cela, dans cette vallée idéale, parfaite… Nous sommes si affairés à nous préparer pour l'hiver, au sein de nos familles respectives et dans ce qui touche au bien-être collectif, que nous n'avons pas ouvertement abordé le sujet : où diable sommes-nous ? Compte tenu des événements de la journée, plutôt inattendus, nous avons d'autant plus de raisons de nous poser la question. Voilà donc :

Nous avons aperçu, de loin, un petit groupe de guerriers, composé d'une demi-douzaine de cavaliers, qui se dirigeait vers notre camp. Les filles des Cœurs vaillants ont rassemblé leurs armes et enfourché leurs chevaux, ainsi qu'un certain nombre de nos hommes. Ceux-ci n'ont pas encore formé de société guerrière à proprement parler, puisqu'ils proviennent de différentes tribus et appartiennent à plusieurs sociétés, cinq ou peut-être six en tout. Plusieurs fois, ils ont tenu conseil dans le but d'en constituer une nouvelle, mais les Indiens sont notoirement incapables de se mettre d'accord, c'est pourquoi ils restent des éléments épars, sans même un nom ou une cause commune. Pour ajouter à la confusion, Chance nous accompagnait. C'est un Blanc, avec un huitième de sang comanche, et personne ne sait réellement où le placer. Aucun Blanc ne s'est encore battu du côté des Indiens.

Bien que je ne sois encore que membre honoraire, Pretty Nose a eu la gentillesse de me laisser partir avec les Cœurs vaillants. En nous rapprochant des intrus, nous avons remarqué que le cavalier à leur tête avait noué un drapeau blanc au bout de sa lance. Après avoir étudié leurs vêtements et la coiffe de plumes que portait leur chef, Pretty Nose a conclu qu'il s'agissait d'un groupe de Shoshones ! Mais des Indiens ne tendraient pas un piège avec un drapeau blanc, contrairement aux Blancs qui s'en servent parfois pour masquer leurs intentions belliqueuses. Confiants, nous avons continué de nous rapprocher, mus par la simple curiosité.

Quand nous sommes arrivés à leur hauteur et que, face à eux, nous avons tiré les rênes, leur chef a planté sa lance dans le sol et s'est adressé à nous dans la langue des signes.

— Nous venons en amis et je souhaiterais palabrer avec votre chef.

Pretty Nose s'est avancée vers lui et il a fait de même, intrigué par le fait que nous ayons une femme à notre tête. Par signes, ils ont poursuivi leur échange, que je ne pouvais pas bien comprendre puisqu'elle se trouvait devant moi et m'empêchait de le voir. Puis elle a reculé pour me demander en cheyenne que Chance les rejoigne. Surprise, je l'ai appelé vers nous. En revanche, mon mari… je peux à présent l'appeler ainsi… ne semblait pas étonné qu'on le mette à contribution. Il portait de simples vêtements de daim et, s'il n'avait pas le visage peint, sa peau est suffisamment hâlée et ses cheveux assez longs pour que, avec ses traits saillants, il passe pour un sang-mêlé. Quand le chef shoshone lui a parlé dans sa langue, Chance lui a répondu en comanche sur un ton qui paraissait amical. J'ai appris que le shoshone et le comanche se ressemblent beaucoup – pendant des générations, les deux tribus n'en formèrent qu'une, jusqu'à ce que les Comanches s'en dissocient pour se fixer dans les plaines du Sud. Les deux hommes ont continué de dialoguer un moment, parfois interrompus par quelques signes de Pretty Nose. Ils ont commencé à rire et nous avions hâte de connaître le fin mot de l'histoire. Leur conversation s'est conclue par divers hochements de tête, des grognements approbateurs et, obéissant à leur chef, les Shoshones ont tourné bride d'un air avantageux et sont repartis au galop avec la volonté manifeste de nous impressionner.

Chance est revenu s'aligner près de mon cheval, à l'endroit où j'étais restée avec Phemie, Ann, Maria et Astrid. Il affichait un étrange sourire, comme s'il ruminait quelque idée de son cru, et il a gardé le silence un instant. Pretty Nose a repris sa place en tête de notre cortège et, à son signal, nous avons rebroussé chemin vers le village.

– Vas-tu nous dire ce qui se passe, oui ou non ? ai-je lâché, impatiente.

– Oui... Oui, bien sûr... Il faut croire qu'on nous a lancé un défi. Enfin... à *vous*, plus exactement...

– Un défi de quoi faire ? Est-ce une déclaration de guerre ? Nous sommes ennemis jurés... et pourquoi riiez-vous ?

– Il ne s'agit pas vraiment de se battre, non... plutôt de jeux guerriers... de course à pied, à cheval, de faire des touchers, de se mesurer au corps à corps, au tir à l'arc. Avec des épreuves de force physique, d'équitation, de lancer de couteau, de tomahawk, d'habileté avec la lance. Pas banal, je reconnais... Comme à la guerre, on risque d'être blessé, bien sûr, mais rien de plus... à moins de commettre une grosse bêtise. Un bon gars, leur chef Young Wolf[1], pour autant que je puisse juger. Il a ri quand Pretty Nose lui a annoncé que les femmes des Cœurs vaillants relèveraient le défi. Il trouvait très drôle de les confronter à ses guerriers. Ça ne l'enchantait pas, au départ, car il craignait le pire pour elles. Mais Pretty Nose lui a dit, et j'ai traduit : « Vous avez peur que

---

1. Jeune loup.

ce soit les filles qui l'emportent, n'est-ce pas ? » Ce qui l'a fait rire encore plus, alors nous avons ri aussi, elle et moi, par politesse.

2 octobre 1876

Deux réunions se sont imposées après cette apparition du groupe de Shoshones et ce défi qu'ils nous jettent. Les Cœurs vaillants ont leur mot à dire, et ce sera ensuite le tour du conseil tribal. Le premier des deux pow-wows a eu lieu aujourd'hui, sous les peupliers près de la rivière, puisque nous n'avons pas encore de loge assez grande pour nous rassembler tous. J'ai eu la permission d'y assister en tant que membre honoraire.

Pretty Nose a rendu compte de la visite des Shoshones, précisant ensuite que les rencontres sont prévues dans onze jours. De nombreux membres de leur bande seront présents, non seulement en tant que participants, mais aussi comme spectateurs. Selon les désirs du chef Young Wolf, les épreuves seront individuelles, pour un certain nombre d'entre elles. Leur meilleur candidat contre notre meilleure candidate. Chaque société guerrière est censée procéder à des sélections, afin de déterminer lesquels de leurs membres sont les plus forts et les plus doués. Pretty Nose ouvre alors la discussion.

Ann Hall, qui a la réputation d'être franche et directe, prend la parole. Sans tourner autour du pot, elle pose la question que tout le monde a en tête.

— Je suis tout de même curieuse de savoir si quelqu'un ici a la moindre idée de l'endroit où nous nous trouvons. Et j'ai besoin d'une indication géographique, qui ne se réfère pas à quelque pouvoir surnaturel !

Gertie est la première à répondre.

— Pardi, je me demandais moi-même quand on allait y venir... Faut dire, avec tout ce travail qu'on abat... De plus, le coin est splendide, il fait beau, le gibier ne manque pas. Il y a des lunes que je n'ai pas vu de grands troupeaux de bisons comme ça... ou depuis que notre cher gouvernement a décidé de les exterminer.

Alors on peut pas vraiment se plaindre d'être ici. Est-ce que ça vaut la peine d'y penser ? Pourquoi ne pas s'estimer heureux et en profiter tant que ça dure ?

— Peut-être ne me suis-je pas bien fait comprendre ? Loin de moi l'idée de me plaindre. Cet endroit est épatant, j'en conviens. Mais où est-il sur la carte ?

— Eh bien, lady Hall, poursuit Gertie, depuis vingt-cinq ans, je roule ma bosse dans ces plaines et dans ces montagnes, du nord au sud et d'est en ouest, alors je connais un peu le pays. Des endroits où je n'ai pas mis les pieds, il ne doit plus y en avoir beaucoup. Maintenant, il faut considérer que la vieille Holy Woman, avant qu'elle s'envole pour Seano, elle était là bien longtemps avant moi, et peut-être qu'elle avait découvert quelques coins bien cachés, comme cette vallée. Voilà ce que je pense. Pour ce qui est de la géographie, je dirais qu'on est de l'autre côté des Bighorn, où je suis peut-être passée moins souvent. Et, pour apporter de l'eau à mon moulin, il y a ces Shoshones qui sont venus nous voir. Plus que nous, les Shoshones sont des gars de la montagne, ils sont chez eux, ici.

L'explication paraît sensée et Gertie a notre confiance. Elle semble convenir à tout le monde, même si certains points restent en suspens. Personne n'a souvenir d'être monté au sommet d'une montagne. En outre, les Shoshones, qui servent d'éclaireurs à l'armée et nous combattent, sont à l'évidence des ennemis. Comment croire qu'un de leurs chefs, accompagné de ses hommes, soit venu nous proposer des jeux qui, pour guerriers qu'ils soient, ne doivent pas faire de victimes ? Je suis sûre de ne pas être la seule à m'interroger. Mais, pour l'instant, ni lady Hall ni aucune autre ne donne voix à ces pensées. Comment ne pas reconnaître que tout abonde dans cette généreuse vallée, dans les splendides montagnes qui l'entourent, de sorte que rien ne nous manquera cet hiver ? À cheval donné, on ne regarde pas la bride, n'est-ce pas ? Pourquoi ne pas profiter d'une chance qu'on nous accorde si rarement ?

À mon tour de prendre la parole. Avec les précautions d'usage, je sollicite de devenir membre officiel, et non plus honoraire, de la société, afin qu'on me laisse participer aux sélections et, avec un peu de chance, représenter notre bande pendant les jeux. Discrètement, Pretty Nose consulte Phemie, Wind, Warpath Woman et Kills in the Morning Woman. Après une brève discussion, les cinq femmes hochent la tête et accèdent à ma demande. Puis tous les membres fêtent l'événement avec des trilles enthousiastes, mes yeux s'embuent de larmes tandis qu'une sensation de fierté m'envahit. J'ai le sentiment d'avoir parcouru un long chemin depuis la grotte solitaire que j'ai quittée avec Wind, jusqu'à cette vallée où, non seulement j'ai retrouvé ma fille, mais où je suis également reconnue comme l'une des leurs par le conseil tribal et les Cœurs vaillants.

7 octobre 1876

Il ne reste que cinq jours avant notre rendez-vous avec les Shoshones. Dans la bande, certains ont exprimé leurs appréhensions quant à la présence parmi nous d'un contingent important de nos ennemis de toujours, au cas où leurs intentions ne seraient pas si honorables. Cependant, les tribus des montagnes et des plaines, alliées ou rivales, respectent un code d'honneur très strict, c'est pourquoi le conseil n'éprouve pas réellement d'inquiétude. Les membres attendent avec impatience l'arrivée de la bande shoshone et la mise en place des jeux, deux événements pour eux sans précédent.

Dog Woman a été priée d'organiser une fête et des danses afin d'accueillir dignement nos visiteurs et de célébrer le début des épreuves. Nous ne savons pas exactement combien ils seront, toutefois elle a donné des indications précises aux chasseurs, pour ce qui est du type de gibier à servir et des quantités à fournir. Bien sûr, rien ne se perd dans cette communauté, le corps des animaux est entièrement utilisé, transformé en nourriture, en vêtements, en outres à eau et autres objets de la vie quotidienne – bijoux, jouets ou totems. On en tire également des remèdes. Voilà pourquoi, au fil de nombreuses générations, cette terre a subvenu aux besoins des natifs, sans qu'ils éprouvent la nécessité de l'altérer, la dégrader, l'abîmer de quelque façon. Pendant nos pérégrinations, nous avons constaté, Wind et moi, les effets de la ruée vers l'or et les terres agricoles. Les grands troupeaux de bisons ont été décimés, des races étrangères de bovins introduites. Les sols sont forés, défigurés, dégradés pour en extraire ces trésors cachés auxquels les Blancs sont si attachés. Partout l'on construit des voies ferrées, des villages, des ranchs, des forts pour l'armée. Alors, oui, la terre qu'ont toujours connue les Indiens disparaît sous leurs yeux.

9 octobre 1876

Plutôt qu'avec Phemie, qui sera sans doute choisie à ma place pour certaines épreuves, je m'exerce discrètement avec Chance, afin que l'on ne discerne pas trop vite mes forces et mes faiblesses. Sans être aussi grande que Molly, je suis tout de même solide, souple et rapide, et Wind a amplement veillé à ce que je reprenne du muscle. Mon cow-boy, qui a appris très tôt la lutte indienne chez les Comanches, m'a enseigné une partie de son savoir-faire et donné de précieux conseils. Au point que je me sens capable de rivaliser à ce sport avec toute personne de mon âge. Je suis gênée d'écrire ces choses, mais l'entraînement avec Chance a parfois des conséquences inattendues. Près de la rivière, à l'abri des regards, il était en train de me montrer une prise, de sorte que nos corps se touchaient, nous étions agrippés l'un à l'autre, et nous avons fini entièrement nus en faisant l'amour d'une façon remarquablement... athlétique !

— Il ne faudrait pas que je te donne certaines idées, m'a-t-il confié alors que, haletants, nous étions allongés dans l'herbe. Comme tu es... comment dire ? très sensible... Euh, je ne voudrais pas être grossier...

C'était plutôt drôle.

— Tu veux dire sensuelle ? Oui, Chance, et le mot n'a rien de grossier. C'est toi qui éveilles ma sensualité.

– Alors je pensais que... admettons que tu aies le dessus, enfin, l'avantage... sur une autre fille pendant la sélection et que, par la suite, tu te mesures à un guerrier shoshone...
– Je crois deviner où tu veux en venir.
– Supposons que vous soyez accrochés l'un à l'autre comme nous l'étions tout à l'heure. Il ne faudrait pas que, sensible comme tu es...

Je me suis esclaffée. Chance manque d'instruction et, aussi gentiment que possible, j'éprouve parfois le besoin de corriger ses fautes de grammaire et d'étendre son vocabulaire.

– Je ne voudrais pas t'embrouiller davantage, Chance, mais dans cette situation, le mot exact est « excitée ». Rassure-toi, j'ai beau être « sensible », comme tu dis, il n'y a aucun risque.
– Cela reste une possibilité. Si cela arrive, tu ne seras plus concentrée, comme il y a cinq minutes, ce qui est embêtant. En revanche, si tu parviens à... comment dis-tu ?... exciter ton adversaire... Tu connais mieux que moi les faiblesses des hommes... Dans ce cas, c'est lui qui perdra ses moyens et tu auras moins de mal à le clouer au sol. Je vais t'apprendre quelques mots de comanche que tu pourras lui murmurer, pendant le combat, pour détourner son attention. Il sera troublé et tu en profiteras pour lui donner le coup de grâce, sans qu'il s'y attende.

Impossible de ne pas rire à nouveau.

– Chance, tu es merveilleux. Apprends-moi, mais ce sera pour toi.
– Avec moi, ce n'est pas utile, May.

Il m'aide aussi à me perfectionner à cheval. Je suis maintenant capable de monter Lucky sans les rênes. Il m'a montré comment me dégager de la selle, me glisser sur un flanc de la jument et me retenir à sa crinière, afin de pouvoir tirer au pistolet, de l'autre main, sous son cou. Bien sûr, personne ne tirera sur personne, puisque ce ne sont que des jeux, cependant les numéros d'équitation feront partie des moments forts de ces rencontres, car un grand guerrier est avant tout un bon cavalier. Chance pense que, si je suis choisie, j'aurai un avantage sur les Shoshones, du fait que je suis plus légère que leurs hommes. Cela étant, je suis sûre de ne jamais surpasser Pretty Nose dans ce domaine, ni moi ni quiconque dans notre bande. Seule Phemie est capable de lui faire concurrence. Pretty Nose l'emporterait probablement dans chacune des épreuves, mais elle ne peut pas jouer contre tous les guerriers shoshones. C'est notre chef et il lui reviendra d'établir lesquels d'entre nous seront mieux à même de les affronter.

Par ailleurs, lors de notre réunion des Cœurs vaillants, hier, Molly a annoncé qu'elle était enceinte d'environ cinq mois. Cela commence à se voir, nous l'avions remarqué. Elle préfère ne pas s'impliquer dans les jeux. Si nous sommes navrés de ne plus compter sur elle, sa décision est bien compréhensible. J'ai pourtant l'esprit de compétition, mais je suis après tout soulagée, puisque cela fait une rivale de moins, et pas la moindre.

Nos « sélections » commencent demain...

19 octobre 1876

Je n'ai guère eu le loisir d'écrire, ces derniers jours, et il y a tant à dire. Tout est terminé, les désignations de nos champions et les jeux qui ont suivi. Les Shoshones sont arrivés quatre jours après la date prévue, ce qui était prévisible et ne portait pas à conséquence. Les Indiens ont un rapport au temps différent du nôtre, pour la raison toute simple qu'ils ne possèdent ni horloges ni calendriers. Ils se basent plutôt sur le passage des saisons, les phases et les couleurs nuancées de la lune, la position du soleil dans le ciel, les différences d'intensité entre le plein jour et la nuit noire. Nous avons inventé un terme à ce sujet, « le temps indien », au regard duquel quatre jours n'est pas considéré comme un retard. De plus, nous en avons profité pour nous préparer davantage.

On peut dire que les Shoshones n'ont pas raté leur entrée. Ils étaient soixante ou soixante-dix, hommes, femmes, enfants, à franchir les collines, menés par plusieurs chefs et une rangée d'une vingtaine de guerriers dans leurs plus beaux atours. Leurs longues coiffes de plumes atteignaient presque le sol. Ils avaient peint leurs mustangs de splendides couleurs. Lorsque nos sentinelles, au galop, sont revenues au village pour nous prévenir qu'ils arrivaient, nous étions pris au dépourvu. Nous portions nos habits de « travail » et, quand nous les avons aperçus, nous avions piètre allure en comparaison. Pour ajouter au charme, ils chantaient un air mélodieux qui semblait rouler sur la plaine.

Nous avons formé un petit groupe avec Pretty Nose, d'autres Cœurs vaillants, dont Wind et Gertie qui maîtrisent le shoshone, et Chance qui, la dernière fois, s'était bien entendu avec leur porte-parole. Aussitôt nous avons demandé à nos lads de seller nos chevaux. Sans nous changer ni nous parer de quoi que ce soit, nous sommes allés à leur rencontre. Quand nous fûmes près d'eux, leurs enfants, gais et rieurs, ont couru vers nous, les garçons comme les filles, pour faire des touchers à leur manière, en tapant doucement nos pieds et nos étriers. Ce mélange de joie, d'inquiétude et de hardiesse vous mettait du baume au cœur. J'ai toujours adoré voir les petits s'amuser ainsi. Le jour viendra malheureusement où il ne s'agira plus de jouer. Quand ils seront de vrais guerriers, ces garçons et ces filles ne se contenteront plus de « toucher », et leurs coups deviendront mortels.

Au nom de la bande, Wind a accueilli nos visiteurs et leur a indiqué un endroit, près de la rivière, où ils seraient à l'aise pour camper. L'après-midi étant déjà avancé, il n'y aurait pas d'épreuves ce jour-là, mais nous leur avons annoncé qu'une fête avec des danses avait lieu, le soir, en leur honneur.

Au moment où notre petit contingent a regagné le village, Dog Woman, notre maître de cérémonie, était dans tous ses états. Même si elle avait prévu large, elle ne s'était pas attendue à ce que nos invités soient si nombreux et elle craignait qu'il n'y ait pas suffisamment à manger. Mais elle connaît son affaire et, déjà, elle donnait des ordres à Bridge Girl et ses aides. Il fallait allumer les feux, préparer la nourriture. Dog Woman avait déterminé, quelques jours plus tôt, quel endroit servirait de cercle pour les danses et nous avions entassé suffisamment de bois pour toute la nuit. En un clin d'œil, il (ou elle, je ne sais toujours pas bien avec Dog Woman) avait la situation en main.

Pour autant qu'on sache, jamais des festivités, et encore moins des jeux, n'ont réuni des Shoshones, des Cheyennes et des Arapahos dans l'histoire récente des tribus. Le sujet a été maintes fois abordé dans la bande. Ces tribus se battaient entre elles, attaquaient leurs villages, se volaient leurs chevaux. Notre groupe de Blanches a conservé un souvenir épouvantable du jour où les Kit Foxes, une société cheyenne, étaient revenus d'un raid contre les Shoshones. Ils avaient tué un certain nombre de leurs bébés et tranché leurs mains qu'ils rapportaient dans un sac. Rien ne peut pardonner un acte aussi barbare. Pourtant, tout au long de l'histoire, nous autres Blancs, notre armée, l'État américain... toutes les armées et tous les États du monde... ont commis et commettront encore de telles atrocités. Ce qu'ignore l'ensemble de la population, jusqu'à ce que quelques-uns, comme nous, en deviennent les témoins.

Ce triste rappel pour souligner l'atmosphère cordiale et l'esprit de camaraderie qui ont régné, ce soir, entre nous et ces compagnons inopinés. Quand je pense aux guerres et aux massacres que ces tribus se sont infligés pendant des décennies, sinon des siècles, cela fait tout de même un changement !

Les Shoshones, qui ont naturellement de l'allure, sont en outre arrivés en costume d'apparat. Les femmes portaient des robes de peau et des mocassins joliment brodés, des boucles d'oreilles en argent ou en cuivre, des bagues, des bracelets, des colliers. Leurs cheveux nattés étaient entrelacés de fines chaînettes de métal. Les hommes étaient vêtus de tuniques de daim à franges, de pagnes et de mocassins. Leurs mères, leurs épouses, leurs filles avaient composé pour eux de splendides parures de perles. Certains arboraient leurs longues coiffes de plumes, d'autres de simples bandeaux, et quelques-uns avaient le visage peint. Tels leurs semblables cheyennes et arapahos, les Shoshones sont de vrais paons, toujours à leur avantage, contrairement aux femmes qui restent simples dans leur apparence.

De même que la première fois, lorsqu'un petit groupe d'entre eux s'était présenté pour nous proposer les jeux, la beauté de leurs costumes nous a rappelé à quel point nos propres tenues sont élimées. Les membres de notre bande ont participé à deux batailles importantes, puis voyagé pendant des semaines, comme Wind et moi. Depuis que nous logeons dans cette vallée, nous nous sommes avant tout occupés d'installer notre village d'hiver. Et c'est pendant l'hiver, quand il y a peu à faire, que les femmes confectionnent bijoux et vêtements. Nous n'avons eu ni le temps ni les matériaux nécessaires.

C'est donc avec une infinie gratitude que nous avons accepté les nombreux cadeaux que nos invités nous ont offerts en nous rejoignant devant le cercle des danses. Toutes sortes d'objets utiles : assiettes, tasses en fer-blanc, casseroles, poêles et autres ustensiles. Des peaux de bison, de daim et d'antilope, travaillées et tannées. Mais aussi des couteaux, des bijoux, des assortiments de perles et des vêtements déjà cousus pour les hommes, les femmes et les enfants. Voilà des natifs bien pourvus, et d'une immense générosité.

Tant de largesses ravirent Dog Woman, qui tenait d'autant plus à ce que la soirée plaise à nos hôtes. Fidèle à elle-même, elle s'était habillée avec grand soin. Pas question de faire triste figure lors d'une telle occasion et, comme d'habitude, elle régentait son petit monde de musiciens et de danseurs avec une sorte d'autorité royale. Bien sûr, chaque tribu dispose de danses typiques pour célébrer tel ou tel événement et nous ne pouvions connaître celles des Shoshones, avec qui nous avons si peu de relations. Mais ceux-ci ont étudié nos danseurs en train d'exécuter leur danse de bienvenue, de sorte qu'ils n'ont pas eu de mal à reproduire leurs pas et se sont joints à la troupe avec enthousiasme.

Chance et moi étions assis devant le cercle auprès du chef Young Wolf, de son épouse Appears on the Water Woman[1], et de leurs trois enfants – deux garçons de six et huit ans environ, et une petite fille de trois ans. Chance et Young Wolf, qui semblaient bien s'entendre, ont tenu une discussion animée dans leur

---

1. Celle qui apparaît sur l'eau.

mélange de shoshone et de comanche. Chance a parfois traduit leurs propos autour de nous et il a continué le soir, pour moi, dans l'intimité de notre loge. Gertie et Wind, qui maîtrisent également l'une ou l'autre langue, avaient été judicieusement placées par Dog Woman en différents points du cercle, afin de faciliter les échanges. Il était de toute façon possible de s'exprimer par signes et chacun a passé une excellente soirée. Tous ont apprécié la musique, les danses, le repas, et Dog Woman était comblée. Cependant, comme les jeux commençaient le lendemain matin, et que nos hôtes avaient fait un long voyage, les festivités se sont terminées assez tôt. Les Shoshones ont regagné leur campement et nous avons réintégré nos loges.

Les jeux ont duré trois jours, pendant lesquels les deux bandes se sont magnifiquement illustrées. On peut me croire si je dis que les Cœurs vaillants (je suis d'autant plus fière de compter parmi elles) se sont plutôt bien tirées d'affaire. Les chevaux étaient exclus des épreuves de la première journée, qui comportaient des courses de plus ou moins longue distance, de la lutte indienne, du tir à l'arc, à la carabine, et même un concours de lancer de pierres. Autrefois, et les natifs n'ont pas oublié ce temps, les pierres étaient utilisées comme armes rudimentaires, et elles le sont encore aujourd'hui, faute de mieux. J'avoue qu'à ce sport primitif, ces messieurs les Shoshones nous ont battues à plate couture. N'ayant rien prévu de tel, nous ne nous étions bien sûr pas entraînées à cet exercice que, de toute façon, les jeunes Blanches comme les Indiennes n'ont que rarement l'occasion de pratiquer !

Il y avait eu d'abord la course de fond, qui paraissait à notre avantage. Aurions-nous commencé par ces jets de pierres, nous aurions été humiliées d'entrée de jeu. Chez nous, personne n'avait encore jamais battu Phemie à la course, même si, par gentillesse ou par diplomatie, il lui est arrivé de laisser ses rivaux l'emporter. Nous étions franchement sûrs qu'elle allait gagner.

Elle avait pour adversaire un jeune homme dénommé Little Antelope, sans doute âgé de quatorze ou quinze ans, plutôt grand pour un Indien, pour son âge également, et doté de longues jambes, fines et musclées. En s'avançant vers le point de départ, il démontrait une assurance, même une sorte d'effronterie peu communes, face à Phemie, comme toujours majestueuse et flegmatique. Presque nue, elle portait seulement un pagne qui cachait à peine son intimité. Quelques-uns de nos invités étaient visiblement consternés par un tel dépouillement. Elle sourit aimablement au jeune coureur qui, lui aussi déconcerté, osait tout juste la regarder.

Ils ont pris position devant le juge muni, à notre grande surprise, d'un drapeau américain ! À l'évidence, l'armée avait dû le lui fournir, les Shoshones ayant été les premiers Indiens à se soumettre et à lui servir de loups. Son drapeau brandi à la verticale, il marmonnait quelque chose que personne, excepté Chance, Gertie et Wind, ne parvenait à comprendre. Toutefois, la façon dont il égrenait les syllabes faisait penser à un compte à rebours et, brusquement, il a baissé son drapeau, signalant le début de la course.

Aussitôt le jeune guerrier s'est élancé avec élégance, enchaînant de longues foulées comparables, même supérieures à celles de Phemie. Nous avons tous saisi qu'il ne fallait pas le sous-estimer, qu'il n'allait pas commettre l'erreur commune de partir trop vite, au risque de s'épuiser avant la fin de la course, ce dont elle profiterait. Non, il se maintenait de front avec elle, souriant aux autres Shoshones qui l'encourageaient, prenant à l'occasion un peu d'avance. Dès le départ, il semblait certain de remporter une victoire facile.

Ils avaient un grand parcours devant eux dans la prairie où, partout sur le chemin, s'étaient postés des observateurs des deux camps. Nous les avons perdus de vue au bout de quelques minutes, alors qu'ils franchissaient une colline avant de réapparaître sur l'autre flanc. Soudain, il était clair que Little Antelope menait la course.

Je dois mentionner que Pretty Nose avait choisi Phemie pour nous représenter, sans lui demander de participer à la sélection. Elle s'était basée simplement sur sa réputation, ses exploits dans sa discipline et le rang qu'elle occupe dans notre société guerrière. Il m'a soudain traversé l'esprit que nous ignorions quelles séquelles avaient pu laisser les graves blessures dont elle avait souffert au cours de l'attaque de notre village, l'hiver dernier. Jamais elle n'évoquait celles-ci, laissant ses larges cicatrices parler d'elles-mêmes.

Quand nous les avons aperçus de nouveau, au sommet d'une autre colline, le garçon avait encore pris de l'avance. Il portait bien son nom, l'antilope étant l'animal le plus rapide des plaines. Quant à elle, Phemie avait manifestement trouvé un adversaire à sa mesure.

Nous ne connaissions pas précisément l'étendue du trajet, bien que Christian Goodman, après l'avoir parcouru à cheval, l'eût estimé entre sept et huit miles. En revanche, il était circulaire, de sorte que les coureurs terminaient à l'endroit où ils avaient commencé. C'était un effort d'endurance, pas particulièrement difficile pour des Indiens, puisqu'une tribu entière est capable de courir toute une nuit, si nécessaire.

Une demi-heure plus tard, ils revenaient vers nous depuis l'extrémité de la boucle, émergeant d'un repli entre deux buttes. Le jeune homme avait gardé la tête. Quand, enfin, ils se sont rapprochés de nous sur terrain plat, à quelque trois cents mètres, il paraissait impossible pour Phemie de dépasser son adversaire. Elle s'essoufflait alors qu'il semblait encore en pleine possession de ses moyens. Désolés, nous craignions malgré nous que notre favorite, loin de nous mener à la victoire, allait dès le premier jour nous exposer à une défaite humiliante. Notre cœur battait pour Phemie, une de nos plus valeureuses guerrières. Un échec n'augurait rien de bon pour le reste des épreuves.

Les femmes shoshones poussaient des trilles pour féliciter leur jeune prodige, quand notre déesse africaine, reprenant du poil de la bête, a brusquement allongé ses foulées. De loin, nous voyions la sueur briller sur sa peau noire dans le soleil du matin. Elle courait maintenant à toute vitesse, ses jambes fuselées tendues, avec une puissance et une grâce surprenantes. C'était la Phemie dont nous nous souvenions, qui s'était fait remarquer dans le village de Little Wolf en remportant plusieurs courses contre les Cheyennes du Sud qui nous avaient rendu visite.

Je redoutais qu'elle ait trop attendu et qu'elle ne puisse rattraper le garçon qui, jetant un coup d'œil derrière lui, se mit lui aussi à accélérer. S'il avait jusque-là maintenu une allure régulière, presque sans effort, soudain son corps commençait à accuser le coup. Il perdait la belle assurance avec laquelle il avait gardé la tête depuis le début. On aurait même cru qu'il en payait le prix. Il ne restait que cent cinquante mètres, environ, à parcourir. À présent moins enthousiastes, les Shoshones l'encourageaient avec des trilles dans lesquels on percevait une pointe d'inquiétude, car Phemie gagnait du terrain. À cinquante mètres de la fin, Little Antelope n'avait plus que quelques foulées d'avance. Phemie, elle, paraissait voler, ses pieds ne touchaient plus terre, ses bras roulaient tels des pistons contre ses flancs, ses muscles saillants ondulaient. Quelle magnifique femme, vraiment ! Trente mètres plus loin, elle dépassait le jeune homme dont les jambes molles, mal coordonnées, ne semblaient plus répondre. En franchissant la ligne d'arrivée, elle transpirait tellement qu'elle projeta autour d'elle une fine pluie de gouttelettes. Nos hommes ont poussé des cris de joie et nos femmes, à leur tour, y sont allées de leurs trilles. Le petit Shoshone s'est effondré derrière Phemie, qui s'est retournée et l'a aidé à se redresser. Elle a demandé qu'on lui apporte à boire et, un bras autour de sa taille, lui a fait faire quelques pas, jusqu'à ce qu'il tienne à nouveau sur ses jambes. Un de nos jeunes Arapahos les a rejoints avec une outre qu'il a inclinée au-dessus de la tête de Little Antelope, versant un peu d'eau pour le rafraîchir, avant de la lui confier. Le pauvre pleurait à chaudes larmes – l'épuisement sans doute, mais aussi parce qu'il avait perdu une course qu'il était certain de gagner. Phemie lui parlait en s'éloignant avec lui, en quelle langue, je ne sais, mais, même s'il ne la comprenait pas, sans doute sa voix rassurante l'a-t-elle réconforté, car il a cessé de pleurer. Ils étaient jolis à voir, tous les deux – notre reine africaine consolant le jeune Shoshone. Et la scène donnait le ton adéquat pour la suite des jeux.

Je ne voudrais pas paraître vaniteuse en décrivant ma propre contribution à ceux-ci, mais, comme je suis la seule personne qui lira jamais ce journal, je me permets de faire mon propre éloge… sans trop insister, j'espère. Chance m'avait amplement préparée à l'épreuve de lutte et, lors des sélections, j'avais battu Warpath Woman et Kills in the Morning Woman. Non que je me distingue par ma force ou mon habileté. Tout simplement, elles sont bien plus âgées et légèrement moins souples que moi. Les Shoshones avaient annoncé que les jeux opposeraient autant de candidats que possible, afin de donner à tout le monde l'occasion de participer, ce qui a incité Astrid et notre petite Mexicaine Maria, toutes deux bien solides, à se qualifier comme lutteuses. En revanche, Phemie, Pretty Nose, Wind et Martha avaient écarté cette discipline pour se concentrer sur celles qu'elles préfèrent. Dans le cas contraire, aucune d'entre nous, je pense, ne serait parvenue à se classer devant elles. Quant à Martha, allez savoir ? Qui peut encore prédire de quoi elle est capable ? Elle m'a confié à ce propos qu'après sa triste aventure avec Seminole, il était impensable pour elle de saisir un homme à bras-le-corps, et qu'elle supporterait encore moins l'inverse. Alors peut-être ne présentions-nous pas les meilleures candidates possible à ce sport, mais sans doute l'important est-il de participer, comme le suggèrent nos adversaires…

Le mien était un dénommé Short Bull[1], un Shoshone d'environ ma taille, trapu, légèrement voûté, avec de larges bras. Une fois encore, les Indiens démontrent un certain talent pour s'attribuer des noms. De fait, Short Bull ressemblait vaguement à un bison, ou à un bouledogue, et j'étais fort intimidée en posant les yeux sur lui. Après avoir fait connaissance avec ces messieurs, nous nous sommes regroupées autour de Chance, qui avait également entraîné mes camarades, sans leur confier, bien évidemment, la tactique qu'il m'avait suggérée. Cela devait rester un secret entre nous.

J'ai dit peu de chose à leur sujet. La petite Maria, qui a du sang indien, est dans le groupe de Molly celle qui paraît la mieux adaptée à la vie dans les plaines. Les Cheyennes, qui l'ont adoptée comme une des leurs, l'ont rebaptisée Tsehésemé'eskó'e, un surnom impossible à prononcer qui se traduit simplement par

---

1. Petit taureau.

« Cheyenne-Mexicaine ». Elle est redoutable à la lutte, un sport, nous a-t-elle dit, qu'elle pratiquait déjà toute petite dans son hameau de la Sierra Madre. Plus petite que moi, Maria est souple et sauvage comme un chat. Nous nous sommes opposées deux fois pendant les entraînements. En fait de chat, j'avais l'impression de me bagarrer avec un lynx. Rien n'a de prise sur elle, et elle l'a emporté facilement la première fois. Si j'ai eu le dessus à la deuxième manche, c'est uniquement grâce à la chance.

Il faut aussi compter avec Astrid, la Norvégienne. Forte comme un bœuf, elle n'hésite pas à employer certaines tactiques déloyales. Elle frappe parfois si vite avec les doigts, les poings ou les genoux qu'on la voit à peine se mouvoir. Les juges ont l'impression qu'elle essaie de saisir son adversaire, alors qu'il n'en est rien. Faire mal ne l'effraie pas et, lors de notre premier duel, elle m'avait donné un fameux coup de genou dans l'entrejambe. J'avais déclaré forfait en guise de protestation. Au round suivant, elle m'avait enfoncé trois doigts au même endroit, suscitant une vive douleur. Furieuse, j'en avais fait autant avec elle et Pretty Nose avait mis fin aux hostilités...

— Il vaudrait mieux que vous réserviez ce genre d'astuces pour les combats avec les Shoshones, avait-elle suggéré en riant.

— Excuse-moi, May, m'avait dit Astrid. Pretty Nose a raison. Je me faisais la main sur toi avant de passer aux choses sérieuses avec nos visiteurs.

Ma colère était retombée. Mais je m'étais réjoui que l'indomptable Viking fasse partie de notre équipe. Si c'est ainsi qu'elle traitait ses « amies », je ne souhaiterais pas me mesurer à elle sur un vrai champ de bataille.

— Sans rancune, Astrid. Je sais rendre coup pour coup...

— Je m'en suis aperçue, avait-elle reconnu en pouffant.

J'avais donc devant moi ce monsieur Short Bull.

— Mais comment en viendrais-je à bout, Chance ? lui ai-je demandé, atterrée. Regarde-moi ses bras !

— Rappelle-toi juste ce que je t'ai dit, May. Essaie de lui glisser entre les doigts. Pense à Maria ! Sois rapide, sauvage ! Miaule, feule... esquive ! Ne les laisse pas te serrer, ces bras ! Mais, s'il y arrive, et que tu es contre lui... comme nous, l'autre jour, calme-toi, joue un petit peu des hanches, de la même façon, et si tu es près de sa tête, lèche-lui l'oreille et murmure-lui ce que je t'ai appris en comanche. D'ailleurs, même si tu es loin de sa tête, fais-le aussi. Enfin, May, je ne vais pas t'expliquer comment on émoustille un bonhomme... Euh, comment on l'excite. Bon Dieu, j'ai peine à croire que je te donne des leçons !

Je n'ai pu m'empêcher de rire, ce qui m'a détendue un peu.

— Moi non plus... Tu me recommandes de l'enjôler au lieu de me battre ?

— En dernier recours, seulement. Un dernier conseil... le plus important... là, tout de suite, maintenant... Il faut que tu te persuades que ce n'est pas un jeu... Imagine que tu es retombée dans les griffes de Seminole, qu'il a ses mains sur toi, que c'est une question de vie ou de mort...

Réveillant cette ardeur qui surgit quand nous sommes exposés au danger, ses mots m'ont piquée au vif et fouetté le sang. Ils répandaient en moi un fleuve de terreur, de rage désespérée, de haine pure. Je me suis ruée sur Short Bull en poussant un cri sourd qui semblait jaillir des profondeurs de mon âme, de mon être primitif. Les deux mains en avant, j'ai foncé sur sa poitrine, si fort que le guerrier confiant est tombé sur le dos, et je l'ai enfourché en continuant de hurler comme une folle. Douée d'une force inhumaine que j'ignorais encore, je l'ai cloué au sol en le maintenant par les épaules. Une chance que je n'aie pas eu mon couteau sur moi, car je l'aurais tué, ai-je pensé par la suite. Il était tellement pris au dépourvu qu'il n'a même pas eu l'idée de résister. C'était terminé en un rien de temps et j'ai gagné.

Je me suis relevée pour recevoir dignement les acclamations et les trilles de la bande, et, tandis que le sang commençait à refluer, j'ai levé les poings en signe de victoire. J'ai regardé Chance, qui m'observait. Émerveillé, il hochait la tête et je l'ai rejoint.

– Merci pour ce dernier conseil, lui ai-je dit, encore essoufflée. Tu vois, je n'ai pas eu besoin de l'émoustiller...

Alors nous avons parfois gagné, parfois perdu, au cours de ces épreuves qui ont duré trois jours et au cours desquelles les chevaux ont tenu une grande place. En course de fond, comme à pied, personne ne surpasse Phemie sur son étalon blanc, un animal farouche qui n'aime rien tant que galoper. C'est le mâle dominant du troupeau et il supporte mal la concurrence. Nos deux bandes réunissaient trente-cinq cavaliers sur un vaste terrain et Phemie a franchi la ligne d'arrivée avec au moins dix longueurs d'avance sur son principal rival.

Dans la course de rapidité sur les mustangs, véloces et nerveux, à laquelle participait presque tout le monde, j'ai fièrement terminé à la deuxième place, grâce à Lucky.

Ma brève carrière de voleuse de chevaux m'a rapprochée de ces animaux extraordinaires que Wind m'a appris à capturer à l'état sauvage. Ils jouent un rôle si important dans la vie des tribus des plaines qu'il est peut-être bon d'en dire un mot, même si les Cheyennes n'ont pas toujours pu compter sur eux. Sans conserver de traces écrites de son passé, le Peuple maintient une tradition orale, et certains récits mentionnent une époque où ses lointains ancêtres se déplaçaient à pied.

Selon lady Ann, très férue d'histoire... parmi tant d'autres choses, ce qui est parfois exaspérant... l'explorateur Coronado aurait introduit en Amérique le fameux cheval barbe, originaire des déserts d'Afrique du Nord, un croisé de plusieurs races, notamment arabe et espagnole. C'est un animal petit, râblé, qui s'est bien acclimaté aux prairies sèches du Sud-Ouest. Quand les Indiens pueblos se sont révoltés au XVIIe siècle, les Espagnols ont fui un temps le Nouveau-Mexique en laissant derrière eux un vaste cheptel de ces chevaux. Ils sont devenus une précieuse monnaie d'échange entre les Pueblos et les tribus kiowa, apache, comanche, arapaho et cheyenne du Sud. Un grand nombre est cependant revenu à l'état sauvage et s'est dispersé dans les plaines.

Sans avoir le degré d'instruction ni l'éloquence de la noble Ann Hall, Chance m'a étonné par ses connaissances à ce sujet, qu'il a, lui, acquises sur le tas. Il est tout aussi calé. Chance a appris à monter très jeune, grâce à son grand-père et aux Comanches. Excellents cavaliers, ils avaient rassemblé de grands troupeaux de chevaux dans l'ouest du Texas. Chance affirme que la plupart des mustangs sont issus de ces barbes sauvages. Grâce à leur vélocité et à leur robuste constitution, ils conviennent particulièrement bien aux tâches liées à l'élevage et aux transhumances. À l'évidence, ma Lucky est une descendante de ceux-ci. Avec le temps, ces mêmes chevaux ont été adoptés par les tribus des plaines du Nord, où, compte tenu des hivers plus rigoureux, ils se sont moins reproduits que dans le Sud.

Molly avait finalement décidé de participer à l'épreuve sur les mustangs, jugeant qu'elle ne présentait pas trop de danger pour une femme enceinte. Elle a fini une demi-tête derrière moi sur sa propre jument, Spring, parce que je suis un peu plus légère qu'elle. Et le Shoshone Falling Star[1] a remporté la première place.

Lorsqu'on est passés à la conduite sans les rênes, qui permet de libérer les deux mains pour tirer à l'arc, Pretty Nose a éclipsé les candidats shoshones, pourtant exercés à cet art. Au trot comme au galop, elle a planté ses flèches dans les cibles avec une adresse remarquable. Ses adversaires étaient cependant excellents, et tous nous ont offert un spectacle extraordinaire. En ce qui me concerne, si je suis capable de guider ma monture avec mes jambes et mes talons, je n'ai atteint aucune cible et j'ai vite laissé ma place à des cavaliers plus expérimentés.

Je n'étais pas non plus assez habile pour aborder l'épreuve suivante, consistant cette fois à tirer au pistolet sous le cou du cheval, après avoir basculé sur un flanc. Je maîtrise à peu près la gymnastique, je sais me retenir d'une main à la crinière, comme m'avait montré Chance. Mais pour ce qui est d'actionner une arme en même temps, c'est encore au-dessus de mes moyens. Ici aussi, Pretty Nose s'est imposée, démontrant une agilité peu

---

1. Étoile filante.

commune. Supérieurement douée, elle n'a rien à envier à aucun guerrier d'aucune tribu.

Que l'on ne croie pas pour autant que nous ayons toujours eu l'avantage pendant ces trois jours. Si j'insiste sur les Cœurs vaillants, les Shoshones se sont eux aussi distingués quantité de fois, tant à cheval qu'à pied. Sur le petit parcours, où nous étions très nombreux à courir, le jeune Little Antelope a terminé premier devant Phemie. (Non que je cherche à le diminuer, mais je connais assez notre Africaine pour la soupçonner de l'avoir laissé gagner, afin qu'il reprenne confiance en lui.)

Je ne voudrais pas oublier Ann Hall, qui, après sa longue absence des plaines, ne se sentait pas prête à accomplir de grands exploits sportifs. Elle s'est cependant illustrée par son adresse au tir, avec son fusil à double canon. Après avoir attribué un numéro à chacun, elle a posté six ou sept garçons en différents endroits, à distance respectable d'elle. Ils avaient à leurs pieds de petits tas de pierres plus ou moins grosses et, lorsqu'elle appelait un numéro, le garçon correspondant en lançait une, aussi fort et loin que possible. Aussitôt elle faisait feu. Sans avoir le temps de retomber, les pierres les plus dures éclataient en morceaux et les plus friables se transformaient en poussière. Elle a commencé par tirer sur une pierre à la fois, mais bientôt elle appelait deux numéros à la suite, éloignés l'un de l'autre. « Un ! Six ! » par exemple, et les garçons s'exécutaient tandis qu'elle réarmait son fusil. Ann atteignait les deux pierres, presque simultanément, sans jamais en rater aucune. Nos invités étaient impressionnés par sa rapidité et sa précision. Faut-il ajouter que lady Ann avait également fourni, la veille au soir pour les festivités, d'amples provisions de grouses et de tétras que les cuisiniers ont fait rôtir ?

Un jeu de toucher avait été prévu pour les enfants des deux camps, qui avaient formé des équipes. L'une se dispersait derrière les arbres le long de la rivière, les plus jeunes en quête d'une cachette convenable près de laquelle ils espéraient que passeraient leurs « ennemis ». Dans ce cas, ils bondissaient hors de leur tanière pour les toucher les premiers avec leurs bâtons. Inversement, les plus âgés, les plus hardis, se faufilaient entre les arbres et dans les buissons à leur recherche. Parfois, deux équipes se trouvaient face à face, alors elles exécutaient une sorte de danse pour s'esquiver mutuellement, tout en essayant de faire leurs fameux touchers. Les « victimes » devaient s'allonger par terre et feindre d'être mortes. Inlassablement, garçons et filles ont joué à ce jeu pendant les trois jours, en recomposant leurs équipes et en modifiant les règles à leur gré. Il leur est même venu à l'idée d'imiter les adultes, en opposant une équipe exclusivement masculine à une autre, exclusivement féminine, chacune incluant des enfants de camps au départ opposés. Nous entendions monter de la rivière leurs cris, leurs rires et leurs exclamations de surprise. Quoi de plus merveilleux que cette symphonie spontanée d'enfants qui s'égayent ? Loin des carnages et des cacophonies guerrières…

L'exemple qu'ils ont donné était peut-être l'aspect le plus enchanteur de ces jeux, qui se sont déroulés sous le signe de l'amitié et de la sportivité. Sauf, sans doute, en ce qui me concerne, puisque j'ai, en quelque sorte, dérogé aux conventions en renversant brutalement le pauvre Short Bull – un procédé qui, s'il m'a menée à la victoire, n'était pas très loyal. En outre, malgré son physique de brute, il s'est révélé être un charmant homme. Non seulement ma tactique l'a amusé, mais il m'a de plus félicitée d'y avoir recouru, m'assurant qu'un guerrier astucieux n'hésiterait pas à l'employer dans une situation périlleuse. À ma grande surprise, il parlait anglais. Je devais apprendre qu'il avait pratiqué notre langue alors qu'il travaillait comme éclaireur pour l'armée.

— Vous m'avez pris au dépourvu ! m'a-t-il dit. Vous êtes aussi forte que la plupart des hommes contre qui j'ai lutté, et je ne perds pas souvent. Je m'en souviendrai pour la prochaine fois…

— Oh, il y a d'autres astuces que je n'ai pas eu l'occasion de vous montrer, lui ai-je répondu avec un sourire espiègle.

— Ah bon ? Il me tarde de voir ça.

— Restons-en là, pour l'instant…

L'exubérance joyeuse des enfants nous a rappelé la qualité essentielle de ces jeux – à savoir qu'ils n'étaient que des jeux, destinés à nous divertir et nous dépasser, sans qu'on ait à déplorer de morts ni de blessés. Aucun des deux camps n'a vraiment tenu le compte de ses victoires et de ses défaites. Certaines épreuves ont d'ailleurs été répétées plusieurs fois et les mêmes ne gagnaient pas toujours, de sorte que, à la fin, il était impossible de déclarer un unique champion. Aucun prix, aucun trophée n'a été décerné, la meilleure récompense consistant à avoir admiré le talent et les prouesses des participants.

Il s'est passé un événement remarquable, le troisième et dernier soir, alors que nous fêtions la fin des jeux par un grand dîner et des danses. J'ignore comment l'idée de cette étrange attraction a pu séduire Dog Woman, mais le résultat en a surpris plus d'un, à l'exception des instigatrices. À l'évidence, ce… spectacle, comme il faut bien l'appeler, était l'œuvre d'une Française du groupe de Molly, qui a gardé son nom de scène, Lulu Larue, depuis l'époque où elle entamait une carrière de comédienne, de danseuse et chanteuse dans son pays. Un charmant personnage avec qui j'ai eu plaisir à bavarder dans mon français rudimentaire. Comme Christian Goodman, Lulu est opposée à toute forme de violence, même de combat sportif et, bien sûr, elle ne fait pas partie des Cœurs vaillants. Venant tenter sa chance en Amérique, elle a connu de nombreuses mésaventures, s'attachant à un individu douteux, et elle s'est finalement engagée dans le même programme que nous. Son histoire a malheureusement quelque chose de familier…

Alors que nous avions terminé de dîner et que plusieurs danses s'étaient succédé, Dog Woman a soudain interrompu le cours de celles-ci et, d'une voix sonore, annoncé que la prochaine serait exécutée en l'honneur de nos nouveaux amis shoshones. Tandis qu'elle frappait dans ses mains, Lulu a invité Astrid, Warpath Woman, lady Ann, Pretty Nose, Hannah, Kills in the Morning Woman, Phemie, Molly, Little Snowbird (Sehoso, la petite protégée de Molly, qui s'entraîne pour se joindre aux Cœurs vaillants), Maria et Martha dans le cercle. Toutes portaient par-dessus leur robe de peau une sorte de jupe courte, composée d'herbes d'automne, nouées en gerbes serrées. À l'exception de Lulu, rayonnante de fierté, la troupe affichait diverses expressions, oscillant entre l'embarras et l'amusement. Lulu a fait signe aux musiciens à proximité : deux flûtistes, deux joueurs de gourdes remplies de graines, semblables à des hochets, et deux tambours qui ont commencé à jouer. Pas la mélodie la plus fine qu'il m'ait été donné d'entendre, j'avoue, mais elle avait quelque chose d'original, sur un rythme indien avec un je-ne-sais-quoi de français... Bras dessus bras dessous, les danseuses ont exécuté un pas simple, en cadence, se décalant d'abord vers la droite et levant légèrement la jambe, puis même chose à gauche et ainsi de suite. À mesure que le rythme accélérait, un peu maladroitement tout de même, elles levaient la jambe un petit peu plus haut. Celles qui portaient des robes droites en daim (toutes, sauf lady Ann qui avait noué son « tutu » d'herbes par-dessus son pantalon de cheval) avaient défait ou desserré les lanières sur leurs hanches pour être plus à l'aise, et, chaque fois qu'elles changeaient de jambe, elles mettaient à découvert une mince bande de chair nue, vite revêtue par leurs tutus. Je me suis rendu compte qu'elles dansaient le french cancan, à propos duquel j'avais jadis lu un article dans la *Chicago Tribune* – selon les termes du journal, une invention très mal vue par les défenseurs de la morale...

Sur ordre de Lulu, les filles ont posé les mains sur les hanches, les coudes vers l'avant et, sans rompre le rang ni cesser de nous regarder, un sourire effronté aux lèvres, elles se sont mises à lancer leurs jambes vers le ciel. Enfin, certaines les lançaient vraiment...

– Allons, mesdames, leur rappela Lulu, donnez des coups de pied aux étoiles !

Une phrase qu'elle leur a répétée en français, en cheyenne et en arapaho. Je n'aurais pas cru qu'elle était aussi douée pour les langues !

L'assistance était captivée, plutôt choquée ou plutôt ravie, je ne saurais vraiment le dire. Certains riaient à gorge déployée et les enfants ouvraient de grands yeux en pouffant. Je riais moi-même de bon cœur, pleine d'admiration. La pauvre lady Ann, s'amusant plus encore que les autres, ne démontrait pas dans le cercle la même habileté que, plus tôt, avec son fusil. Mais ses mouvements maladroits, souvent à contretemps, étaient follement comiques. En revanche, Lulu dansait comme quelqu'un dont c'est le métier. Sa jambe volait par-dessus sa tête ! Pretty Nose, Warpath Woman et Kills in the Morning Woman ont toutes une certaine grâce naturelle, aérienne, cette souplesse qui les caractérise à cheval. Phemie, comme dans tout ce qu'elle fait, était majestueuse et élégante. La petite Hannah, leste et alerte ; Astrid pouvait compter sur ses jambes musclées ; Molly également, les siennes sont si longues, si solides, et elle était parfaitement coordonnée avec Lulu, comme Sehoso, avec ses mollets de poulain, qui mimait les deux femmes avec précision. Enfin, j'étais étonnée que Martha se soit jointe à elles, mais j'ai constaté que, avec cette assurance qu'elle a acquise, elle fait preuve d'une belle agilité.

– Je n'ai jamais rien vu de pareil ! s'est exclamé Chance près de moi, d'une voix émerveillée.

Pleines d'entrain, les filles riaient elles-mêmes du spectacle qu'elles offraient. S'il était sans doute contraire aux convenances, Dog Woman, contre toute attente, suivait la chose avec un air de grande satisfaction, voire de fierté, comme si elle en était l'instigatrice. Et pourquoi pas ? Il avait fallu, en tout cas, lui demander la permission et peut-être se réjouissait-elle de l'avoir donnée.

Tout le monde était captivé, même ceux qui affichaient une moue dubitative. La bonne humeur gagna bientôt les enfants qui se précipitèrent dans le cercle des danses, où ils imitèrent les pas de la petite troupe, certains avec succès, d'autres tellement hilares qu'ils tombaient et se roulaient par terre en s'esclaffant de plus belle.

Voilà qui concluait merveilleusement ces jeux entre hommes et femmes de bandes différentes, pour lesquels le mot ennemi semblait désormais appartenir au passé. J'ai étudié chaque visage autour du feu, les danseuses, nos invités, les membres de notre bande hétéroclite – avec ses composantes cheyenne, arapaho, française, mexicaine, norvégienne, américaine, britannique, africaine... ses sang-mêlé, comme Hawk, qui est à la fois blanc, cheyenne et sioux. J'aurais aimé y inclure nos amies suisse et irlandaises, Gretchen, Meggie, Susie, Daisy aussi, les enfants qu'elles ont engendrés dans notre tribu, et ma chère petite Sara, la première d'entre nous qui fut victime d'une de ces guerres absurdes.

Je me souvenais si bien d'elles, si clairement et si fort que je me suis mise à pleurer en regrettant qu'elles n'aient pas connu ces moments de joie, de camaraderie, de paix.

Les disparues

Molly Standing Bear

Sur **5 712** femmes et filles indigènes portées disparues en 2016, selon le Centre d'informations criminelles des États-Unis, seulement **116** ont été enregistrées dans le fichier des personnes disparues du Département de la Justice.

506 : le nombre de femmes et filles indigènes disparues ou assassinées dans 71 villes américaines en 2016, d'après un rapport de novembre de l'Urban Indian Health Institute[1].

1 sur 3 : selon le Département de la Justice, la proportion d'Amérindiennes victimes d'un viol ou d'une tentative de viol, soit plus du double de la moyenne nationale.

84 % : le nombre de femmes indigènes qui ont subi des violences physiques, sexuelles ou psychologiques au cours de leur vie, selon le National Institute of Justice[2].

New York Times, 12 avril 2019

---

1. Institut de la santé indienne en zone urbaine.
2. Centre de recherches du Département de la Justice.

— Tu sais pourquoi je reviens ici ? ai-je demandé à Jon, un soir dans sa caravane.

Je lui avais encore rendu visite plusieurs fois et, celle-ci, j'y étais allée à cheval.

— Parce que je suis ton esclave sexuel ?

— Pas drôle. Non, parce que je ressemble à la petite chienne dont je t'ai parlé. Je peux dormir quelque part sans être inquiétée.

— Tu es SDF ?

— Quelque chose comme ça. Itinérante.

— Tu dors où, le reste du temps ? Et ton cheval, où tu le mets ?

— Le cheval, chez une amie qui a un ranch. Je dors ici ou là, chez des copains. Quand il fait beau, à la belle étoile. Je me fais un petit nid avec des plaques d'isolant, derrière le centre communautaire. Non, je rigole...

— Ce n'est pas vraiment mes affaires, Molly... enfin, si, d'une certaine façon. Tu couches avec d'autres hommes ? Je ne te demande pas ça par jalousie ou par possession, mais pour des raisons d'hygiène. On ne se protège pas... Tu comprends ?

— Bien sûr. Je m'étonne que tu n'aies pas posé la question plus tôt.

— J'avais pensé à le faire, mais je me suis dit que tu n'étais pas folle, que tu ne prendrais pas de risques inutiles.

— J'en ai pris avec toi. Pourquoi pas avec d'autres ?

— Parce que, avec moi, tu te serais abstenue, dans ce cas. Tu as dû remarquer que j'étais plutôt propre et assez phobique, question microbes.

— En effet. Donc on est pareils. Je suis peut-être moins phobique. Nous nous protégeons chacun de son côté, mais pas ensemble.

— Admettons...

— Pour information, je ne couche avec personne d'autre, Jon. Folle, je l'ai été, mais c'est fini.

— Ravi de l'entendre. Car nous ne nous connaissons pas vraiment. Tu ne me dis rien de toi, je ne te pose plus de questions parce que tu es évasive ou que tu refuses carrément de répondre. Et tu ne m'en poses pas non plus.

— Je t'ai apporté un certain nombre des autres journaux, ce soir.

J'avais laissé les sacoches en cuir dans l'entrée, près de la porte. Elles avaient appartenu à un soldat mort en même temps que Custer et le 7e de cavalerie, à la Little Bighorn. On pouvait encore lire son nom, Miller, inscrit au pochoir sur un rabat. De génération en génération, les femmes de la tribu s'étaient transmis ce curieux héritage jusqu'à ce que j'en prenne possession. J'en ai ressorti un ballot, composé de plusieurs registres et de mon propre manuscrit, le tout attaché par une lanière de cuir.

— Lis les originaux et ce que j'ai écrit autour, ai-je proposé à Jon. Tu me donneras ton avis sur mon travail. Il y a là des choses que tu ignores et que ton père ignorait. Ce n'est pas de sa faute, mais il n'avait pas poussé ses recherches assez loin. Tu auras bien des surprises.

Il m'a remerciée en saisissant le paquet avec déférence.

— Tu ne voulais pas que je les voie. Qu'est-ce qui t'a fait changer d'avis ?

— J'ai réfléchi à ce que tu disais, au fait que nous avons des ancêtres communs et que ces journaux sont aussi un peu à toi. Tu as raison. Alors, que voulais-tu que je te demande ?

Il a ri.

— Oh, rien d'important. Les choses simples que les gens aiment savoir à propos des autres, quoi…

— D'accord. Pourquoi es-tu encore dans la réserve ? Cela fait combien de temps que tu es là, maintenant ? Six semaines ? Sept ? Tu as donné ta démission ? Tu as vendu le magazine ?

— J'ai pris un congé exceptionnel et laissé un de mes adjoints s'occuper de *Chitown*.

— Pourquoi ?

— Je ne suis pas sûr d'avoir la réponse. C'est difficile à définir, mais j'ai comme un travail à terminer ici.

Il a soupesé les registres.

— La voilà peut-être, la réponse.

Un sourire et un haussement d'épaules.

— Toi et moi, nous avons aussi du travail.

— À savoir ?

Nouveau petit rire.

— Apprendre à mieux se connaître, par exemple. Tu débarques ici à pas d'heure, on fait un câlin, tu passes la nuit avec moi... et puis tu disparais jusqu'à la prochaine fois. J'avoue que j'attends toujours cette prochaine fois, sans avoir aucune certitude. En tout cas, je n'aurais jamais cru que tu m'apporterais ces journaux.

— Quand tu les auras lus, le puzzle commencera à s'assembler. Tu comprendras mieux ce que tu fais ici.

— D'accord. Peux-tu me donner un indice avant que je m'y mette ?

— Tu te rappelles quand on était mômes ? Tu es le premier petit Blanc que j'aie rencontré, et nous nous étions plu tout de suite, bien que nous soyons d'ethnies et de milieux différents. Tu es issu d'une famille aisée de Chicago, propriétaire d'un magazine dont ton père était rédacteur en chef. Tu as eu une bonne éducation, dans de bons établissements, tu pratiquais des sports comme le golf et le tennis... tous ces trucs de riches Blancs. Cela n'aurait pas été toi, je t'aurais probablement détesté, de la même façon que les gosses de la réserve t'ont pris en grippe... Je les aurais aidés à te taper dessus, même. J'étais une jeune fille révoltée, et je suis une femme révoltée. Mais je t'aimais bien, parce que tu ne te comportais pas comme un privilégié. Tu ne nous regardais pas de haut, nous autres sauvages, pauvres, illettrés et alcooliques, qui vivons dans cette espèce de tiers-monde dont les Américains ignorent tout. Ils n'auraient qu'à ouvrir un œil, puisque nous sommes parqués à l'intérieur de votre beau pays capitaliste...

— Je t'ai bien aimée tout de suite, moi aussi, Molly. Je ne t'ai jamais considérée comme une pauvre sauvage illettrée.

— Ouh... en voilà des mots charmants. Je n'ai pas l'habitude, de ta part...

— C'était ça, ton indice ?

— Tu comprendras quand tu auras tout lu. C'est en lisant moi-même que j'ai compris pourquoi nous nous sommes plu, et pourquoi, vingt ans après, nous sommes toujours attirés l'un par l'autre.

J'ai posé la main sur la pile de registres qu'il avait sur les genoux.

– Voilà ce qui nous rapproche depuis toujours, malgré nos origines. Nous sommes unis par nos ancêtres.

– Des liens de sang ?

– Non, mais elles se connaissaient bien. Elles étaient amies intimes. On en a ici la preuve historique, écrite de leur main, ai-je ajouté en tapotant la pile. Lis !

Jon avait la chair de poule et les joues rouges.

– Tout de suite. Même si ça me prend la nuit.

– Parfait, moi, je me couche. Tu ne veux pas me tenir un peu compagnie, avant ? Pour m'aider à m'endormir...

Il m'a regardée en souriant.

– C'est demandé si gentiment, et je suis un garçon si généreux que je ne vois pas comment refuser.

– Quel galant homme...

L'odeur du café m'a réveillée le lendemain matin. Jon était en train d'en préparer dans sa cafetière à piston. Il n'y a pas de raccordement électrique sur le terrain de la réserve et il chauffe l'eau sur un petit réchaud à gaz. Le café était un tel luxe pour mes ancêtres. Ce sont des marchands français qui, venant du Canada, nous y ont initiés. Peu à peu, nous avons été conquis par les biens de consommation des Blancs, le tabac, les perles, les colifichets, les couvertures... La liste n'en finit pas, avec pour conséquence l'épidémie de diabète qui sévit aujourd'hui dans les réserves. Ils n'ont plus guère de mal à nous exterminer. Il leur suffit de nous intoxiquer avec leurs frites et leurs hamburgers... qui les tuent eux aussi.

Me voyant réveillée, Jon m'a servi une tasse. Il me l'a apportée avec la sienne et s'est assis au bord du lit. Sa caravane comporte deux banquettes, la première près de la porte, l'autre dans le fond, qui se transforment en couchettes. Il garde la seconde ouverte pour ne pas avoir à la déplier chaque soir. Quand il était petit, m'a-t-il dit, son père dormait dans celle-ci, et lui dans l'autre.

J'aime bien cette caravane Airstream, elle est confortable avec une espèce de rondeur qui fait penser à un tipi indien.

Nous sommes restés silencieux un instant, à boire notre café en nous regardant. J'avais la sensation d'un changement depuis la veille, dû certainement à la lecture des journaux.

— Eh bien ? lui ai-je finalement demandé.

— Quelque chose nous unit, oui. May Dodd n'est pas morte dans une grotte, donc. Molly McGill et elle s'étaient rencontrées. Ton ancêtre et la mienne. Elles étaient amies... rivales, même, car c'était deux meneuses. Mais de vraies amies. Cela explique peut-être que nous ayons été attirés l'un par l'autre, quand on était gosses. Jusqu'au jour où tu as fait irruption dans mon bureau, bien que je ne t'aie pas reconnue tout de suite.

— Je crois à une sorte de mémoire génétique, transmise de génération en génération. Nous sommes mus par les mêmes dispositions neurologiques, la même alchimie qui leur a permis de s'aimer, de se respecter.

Jon a souri doucement.

— Un peu compliqué pour moi, Molly. Mais c'est une théorie comme une autre et, si tu y crois, j'y souscris volontiers. Je voudrais surtout savoir ce qui est réellement arrivé à May. Tu as raison, mon père n'avait pas toutes les cartes en main. Seulement, le témoignage de frère Anthony paraissait indiscutable et il est le seul à l'avoir vue tout à la fin. Sauf que ce n'était pas fini. Ce qui est sûr, c'est que ces journaux sont écrits de sa main. J'avais lu les premiers, des dizaines de fois pour certains passages, quand papa les avait récupérés. La lettre qu'elle avait laissée à ses enfants a été authentifiée par un graphologue. Avec ta permission, j'irais en voir un avec ceux-là, mais à quoi bon ? C'est manifestement son style. Alors qu'est-ce que tu me caches, Molly ? Pourquoi ne m'as-tu pas apporté les autres journaux ? Sais-tu ce qui est arrivé, quand et où elle est vraiment morte ?

— La prochaine fois, Jon. Je veux encore travailler dessus. Ses carnets sont en lieu sûr, en tout cas.

— Tu ne réponds pas à ma question.

– Parce que je ne peux pas. Il faut que tu me fasses confiance. Tu tireras tes propres conclusions quand tu auras lu le reste.
– J'aurais pu le lire maintenant. Pourquoi attendre ?
– Je vais te dire pourquoi. Parce que tu es journaliste et que cette histoire concerne ta famille. J'ai craint que, si je t'apportais la totalité des registres aujourd'hui, tu repartirais à Chicago pour les réécrire à ta façon.
– Tu as peur que je te les vole, c'est ça ?
– Non, non, non. Pour commencer, tu es trop honnête et, ensuite, si tu essayais, tu sais que je manie bien mon couteau... Mais les journalistes sont des journalistes et, quand ils ont l'occasion d'un bon papier... Tu me l'as dit une fois : « C'est mon métier. »

Il a souri et hoché la tête.
– Oui, le couteau... Je n'oserais pas prendre ce qui ne m'appartient pas.
– D'autre part...

Gênée, je n'ai pas terminé ma phrase.
– ... bah, aucune importance.
– Ah non, Molly, ça ne vaut pas. Qu'allais-tu ajouter ?
– Eh bien, voilà. Si tu devais t'en aller, j'aurais peur que tu ne reviennes pas. Je déteste les villes des Blancs et je ne remettrai plus les pieds à Chicago. Toi, si tu revenais quand même, tu n'aurais pas moyen de me retrouver autour de la réserve. Je fais un travail dangereux, Jon, et, comme tu le suggérais, j'aimerais bien avancer avec toi. Puisque nous sommes ensemble, autant en profiter.
– Bonne idée, Molly. Je me demandais une chose. Tu te souviens, quand on était petits, un jour qu'on s'était débarrassés des gamins avec qui tu traînais... Tu étais un vrai garçon manqué et le chef de la bande. Mon père était occupé dans la réserve, et nous étions ensemble à la caravane. On avait prévu de faire un pique-nique. J'avais préparé des sandwichs... à la viande avec de la mayonnaise.

J'ai ri.
– Oui, je me rappelle. Comment oublier ces horribles

sandwichs ? Tu avais tartiné tellement de mayo qu'elle dégoulinait partout. Quand j'ai mordu dedans, la viande a glissé de l'autre côté.

Il a ri, lui aussi.

— Je n'étais pas très doué, à l'époque, je me débrouille mieux, maintenant. Si tu restais quelques jours avec moi ? Justement, on pourrait pique-niquer. Je promets de ne pas faire de sandwichs. On irait à la pêche, on pourrait même camper au bord de la rivière. J'ai tout ce qu'il faut dans la caravane, et je ferais griller des truites pour le dîner.

— Très bien. Le problème, c'est de laisser mon cheval attaché ici toute la journée.

— J'y pensais... Tu saurais m'en procurer un ? Je n'ai pas monté depuis un moment, mais je m'y remettrais bien. J'ai mes vieilles bottes de cow-boy. Papa entretenait des chevaux dans notre ferme de Libertyville, près de Chicago. J'ai dû les vendre quand il est mort.

— Je confie le mien à une amie qui en élève dans la réserve. Tu veux en louer un pendant quelques jours ? Elle a besoin d'argent, et elle aurait sûrement un animal très doux et très gentil pour un débutant.

— OK pour le louer. Mais j'ai fait du cheval presque toute ma vie, je ne suis pas vraiment un débutant.

Nous avons décidé de partir dans son 4 x 4 Suburban au ranch de Lily Redbird, où elle vit seule avec ses trois enfants. Lily a fichu dehors un mari violent, alcoolique, il y a trois ans. Heureusement, le ranch est la propriété des Redbird, sa famille, et elle a pu le conserver. Elle y dresse des mustangs qu'elle vend à des fermiers du Wyoming et du Montana. C'est une race locale, solide et bien adaptée aux hivers rigoureux de la région, donc des chevaux de travail très recherchés. Cela étant, seule avec ses trois gosses, Lily ne gagne pas des millions.

Elle s'activait au corral quand nous sommes arrivés. Lily est une belle femme fière de trente-cinq ans, à la peau mate, aux traits caractéristiques des Indiens des plaines d'autrefois, ceux que l'on voit sur les photos d'Edward Curtis et de L. A. Huffman. À l'époque, notre sang n'était pas corrompu par les mariages avec les Blancs, par une alimentation malsaine et l'abus d'alcool. Sans compter les effets du traumatisme historique sur des générations de natifs. Nous discutons le plus souvent en cheyenne, elle et moi. Je lui ai présenté Jon en lui expliquant que c'était le fils de J. Will Dodd, dont le nom ou la réputation disent quelque chose à la plupart des habitants de la réserve. Le nom ne lui était pas inconnu, mais elle étudiait Jon d'un œil méfiant, étonnée sans doute de me voir avec un homme, blanc par-dessus le marché. Je lui ai indiqué ce que nous voulions.

Elle s'est adressée directement à lui, en anglais.

– Pourquoi ne pas en acheter un, monsieur Dodd, plutôt que de perdre de l'argent en le louant ?

– Parce que j'habite à Chicago, madame Redbird. J'aurais du mal à le garer là-bas...

– Oui, mais, comprenez-vous, je n'aime pas beaucoup louer mes chevaux. Encore moins à des étrangers. C'est un vrai ranch ici, pas un parc d'attractions.

Le ton était franc et il a souri.

– Je ne suis pas vraiment un touriste, madame.

Elle l'a jaugé du regard. Lily est une femme d'affaires qui a l'habitude de traiter avec les éleveurs blancs.

– Voilà ce que je vous propose, monsieur Dodd. Je vous fais un bon prix sur un mustang bien dressé et je vous fournis le matériel pour une somme raisonnable. J'ai précisément ce qu'il vous faut. Un cheval de gymkhana, qui a gagné plusieurs courses et n'a pas peur du bétail – un bon hongre, fiable, doux comme un agneau. Il n'a même pas besoin de mors, un hackamore suffit.

– Je n'ai pas l'intention de faire des gymkhanas, ni de conduire du bétail, madame Redbird. Et j'habite toujours à Chicago.

– J'allais y venir. Inutile de l'emmener là-bas. Je vous le garde en pension et j'en prends soin. Ainsi, chaque fois que vous reviendrez, vous monterez votre propre cheval. Vous n'aurez plus à vous soucier d'en louer un. D'ailleurs, personne dans la réserve ne loue de chevaux...

Lily a souri en ajoutant :

– Moi y compris.

Elle avait un certain culot et il s'est esclaffé.

– Donc je vous achète un mustang, je vous paie sa pension toute l'année afin de pouvoir le monter *si* je reviens ici, l'été, pour deux semaines de vacances, c'est ça ?

– Exactement.

– Et, en termes de prix, où cela nous mène-t-il ?

– Mille dollars pour le mustang, ce qui n'est pas beaucoup pour un animal dressé. J'arrondis à cinq cents pour la selle et le reste. Et je vous fais un prix pour l'entretien : cent dollars par mois. Première année payable d'avance.

Jon m'a regardée d'un air amusé et curieux. Les Blancs nous ayant pris pratiquement tout ce que nous avions, les gens de la réserve leur rendent volontiers la monnaie de leur pièce. Ils n'en ont pas si souvent l'occasion.

– Très bien, madame Redbird. Marché conclu, mais à une condition. Je vous verse un acompte tout de suite – quand vous m'aurez montré le cheval, bien sûr. Et vous me prêtez le matériel pour que je m'en serve aujourd'hui. Demain, j'irai à la banque de Billings et je vous apporterai le complément à mon retour.

– En liquide.

Ce n'était pas une question, plutôt une évidence. Il a hoché la tête.

– Oui, madame, a-t-il dit en souriant. En liquide.

– Allons voir votre mustang, monsieur Dodd. S'il vous convient, je vous l'emballe.

– Appelez-moi Jon. « Monsieur Dodd », c'était mon père.

– Entendu, Jon. Moi, c'est Lily.

Le mustang était un hongre isabelle, pas très grand, solidement bâti, avec une belle tête. Jon l'a examiné, lui a soulevé les jambes, a étudié ses sabots, de l'air de celui qui s'y connaît.

– Cela ira très bien, Lily, a-t-il déclaré. Comment s'appelle-t-il ?

– Indian, a-t-elle répondu, enjouée. Je vais à la grange choisir le matériel. Mon fils reviendra le seller et vous pourrez le monter.

Jon s'est tourné vers moi tandis qu'elle s'éloignait.

– Louer un cheval à ce prix-là, ça dépasse tout. Tu t'y attendais, n'est-ce pas ?
– Évidemment, ai-je souri. Lily et moi sommes de vieilles amies. Nous étions ensemble à l'école et c'est le même curé qui nous a violées. C'est une Cœur vaillant et nous veillons l'une sur l'autre. Tu t'es comporté comme un vrai gentleman. Même pas cherché à discuter. L'argent qu'elle gagne, elle ne le vole pas. Les temps sont durs à la réserve.
– Maintenant que je suis propriétaire d'un cheval, je risque d'être là plus souvent.
– Je n'en espérais pas moins.
J'ai proposé à Jon de revenir à la caravane sur son cheval, pendant qu'il prendrait le Suburban. Je connaissais un raccourci par les champs qui m'éviterait de longer l'autoroute, et les propriétaires m'avaient depuis longtemps autorisée à l'emprunter. Je n'aurais pas conseillé à Jon de le faire à ma place. Même si, dans la réserve presque tout le monde savait à présent qu'il s'était installé au bord de la rivière, il pouvait craindre de mauvaises rencontres – un Blanc à cheval sur une propriété indienne, mieux valait éviter cela.
Arrivé à l'Airstream avant moi, il avait commencé à préparer notre pique-nique et sorti son matériel de pêche. Pour transporter nos provisions, Lily m'avait confié deux grands paniers de toile qui allaient coûter à Jon cinquante dollars de plus...
– Il va te plaire, ce mustang, lui ai-je dit en le rejoignant. Il est très docile et facile à mener.
Il a passé un bras autour de son cou et lui a caressé le front.
– Il me plaît déjà. J'en ai pour mon argent, je crois. J'aime bien ton amie aussi. C'est une dure à cuire.
– Comme toutes les Cœurs vaillants.
– Oui, vous avez de qui tenir...
Mettant pied à terre, j'ai regardé le matériel étalé sur une bâche sous l'auvent.
– Du vrai travail de Blanc, ça. Tu achètes sur Amazon ?
Il s'est marré.
– Enfin, c'est l'équipement de mon père, ça ne se voit pas ?

J'ai fait nettoyer les duvets et la tente avant de quitter Chicago. Ils avaient respiré la poussière pendant des années dans notre vieille grange.

Jon a soulevé un antique étui de canne à pêche en cuir.

— Papa m'a offert cette canne en bambou quand j'avais douze ans. On a beaucoup campé et pêché ensemble. On partait à cheval au bas des montagnes. C'était plus simple d'en louer un, à l'époque...

— Tu as prévu quelque chose pour dîner, au cas où les truites nous bouderaient ? Ça porte malheur de mettre la charrue avant le poisson...

— Oui, oui, j'ai une solution de secours, même pour le dîner de demain. Et j'emporte du vin, si cela ne te fait rien.

— Pas de problème. On a déjà partagé un verre... la toute première fois que je suis venue dans ta caravane[1]. Tu te souviens ? Je t'avais dit que nous n'étions pas tous alcooliques. J'ai été droguée un moment, oui, une façon d'oublier que je me haïssais, mais jamais une ivrogne. Tu sais tout ça, maintenant que tu m'as lue. Cela ne m'empêche pas de boire un coup, quand j'ai envie.

— On n'a pas eu le temps de parler de ton manuscrit, mais on le trouvera. Ce que tu révèles m'a touché. Je suis navré que tu aies enduré tant d'épreuves.

— Les écrire était une façon de te raconter. Ne sois pas navré pour moi. Je ne me plains pas. J'aurais préféré que certaines choses ne soient pas arrivées, mais c'est comme ça. Elles m'ont construite telle que je suis et je n'ai pas de regrets. Je ne suis pas une victime et je ne veux pas être considérée ainsi.

— Je n'en ai pas l'intention.

En verrouillant la caravane, il m'a demandé si elle ne risquait rien, sans personne pour la surveiller.

— Je n'en jurerais pas. Cela ne doit pas être très compliqué de forcer la porte.

— Il faudrait quand même avoir les bons outils. J'emporte mon ordinateur, au cas où.

---

1. Cf. *La Vengeance des mères*.

— Les toxicos n'y toucheraient pas. C'est plutôt la voiture qu'ils voleraient.

— Je vais planquer le crochet d'attelage à l'intérieur. Comme ça, ils ne pourront pas prendre les deux.

— Je ne pense pas qu'ils reviendront. Tu ne les as pas revus depuis que je les ai chassés ?

— Non.

Nous sommes partis côte à côte sur nos chevaux. Il n'était pas désagréable d'avoir autre chose à faire que de nous prélasser amoureusement dans l'Airstream. Sans doute Jon devait-il penser comme moi. Nous nous regardions d'un air complice avec le même sourire. À la fin de l'été, on sentait une touche d'automne percer le fond de l'air et colorer les branches. La température était idéale à ce moment de l'année, chaude la journée sans être suffocante, et fraîche la nuit. Au bout d'une heure, midi étant passé, nous nous sommes arrêtés pour pique-niquer près d'un bosquet de peupliers au bord de la rivière.

Avec du poulet grillé par ses soins, Jon avait emporté de la salade, des œufs durs, ainsi qu'une baguette et un vin français qu'il avait achetés à Billings, où il s'approvisionnait chaque semaine.

— J'admets que tout ça est bien meilleur que tes sandwichs, il y a vingt ans.

J'ai bu une gorgée du vin qu'il m'avait servi dans une petite tasse en verre – encore un gadget de son campeur de père.

— Mais n'imagine pas que tu vas me séduire avec ton pain et ton vin français.

— J'ai besoin de te séduire, moi ?

— Bien sûr. Tu sais pourquoi ?

— Non.

— Parce que, après avoir mangé, tu vas monter la tente pour dormir une demi-heure avant d'aller pêcher. Tu as à peine fermé l'œil, cette nuit, et tu dois être fatigué. Et, avant ta sieste, au lieu de me « câliner » comme tu dis pudiquement, ou de nous « envoyer en l'air » comme je dis vulgairement, nous allons vraiment faire l'amour, pour une fois. Ensuite, quand on sera réveillés, tu voudras que je te parle des choses simples que les gens aiment savoir à propos des autres...

— Je ne demande pas mieux, Molly... J'étais en train de penser que nous n'étions pas loin de l'endroit où nous nous donnions rendez-vous quand nous étions gamins. Je t'avais embrassée sur la rive, tu te rappelles ?

— Bien sûr.

— Tu es la première fille que j'ai embrassée.

— Et toi, le premier garçon.

— Tu crois que May et Molly nous observent, de là-haut ?

— Bon Dieu, j'espère que non !

— Moi aussi.

— C'est drôle, quand même... Le lendemain de ce jour, tu t'es fait taper dessus alors que tu voulais m'emmener au cinéma, et nous ne nous sommes plus revus jusqu'à ce que je débarque dans ton bureau à Chicago.

— Je ne suis jamais revenu ici avec mon père. Pendant des années, je me suis demandé ce que tu étais devenue. Tu as été ma première « copine », comme on disait, adolescents.

— Eh bien, tu le sais maintenant. Et tu n'es pas au bout de tes surprises...

— Qu'à cela ne tienne, a-t-il dit en levant son verre à ma santé.

Je l'ai imité et nous nous sommes regardés.

— À de nouveaux souvenirs, a-t-il ajouté.

— À un nouveau départ.

Nous avons trinqué.

Après le pique-nique, nous nous sommes installés. Les chevaux avaient bu, nous les avons entravés pour les laisser brouter l'herbe épaisse sur la rive sans qu'ils s'éloignent trop loin. Nous ne voulions pas les perdre de vue. Une fois la tente montée, nous avons tendu une corde entre deux arbres, sur laquelle nous avons noué leurs longes. J'ai ramassé du bois mort, pendant que Jon creusait un trou pour le feu, au moyen d'une pelle pliante – un autre accessoire de son père. Il a assemblé sa canne à pêche, raccordé le fil au moulinet et fixé une mouche sèche sur la pointe.

Je crois que nous étions tous deux légèrement embarrassés,

inhibés, à l'idée de former soudain un couple. En parlant de faire vraiment l'amour, j'avais en quelque sorte changé la donne. Nous avions eu quelques moments très chauds dans la caravane, mais là, à cet instant, je me donnais l'impression d'une petite fille dont le cœur bat avant son premier baiser. Jon, silencieux, devait ressentir la même chose. Ses gestes guindés trahissaient sa gêne.

– Eh bien, cette sieste... a-t-il dit en terminant.

– Allez...

La tente était un vieux modèle de canadienne à deux places, fixée au sol par des sardines. Nous nous sommes accroupis et il a ouvert le rabat pour me laisser entrer.

– Après toi.

– Merci. Je suis intimidée...

Jon avait réuni les deux sacs de couchage pour n'en faire qu'un. Délicate attention. De vieux modèles eux aussi, kaki, matelassés, à la garniture intérieure écossaise bleue et verte. Je me suis assise. Nous étions tout habillés, moi à l'indienne avec mes vêtements de daim, mes mocassins, lui en pantalon et chemise de jean, avec ses bottes de cow-boy. Il s'est assis près de moi.

– Tu dormais là-dedans avec ton père... Tu ne trouves pas bizarre que ce soit une femme, aujourd'hui ? Avec qui tu vas faire l'amour, en plus ?

– Tu n'aurais pas dû dire ça, Molly. Je me sens comme un gamin le jour de sa première fois, qui a peur de ne pas savoir faire, et maintenant tu me parles de lui...

– Désolée, Jon. C'est bizarre pour moi également. Mais tu n'as jamais eu peur, jusque-là, pas besoin de t'inquiéter.

– La faute à tes grands mots. Tu n'as qu'à sortir ton couteau, me le coller sous la gorge, et ensuite tu t'assois sur ma bouche.

Nous nous sommes mis à rire et la tension s'est dissipée.

– C'est une option. On n'est pas obligés non plus d'imiter les vieux couples mariés qui, toute leur vie, n'ont connu que la position du missionnaire...

– D'accord. Mais j'aimerais bien, d'abord, que tu fasses sortir mon père de cette tente.

Je continuais à rire.

— Pas de problème, Jon, ai-je répondu en retroussant ma tunique et en la passant par-dessus ma tête.

Il m'a regardée en respirant un bon coup.

— Il est reparti. Tu l'as affolé !

La façon dont nous avons fait l'amour, ce jour-là et par la suite, n'avait plus rien à voir avec les termes – pudiques ou vulgaires – que nous avions employés jusqu'alors. Plus que de prendre du plaisir, il s'agissait d'en donner avec tendresse, d'explorer nos corps, avec parfois la sensation puissante, baignée d'euphorie, de ne former qu'une personne. Depuis toujours, j'avais refusé cette forme de proximité avec un homme, cette union de tous nos sens, et je commençais à me demander comment j'allais pouvoir à présent m'en priver.

Nous nous sommes endormis en chien de fusil l'un contre l'autre. Quand j'ai ouvert les yeux, la lumière avait changé. La toile de tente filtrait les reflets dorés de la fin d'après-midi. Jon avait lui aussi les yeux ouverts.

— Tu es réveillé depuis longtemps ? lui ai-je demandé.

— Non, une minute. J'entends les poissons s'agiter dans la rivière...

— Sans blague ? C'est agréable de se réveiller au son de l'eau qui court, non ?

— Une des choses les plus agréables quand on fait du camping.

— Je dors souvent au bord d'un ruisseau ou d'une rivière. Avec toi, j'aime encore mieux. La nourriture est meilleure, et la tente est confortable. Pas aussi confortable que les tipis qui m'accueillent dans l'autre monde...

Il s'est hissé sur un coude pour bien me regarder.

— J'espère que tu m'en diras plus. Pour l'instant, il faut aller pêcher tant qu'il fait encore jour. On a seulement besoin de deux belles truites pour le dîner.

— Et le petit-déjeuner ?

— Quatre, alors. Dépêchons-nous.

La rivière est jolie qui sinue au bas de la montagne. Elle danse sur son lit de galets et s'étend paresseusement entre deux méandres. Des buissons de saules s'élèvent sur ses rives, parfois touffus sinon impénétrables. Entre deux bosquets, nous nous sommes soudain trouvés face à un élan femelle et ses petits jumeaux. Ce sont des animaux notoirement myopes. Dans cette situation, mues par l'instinct maternel, les femelles n'hésitent pas à se ruer sur les indésirables. Celle-ci a bramé, piaffé et se préparait à nous attaquer. Quand je lui ai dit dans sa langue que nous ne leur voulions pas de mal, elle a fait demi-tour et s'est enfoncée dans les saules, suivie par ses jumeaux, avec cette allure curieuse qui les caractérise, dégingandée et gracieuse à la fois.

– Qu'as-tu fait ? m'a demandé Jon.
– Je me suis transformée en élan. Tu n'as rien vu ?

En fin d'après-midi, de nombreux insectes étaient en train d'éclore à la surface de l'eau, attirant les truites qui venaient les gober en laissant au-dessus d'elles de grandes auréoles translucides.

À un endroit où la rivière s'élargissait, Jon a lancé sa ligne et aussitôt sa mouche a disparu dans une de ces auréoles, emportée vers le fond. Il avait troqué ses bottes contre une vieille paire de tennis et il a quitté la rive herbeuse, sa canne au-dessus de sa tête, pour marcher sur le gravier au bord de l'eau. Quelques instants plus tard, il remontait sa prise, une truite fardée, longue de trente centimètres. Repue après un long été, elle avait mal choisi son dernier repas. La tenant par la queue, Jon lui a frappé la tête deux fois sur un rocher. Nous l'avons admirée un instant, avec la gratitude amère qu'un chasseur éprouve pour sa proie, puis il l'a glissée dans son panier en bandoulière.

Nous avons progressé un peu plus loin sur la rive, où il m'a tendu sa canne.

– À toi, Molly, essaie.
– Non, continue. La pêche à la mouche est un sport de riches. On ne reçoit pas le catalogue Orvis, ici. Peut-être demain, je couperai une branche de saule, j'attraperai quelques vers de terre, je t'emprunterai un peu de fil et je te montrerai comment je fais. J'ai été barmaid pendant un temps à Sheridan. L'été, à la fin de la journée, on avait pas mal de pêcheurs en vacances qui venaient boire un verre. Ils étaient tout fiers d'avoir relâché leurs beaux

poissons. Ils me montraient les photos que leurs guides avaient prises d'eux, sur leurs portables, un grand sourire aux lèvres et leurs truites à la main, avant de les remettre à l'eau. Moi, je ne pêche que quand j'ai faim et je ne rejette les poissons que s'ils sont trop petits.

— Ces types ont parfois un côté moralisateur. C'est un peu pervers de torturer un poisson pour le plaisir, et ensuite de le relâcher, comme si nous étions des adversaires de force égale qui s'amusent à vérifier lequel des deux est le plus malin. Je ne pêche plus que pour me nourrir. Ce n'était pas toujours le cas avec mon père. Mais j'aimerais voir comment tu t'y prends. Quand j'étais petit, j'ai commencé avec des asticots, moi aussi.

Quelques instants plus tard, nous avions suffisamment de truites pour le dîner et le petit-déjeuner, demain matin, avec les œufs brouillés.

La fraîcheur tombe vite à cette époque de l'année. Nous avons mangé juste avant le coucher du soleil, pour profiter de la lumière. Jon a enrobé le poisson de farine et l'a mis à frire avec du beurre dans une poêle. Il avait emporté un sac de petites pommes de terre nouvelles, achetées chez un producteur de Billings, qu'il a disposées autour en rondelles. Il avait même des feuilles de salade lavées, dans une boîte en plastique, et sa propre vinaigrette !

Je dois admettre qu'il a quelques ressources… contrairement à bien des hommes de la réserve, dont les femmes travaillent du matin au soir, font le ménage, nourrissent leurs enfants et leurs parasites de maris qui ont passé toute la journée, vautrés sur le canapé, devant la télévision. À l'évidence, Will Dodd avait habitué son fils à se prendre en charge. La mère de Jon avait disparu alors qu'il était très jeune, et Will ne s'était jamais remarié.

Le dîner terminé et les couverts lavés, nous avons ajouté du bois dans le feu et bu un dernier verre de vin. Une lune aux trois quarts pleine s'était levée.

— Bon Dieu, Jon, tu as emporté deux bouteilles, du blanc et du rouge, pour camper dans la nature ? Tu es peut-être un peu trop raffiné pour moi…

— Je m'attendais à cette remarque. Tu n'aurais pas une tunique en daim et des mocassins, comme le cow-boy Chance ? Je te plairais mieux comme ça...

— Je n'ai pas de problème avec tes jeans. Mais ça t'irait bien, c'est vrai. Il était pas mal, comme cow-boy. Ton ancêtre May Dodd a eu de la... chance de le trouver.

— Et réciproquement. Que sont-ils devenus ?

— Tu le liras bientôt.

— Il faut que j'apprenne à lire dans tes pensées, aussi ?

— Tu as le droit de poser des questions, maintenant. Je tâcherai de te répondre franchement. Pas en ce qui concerne les autres journaux, je préfère que tu les découvres par toi-même. Les originaux, l'écriture serrée de May Dodd et de Molly McGill, donnent une idée précise de ce qu'elles ont enduré, non ?

— Certes... J'ai une question, pour commencer. Tu disais que tu as travaillé à Sheridan. Mais aujourd'hui, comment gagnes-tu ta vie ? Itinérante, sans domicile fixe, d'accord... mais il faut bien manger.

— Je travaille clandestinement pour un groupe qui s'efforce de retrouver des femmes disparues. Et, si possible, d'identifier les responsables.

— Disparues ?

— Tu as dû voir ça dans les journaux, bien que les médias n'y prêtent pas beaucoup attention, pour ne pas parler des autorités. Des Indiennes de tous âges, des gamines, des adolescentes disparaissent régulièrement des réserves et des villes. On n'a pas de décompte précis, parce que l'État fédéral et les forces de l'ordre se fichent bien de notre sort, et leurs données ne sont jamais à jour. Les statistiques les plus récentes datent de 2016. Rien que pour cette année-là, cinq mille sept cent douze femmes et filles indigènes ont été portées disparues. Selon le Centre d'informations criminelles, seulement cent seize ont été enregistrées dans la base de données du Département de la Justice. Cent seize sur cinq mille sept cent douze... La Justice travaille bien, n'est-ce pas ?

« Selon d'autres statistiques, il y a dix fois plus d'Indiennes victimes d'homicide que dans la population en général. Mais encore : une Indienne sur trois a subi un viol ou une tentative de viol ; quatre-vingt-quatre pour cent ont souffert de violences physiques, sexuelles ou psychologiques au cours de leur vie... J'en fais d'ailleurs partie. Enfin, toujours en 2016, cinq cent six femmes et filles indigènes ont disparu ou ont été assassinées dans soixante et onze villes américaines.

« Maintenant, imaginons un instant que ces meurtres, viols et disparitions aient lieu dans les mêmes proportions à Beverly Hills, Chicago, Manhattan, Palm Beach, etc. À ton avis, comment réagiraient les médias et les forces de l'ordre, tant locales que fédérales ? Ton président... ce n'est pas le nôtre, pas le mien... décréterait l'état d'urgence. On mobiliserait la garde nationale. Les assassins, les violeurs, les ravisseurs seraient traqués, les réseaux de prostitution, démantelés. On déploierait des moyens considérables. Mais comme cela ne concerne que des Indiennes, la grande presse n'y consacre qu'un petit article, tous les quatre ou cinq ans, et ensuite c'est oublié.

« Voilà à quoi j'occupe mon temps, Jon, et pourquoi je m'absente régulièrement. C'est la mission des Cœurs vaillants et le travail ne manque pas.

— Merde alors... Je lis parfois un papier dans le journal là-dessus, mais je ne connaissais pas ces statistiques. C'est énorme ! Concrètement, que peux-tu faire contre ça ?

— Pas grand-chose, je l'admets. Nous remportons de petites victoires, ponctuellement. Nous retrouvons des femmes, des filles, que nous ramenons au bercail et que nous soignons. Et quand on met la main sur les coupables, on les punit.

— Vous les livrez à la police ?

— Grands dieux, non ! On ne se donne pas tout ce mal pour qu'ils soient relâchés deux heures plus tard. C'est ce qui se passe avec la police. Je t'ai dit, on les punit nous-mêmes. Je suis changeuse de forme et c'est ma spécialité.

— Tu les... tues ?

— Cela arrive. Parfois, je leur fais plutôt regretter d'être vivants.

— Vous êtes une sorte de milice ?

— Nous rendons la justice et nous veillons à ce que les coupables soient condamnés. Comme ni l'État ni les forces de police ne lèvent le petit doigt, il faut bien que quelqu'un s'en charge.

– Mais personne ne vous paie pour ça ?
– Si, les salopards que nous arrêtons. Ils sont prêts à donner beaucoup d'argent pour garder leurs organes génitaux, sinon la vie. Tu n'as pas idée... Cela n'est pas toujours une raison pour les épargner.

J'ai respiré un bon coup et j'ai posé ma main sur celle de Jon.
– Bien, écoute... Ce sont de petites vacances que nous nous offrons, hein ? Cheval, pique-nique, camping, pêche à la truite... Comme les Blancs, n'est-ce pas ? Une sorte de lune de miel, sans le mariage. Nous passons un moment merveilleux ensemble. Sans doute un des meilleurs de ma vie. C'est triste d'affirmer une chose pareille ? Je me suis ouverte à toi, mais je ne veux plus parler de mon travail. Je me suis rarement sentie aussi bien, et nous risquons de tout gâcher. J'ai juste envie de rentrer dans la tente et de me blottir contre toi...
– Moi aussi, Molly. Il n'y a rien de triste à affirmer qu'on se sent bien. Au contraire, ce que tu me dis me remplit de joie. Je n'ai pas eu à affronter les épreuves que vous avez traversées, toi et ton peuple. J'ai eu une enfance heureuse, un père adorable, une épouse remarquable qui, hélas, n'est plus là. Je passe, moi aussi, un moment merveilleux avec toi, et j'aimerais qu'il y en ait d'autres. Seulement, tu détestes les grandes villes et je ne te demanderai pas de t'installer à Chicago. N'empêche, on peut se voir autrement. Une dernière question : je crois volontiers que tu fais un travail dangereux, mais tu n'es pas prête à le quitter ?
– Non.
– Bien sûr. Je ne te le demande pas non plus. Nous aurons besoin de trouver de la place, l'un pour l'autre, dans nos vies.
– J'y avais pensé.
– Bon, a-t-il dit avec un sourire. Vivons le moment présent et laissons le reste de côté. Tu as raison, il commence à faire froid. Allons nous coucher.
– La journée n'est pas terminée, nous avons encore de belles heures devant nous.

Les Journaux perdus de Molly McGill

Le monde éteint derrière le nôtre

« Dans notre groupe, nous nous regardions les uns les autres, incrédules, troublés ou effrayés. J'ai senti un étrange fourmillement me parcourir le dos, et je n'étais certainement pas la seule. »

(Extrait des journaux perdus de Molly McGill.)

21 octobre 1876

Pas écrit une ligne depuis des semaines et je vois May, infatigable et prolifique, qui noircit des pages à longueur de temps. Non qu'elle en ait plus que moi, alors j'ai un peu honte de négliger mon journal. On dirait qu'elle a toujours son carnet en main, prête à coucher quelques mots, que ce soit pendant les réunions des Cœurs vaillants, nos rencontres avec les Shoshones, les dîners et les danses.

En plaisantant, je lui ai proposé, l'autre jour, de me laisser recopier quelques-unes de ses pages dans le mien...

— Et si je disais du mal de toi, Molly ? De toi ou d'une autre ? Tu sais que j'ai parfois des opinions tranchées. Je suis volontiers acerbe. Ne t'inquiète pas, il n'y a rien contre toi, sinon de l'admiration. Nous serions peut-être embarrassées, l'une comme l'autre, si tu me lisais. Et je serais très gênée que l'on tombe sur les passages où je parle de mes amours. Je n'hésite pas, parfois, à employer un langage cru. Cela ne regarde que moi, de toute façon, n'est-ce pas ?

« Je me pose une question, cependant... Supposons qu'il nous arrive un accident, à toi ou à moi. Plus précisément, que nous disparaissions, ce qui nous menace à chaque instant. J'ai bien failli y passer, déjà. La Faucheuse me tenait dans ses griffes, et c'est à Wind que je dois d'être encore en vie. Mais alors, nos amies attendraient-elles longtemps avant d'ouvrir nos journaux pour voir ce que nous disons d'elles ? Dans ce cas, est-il raisonnable d'écrire avec une franchise absolue ? Jusqu'à quel point nos journaux sont-ils vraiment intimes ?

— J'ai eu le temps d'y réfléchir moi-même, May. Je suppose que certaines personnes ont l'intention de laisser un message à la postérité, qu'elles imaginent empreint d'une certaine profondeur. Avec l'envie de se grandir aux yeux de ceux qui les liront, ce qui peut les pousser à mentir. Je n'ai pas ce genre de préoccupation. J'ai décrit ce qui m'attache à Hawk sans me censurer. Alors, en cas de décès, on pensera ce qu'on voudra. Quand je serai morte, je doute que cela m'inquiète beaucoup.

— Exactement, a admis May en riant. N'empêche, je suis parfois tentée d'enjoliver les choses, un petit peu... ou plus, pas pour me glorifier ni pour séduire un éventuel lecteur, mais simplement par jeu. À mon avis, personne ne dit jamais la stricte vérité dans un journal intime. Elle est toujours interprétée d'une façon ou d'une autre.

— Cela me rappelle un soir où nous étions autour du feu, Meggie, Susie et moi, toutes les trois en train de griffonner. Peut-être l'ignores-tu, mais Susie ne savait pas écrire. Elle se confiait à sa sœur, qui notait ses remarques. Comme elles étaient curieuses, elles m'ont proposé d'échanger nos journaux, pour avoir une idée de ce qu'on racontait, elles et moi. Je leur ai répondu que, si l'on avait en tête d'être lues, il n'y aurait pas moyen d'être sincère.

« J'ai conservé les journaux des jumelles et je les ai lus. Malgré quelques fautes de grammaire, leurs récits sont colorés, nature, d'une franchise désarmante. Je ne crois pas qu'elles m'en voudraient que je te les prête. Tu auras une idée de ce que nous avons vécu ensemble.

— Avec plaisir, Molly.

May et moi avons noué des liens étroits. La franchise est de mise et si, à l'occasion, nous nous réfugions derrière un faux-semblant, inévitable par moments, l'une ou l'autre le démasque rapidement et nous en rions toutes deux. Nous venons de milieux différents, mais nos sensibilités nous rapprochent, ainsi qu'une bonne dose d'humour sans lequel nous aurions du mal à tenir le coup.

Je la sens parfois fragile sous la surface, mais elle possède un caractère fort, forgé par les événements. Son désir le plus vif, me dit-elle, est de retrouver ses enfants à Chicago et de leur présenter leur petite sœur. Un rêve impossible auquel elle paraît s'accrocher désespérément. Au moins a-t-elle un soutien idéal en la personne de Chance, un garçon droit, simple et direct, qui semble savoir tout faire et qui l'adore. Bon cavalier, il apprend vite le cheyenne et s'entend à merveille avec Hawk. Ils chassent souvent ensemble et je me demande bien ce qu'ils peuvent se dire à propos de leurs compagnes respectives.

Après le départ des Shoshones, nos éclaireurs ont profité des belles journées d'automne pour explorer les montagnes et les plaines alentour, et tenter de définir où nous nous trouvons exactement. Aussi parfaite soit-elle, notre merveilleuse vallée ne cesse de nous interroger.

Pendant nos « pacifiques » jeux guerriers, comme nous les avons appelés, nos invités ont éprouvé une fascination non feinte pour les Blanches de notre bande, ainsi que pour notre Africaine Phemie. Pour le repas du dernier soir, nous nous sommes toutes réunies autour d'eux, avec nos maris, le cas échéant. Nous formions une jolie troupe : May et Chance, Feather on Head, Hawk et moi, Phemie et Black Man, Ann Hall et sa chérie Bridge Girl, Hannah et Little Beaver, Lulu et Squirrel, Astrid et Christian, Maria et Rock, mais aussi Gertie, Martha, Grass Girl, et la patronne des Cœurs vaillants, Pretty Nose. Celle-ci semblait s'être attachée à un jeune et fringant guerrier Shoshone, dénommé Two Crows[1], auquel elle s'était mesurée pendant les épreuves. Une longue discussion s'est ensuivie, avec pour principaux interlocuteurs le chef Young Wolf et son épouse, elle aussi du même âge que nous, qui porte le nom curieux de Appears on the Water Woman. Young Wolf connaît un peu de cheyenne, un peu d'arapaho, mais s'exprime surtout en shoshone. Chance et Gertie étaient là pour nous servir d'interprètes.

Nous leur avons posé nombre de questions à propos de la région et de leur propre village. Young Wolf a répondu qu'ils résidaient de l'autre côté des montagnes, à quatre ou cinq journées de cheval. Il est né à cet endroit et il y a vécu toute sa vie.

---

1. Deux-corbeaux.

Comme la plupart des tribus des plaines, les Shoshones forment des bandes distinctes au cours de l'été afin de suivre séparément les troupeaux de bisons. Chacune respecte le terrain de chasse des autres et aucune ne manque de gibier. Ils pratiquent le troc avec les Français qui, entre le printemps et l'automne, se déplacent vers le sud et leur fournissent différents produits. Quelques Français ont épousé des femmes de la tribu, mais continuent d'aller et venir entre le Canada et les Bighorn jusqu'à ce qu'ils soient trop vieux pour travailler. Alors ils s'installent pour de bon auprès de leurs familles indiennes.

Les Shoshones, nous apprend Young Wolf, commercent également avec les tribus des plaines du Nord – Arapahos, Blackfeet, Cheyennes, Sioux, Nez-Percés, Pawnees – et descendent parfois à la rencontre de celles du Sud – Comanches, Apaches, Navajos, Pueblos, Hopis et Zuñis. Ils possèdent de grands troupeaux de chevaux et, si l'on en juge par les présents qu'ils nous ont apportés, notamment des bijoux navajos et des poteries hopis (comment ont-ils fait pour transporter des objets aussi fragiles ?), ils sont habitués aux richesses. Les mois froids approchant, eux aussi sont en train d'établir leur village d'hiver.

Quand nous leur avons demandé si d'autres tribus étaient établies à proximité de la vallée, Young Wolf et Appears on the Water ont paru surpris.

– Bien sûr, mais la terre est vaste. Nous leur rendons visite, de temps en temps, pour entretenir les relations, ou pour des jeux.

– Mais vous ne vous faites jamais la guerre ? s'est étonnée Gertie.

– Non. Seulement des jeux guerriers dans lesquels nous rivalisons d'adresse, comme avec vous.

– Des soldats parcourent-ils la région ? a-t-elle continué.

– Nos hommes et femmes-médecine nous parlent de ceux qui apparaissent dans leurs visions, a répondu Young Wolf. Mais les soldats blancs ne vivent pas parmi nous. Ils habitent ce que nous appelons « le monde éteint derrière le nôtre ». Dans celui-là, les tribus se font vraiment la guerre et leurs enfants meurent par dizaines. Les Blancs aux tuniques bleues exterminent les bisons, volent les terres, et les tribus sont décimées. Ce sont les histoires que racontent les anciens aux plus jeunes, pour qu'ils ne suivent pas cette voie. Car l'ancien monde est mort de cette façon, pendant que le nouveau prenait forme. Nous ne sommes pas certains que les choses se soient passées ainsi, car nous n'avons jamais vu ces soldats blancs. Ils n'existent que dans les récits de nos hommes et femmes-médecine. Cependant nous les croyons.

Dans notre groupe, nous nous regardions les uns les autres, incrédules, troublés ou effrayés. J'ai senti un étrange fourmillement me parcourir le dos, et je n'étais certainement pas la seule. Bizarrement, Gertie, elle, n'avait pas l'air ébranlée par ces révélations.

Elle s'est adressée à Appears on the Water Woman.

— Des gens du monde éteint se sont-ils jamais installés ici ?

— Nos hommes et femmes-médecine disent qu'il y a très longtemps, nos ancêtres ont fui le vieux monde avant qu'il s'éteigne, et se sont rendus ici pour créer l'actuel.

— Y en a-t-il encore qui font le voyage ? a poursuivi Gertie.

De nouveau, Appears on the Water a paru surprise.

— Des bandes inconnues apparaissent de temps en temps. Nous ne leur demandons pas d'où elles viennent.

— Et de simples Blancs comme nous, y en a-t-il dans la région ?

Appears on the Water a souri timidement.

— Les marchands du Nord, seulement. Quand l'un d'eux épouse une de nos femmes, ou celle d'une autre tribu, leurs enfants ont parfois la peau claire. Mais nous ne les considérons pas comme des Blancs.

J'étais assise à côté de Gertie. Pour me désigner, elle a posé une main sur mon bras, car il est impoli de montrer quelqu'un avec le doigt.

— Des personnes qui ressemblent à cette femme…

Elle a ensuite posé sa main sur sa poitrine, puis fait un geste pour indiquer le reste de la bande.

— … ou à moi, ou à un autre d'entre nous qui a la peau claire, vivent-elles déjà ici ?

Appears on the Water souriait toujours. Les yeux baissés, elle paraissait rougir.

Son mari Young Wolf a repris la parole.

— Des membres de notre tribu, à moitié français, ont la peau et les cheveux presque aussi clairs que certains d'entre vous. Avant que je vienne à votre rencontre avec mes guerriers, des tribus amies qui vivent de ce côté-ci des montagnes nous avaient avertis qu'une nouvelle bande était arrivée, qui ne ressemblait à aucune autre. C'est pour cette raison que nous vous avons rendu visite, car nous voulions le vérifier. Et c'est vrai, vous ne ressemblez à aucune autre.

Nous avions beau les presser de questions, nos visiteurs, comme la plupart des Indiens, ne nous en posaient aucune. Nous ne nous sentions donc pas obligés d'expliquer notre présence, que, d'ailleurs, nous ne comprenions pas nous-mêmes.

— Voudrais-tu leur demander, a dit Ann Hall à Gertie, si, parmi eux, certains sont revenus dans le monde éteint ?

Gertie a traduit et nous avons appris que, à leur connaissance, personne n'avait jamais fait le chemin inverse.

— Rien ne nous y attire. Nos ancêtres avaient de bonnes raisons de s'en échapper.

— Je crois, mesdames, a jeté Ann sur un ton inquiet, qu'il faut réunir le conseil demain, quand nos invités seront partis, et permettre à toute la bande de se joindre à nous. Nous avons une longue liste de points à examiner. Celui-ci, notamment : aussi infect soit-il, il commence à me manquer, l'ancien monde. Après tout, j'ai encore mes propriétés, là-bas, des chevaux, une écurie, des chiens de chasse... En revenant parmi vous, je ne pensais pas m'engager pour l'éternité. Il faut à présent se demander comment sortir d'ici !

— Oui, oui, a approuvé Lulu, toujours rayonnante et optimiste. Mais que ce petit inconvénient ne nous fasse pas oublier les réjouissances. Dog Woman nous appelle, les musiciens s'installent, nous avons un spectacle à donner. Au cercle des danses, les filles ! Le public nous réclame.

Nous n'avions peut-être plus très envie de danser. Chacune

essayait de trouver un sens à une chose qui n'en avait pas. Bien sûr, notre situation occupait nos pensées depuis notre arrivée, mais nous avions évité d'aborder trop souvent le sujet pour profiter sereinement de la sécurité et de l'abondance qu'offrait cette vallée secrète. Soudain, comme le remarquait Ann Hall, notre havre de paix prenait un aspect sinistre et effrayant. Il semblait possible que, au lieu d'y passer seulement l'hiver, nous soyons à jamais prisonniers de cet autre monde. Était-ce si absurde que cela ?

Pourtant, consciencieusement, notre petite troupe s'est levée, emportant avec elle les jupes que nous avions confectionnées avec de l'herbe liée en gerbes, et nous avons suivi notre meneuse de revue. Maria, Ann, Astrid, Hannah, Phemie, Pretty Nose, Martha et moi avions discrètement répété notre numéro sous la direction de Lulu, qui avait également mis à contribution Warpath Woman et Kills in the Morning Woman, toutes deux Cœurs vaillants.

Dog Woman nous attendait. Contrairement à la dernière fois, lorsqu'elle avait perdu le contrôle des festivités, elle tenait à montrer que, ce soir, rien ne lui échappait. Après un bref échange avec Lulu, elle a fait signe aux musiciens, qui ont entamé l'air que celle-ci leur avait appris.

Nos premiers pas furent hésitants. Nous craignions de nous ridiculiser et nous étions encore sous le choc de l'étrange nouvelle. Rapidement, les flûtes, les tambours et les gourdes ont imprimé leur rythme, nous nous sommes laissées entraîner et avons pris de l'assurance. Ce n'était pas le Philharmonique de New York... mais l'effet est volontiers hypnotique. Bien sûr, nous dansions le seul pas que Lulu nous avait enseigné, le french cancan, et, à mesure que nous suivions la cadence, nos soucis ont paru disparaître. Après tout, la musique et la danse sont là pour nous libérer des contraintes quotidiennes, offrir un moment de liberté aux interprètes et aux spectateurs. Je me suis demandé si le bébé que je portais était sensible aux sons et aux mouvements... Et pourquoi pas ?

Des rires, des exclamations de surprise ont fusé, provenant de notre bande – certains découvraient nos talents cachés –, mais aussi de nos invités. Encouragées, nous avons levé la jambe de plus en plus haut, mieux coordonnées que la première fois au mois de mai. Bientôt nous riions de nous-mêmes, oubliant tout de notre situation. Quand les enfants se sont joints à nous, accompagnés de femmes enhardies des deux bandes, il m'est venu à l'esprit qu'il n'était sans doute pas si terrible, finalement, d'être prisonnière de cette vallée paradisiaque, d'explorer ce territoire intact, de chasser, de pêcher, de suivre les troupeaux de bisons. Je pouvais ici fonder une famille, vivre heureuse et en paix, sans craindre de nouveaux dangers. Même cultiver un jardin potager... Ne suis-je pas une paysanne, en définitive ? C'était une promesse d'avenir beaucoup plus engageante que la perpétuité à Sing Sing... où l'on m'interdisait de parler à quiconque... ou que finir mes jours dans une réserve indienne du monde mort. Bien sûr, May et d'autres parmi nous avaient d'autres aspirations, d'autres besoins, mais, continuant sur ma lancée, emportée par le mouvement, jetant des coups de pied aux étoiles, comme disait Lulu, j'ai repoussé l'idée d'une fatalité. Non, je n'étais pas « prise au piège », j'étais mariée à l'homme que j'aime, j'allais lui donner un enfant, et peut-être plusieurs. Cela n'était pas un cauchemar, mais le rêve que j'avais poursuivi toute mon existence.

Notre numéro terminé, j'ai couru vers Hawk, qui s'est levé. À sa grande surprise, et tant pis si j'attentais à la pudeur de nos amis indiens, je l'ai pris dans mes bras et l'ai embrassé sur la bouche, avec ces simples mots : « Je t'aime. »

22 octobre 1876

Nos invités sont partis ce matin et le conseil tribal s'est réuni comme prévu. En sus de ses membres, les Cœurs vaillants étaient là au complet, avec leurs époux, et les non-combattantes aussi – Feather on Head, Grass Girl, Lulu et Hannah. Nous avions, de plus, invité Amahtoohè'e, Howls Along Woman, la petite-fille et l'élève de feu Holy Woman.

Le calumet, allumé, a été confié à notre chef Pretty Nose. La réunion étant conduite à l'initiative d'Ann Hall, Pretty Nose lui a tendu la pipe et l'a priée de prendre la parole. Ann s'exprime correctement en cheyenne, mais elle a préféré que Gertie, qui maîtrise plusieurs langues, traduise ses propos. Elle a tiré une bouffée et posé une première question, comme on pouvait s'y attendre, à Howls Along Woman.

— Ma petite, lui a-t-elle demandé, ta grand-mère t'avait-elle dit comment on repasse du monde véritable à l'ancien d'où nous venons ?

— Non, a répondu la jeune fille.

— Dans ce cas, puisque tu étais son aide et que tu vivais auprès d'elle, as-tu une idée de la marche à suivre ?

— Je crois qu'il faut traverser la tempête dans l'autre sens.

— Les tempêtes ne sont pas rares. Comment reconnaître celle qui nous sera utile ?

La petite a réfléchi avant de répondre.

— Il faut une forte tempête, beaucoup de neige, beaucoup de vent. Grand-mère disait qu'il faut risquer de s'égarer et de mourir. Cela doit être pareil pour revenir.

— Donc on ne peut pas choisir n'importe quel blizzard ?

Howls Along a de nouveau réfléchi.

— Pas n'importe lequel.

— Sais-tu comment Holy Woman a déterminé celui qui nous a menés ici ?

— Ma grand-mère comprenait ces choses grâce à ses visions.

— Peux-tu les comprendre toi-même ? As-tu aussi des visions ?

— Je ne sais pas encore.

Lady Ann s'est tournée vers nous.

— Voilà qui ne nous aide pas beaucoup, n'est-ce pas ?

Elle a rendu le calumet à Pretty Nose, qui l'a tendu à Hawk, son second dans le conseil. Il a tiré une bouffée et, à ma grande surprise, m'a confié la pipe.

— Je donne la parole à mon épouse, a-t-il annoncé.

Je ne m'étais pas préparée à m'exprimer devant tout le monde et, aspirant lentement quelques bouffées, j'ai pris un instant pour organiser mes idées. Le temps est d'ailleurs une composante habituelle des conseils tribaux, dans lesquels on évite toute précipitation. Lady Ann avait brûlé les étapes en entrant aussitôt dans le cœur du sujet.

— Bien sûr, je ne peux parler au nom de tous les Blancs, hommes ou femmes...

Gertie m'a traduite au fur et à mesure.

— ... mais il me paraît raisonnable d'affirmer que, tandis que nous suivions Holy Woman, aucun des Blancs ne pensait réellement atteindre le monde véritable. Nous espérions surtout gagner un endroit convenable pour établir notre village d'hiver. Nous l'avons trouvé, mais... nous nous attendions à ce qu'il soit situé dans notre monde habituel. Nos rencontres avec les Shoshones, et notamment les discussions que nous avons eues hier soir, semblent confirmer que nous résidons dans un lieu... finalement... inconnu.

— Molly, a jeté Gertie, navrée de t'interrompre, mais tu me comptes parmi les Blancs et je ne suis pas tout à fait d'accord. J'ai longtemps vécu chez les Indiens et, *moi*, je pensais qu'elle nous mènerait ici. Je ne croyais pas, comme tu t'en souviens, que Phemie et Pretty Nose t'avaient sauvée au bord de la falaise, parce que je ne l'avais pas vu de mes yeux. « Je crois ce que je vois », c'est la religion des Blancs. Maintenant, je me suis réhabituée à penser comme les Indiens et je sais qu'on n'a pas besoin de tout voir pour y croire.

— Mes excuses, Gertie... Sans doute est-il un peu tôt, mais je me demande combien d'entre vous songent déjà à revenir à notre point de départ. Il ne s'agit pas de voter, j'aimerais seulement entendre ceux qui souhaitent donner leur avis. Nous connaissons le tien, Ann, alors peut-être Pretty Nose voudra-t-elle donner le sien ?

J'ai rendu le calumet à cette dernière, qui a tiré une bouffée.

— J'admets que cette vallée est idéale pour y passer l'hiver, a-t-elle répondu. Mais on ne m'a pas faite chef de guerre pour m'amuser avec les autres tribus. J'ai une famille à protéger. La guerre n'est pas terminée et, quelle que soit l'issue des combats, je lutterai encore contre les soldats blancs.

Elle a tendu la pipe à May.

– Mon mari et moi avons débattu de la question. Nous sommes très bien ici, mais nous préférons vivre dans notre propre monde. J'ai deux enfants là-bas que j'espère retrouver un jour. S'il est possible de revenir, nous le ferons. Feather on Head nous accompagnera, car c'est aussi son monde, et ma fille tient autant à elle qu'à moi.

May a confié le calumet à Woman Who Moves Against the Wind, assise à ses côtés.

– Oui, a dit Wind. Je repars avec toi. Il y a des lunes de cela, notre chef Little Wolf m'a envoyée pour te soigner et te ramener à lui. Il est temps de le faire.

Phemie a pris la pipe.

– Je n'existe pas dans l'ancien monde. Je n'y suis même pas un être humain. Ils prétendent que la Sécession a libéré les miens, mais c'est très loin de la vérité. J'ai fait la guerre dans les plaines et j'ai tué des soldats. Si je reviens, on me passera la corde au cou. Black Man et moi attendons un enfant. Nous restons ici.

Elle a donné le calumet à Maria près d'elle.

– Au Mexique, Chucho el Roto a promis de m'assassiner s'il croise de nouveau mon chemin. Je subirais les pires outrages. Rock et moi sommes convaincus que l'armée américaine gagnera la guerre. Là-bas, nous mourrions au combat ou l'on nous parquerait dans une réserve. Nous ne voulons pas vivre dans un endroit pareil. Nous sommes bien ici, nous restons.

Elle a passé la pipe à Martha.

– Pour la plupart, vous devinez sans doute ma réponse. C'est la même que May. Je retourne là-bas avec mon fils Little Tangle Hair, comme elle avec Wren. Je parle aussi au nom de Grass Girl et de Feather on Head. Elles nous ont amené nos enfants, et nous repartons toutes ensemble.

Hannah a pris la pipe. Craignant d'être accusée de trahison, la pauvre regardait Ann d'un air contrit.

– Désolée, milady, mais Little Beaver et moi sommes heureux ici. Si vous nous quittez, je dois vous donner mon congé.

Ann lui a souri.

– Je comprends, ma chère, et je ne souhaite que ton bonheur.

Je trouverai bien une autre servante convenable. Mais tu n'es pas encore débarrassée de moi. Nous ne savons toujours pas comment quitter cette fichue vallée.

Hannah a confié le calumet à Bridge Girl, qui s'est exprimée dans un anglais parfait, avec une pointe d'accent britannique, acquis, bien sûr, auprès de Helen Flight et de lady Ann.

— Ann, tu ne m'as pas invitée à te suivre et, de toute manière, je préfère demeurer ici auprès de Dog Woman. Je ne veux pas traverser l'océan vers un pays qui n'est pas le mien.

— Naturellement, chère amie. Je ne t'ai pas invitée, car je savais déjà la réponse. Tu as raison, tu seras beaucoup mieux ici. Tu serais un objet de curiosité en Grande-Bretagne, une sorte d'animal de zoo et nous serions ensemble la risée de mes concitoyens.

Ann passa la pipe à Warpath Woman, qui a tiré une bouffée avant de brandir son couteau pour que tout le monde le voie bien.

— Je rentre combattre les soldats. C'est pour cela que l'on m'appelle Vé'otsé'e. Je suis un Cœur vaillant.

À Lulu, maintenant.

— Vous me connaissez, mes chers amis, je ne suis pas une guerrière. Mon amoureux Squirrel et moi allons rester pour fonder une famille. Bien sûr, je renonce à mon rêve de devenir actrice… mais j'ai l'intention de former une petite troupe de danse et de théâtre pour jouer, cet hiver, devant les différentes tribus de la région. Nous allons bientôt commencer à travailler.

Au tour de Méona'hané'e, Kills in the Morning Woman :

— Je suis les Cœurs vaillants, où qu'elles aillent. Mon devoir est de combattre les soldats.

Tant Red Fox, l'ami de Hawk, que le guerrier arapaho High Bear étaient décidés à repartir sur les champs de bataille.

La pipe est arrivée dans les mains d'Astrid.

— Nous ne nous sommes pas encore décidés, a-t-elle annoncé en la tendant à Christian.

— Ces derniers jours, a déclaré celui-ci, les Shoshones m'ont montré l'exemple d'une société semblable à celle que j'appelle de mes vœux, qui observe les préceptes pacifiques du Christ…

– Tu vas un peu vite en besogne, Christian, ils n'ont jamais entendu parler de Jésus, l'a coupé Astrid.

La tension était palpable entre eux.

– Ma femme veut se joindre aux guerriers, alors que, moi, je préférerais vivre ici. Mais, comme nos amis de la vallée suivent déjà les voies du Seigneur...

Il a regardé son épouse.

– ... même si le nom de Jésus leur est inconnu, je serai plus utile dans le monde éteint pour prêcher la bonne parole, où on a le plus besoin de celle-ci. Certes, il y a quelque ironie à ce qu'un pacifiste ait épousé une Viking...

Christian a confié le calumet à Gertie.

– Ah, satané bon Dieu, a jeté cette dernière, j'en ai vu des malheurs dans ce bas monde, celui qu'est mort... Mes propres enfants massacrés par les gars de Chivington à Sand Creek. Vous croyez que ça peut s'oublier ? Mais je suis trop fatiguée et trop vieille pour me battre. Je n'ai pas envie de tirer sur la bleusaille que l'armée envoie dans les plaines. Ces gamins, on leur pincerait le nez qu'il en sortirait le lait de leur mère. Pourtant, je réglerais bien leur compte aux généraux et aux beaux messieurs de Washington qui les expédient au casse-gueule. Cette vermine de Phil Sheridan, par exemple. Bah, quelqu'un d'autre s'en chargera ! Maintenant, cette vallée où c'qu'on est, elle me plaît bien. Peu m'importe comment on l'appelle, parce que c'est mieux que là-bas. Alors cette bonne vieille Gertie va finir ses jours ici.

Le calumet avait fait le tour entier du cercle et l'on avait plusieurs fois rempli son fourneau. Gertie me l'a tendu.

– Tout le monde a parlé, je crois bien, a-t-elle dit. Sauf toi, Molly, qui a lancé la discussion. Qu'avez-vous l'intention de faire, Hawk et toi ?

J'ai regardé mon mari, qui a hoché la tête en souriant. Puis j'ai tiré une longue bouffée.

– Je pense avoir des qualités de guerrière, ai-je commencé. Mais les autres Cœurs vaillants, ici présentes, le savent bien, je ne me suis battue qu'à contrecœur. Je n'ai encore tué personne, et cela n'est pas pour moi. Mon seul désir est de mettre mon enfant au monde dans un endroit où il sera en sécurité. J'avais une petite fille qui a succombé aux coups de son père. Comme toi, Gertie, je ne pourrai oublier cela. Je ne supporterai pas de perdre un autre enfant et il n'est pas question que j'accouche à Sing Sing. Voilà pourquoi j'ai sauté de la falaise... j'allais mourir avec mon bébé et nous avons été sauvées. Comment, cela reste un mystère et peut-être n'en aurai-je jamais la clé. Hawk n'avait plus que sa grand-mère, qui est décédée maintenant. Nous avons décidé de nous établir dans cette vallée, aussi étrange soit-elle. Nous souhaitons, nous aussi, fonder une famille. Pourquoi tout risquer, pourquoi renoncer au bonheur en repartant dans un monde que nous voulions fuir ?

— Alors ne m'oubliez pas, les poulettes ! s'est exclamée Gertie en se frappant le genou. Il va y en avoir, des mamans, ici ! Tant que j'aurai les idées claires, vous pouvez compter sur moi pour garder les bambins. Plein de petits bouts d'chou plus ou moins bruns, mais qui seront tous indiens, et y a rien de plus mignon !

Je me suis rendu compte qu'une seule personne n'avait pas été consultée : Howls Along Woman.

— Comme nous tous, Amahtoohè'e, c'est ta grand-mère qui t'a menée ici. As-tu réfléchi à ce que tu désirais, toi-même ? l'ai-je interrogée.

Je lui ai proposé la pipe qu'elle a refusée d'un geste. Elle nous avait écoutés attentivement, elle était l'héritière de Holy Woman et sans doute se sentait-elle chargée d'une lourde responsabilité.

— Demain, je m'isolerai en quête d'une vision. Quand je reviendrai parmi vous, je le saurai.

— Mais que préfères-tu ? ai-je insisté.

— Ma vision me le dira. Si elle me montre le chemin du retour, je vous conduirai.

— Et si rien ne se produit ? Si elle ne te montre rien ?

— J'attendrai d'être prête pour une autre quête.

— Est-il possible de te faciliter la tâche ? lui a demandé Ann. Avons-nous un moyen de t'aider, mon enfant ?

La petite a fait signe que non.

— On est seul avec sa vision.

28 octobre 1876

L'automne est magnifique, un bleu très pâle délave le ciel et les nuits sont devenues fraîches. Dans les montagnes autour de nous, les arbres se dénudent rapidement. La saison des amours est bientôt terminée pour les élans, qui se sont tus. Il y a quelques jours encore, on entendait leurs brames jusqu'au village. C'est par leurs cris qu'ils séduisent les femelles, m'a dit Hawk. Ils se constituent un harem qu'ils surveillent jalousement, empêchant leurs rivaux de s'y immiscer, et se battent souvent entre eux, parfois sans merci. Il arrive que deux individus entremêlent leurs bois et, s'ils ne parviennent plus à les dégager, ils sont promis à une mort lente, soudés l'un à l'autre. Comme quoi les hommes ne sont pas les seuls à se comporter bêtement autour de la gent féminine.

Ann Hall, toujours anxieuse, nous a annoncé son intention de partir dès qu'une vraie tempête se lèvera. Si elle n'arrive pas à bon port, elle recommencera avec les suivantes – à condition qu'elle survive à la première. Elle paraît terrifiée dans ce territoire vierge. Il n'est pourtant pas si différent de celui que nous avions quitté, hormis le fait que nous sommes ici largement entre nous, que les rails de chemin de fer sont inexistants, que nous n'avons pas à craindre l'irruption des soldats ou des bandes ennemies – au grand soulagement de ceux qui restent. À mon sens, la phobie des grands espaces s'ajoute chez elle à l'impression d'être retenue prisonnière, trop loin de la civilisation. Nous nous efforçons de calmer ses inquiétudes, mais même son amie Bridge Girl n'y arrive pas.

Hawk et moi avons terminé nos préparatifs pour la saison froide. Notre loge est suffisamment grande, nos couches garnies de peaux de bison, nous avons bâti des dossiers de lit, entassé du bois dehors, ainsi que des bouses de bison séchées pour le feu. Nous avons également fait provision d'herbe pour les chevaux. Comme nous serons bientôt confinés pendant le long hiver, nous avons décidé d'explorer la campagne alentour pendant trois jours, tant que la température le permet. Nous avons laissé Mouse aux bons soins de Martha et de Grass Girl et sommes partis aujourd'hui dans le matin frais.

Doué d'un sens de l'orientation inné, Hawk se rappelle tout ce qu'il voit sur son passage, relève des points de repère qui s'impriment dans sa mémoire avec la précision d'une carte d'état-major. Gertie et les deux rouquines m'avaient raconté son enfance. Hawk avait été envoyé, jeune, dans une école indienne du Minnesota, qu'il détestait. Il s'en était échappé et, à l'âge de dix ans, il avait parcouru plus d'un millier de miles pour aller retrouver sa mère au village de Little Wolf. Il s'était dirigé d'instinct, tel un pigeon voyageur... ou plutôt un faucon qui, depuis le ciel, domine de vastes étendues de terre. La façon dont il se déplace dans la nature, gracieusement et sans effort, m'inspire un sentiment de sécurité et de plénitude que je ne connaissais pas avant lui.

Il porte toujours sur ses mains les stigmates des coups de règle que, pendant quatre ans, les pères jésuites lui avaient administrés, parce qu'il refusait de parler anglais. Je les prends souvent dans les miennes pour les embrasser, comme si ce geste de tendresse pouvait effacer ses cicatrices... et peut-être y parviens-je un petit peu. Je me rappelle le désespoir dans lequel j'étais plongée quand notre train avait été attaqué par sa bande, lors de notre voyage initial vers l'ouest. Elle avait capturé notre groupe de femmes blanches et Hawk m'avait installée derrière lui sur son cheval. La tête contre son dos, j'avais glissé mes bras autour de sa taille et son odeur sauvage m'avait conquise. Nous n'avions pas mis longtemps à tomber amoureux.

Depuis, il m'a appris à me défendre, à bien étudier la flore et la faune, qui sont souvent la condition de notre survie. Il m'a même indiqué la conduite à tenir si je devais me trouver un jour face à un grizzli. Sa grand-mère Bear Doctor Woman avait jadis soigné un de ces ours, mais c'est une autre histoire...

Loin de l'importuner, je pense que mes innombrables questions le séduisent. Je tiens à profiter de son savoir. De son côté, il me traite comme son égale, sans jamais me donner l'impression de lui appartenir. Et moi, que lui apporté-je ? De la tendresse, de l'affection, le plaisir d'une sensualité partagée... Je ne suis pas experte en ce domaine, c'est une initiation mutuelle que nous poursuivons ensemble.

Il lève les yeux et sourit. Je suis son regard et découvre deux faucons qui s'élancent dans le ciel. Leurs longues ailes déployées au vent, ils décrivent un cercle, simultanément, comme s'ils dansaient...

— Ils chassent ou ils volent par plaisir ?
— Par plaisir.
— Cela ressemble à quoi, de voler ?
— Tu n'en as jamais rêvé ?
— Bien des fois, si.
— C'est comme dans tes rêves.
— Après avoir échappé aux militaires, j'ai rêvé nuit et jour que j'étais allongée sur un grand oiseau, la tête enfouie dans ses plumes, qui m'emmenait dans les airs. J'étais nue, son corps était doux, il avait ton odeur, et moi, envie de toi. Je croyais devenir folle.

Il hoche la tête et sourit à nouveau.
— Oui.
— Comment cela, oui ? Était-ce toi, dans mon rêve ?
— Oui.
— Sais-tu comment Phemie et Pretty Nose ont fait pour me sauver ? Je n'ai jamais pu me rappeler.
— Oui.
— Homme de peu de mots... sais-tu dire autre chose que « oui » ?
— Tu es tombée de la falaise, je t'ai rattrapée et Phemie t'a hissée sur son cheval.
— Pourquoi ne me l'as-tu jamais dit ?
— Tu ne me l'as jamais demandé.
— En effet, je ne te l'avais jamais demandé. Sans doute avais-je peur de la réponse. Mais c'est tellement étrange... Peut-être vaut-il mieux, parfois, accepter certains événements et s'en réjouir sans poser de questions. Un conseil que m'avait donné Gertie, il y a longtemps.

— Elle a raison.

— Sans doute, pourtant... Ann a bien vu ce qui s'est passé et ne voulait pas y croire, avec son esprit rationnel. Alors que Gertie, qui a vécu dans une tribu, qui a eu des enfants indiens, n'a rien vu du tout, elle.

— Je voulais que Gertie ne voie rien, parce qu'elle travaillait pour l'armée.

J'en reste sidérée.

— Tu décides de ce que les autres voient ou pas ?

— Parfois. C'est indispensable pour un changeur de forme.

Nous avions enfin cette conversation. Tout en parlant, j'ai compris que je l'avais plusieurs fois repoussée, car je ne voulais pas être sceptique – de la même façon que j'avais refusé de croire au monde véritable derrière le nôtre. Difficile de se forcer à croire à l'incroyable... Hawk s'en était douté depuis le départ et il avait prévu ma réaction. Ces choses font peur, elles sapent nos certitudes et nous craignons de devenir fous.

J'ai dû à nouveau dominer mon incrédulité.

— Sais-tu réellement voler ?

— Bien sûr.

— Peux-tu m'apprendre ?

Il a ri.

— Cela ne s'enseigne pas. Mais tes rêves t'y ont habituée. Et tu as volé sur mon dos...

J'ai ri à mon tour, partagée entre le soulagement et un sentiment d'absurdité.

— Je ne peux que me réjouir d'en avoir parlé. Nous n'avons plus de secrets l'un pour l'autre. Et, à propos de douceur, d'odeurs, peut-être pourrions-nous...

— Oui...

Comme nous avions travaillé dur pour construire notre village, cette escapade avait un air de vacances. Nous avons découvert pendant deux jours et demi un pays magnifique. Pour profiter d'une meilleure vue de la vallée, de ses différents paysages, nous étions montés dans les contreforts de la montagne où nous avons passé la première nuit. Plus tôt dans la journée, Hawk avait tué une jeune antilope sur un bas plateau, que nous avons dépecée. Nous avons gardé la peau pour la tanner, et rangé la viande dans les paniers de notre cheval de bât. Nous aurions de quoi manger jusqu'à notre retour et même au-delà, car le temps était frais et elle ne risquait pas de s'avarier.

L'après-midi du troisième jour, le vent s'est soudain levé, la température a nettement diminué et de noirs nuages s'amassaient autour des sommets.

— Il faut rentrer tout de suite, a déclaré Hawk. Ce n'est pas un endroit pour essuyer une tempête.

Nous n'étions qu'à quelques heures de cheval du village. Nous aurions préféré dormir encore une nuit sur place et ne revenir qu'au matin, mais, à l'évidence, l'été indien touchait à sa fin. Nous avons donc repris la direction de nos foyers... ce lieu qui, curieusement, serait sans doute « chez nous » jusqu'à la fin de notre vie.

La neige nous y a devancés : quelques flocons seulement, pour l'instant, à peine de quoi recouvrir le sol. Le soleil se couchait, il ferait bientôt nuit. Nous avons mis pied à terre, pansé nos bêtes que nous avons entravées près de notre tipi avant de leur donner du foin. J'ai annoncé à Hawk que j'allais rejoindre Ann et ses compagnons pour essayer de les dissuader de commettre une grave bêtise.

Ils étaient un certain nombre à discuter dans la loge de May et Chance, voisine de la nôtre. Certains avaient attaché leurs chevaux et chevaux de bât, sellés ou chargés, devant l'entrée. Autour du couple étaient réunis Ann, Martha avec son enfant, Grass Girl, Wind, Feather on Head qui tenait Wren dans ses bras, Astrid et Christian, Gertie, et Howls Along Woman.

N'étant pas d'humeur à badiner, j'ai abordé le sujet directement.

— Vos chevaux de bât sont déjà chargés... Vous n'avez quand même pas l'intention de partir demain matin ?

— Non, ce soir même, m'a répondu Ann. Howls Along est

revenue hier soir de sa quête et nous a décrit sa vision, dans laquelle la tempête se levait et nous voyagions de nuit.
— Mais c'est pure folie. Vous allez tous mourir si la tempête s'intensifie, et cela ne fait que commencer. Attendez au moins l'aube.
— Garde ta salive, mon cœur, a jeté Gertie. Je leur répète la même chose, ils ne veulent rien entendre.
— May, Martha, vous allez emmener vos bébés en pleine nuit dans le blizzard ? Avez-vous perdu la raison ?
— Calme-toi, a répondu May. Nous allons attacher nos chevaux les uns aux autres.
— Et alors ? Vous ne savez même pas quelle direction prendre ! Tu trouves que c'est une bonne idée, toi, Chance ?
— Pas la meilleure, non. Mais je ne peux pas les arrêter et elles auront besoin de moi.
— Red Fox et High Bear sont décidés, eux aussi ?
— Eux aussi. Personne n'a changé d'avis.
— Astrid, Christian, vous partez ?
— Oui, a-t-elle confirmé. Même si nous ne sommes toujours pas d'accord sur ce que nous allons faire ensuite.
— Je ne désespère pas de la convaincre, a ajouté Christian.
— Attendez au moins le lever du jour !
— Non, a insisté Howls Along Woman. Ma grand-mère était là, dans ma vision, et elle m'a parlé. Il faut nous mettre en route ce soir, pour que la tempête se referme sur nous. Si nous tardons, elle ne pourra pas nous envelopper.
— Sottises ! me suis-je écriée en colère. Vous allez tous périr dans le noir, vous allez tuer vos enfants ! Je vous en supplie ! Il y en aura d'autres, des tempêtes !
— Pas de cette force, a assuré Ann. Dans la vision de la petite, Holy Woman a affirmé que c'était notre seule chance. Faute de la saisir, nous serons cloués ici.
— Encore des inepties ! Venant de toi, Ann, en plus ! Serait-ce d'ailleurs si terrible de rester vivre ensemble, en toute sécurité, dans cet endroit magnifique ?
— Peut-être pas pour toi, ma chère, mais pour moi, oui.

Ma colère est retombée, laissant place à une profonde tristesse. J'ai hoché la tête.

May s'est agenouillée près de moi et m'a prise dans ses bras.

— Ne t'inquiète pas, Molly, nous y arriverons. Howls Along nous a vus sortir de la tempête, à la fin. Nous serons de l'autre côté à l'aube. Tous... sains et saufs.

— En es-tu certaine, May ? Crois-tu vraiment à cette vision ? Peut-être la petite veut-elle seulement sauver la face, car elle n'en sait pas plus que vous ?

— Je ne pense pas qu'elle risquerait nos vies. Nous ne le croyions pas, et pourtant sa grand-mère nous a conduits ici. Howls Along a ma confiance.

— Quand partez-vous ?

— Dans moins d'une heure. Nous devons être sur la piste avant que la tempête se déchaîne.

— Vous vous êtes donné tant de peine pour monter votre loge, Chance et toi, et maintenant vous l'abandonnez... J'aurais aimé que vous passiez au moins une partie de l'hiver avec nous.

— Moi aussi. Mais la tempête s'est annoncée si vite... Il faut réagir tout de suite. Hawk et toi avez raison de profiter de cette vallée, comme Phemie et nos autres amis. Tu sais que, depuis le jour où j'ai quitté Chicago, j'ai sans cesse songé à y retourner et à réclamer mes enfants. Aujourd'hui, avec Chance, je trouverai peut-être un moyen de les reprendre.

Le village s'est rassemblé pour faire ses adieux. L'émotion était grande car, si nous avions anticipé cette séparation, elle n'avait été jusque-là qu'une idée abstraite. Or elle était devenue réalité. De plus, nous ne pourrions jamais être certains que nos camarades soient arrivés à bon port. À moins que l'un d'entre nous tombe sur leurs dépouilles au printemps... ou qu'un de leurs chevaux survive et rebrousse chemin. Inversement, ils ne sauraient jamais ce que nous deviendrions.

— Nous ignorons même quelle direction vous prenez. Quand

la tempête se calmera, nous ne serons pas en mesure de venir vous chercher si vous avez besoin d'aide.

— Nous suivons la direction du vent, m'a répondu Ann, comme Howls Along dans sa vision. Inutile de nous chercher, nous aurons disparu.

— Je m'étonne quand même que, toi qui prétends être si rationnelle, tu te sois mise à croire aux visions...

— Peut-être pas toutes, a-t-elle remarqué en souriant. Cependant, la dernière fois que je t'ai dit au revoir, tu es tombée d'une falaise et tu as atterri sur le dos d'un cheval. Difficile de déterminer ce qu'il faut croire, ces temps-ci, non ?

— Je n'ai plus qu'à t'imaginer dans ton domaine en Angleterre, entourée de tes chevaux et de tes chiens...

— À la bonne heure, Molly ! Moi, je penserai à toi dans ta charmante vallée, entourée d'une ribambelle d'enfants bruns comme des noisettes. Quoique Hawk ait du sang blanc, alors il y aura quelques blondinets... Merveilleux ! Entre toi, Phemie, Maria, Lulu et ma chère Hannah, vous allez engendrer des générations de toutes les couleurs ! De plus, ces petits seront tous beaux et intelligents.

Nous n'avons pas réussi à retenir nos larmes. Le vent et la neige redoublaient d'intensité et il était temps, pour nos voyageurs, de se mettre en route. Nous nous sommes embrassés quand ils sont montés sur leurs chevaux.

— Nous t'avons déjà perdue une fois, May, a murmuré Phemie en la serrant contre elle. Alors que cela ne se reproduise pas, ma fille.

— Ne t'en fais pas. Tu l'as dit toi-même, je suis un chat à neuf vies. Savais-tu que l'expression est empruntée à mon cher Shakespeare ?

Hannah s'est effondrée dans les bras de lady Hall.

— Rendrez-vous visite à mes parents, milady ? a-t-elle bafouillé dans ses larmes. Qu'ils sachent que je suis heureuse, mariée à un bon gars, qu'ils seront bientôt grands-parents. Embrassez les frères et les sœurs aussi...

— Bien entendu, ma chérie, l'a assurée Ann, elle-même

bouleversée. N'aie crainte, je veillerai à ce que tous ne manquent de rien.

Attendant sur son cheval que les autres soient prêts, Pretty Nose paraissait comme toujours impénétrable. Elle m'avait tant appris, tant aidée. Je lui ai souri en hochant la tête. Elle n'était pas démonstrative, pourtant quand nos regards se sont croisés, elle m'a souri, elle aussi, et une larme a coulé sur sa joue.

J'ai serré May contre moi.

— Tu vas me manquer.

— Et toi donc ! Une solide amitié nous liait. Trop brièvement... Je te garde dans mon cœur et dans mon esprit.

— De même... Je te souhaite tout le bonheur du monde avec tes enfants réunis.

Gertie se tenait légèrement à l'écart. Tête baissée, elle repoussait la neige au sol de la pointe de sa botte. Oui, elle était émue, mais ne tenait pas à le montrer. Pas du genre à se répandre en effusions. May la connaissait assez pour ne pas l'embarrasser. Mais, quand tous furent à cheval, que Howls Along donna le signal du départ – un hurlement de loup tel que je n'en avais jamais entendu –, Gertie leva les yeux, brandit le poing et donna de la voix :

— Les filles, vous allez me la dompter, cette tempête, comme un cheval sauvage !

Puis elle poussa un cri de guerre auquel la petite troupe répondit de même en s'enfonçant dans la nuit noire.

Le dernier mot

Molly Standing Bear

« *Ton peuple a massacré les bisons des plaines. Nous en étions réduits à manger nos chevaux et le bœuf que l'État expédiait dans les réserves. Bien souvent de la viande pourrie, d'ailleurs. C'est à cette époque que nous avons commencé à tomber malades, physiquement et mentalement. Nous avions coexisté avec les bisons pendant un millénaire. Nous dépendions d'eux pour tout, c'était un véritable mode de vie. Nous les considérions comme nos frères. Pas simplement des frères : nos frères. Ils faisaient partie de la famille. Je parie que tu n'as jamais regardé un bison en face. Ils ne sont pas inexpressifs, comme vos vaches. Ils ont un œil intelligent, presque sage, avec quelque chose d'humain.* »

Une dizaine de jours après notre escapade, deux anciens de la tribu ont rendu visite à Jon dans sa caravane, pour lui dire qu'il devait partir. Pendant presque deux mois qu'il l'avait garée au bord de la rivière, ils avaient fermé les yeux eu égard à son père et à sa mémoire. Mais, maintenant qu'il avait un cheval attaché près de l'Airstream, qu'il lui avait acheté des balles de foin et d'avoine à la coopérative de Hardin, ils ont pensé, non sans raison, qu'il s'enracinait. Le bruit courait depuis un moment que Jon et moi sortions ensemble, ce qui n'a probablement pas arrangé les choses. Je ne suis pas immatriculée dans la tribu, on me considère comme une agitatrice et les anciens ont peur de mes pouvoirs.

Je m'étais absentée pour m'occuper de nos disparues au moment où ils sont venus. Jon est allé voir Lily pour lui demander si son offre de loger son cheval tenait toujours, et s'il pouvait lui-même parquer sa voiture et sa caravane, quelque temps, dans son ranch. Contre rétribution, bien sûr. Lily n'a pas très bonne réputation chez nous. On lui reproche d'avoir mis à la porte son bon à rien de mari et d'avoir du succès dans ses affaires. Il est peu de chose que les anciens apprécient moins qu'une femme de caractère, surtout lorsqu'elle défie leur autorité. Ils savent également qu'elle est mon amie, que nous avons des occupations communes (quoi précisément, ils l'ignorent), ce qui ternit encore plus son image. Elle était consciente que sa décision d'accueillir un Blanc ferait jaser partout dans la réserve. Mais elle se fiche bien de ce qu'on pense. C'est une des qualités que j'apprécie le plus chez elle.

Jon, l'esprit ailleurs, n'avait aucune idée de tout ça. Dans le cas contraire, il n'aurait pas sollicité Lily. Quoi qu'il en soit, elle lui a trouvé une place. Elle n'allait pas refuser quelques dollars de plus.

Je suis revenue peu après cet épisode. Entre-temps, j'avais eu Lily au téléphone et j'étais au courant de tout. Elle avait installé Jon à l'endroit où la rivière traverse le ranch. Tard, le soir de mon retour, je l'ai rejoint avec une nouvelle série de journaux et mon propre manuscrit, fourrés dans les sacoches du soldat Miller. Je me suis glissée dans la caravane, qu'il ne ferme jamais à clé…

intentionnellement, puisque je ne préviens pas avant d'arriver. J'ai accroché mes affaires à la porte et me suis assise sur lui.

— Je suis là, cow-boy, ai-je murmuré. Content de me voir ?

Il a ouvert les yeux.

— Tu vas me mettre le couteau sous la gorge, Peau-Rouge ?

Ces surnoms nous amusaient...

— Si tu le demandes.

— Je peux m'en passer. Ce voyage ?

— Pas de problème.

— Tu veux en parler ?

— Peut-être un peu. J'ai des choses à te dire.

— Où étais-tu ?

— À Denver.

— Tu as puni les méchants ?

— Un certain nombre. On ne peut pas tous les coincer en même temps. Savais-tu que les trois quarts des Indiens d'Amérique, l'Alaska y compris, vivent aujourd'hui dans des villes et non dans des réserves ? Beaucoup de nos filles sont enlevées en pleine rue et tombent dans les griffes des réseaux de prostitution. Ils s'attaquent à nous puisqu'ils bénéficient d'une totale impunité. Ils profitent du racisme institutionnel de ce pays, du fait que l'État fédéral ne tient pas de base de données à jour des indigènes qui disparaissent chaque année. Pourtant les chiffres du FBI indiquent qu'elles sont deux fois plus nombreuses que les Blanches dans ce cas, alors que nous sommes un groupe de population moins important. Ce que je voulais te dire : je repars bientôt. Sans doute plus longtemps.

— Combien de temps ?

— Je ne sais pas encore. Je vais disparaître un moment.

— Comment ça, « disparaître » ?

— Écoute, Jon, je suis fatiguée et je préfère en rester là, pour l'instant. On y reviendra plus tard, promis. Je t'ai apporté d'autres journaux et mes notes. Tu pourras les lire demain matin.

— Tu seras encore là ?

— Bien sûr que je serai là. Si on s'amusait un peu, cow-boy ?

— À quoi, Peau-Rouge ?

— À ton avis ?
— Bien...
— Et ensuite, on dort. Je suis épuisée.
— Tu devrais peut-être changer de travail ?
— Ouais.

J'étais d'humeur plus légère, le lendemain. L'automne est arrivé avec ses nuits fraîches. J'ai dormi tard, nichée sous la couette. Jon était déjà debout quand je me suis réveillée. Il avait trouvé les journaux et mes notes, qu'il était en train de lire. Me hissant sur un coude, j'ai poussé le rideau pour lire l'heure au soleil.
— Oh, dix heures sept !
C'était un jeu entre nous.
Jon a souri en consultant sa montre.
— Pas mal, Peau-Rouge. Il est dix heures onze.
— Mince. Je dépasse ma marge d'erreur. J'ai droit à un café ?
Il s'est levé. La bouilloire était sur le réchaud.
— L'eau est prête, je n'ai plus qu'à la verser.
— Ça avance, tes lectures ?
— C'est super. J'attendais que tu te réveilles pour en parler.
J'ai tiré la couette sur mon nez.
— Café d'abord, cow-boy. Tu sais que je ne suis pas bavarde avant de l'avoir bu.
— J'avais compris.
Il m'a apporté ma tasse, je me suis redressée et j'ai calé les oreillers contre la paroi.
— On commence à ressembler à un vieux couple, non ?
Jon est retourné à la petite table pliante, s'est muni d'un registre et de mon carnet, puis il s'est assis au bord du lit.
— Le vieux couple va bientôt se séparer, si j'ai bien compris, Molly. Tu étais tendue dans mes bras, hier soir. Pleine de ferveur, comme si... comme s'il n'y avait plus de lendemain.
— Mais non, je reviendrai. Et je ne suis pas encore partie. Je veux terminer mon travail sur les journaux. Il me reste les dernières pages de May à revoir.

— J'ai eu du mal à m'endormir en t'imaginant dans les rues.
— Moi aussi, j'ai des insomnies, parfois. C'est drôle, les choses qui nous tourmentent la nuit paraissent souvent moins graves au petit matin.
— Pas pour moi. J'ignore ce que tu as en tête, mais, de toute façon, tu n'y renonceras pas, n'est-ce pas ?
— N'aie crainte, tout ira bien. Je sais faire attention à moi. Laisse-moi boire mon café. Que penses-tu de ce que tu as lu ?
— J'aime bien le passage sur les joies du camping.
— Merci. C'est tout ?
— Il y a un problème de crédibilité.
— Quel problème ?
— Le monde qui se cache derrière le leur.
— Tu l'as vu écrit noir sur blanc.
— Comment t'y es-tu prise pour bidouiller ça ?
— Quoi ?!

Je m'énervais et je n'avais même pas fini mon café.

— Bidouiller ? Oui, c'est ça... J'ai commandé des crayons d'époque sur Internet, j'ai gommé des extraits entiers des journaux de May et de Molly, et j'ai scrupuleusement imité leurs écritures. Ou plutôt, voilà : il y avait des dizaines d'antiques registres des comptoirs à vendre sur eBay, alors je les ai achetés et j'ai tout inventé du début jusqu'à la fin. Y compris ce que vous avez publié, ton père et toi. J'ai également reproduit l'écriture de Margaret et de lady Hall. Je suis non seulement une changeuse de forme, mais aussi une mystificatrice chevronnée. Et toi, tu es un vrai con.

Jon s'est mis à rire.

— Tu as raison, Molly, on commence à ressembler à un vieux couple. Nous nous faisons déjà des scènes de ménage. En peu de temps, nous avons franchi toutes les étapes. Il ne manque plus qu'un divorce.

Je me suis esclaffée.

— Divorce ou pas, tu restes un vrai con. Et, si je me souviens bien, c'est toi qui bidouilles tes articles. « Le journalisme est plus intéressant avec une touche de fiction », bla-bla-bla...
— D'accord, pardon, je suis un vrai con... Seulement, ça va

un peu loin, non ? Presque toutes les cultures et sociétés ont leur monde alternatif, mais, pour autant que je sache, on ne dispose pas de récits autobiographiques de gens qui y soient allés. Bon, si tu n'as pas falsifié les journaux, j'ai une deuxième interprétation. Leur bande avait trouvé une vallée idéale pour passer l'hiver, et May a piqué une crise d'hystérie, suffisamment pour entraîner un groupe à sa suite.

— Tu sais où il est, ton problème de crédibilité, Jon ?

— Non, mais j'ai comme idée que je vais le savoir.

— Il réside dans le fait que tu es blanc et que tu as une logique de Blanc. Devant un témoignage véridique, tu restes fidèle à tes petits principes, car tu as trop peur de t'en écarter. Pour reprendre ce que disait Gertie, ta religion consiste à croire ce que tu vois, et rien d'autre. Tu es ce qu'on appelle un esprit étroit.

— Gertie était une fille bien.

— Toutes étaient des filles bien.

— Alors tu veux me faire croire que, toi aussi, tu te promènes dans un autre monde ?

— Écoute, je me fiche de ce que tu crois. C'est ton affaire. Sauf quand tu m'accuses de mensonge ou de falsification. Ça existe, la parole.

— La meilleure et la pire des choses, dit-on.

— Mais en quoi peux-tu croire ?

— Tu connais ce tableau d'un peintre français, Gustave Courbet, *L'Origine du monde* ?

— Oui. Enfin, des reproductions, je ne suis jamais allée en France.

— Papa m'y avait emmené après notre dernier été ici.

— Et alors ?

— Voilà en quoi je crois.

Je lui ai souri avec tendresse. Il avait beau être blanc et parfois assez con, j'étais tout de même en train de tomber amoureuse.

— Pourquoi pas, cow-boy ? Ce n'est pas si mal. Tu as peut-être encore envie d'y jeter un coup d'œil ?

— Si tu le demandes, Peau-Rouge...

LE DERNIER MOT

Comme je me déplace souvent, j'avais confié la totalité des journaux à May Swallow Wild Plums[1], descendante directe de May Dodd. À l'âge de quatre-vingt-seize ans, son grand-père, Harold Wild Plums[2] – qui est le fils de Wren, la fille de May –, avait donné les journaux originaux de May, il y a une vingtaine d'années, à Will, le père de Jon. Will les avait publiés sous forme de feuilleton dans son magazine *Chitown*, sous le titre *Mille femmes blanches*.

May Swallow vit seule dans un préfabriqué à la campagne, à quelques miles de Lame Elk. C'est une jolie femme de bientôt soixante ans, qui a subi toutes sortes d'épreuves dans sa vie – viol, violences conjugales, alcoolisme. Elle a fini par décrocher un diplôme de psychologie et elle travaille comme thérapeute dans la réserve. J'ai le plus grand respect pour elle et j'étais sûre qu'elle prendrait soin des registres. En fait, nous leur avions trouvé une cachette, à l'extérieur de la maison, qu'elle et moi étions seules à connaître. Cela me permettait d'en prélever quelques-uns à chaque fois que j'en avais besoin, sans pour autant la déranger.

J'avais également laissé mon cheval chez Lily. Après mon retour de Denver, Jon et moi avons longuement lu, composé de petits plats, fait l'amour et beaucoup dormi pendant deux jours. Je lui ai proposé de passer au ranch et d'aller ensuite à cheval chez May Swallow, afin de ranger les journaux que je lui avais apportés et de prendre le dernier dans sa cachette.

C'était une vraie journée d'automne, pour lequel, je l'admets, je n'ai pas un amour fou. Je préfère de loin le printemps, saison du renouveau, et même le long et silencieux hiver. L'automne, qui est celle du déclin, m'inspire une sorte de trouble, d'inquiétude confuse que je n'explique pas bien. Cette année, sachant à quoi je serais bientôt exposée, j'étais plus mal à l'aise encore que d'habitude. Jon paraissait inquiet lui aussi. Nous avons peu parlé en route. Une brise froide balayait les dernières feuilles accrochées aux arbres. Autant que possible, j'évite de parcourir à cheval les routes de la

---

1. May hirondelle prunes sauvages.
2. Harold prunes sauvages.

réserve, même les allées non goudronnées qui les bordent. Pour gagner la maison de May Swallow, je suis un itinéraire un peu plus long, tortueux, qui emprunte les pistes et les chemins de terre.

De temps à autre, nous croisions un pick-up appartenant à un éleveur ou à un de ses employés. Dans ce cas, nous nous rangions un instant sur le bas-côté. Tous me connaissaient, et réciproquement. La plupart avaient la politesse de ralentir à notre approche, pour ne pas soulever trop de poussière, mais certains accéléraient délibérément.

– C'est pour moi ? m'a demandé Jon, la deuxième fois que cela s'est produit.

– Pour nous deux. Les choses ne changent pas beaucoup ici. Tu n'es toujours pas censé m'emmener au cinéma, encore moins cohabiter avec moi.

Nous sommes arrivés chez May Swallow, où nous avons attaché nos chevaux à la balustrade. Elle nous a accueillis sur son perron.

Je lui ai présenté Jon, lui ai expliqué qui il était.

– Ce n'est pas utile, a-t-elle dit avec un petit sourire. Tout le monde sait qui c'est dans la réserve. On n'ignore rien de ses faits et gestes. Des tiens non plus, naturellement.

Elle s'est tournée vers lui :

– Tu ne te souviens sans doute pas de moi. Mais nous nous sommes rencontrés, il y a longtemps, quand tu es venu chez mon grand-père avec ton papa. Tu étais un jeune garçon.

– Bien sûr que je me souviens de vous. Vous avez le même prénom que mon aïeule. Papa vous était très dévoué, à vous et à votre grand-père.

– C'était un homme bien. Nous l'aimions beaucoup. Son décès nous a beaucoup attristés.

– May Swallow est un si joli nom.

– Merci. Je le dois à ton arrière-arrière-arrière... je ne sais plus combien d'« arrière » il faut mettre ! a-t-elle dit en riant. Mais tu sais bien qui.

Elle nous a proposé une tasse de thé. J'ai retiré mes mocassins dans l'entrée et Jon, le remarquant, en a fait autant avec ses bottes.

Il m'a suivie au salon en chaussettes. May est non seulement thérapeute, mais aussi une femme-médecine traditionnelle. Comme je m'y attendais, elle nous a annoncé que, avant de nous asseoir chez elle, elle devait nous purifier. Étant familière de la chose, je lui ai proposé de commencer par moi.

À l'aide d'une petite pelle métallique, elle a prélevé quelques tisons de cèdre de son poêle à bois. De l'autre main, elle a saisi un éventail orné de perles et de plumes. Tenant son éventail comme un pinceau, elle m'a appliqué légèrement de la fumée sur le corps en m'orientant successivement vers les Quatre Directions. Chargées de fumée, les plumes effleuraient mes épaules, ma poitrine, mes bras et mes jambes. Habituée à cette gestuelle, j'ai placé mes mains contre mes flancs, les paumes ouvertes vers May, pour qu'elle les purifie également. Enfin, elle a doucement posé sa main droite sur mon cœur. C'est un rituel curieusement apaisant et j'ai senti mon inquiétude se dissiper.

Elle a remis ça avec Jon, qui l'a remerciée. Il se sentait mieux, lui aussi. À l'évidence, May l'appréciait. Il lui témoignait le même respect et la même gratitude que son père avant lui aux habitants de la réserve.

Nous avons pris place autour du poêle pendant qu'elle nous servait le thé. J'ai appris à May que nous étions venus déposer les journaux que j'avais pris, quelques jours plus tôt, et que je voulais emporter aujourd'hui le dernier de la série.

— Pour moi qui viens de les lire, a dit Jon, cela fait un drôle d'effet, cent quarante-trois ans plus tard, de parler à deux femmes dénommées May et Molly, comme leurs auteurs. Le même sang coule dans vos veines. J'aurais aimé que mon père soit là pour vous voir ensemble et qu'il connaisse la fin de l'histoire.

— Peut-être la connaît-il maintenant, a suggéré May. Au fait, Jon, je te signale qu'il a fait une erreur dans son épilogue.

— Une erreur ? C'est étonnant. Papa était méticuleux et il vérifiait tout plusieurs fois. De quoi s'agit-il ?

— Il a écrit que, après s'être rendu aux autorités, Little Wolf aurait tué Jules Seminole à l'agence de Camp Robinson. Pour les

Cheyennes, le pire crime que l'on puisse commettre consiste à tuer un membre de la tribu, après quoi son auteur est banni à vie.

— Oui, je sais ça.

— Seulement, ce n'est pas Seminole qu'il a tué, a expliqué May, mais un certain Starving Elk[1], qui n'arrêtait pas de tourner autour de sa loge pour faire du charme à ses épouses. Cela durait depuis des années. En tant que Chef de la Douce Médecine, Little Wolf n'avait pas le droit de lui donner un coup de cravache, pas même celui de protester ou de le renvoyer. Il était censé supporter ses affronts. Et puis, peu après s'être rendu, il était au magasin de l'Agence lorsqu'il a entendu Starving Elk tenir des propos déplacés au sujet de Pretty Walker. Le chef avait bu un coup de trop ce jour-là. Il est revenu à sa loge, s'est muni de son fusil, il est retourné au magasin et il a tiré deux fois sur Starving Elk.

Jon, visiblement ennuyé, a réfléchi un instant.

— Mon père a publié les premiers journaux il y a plus de vingt ans, a-t-il dit finalement. Je vais tout de même insérer un correctif dans le magazine. J'ignore comment cela s'est produit. Papa avait l'habitude de croiser ses sources. Mais bon, on a parfois ce genre de problème dans notre métier. Merci de me l'avoir signalé, May.

— Cela ne diminue en rien l'estime que nous avons pour lui. Par ailleurs, tu dois être averti que la société des Crazy Dogs[2] commence à se plaindre de ta présence dans la réserve. Il leur arrive d'être… comment dire… impétueux. Alors il vaudrait mieux que tu ne t'éternises pas.

Jon a hoché la tête.

— Merci de m'avoir prévenu. Molly va bientôt s'absenter, donc je n'ai pas de raison de rester plus longtemps.

— May, lui ai-je demandé, nous nous étions juré de ne révéler à personne l'endroit où se trouvent les registres, donc j'ai besoin de ta permission pour montrer notre cachette à Jon. Je vais partir, c'est vrai, et j'ignore pour combien de temps. Au cas où j'aurais

---

1. Élan affamé.
2. Les Chiens fous, société militaire cheyenne. Existait déjà au XIXe siècle.

un ennui, j'aimerais qu'il sache où ils sont. Je ne te poserais pas la question s'il n'avait mon entière confiance.

— Entendu.

Elle a souri à Jon.

— J'ai également confiance en lui. C'est plutôt ton départ qui m'inquiète. J'ai senti ton anxiété pendant que je te purifiais. Je t'en prie, ne fais pas de bêtises.

— Je suis peut-être bien des choses, mais je ne suis pas encore bête, May. Je serai prudente.

Nous avons repris les chevaux pour atteindre une formation rocheuse, plus bas dans la vallée, à proximité de chez May. C'est à cet endroit que Sitting Bull a eu sa célèbre vision, entre la bataille de Rosebud Creek et celle de la Little Bighorn, dans laquelle les Blancs tombaient dans son village comme des sauterelles. Il avait prédit grâce à elle que les Indiens allaient gagner et il ne s'était pas trompé.

Nous avons mis pied à terre et j'ai conduit Jon vers une large pierre plate, au bas de la formation.

— Il faut déplacer celle-ci, lui ai-je indiqué, en poussant la pierre du bout de mon mocassin. Je peux le faire toute seule, mais elle est lourde. Alors, puisque tu es là...

— Bien sûr.

Dessous était cachée la cantine de métal hermétique dans laquelle les registres sont rangés. Je l'ai sortie de son trou et j'ai montré à Jon la combinaison du cadenas. Une fois ouverte, j'y ai replacé les journaux que j'avais avec moi et j'en ai retiré un autre. J'ai vérifié à l'aide des premières pages que c'était bien celui que je cherchais.

— Oui, c'est ça.

J'ai refermé la cantine que j'ai remise dans son trou et recouverte de la pierre plate. Puis j'ai tassé la terre que nous avions soulevée.

— Regarde autour de toi, ai-je conseillé à Jon. Trouve-toi des repères. Il y a toute une quantité de rochers ici, et tu auras besoin de reconnaître le bon.

— OK.

— Tu ne parles à personne de cet endroit.

Il a souri.

— Je vais publier un plan détaillé des lieux dans *Chitown* pour faire venir les touristes.

— Ha, ha.

Nous sommes revenus vers nos chevaux, j'ai glissé mon registre dans la sacoche du soldat Miller et nous sommes repartis au ranch de Lily.

— May est au courant de tes activités, je suppose ? m'a demandé Jon.

— Oui, c'est mon amie. Elle sait tout… ou presque tout.

— Quoi que tu prépares, cela ne semblait pas lui plaire. J'ai un mauvais pressentiment, moi aussi. Qu'est-ce que c'est ?

— Je retourne à Denver. J'ai rendez-vous avec une Cœur vaillant arapaho avec qui je travaille. Je ne peux pas te dire son nom. Nous connaissons bien la ville, notamment le quartier dans lequel disparaissent bon nombre d'Indiennes. Nous avons de bonnes raisons de soupçonner un réseau international de proxénètes bien organisé. Mais on ne sait pas où ils envoient les filles. Au Canada, peut-être, pour commencer. Il n'y a qu'une façon de le découvrir.

— Je craignais une réponse de ce genre… Tu vas essayer de te faire enlever ?

— Nous devons les infiltrer.

— Toutes les deux ?

— Moi seulement. Ma collègue reste en dehors, pour l'instant. J'ai un moyen de la contacter au moment opportun.

— Mais tu es dingue, Molly ! Ils te drogueront et tu finiras comme les autres. Personne, même pas toi, n'aura idée de l'endroit où tu seras. Tu vas te faire tringler par des centaines de types ou tu seras tellement abîmée que tu ne les intéresseras plus. À ce moment-là, je ne donne pas cher de ta peau.

— Sans vouloir t'offenser, Jon, j'ai une certaine expérience de ces gens. Plus que toi, en tout cas, et je suis bien consciente des risques. Une fois de plus, tu ne voudras pas me croire, mais je suis une femme-médecine, j'ai des pouvoirs… Je ne manque pas d'armes et il n'y a pas trente-six façons de s'attaquer au problème. Je n'en dirai pas plus, pour l'instant. Changeons de sujet, OK ?

Nous avons gardé le silence en revenant au ranch, que nous avons atteint en milieu d'après-midi. Je suis montée dans la caravane avec le dernier carnet de May Dodd, que je voulais transcrire et réviser. Pendant ce temps, Jon, meilleur cuisinier que moi, allait préparer le dîner. Il était à court de provisions et, comme nous partions bientôt l'un et l'autre, il ne voyait pas l'utilité de faire les courses à Billings. Mais Lily nous avait proposé de nous servir dans son jardin potager.

— La connaissant, ça ne va pas être gratuit, a-t-il dit au retour, mais ça valait la peine.

Il s'était radouci depuis tout à l'heure et, tandis que je travaillais, il avait ramassé des tomates bien rouges, des courges, des courgettes, des aubergines, une laitue, un oignon et une tête d'ail. Au dîner, il nous a servi une salade et une excellente ratatouille pour accompagner ses derniers steaks de bison, le tout arrosé de sa dernière bouteille de vin rouge. Je lui avais parlé du couple qui élève des bisons dans le Dakota du Sud, sur des centaines d'hectares de prairie reconstituée. Ils n'en abattent jamais qu'un à la fois et ils ont monté une société à Rapid City, Wild Idea[1], pour vendre leurs produits. Un peu trop cher pour les Indiens, mais, bien sûr, Jon a trouvé leur site Internet et leur en a acheté. Sans doute pour m'impressionner, dans la série « le Blanc évolué qui s'ouvre à la culture indigène »…

— Écoute, Jon, ton peuple a massacré les bisons des plaines. Nous en étions réduits à manger nos chevaux et le bœuf que l'État expédiait dans les réserves. Bien souvent de la viande pourrie, d'ailleurs. C'est à cette époque que nous avons commencé à tomber malades, physiquement et mentalement. Nous avions coexisté avec les bisons pendant un millénaire. Nous dépendions d'eux pour tout, c'était un véritable mode de vie. Nous les considérions comme nos frères. Pas simplement des frères : *nos* frères. Ils faisaient partie de la famille. Je parie que tu n'as jamais regardé un

---

1. « Idée folle », jeu de mots avec *wild* (fou / sauvage).

bison en face. Ils ne sont pas inexpressifs, comme vos vaches. Ils ont un œil intelligent, presque sage, avec quelque chose d'humain.

— Je passerai peut-être chez ces gens, en route vers Chicago, pour voir à quoi ressemblent leurs bisons. Je peux toujours écrire un article sur eux dans *Chitown*. Je sais ce que tu vas dire, Peau-Rouge... Maintenant, les riches Blancs de la ville ont les moyens d'acheter du bison, la nourriture traditionnelle des Indiens. Alors qu'il y a un siècle et demi, ils avaient décidé de l'exterminer...

J'ai ri.

— Exactement ! Tu commences à me connaître, cow-boy. C'est sans doute une bonne chose que nous nous séparions un moment.

— Je ne crois pas, a-t-il affirmé sérieusement. À ton retour, tu me feras signe sans tarder ?

— Pour l'instant, je suis là. On a encore un peu de temps devant nous.

Je partais le lendemain matin. J'allais veiller toute la nuit, s'il le fallait, pour finir de transcrire les journaux. À l'aube, je filerais silencieusement avant que Jon se réveille. Je lui avais montré l'endroit où les registres étaient conservés, afin qu'il puisse lui-même y ranger celui de May. Je voulais éviter de lui dire au revoir, ce qui aurait été une épreuve pour nous deux. J'avais besoin d'être forte, et lui aussi.

Les Journaux perdus de May Dodd

Tenir

« *À ces mots, exprimés d'un ton neutre, mon soulagement, ma gratitude furent balayés par des vagues d'angoisse. J'avais la chair de poule, des picotements dans tout le corps. Prise de vertige, j'ai craint de m'évanouir. "Te laisser ma fille ? Tu me demandes de te laisser ma fille ?"* »

(Extrait des journaux perdus de May Dodd.)

1ᵉʳ novembre 1876

Qu'imaginait Howls Along Woman en nous faisant voyager de nuit, en plein blizzard ? Il y avait de quoi douter de sa vision, qui en faisait la condition nécessaire de notre retour dans le monde mort. Avec le recul, toutefois, nous devons la tenir pour vraie. Il n'en reste pas moins que ce fut l'un des moments les plus effrayants de nos vies. Nous avons tous aussitôt regretté d'être partis. Aurions-nous eu le choix, nous aurions certainement rebroussé chemin, vers le village d'hiver où nous étions en sécurité. Mais pour cela, encore aurait-il fallu que nous sachions où il se trouvait...

La nuit était d'un noir complet. Même la neige qui nous brûlait les joues était noire. J'avais le sentiment d'être aveugle et me demandais ce que nos chevaux pouvaient bien voir. Je ne distinguais rien au-delà du mien, pas même celui de Chance devant moi... s'il était encore là. Inutile de crier car le vent couvrait tout bruit. Nos sens étaient comme déréglés. Impossible de s'orienter. Les flancs de Lucky se contractaient entre mes cuisses, mais je n'avais pas l'impression d'avancer, plutôt d'être repoussée en arrière. Depuis combien de temps ce cauchemar durait-il ? Dix minutes, une heure, cinq, la nuit entière ? Quand nous avons quitté le village, Feather on Head, à ma gauche, avait placé Wren sur son porte-bébé, solidement fixé sur son dos. De même Martha, à ma droite, avec Little Tangle Hair. Où étaient-elles à présent ? L'idée de les avoir perdues me terrorisait. Mon petit Horse Boy conduisait les chevaux de bât. Un garçon frêle comme lui... je me rappelais les mots de Gertie... comment pourrait-il dompter cette tempête ? Un vent glacial nous cinglait sans arrêt, capable de le désarçonner, et je ne le reverrais plus. Chacun de nous était enfermé dans son propre ouragan, rivé à un cheval immobile, figé au milieu d'une obscurité sans fin. Où que nous allions – si nous allions quelque part –, j'avais la certitude de ne jamais y arriver. Molly avait eu raison, c'était de la folie ; croire en Howls Along et sa vision, de l'inconscience. La mort devait ressembler à ça, un tourbillon de noirceur.

Et curieusement, c'était fini. Non que la tempête se soit levée peu à peu, ni qu'elle se soit éloignée. Elle a simplement disparu, nous a libérés, Chance était toujours là et s'est retourné sur sa selle.

– Il semble qu'on ait réussi, m'a-t-il dit en souriant. Je commençais vraiment à craindre le pire. En tout cas, je n'ai pas l'intention de remettre ça demain.

Brusquement, nos amis de la veille paraissaient loin, loin, loin...

– Moi non plus, cow-boy.

Chacune avec nos bébés, Martha et Feather on Head se trouvaient de nouveau à ma gauche et à ma droite. Elles pleuraient de soulagement et, visiblement, n'étaient pas les seules. Où que nous soyons, les premières lueurs de l'aube apparaissaient, le soleil n'était pas levé. Le vent était tombé, mais il faisait froid. L'hiver ici avait davantage marqué son empreinte que dans l'autre monde.

À cheval, Pretty Nose nous a passés en revue, pour s'assurer qu'il ne manquait personne.

– Nous avons besoin de dormir tout de suite, a-t-elle dit aux uns et aux autres, en anglais, en cheyenne et en arapaho.

Aride et vallonné, parcouru de canyons, le paysage faisait penser aux abords de la Tongue River. Pretty Nose a posté trois sentinelles à l'entrée d'une ravine, et nous sommes descendus au fond, où coulait un ruisseau. Nous avons entravé nos montures pour les faire boire, quoique sans les desseller. Nous avons sorti couvertures et peaux de bison des paniers et nous sommes effondrés de sommeil. Feather avait donné le sein à Wren, que j'ai placée entre moi et Chance. Horse Boy a dormi près de ses chevaux, qui étaient aussi épuisés que nous. J'étais désolée pour les sentinelles. Elles seraient remplacées d'ici une heure ou deux, mais comment allaient-elles garder l'œil ouvert ?

Pour la plupart, nous ne nous sommes réveillés qu'au milieu de l'après-midi. Avec sagesse, Pretty Nose avait chargé Red Fox et Warpath Woman d'explorer les environs, afin de vérifier que nous étions en sécurité. À leur retour, ils nous ont appris qu'un détachement de l'armée bivouaquait environ quatre miles plus loin. Pas plus que les heures, les Indiens ne mesurent les distances. Nous avons simplement converti le temps pendant lequel ils s'étaient absentés à cheval. Selon eux, il n'y avait pas sur place d'éclaireurs indiens. Les militaires paraissaient dormir dans leurs tentes quand Red Fox et Warpath Woman les ont découverts. Aucun feu n'était allumé, aucuns travaux en cours. À chaque extrémité du bivouac, leurs propres sentinelles somnolaient. Pretty Nose en a conclu qu'ils se reposaient après un combat en attendant de regagner leur camp de ravitaillement. Ce que confirmait l'absence de loups, qui repartent généralement dans leur agence, une fois les hostilités terminées. Visiblement, ces soldats, fatigués, relâchaient leur vigilance. À notre immense surprise, Pretty Nose a déclaré que nous les attaquerions, le soir même.

— Nous couvrirons la moitié du chemin à cheval, a-t-elle dit. Puis nous laisserons les bêtes à Horse Boy et nous poursuivrons à pied. Nous allons tuer autant de soldats que possible dans leurs tentes.

— Combien y a-t-il de tentes ? lui ai-je demandé.

Pliant et dépliant les doigts, elle a répondu trente, ce qui devait représenter soixante soldats, s'ils étaient deux par tente.

— Et combien de chevaux ?

Environ soixante-quinze, a-t-elle indiqué de la même façon.

J'ai étudié notre petite bande et, une fois encore, j'ai compté les têtes. Nous avions quatre Cœurs vaillants indiennes – Pretty Nose, Warpath Woman, Kills in the Morning Woman et Wind. Les guerriers Red Fox et High Bear. Quatre Cœurs vaillants blanches – Martha, Astrid, Ann et moi. Deux Blancs non-combattants – Christian et Chance. L'épouse de Red Fox, Singing Woman[1], et leurs deux fils de huit et dix ans. Coyote Woman[2], la compagne arapaho de High Bear, leur fils de cinq ans et leur fille de sept ans. Horse Boy, onze ans. Deux bébés – Wren et Little Tangle Hair,

---

1. Celle qui chante.
2. Dame coyote.

ainsi que leurs nourrices, Feather on Head et Grass Girl. Vingt-trois personnes au total, dont seulement dix guerriers, hommes ou femmes. Cela faisait un rapport de six contre un. Certes, nous allions prendre les soldats par surprise, en plein sommeil, mais il suffisait que l'un d'eux soit réveillé ou se lève pour uriner. Dans ce cas, il donnerait l'alerte et nous les aurions tous sur le dos. Qu'adviendrait-il de nous ? Mais Pretty Nose étant notre chef de guerre, il était impossible de contester ses décisions... du moins pas à voix haute.

– Que vas-tu faire, Chance ? lui ai-je demandé tout bas.

– Tu sais très bien, May, que je ne me battrai pas contre mon peuple et son armée. Est-ce vraiment pourquoi nous sommes revenus ? Je croyais qu'on allait à Chicago récupérer tes enfants.

– Je sais que tu ne peux pas, mais moi si. Les Américains ont tué mes amies les plus proches et leurs bébés. Si ces soldats nous découvrent, ils n'hésiteront pas à nous tuer. Nous irons à Chicago ensuite.

– Cela doit être la raison pour laquelle les Shoshones de l'autre monde appellent celui-ci le monde mort. Il n'est rien d'autre à faire ici que s'entretuer.

– Je t'ai simplement demandé si tu nous accompagnais.

– J'attendrai votre retour. Il faut quelqu'un pour veiller sur les femmes et les enfants, pendant ce temps. Ta fille, notamment, au cas où tu ne reviendrais pas.

– Une éventualité qui n'a pas l'air de t'émouvoir. Tu as surtout l'air furieux contre moi.

Se détournant, il a contemplé un instant les plaines, les vallons, les collines et ces saillies rocheuses qui semblaient s'étendre à l'infini, puis il a hoché la tête.

– Tu crois ça, que je n'ai pas peur de te perdre, que c'est juste de la colère... Je crois, moi, que c'est les deux à la fois !

J'ai posé une main sur les siennes.

Nous avons passé l'après-midi et la soirée à préparer nos armes et nos tenues de guerre. Pretty Nose voulait que nous nous servions uniquement de couteaux, mais si l'alerte était donnée et que nous étions obligés de prendre la fuite, nous aurions besoin d'armes à feu. J'ai serré mon ceinturon autour de ma taille, avec le Remington dans sa gaine.

Lady Ann est venue m'annoncer sa décision de ne pas participer.

– Je vais rentrer chez moi, May, pour de bon, cette fois. Je n'hésiterais pas à riposter si nous étions attaqués, ou si l'on nous livrait bataille. Je maudis ces soldats d'avoir tué mon Helen et tant d'autres femmes. Mais me faufiler dans une tente pour en tuer deux de sang-froid, non.

– Leur armée a bien donné l'assaut, par un matin glacial, pour nous massacrer dans notre village. Avec l'ordre de tirer sur les loges au niveau du sol, pour que nous n'ayons pas le temps de réagir. En sus de nos hommes, ils ont abattu de vieilles femmes, des enfants, sans discrimination.

– Navrée, mais ce combat n'est plus le mien. Helen a disparu et je n'ai plus la force.

– Comme tu voudras.

– Elle te le dira elle-même, mais je dois aussi te prévenir qu'Astrid a renoncé à se battre. Christian a fini par la convaincre.

Nous étions maintenant huit guerriers au lieu de dix.

Feather on Head, Grass Girl, Singing Woman et Coyote Woman ont commencé à mélanger des pigments de différentes couleurs avec de la graisse d'ours, pour nous peindre le visage après un court repas. Il n'était pas prévu de dormir. Nous savions que nous formerions des couples, afin que chacun de nous ait un ou une alliée. Pretty Nose nous a annoncé qu'elle s'associait à Wind, que les trois autres tandems seraient Warpath Woman et Kills in the Morning, Red Fox et High Bear, Martha et moi. J'étais étonnée que Pretty Nose n'ait pas choisi Wind pour moi, celle-ci m'ayant longtemps servi de modèle, mais, à la réflexion, j'ai compris que notre chef composait les couples les plus efficaces possible, dans lesquels les Indiens seraient ensemble. Je n'avais pas fait mes preuves sur le champ de bataille, et Martha, qui avait une fois attaché un scalp à sa ceinture, manquait encore d'expérience. Sans Ann et Astrid, qui avaient quitté la partie, sans Phemie et Molly, nos plus vaillantes guerrières, Martha et moi, seules Cœurs vaillants blanches, étions aussi les plus faibles.

Nous n'avons guère mangé. Un peu de bison séché et quelques biscuits de mer, épais et insipides, que les Shoshones de l'autre monde s'étaient procurés chez les Canadiens et nous avaient offerts avant les jeux. En proie à une vive appréhension, Martha et moi n'avions guère d'appétit, de toute façon. Les propos d'Ann Hall m'étaient restés en tête. Je n'avais pas l'impression de poursuivre une guerre, mais d'être une criminelle prête à commettre un meurtre avec préméditation. Je n'avais jamais tué qu'un homme, Three Finger Jack, qui ne l'avait pas volé, et, malgré les harangues et les sermons de Wind, je n'étais pas sûre de pouvoir recommencer. D'un autre côté, je savais qu'au moment décisif, la moindre hésitation risquait d'être fatale à tous.

Nous avons enfilé nos tenues – tuniques de peau, jambières, mocassins. J'ai enroulé mes nattes dans des lanières de cuir, fixé un collier d'os à mon cou. Sous mon Remington, j'ai noué autour de ma taille la sangle qui retenait mon couteau et le tomahawk à tête de pierre que Wind avait confectionné.

Les quatre parmi nous qui ne combattraient pas nous ont peint le visage. Quand Feather a terminé avec moi, je me suis regardée dans le petit miroir que j'avais acheté à Tent City. Je n'ai pas reconnu cette figure féroce dont il me renvoyait l'image, avec ses joues très rouges, ces cercles noirs autour des yeux qui me faisaient penser à un raton laveur. Martha portait les mêmes couleurs, mais dans l'ordre inverse – les yeux rouges, les joues noires. Pretty Nose était simplement parée d'un éclair sous chaque pommette, mais nous avions toutes le même air brutal et sauvage. En étudiant mes compagnons, j'ai imaginé la terreur qu'éprouveraient les soldats quand nous leur trancherions la gorge, l'ultime vision d'enfer qu'ils emporteraient dans la mort.

Chance m'a rejointe quand je suis montée à cheval.

– Ce n'est pas maintenant que je vais te dissuader de partir… Sois très prudente, May. Ne prends aucun risque inutile. Reviens-nous saine et sauve. Wren et moi avons besoin de toi.

— Je te le promets, Chance. Mais au cas où... cela se passerait mal, je veux te remercier. T'exprimer toute ma reconnaissance.
— Me remercier de quoi ?
— D'être ce que tu es et de m'aimer. Tu es l'homme le plus doux, le plus tendre, le plus prévenant que j'aie connu. Je te retrouve dès que c'est fini et nous partons à Chicago.

Nous avions trop peur, l'un et l'autre, pour verser une larme.

Martha et moi nous sommes mises en route, côte à côte sur nos montures. Horse Boy nous suivait. Il était chargé de garder les chevaux pendant les basses œuvres. Par la nuit froide, un quart de lune solitaire se dessinait dans le ciel, suffisant pour guider nos pas dans la plaine aride.

— May ? a murmuré Martha.
— Oui, ai-je répondu tout bas.

Elle s'est tournée vers moi.

— Tu te rends compte ? Aurais-tu jamais pensé, en quittant Chicago il y a plus d'un an et demi, que nous ferions partie d'une bande d'Indiens sur le point d'attaquer un camp de soldats américains ? Que nous serions fardées et attifées comme nous le sommes ?

— Cela n'est pas plus vieux que ça ? Bon Dieu, j'ai l'impression qu'une vie entière s'est écoulée. Non, Martha, cela ne me serait pas venu à l'esprit. Je ne me serais pas attendue non plus à tant d'horribles événements.

— Crois-tu que nous allons y arriver ? Es-tu capable de tuer un soldat endormi ?

— Je ne sais pas... Et toi ?

— J'ai tué un guerrier crow et je l'ai scalpé, comme une vraie sauvage. Mais je ne suis pas sûre, pour ce soir.

— J'ai poignardé un homme, Martha. À mort. Je te l'avais caché. Je n'ai eu aucun remords, mais la situation était différente. Il ne faut pas oublier que ces soldats nous abattraient à la première occasion. L'armée n'a épargné personne dans le village de Little Wolf.

— Ce serait plus facile de les affronter au champ de bataille, comme des ennemis déclarés.

— Ann m'a dit la même chose. Ils n'en sont pas moins nos ennemis.
— As-tu lu les journaux de Meggie et Susie, May ?
— Oui. Je les ai avec moi. Molly me les a donnés. Le sien également.
— Les jumelles étaient convaincues que la vengeance apaiserait leur douleur d'avoir perdu leurs petites. Et c'est le contraire qui s'est produit.
— Certaines douleurs ne vous lâchent pas. Il ne faut pas viser l'impossible... Pour l'instant, je voudrais surtout repartir d'ici entière.
— Moi aussi. Dire que nous avons laissé nos filles à Chance et que nous risquons nos vies pour tuer quelques soldats... Comment allons-nous en sortir entières ?
— Nous sommes des Cœurs vaillants, Martha. Par le sang, nous avons prêté serment de nous protéger mutuellement. Pretty Nose nous a chargées d'une mission. Son peuple nous a recueillies et se bat pour sa survie.
— Oui... Nous n'avons peut-être pas la même détermination.

Arrivées à l'endroit que Red Fox et High Bear avaient choisi pour laisser les chevaux, nous avons mis pied à terre. Il se trouvait à distance suffisante du bivouac des Américains, mais assez près pour que nous sentions l'odeur des feux et que nous apercevions les braises dans le noir.
Pretty Nose nous a rejointes.
— Vous allez rester ici, toutes les deux, a-t-elle déclaré.
— Pourquoi ? lui ai-je demandé.
— Pour aider Horse Boy à garder les chevaux. Si nous en avons besoin pour fuir, nous vous enverrons un signal. Le garçon est prévenu, il sait ce qu'il a à faire.
À l'évidence, notre chef avait perçu nos doutes et nos hésitations.
— Tu n'es pas sûre de nous, Pretty Nose ?
— Non, Mesoke, tu as ma confiance. Mais vous êtes blanches

et pas aussi agiles que nous. Les Indiens se déplacent comme des fantômes et les soldats ne devineront pas notre présence... à moins d'un accident. C'est pourquoi vous devez rester ici et, s'ils se réveillent, nous apporter les chevaux.

Je n'ai pu que lui donner raison en regardant nos guerriers courir en éventail vers le camp, souples, légers et silencieux, comme si leurs mocassins ne faisaient qu'effleurer le sol. Ils avaient la grâce aérienne d'un ballet d'antilopes. De vrais fantômes, appartenant à une autre espèce humaine, parfaitement adaptée à ces lieux qu'ils connaissent bien mieux que nous. Seule Phemie était parfois capable de les imiter.

– Quel signal nous donnera Pretty Nose pour les rejoindre ? s'est inquiétée Martha.

– Aucune idée, mais nous comprendrons certainement.

– Combien de soldats vont-ils tuer ?

– Je ne sais pas. Nous n'avons pas à le faire, c'est toujours ça. Elle a hoché la tête.

– Il n'y a plus qu'à attendre... et espérer qu'ils vont revenir.

Horse Boy rassurait les chevaux. S'ils devaient s'affoler, hennir, nous étions assez loin des Américains pour qu'ils ne les entendent pas. Cependant, les sons voyagent vite dans l'air sec des plaines et les bêtes ont l'ouïe plus sensible que les humains. Celles des Américains pouvaient sentir la présence des nôtres. Horse Boy passait d'un animal à l'autre. Il avait démontré tout petit qu'il savait s'y prendre avec eux. Il les mettait en confiance et ils l'acceptaient presque comme l'un des leurs. C'est pourquoi Pretty Nose nous l'avait adjoint.

Une heure a passé... ou plus. Martha s'est levée pour faire ses besoins. Il était difficile de se cacher ici et la pudeur, de toute façon, ne nous encombre pas. Elle s'est pourtant dirigée, derrière nous, vers un petit renfoncement de terrain. La remarquant, les bêtes ont paru s'agiter. Horse Boy a tenté de les apaiser. Contrairement à lui, Martha n'est pas très à l'aise avec nos montures, qu'elle agace, exception faite de son petit âne bien-aimé.

Mais elle n'était pas la cause de leur agitation. Percevant un bruit dans mon dos, je me suis retournée et j'ai reconnu Jules

Seminole qui s'approchait d'elle. Il portait un chapeau marron de la cavalerie, évidé et orné d'une plume, le bord retourné sur le devant. Sa veste bleu marine, son pantalon de l'armée étaient crasseux. Il avait un pistolet dans sa gaine, sur la hanche, une épée dans son fourreau de l'autre côté, et des galons de sergent.

Passant un bras sur l'épaule de Martha, il lui a glissé à l'oreille, tel un amant confiant :

— Une horrible créature t'a arrachée à Jules, ma chérie. Mais il a toujours su que tu lui reviendrais.

Je m'étais aussitôt redressée. Martha était figée, en état de choc ou, Dieu l'en préserve, prostrée comme le jour où Molly l'avait sauvée des griffes de ce même homme. Celui-ci m'a reconnue.

— Diable… la charmante apparition que voilà ! Mazette ! Ne serait-ce pas la délicieuse épouse de mon oncle, le grand chef Little Wolf ? Jules retrouve ensemble ses deux chéries.

Il tenait dans son autre main le couteau de Martha. J'ai dégainé mon revolver, l'ai armé et braqué sur lui.

Se plaçant derrière elle, l'infâme lui a collé le couteau sous la gorge.

— Lâchez-la, Seminole !

— Non, non, non, non… a-t-il dit. C'est toi, ma jolie, qui, tout doucement, vas rabattre le chien de ton revolver, puis le poser gentiment par terre.

— Non ! a jeté Martha. Tire, May ! Tu ne le rateras pas. Je m'en fiche, qu'il me tue. Descends ce salopard…

— Tss… cela ne serait pas très raisonnable. Venez, mes amis ! a-t-il lancé dans son dos.

De l'endroit où Martha s'était accroupie ont surgi huit éclaireurs crows, tous munis de pistolets de l'armée.

Je ne pouvais tirer. Même si j'atteignais ma cible, je risquais de réveiller le camp américain et d'exposer mes compagnons aux pires dangers. J'ai obéi et posé le Remington à mes pieds.

De plus en plus énervés, les chevaux devaient sentir l'effluve nauséabond du démon. Horse Boy s'efforçait de les calmer.

— Mais que diantre faites-vous dans les parages, mes chéries ?

Est-ce seulement Jules que vous cherchiez ? Et à qui appartiennent ces chevaux ?

— Cela ne vous concerne pas.

Il a violemment poussé Martha qui s'est effondrée près de lui. Aussitôt trois des éclaireurs l'ont cernée, pendant que Seminole s'avançait vers moi. Il a retiré son épée de son fourreau et placé la pointe de la lame sur mon cou.

— Tu te trompes, ma petite. Car Jules est maintenant sergent honoraire, premier éclaireur du colonel Ranald Mackenzie et de ses nombreux régiments. Plus vite tu répondras à mes questions, plus vite nous reformerons notre trio amoureux. Bien sûr, Jules vous attachera toutes les deux, mais il n'a pas oublié à quel point cela vous émoustille...

— Donc, si je tarde à parler, cela ne fait que reporter l'échéance de vos immondes turpitudes...

D'une secousse avec l'épée, il m'a troué la peau. Levant la tête, j'ai senti le sang couler le long de ma gorge.

— Oserais-tu te moquer de Jules ? Ne sais-tu pas à quel point il déteste ça ? Non, cela ne reporte rien, mais l'un de nous trois sera réduit à l'état de cadavre. Ce que Jules trouve très, très excitant... Toi peut-être moins, puisque tu vas y passer.

J'ai aussitôt inventé une histoire...

— Nous ne vivons plus avec les Cheyennes. Pourriez-vous, s'il vous plaît, baisser votre épée ?

Il a obtempéré.

— Nous voyageons avec un groupe de Shoshones. Ils ont laissé leurs chevaux ici pour se rendre au camp de l'armée à pied, sans armes, afin qu'on ne les prenne pas pour des rebelles. Les Shoshones sont vos alliés, n'est-ce pas ?

— Comment s'appellent-ils, tes Shoshones ?

— Je l'ignore, nous ne parlons pas leur langue. Nous ne les suivons pas depuis longtemps.

— Très bien, a-t-il dit, rangeant l'épée dans son fourreau. Ce sont d'excellentes nouvelles. Jules et ses éclaireurs vont les rejoindre là-bas. Naturellement, nous allons devoir vous cacher, car, si l'armée s'aperçoit que nous avons fait prisonnières deux

Blanches, on nous les retirera, comme la grande blonde que j'avais capturée et qui a volé la fiancée de Jules. Qui est-elle ?
— Je n'en sais rien.
— Elle aussi s'est moquée de Jules. C'est une fille dangereuse. Jules voulait la tuer avant de la séduire, mais ton vieil ami Bourke ne lui en a pas laissé le temps.

Soudain ont retenti les glapissements d'une meute de coyotes : le signal de nos guerriers.

Au même instant, nous avons entendu derrière nous un bruit de sabots froissant l'herbe sèche. Une seconde plus tard, Ann, Astrid, Chance et Christian sont apparus au clair de lune. L'un après l'autre, ils ont fondu sur les hommes de Seminole. Tous, sauf Christian, menaient leur monture sans les rênes. Le visage peint, Chance, en tenue de Comanche, avait son sabre à la ceinture et le couteau à la main. Ann a épaulé son fusil à double canon. Astrid a sorti une flèche de son carquois et l'a décochée en même temps qu'Ann tirait une balle, puis deux. Chance a lancé son couteau. La flèche a atteint un des Crows à la poitrine. Les deux qu'avait visés Ann se sont effondrés avec lui. Le couteau de Chance s'est enfoncé jusqu'à la garde dans le cou d'un quatrième qui, tentant de le retirer, s'est écroulé sans y parvenir. Astrid s'est munie d'une autre flèche pendant qu'Ann rechargeait son arme. Trois Crows sont tombés à leur tour. Le dernier qui fut encore debout a dégainé et armé son arme, qu'il braquait sur Chance. Celui-ci arrivait droit sur lui. Maniant adroitement son sabre, il lui trancha le bras à hauteur du coude. Le revolver fit feu en touchant le sol dans la main fermée. Chance pivota sur sa monture et, le sabre tournoyant tel un lasso au-dessus de sa tête, décapita l'homme. Parfaitement orchestrée, cette danse macabre n'avait duré que trente ou quarante secondes.

Lâche comme à son habitude, Seminole se précipitait vers son cheval. Un pied à l'étrier, il allait monter en selle quand Martha, se ruant vers lui, s'accrocha d'un bond à son dos. En poussant un cri de guerre dont je ne l'aurais pas crue capable, elle le désarçonna avec la force du désespoir et ils roulèrent ensemble sur le sol. J'ai couru vers eux tandis qu'ils luttaient férocement à terre. Profitant d'un instant où elle le maîtrisait presque, j'ai sorti mon couteau pour le planter dans la gorge de Seminole, mais la lame a ricoché sur l'os de la mâchoire. Le coup n'était pas mortel, le sang a giclé et j'ai maintenu la lame contre son cou pour l'immobiliser.

– Ah non, mes chéries, vous ne devez pas me faire mal ! s'est-il écrié. Personne ne vous a aimées autant que moi !

Martha a détaché le tomahawk à sa ceinture, dont la tête était tranchante d'un côté, pour fendre la peau et les crânes, et de l'autre, aplatie pour frapper.

– C'est mon « toucher », May. Il est pour moi, a-t-elle déclaré d'un air farouche.

– Personne n'a dit le contraire...

– Bravo, mes filles, vous avez bien appris à faire vos touchers, a coupé le scélérat. Je vous félicite pour votre adresse, votre bravoure et votre mansuétude, car vous allez libérer Jules ! Nous reprendrons ces jeux-là une autre fois.

– Seigneur, vous êtes vraiment fou, Seminole !

Du sac en cuir qu'elle portait à la taille, Martha a retiré un pieu en bois.

– Wind m'a appris que la seule façon de tuer un sorcier est d'enfoncer un pieu dans son cœur noir, a-t-elle lâché. Elle a fait celui-ci pour moi et m'a montré comment m'en servir.

Elle l'a brandi pour que je le voie bien.

– Je ne m'en sépare jamais. Je savais que le jour viendrait...

D'une main, elle a appliqué l'extrémité effilée du pieu sur le sein gauche de Seminole. Pour l'empêcher de se débattre, j'ai pressé mon couteau plus fermement contre son cou et lui ai ouvert la peau. Un mince filet de sang a commencé à ruisseler.

Les entendant derrière nous, j'ai fait signe à Chance, Ann, Astrid et Christian de ne pas intervenir, de laisser faire Martha.

Seminole s'est mis à brailler :

– Je vous en supplie, non, ne tuez pas Jules !

Tel un marteau, elle a levé son tomahawk, le côté plat de la tête en bas, et elle a frappé de toutes ses forces sur le pieu, qui a entamé la poitrine. Un second coup, et elle lui a percé le cœur.

Le bois s'est fendu en éclats, Seminole s'est cambré violemment, un flot de sang noir comme du goudron a jailli de son torse, tandis que ses yeux semblaient se détacher de ses orbites, et il s'est affaissé.

Cette fois, il était bel et bien mort, mais nous n'avions pas le loisir de savourer l'instant. Cela viendrait plus tard avec les danses, et Martha ne s'en priverait pas. Horse Boy, déjà en selle, nous attendait avec Chance et nos trois amis. Nous avons enfourché nos chevaux pour rejoindre les guerriers, en menant les leurs avec nous.

Nous étions presque arrivés au bivouac quand nous avons vu Pretty Nose et les autres courir vers nous. Alertés par les coups de feu, une dizaine de soldats se lançaient à leur poursuite. Surpris dans leur sommeil, ils avaient dû mettre un certain temps à seller leurs montures et rassembler leurs armes. Nos guerriers se sont agilement hissés sur leurs chevaux, pourtant lancés à bonne allure, et nous avons tous fait demi-tour en suivant, pour l'instant, le chemin par lequel nous étions venus. Chance, maintenant à notre tête, avait adopté cette tactique, car il savait que les Américains, tombant sur les corps de Seminole et des Crows, mettraient pied à terre pour essayer de comprendre la situation et secourir d'éventuels blessés. Pretty Nose ne put qu'approuver ce raisonnement, plein de bon sens. Passé les cadavres des neuf hommes, nous avons choisi une autre direction. Chance nous révélerait bientôt que, après notre départ, le reste de la bande avait démonté notre camp, prévoyant de voyager toute la nuit. Sage précaution, même s'il était à présent peu probable que les soldats continuent de nous poursuivre. Ils n'avaient pas d'éclaireurs pour relever notre piste dans l'obscurité, et ils auraient suffisamment de quoi s'occuper avec Seminole, les Crows et leurs propres morts. En outre, ils ignoraient combien nous étions et ne s'exposeraient pas bêtement au danger.

Nous avons maintenu l'allure, en ménageant tout de même nos chevaux pour ne pas les épuiser. J'avais Ann à ma gauche et je lui ai demandé :

– Pourquoi avez-vous décidé de nous rejoindre ?

— Il n'a pas été nécessaire de réfléchir longtemps. Nous n'étions pas partisans de cette mission, mais vous risquez d'y laisser la peau. Nous avons pensé qu'il vous faudrait peut-être du renfort. En quoi nous avons eu raison.

Nous avons retrouvé le reste de la bande moins de deux heures plus tard et nous avons continué tous ensemble avant de camper sommairement jusqu'à l'aube, qui ne tarderait pas à poindre. Wind m'a appris que, à eux six, ils avaient abattu dix-sept soldats. Martha et moi n'avions joué qu'un rôle secondaire dans l'affaire et j'étais soulagée que Pretty Nose n'ait pas exigé davantage de notre part. Je ne pouvais totalement me réjouir de ce résultat, car des représailles seraient à craindre. Cela étant, nous étions venues à bout de Seminole. Qu'il ait été un sorcier comme le croyait Martha, ou simplement un fou dangereux comme Molly et moi le pensions, j'avais le sentiment d'avoir accompli un travail beaucoup plus utile en nous débarrassant de lui une bonne fois pour toutes. De ce point de vue, nous n'avions pas à regretter notre présence dans ce raid.

Au petit matin, nous nous sommes remis en route.

12 novembre 1876

Grâce à un message de sa sœur, une de ces intuitions qui sont le propre des jumelles et que les lois de la nature ne parviennent pas à expliquer, Wind nous a conduits aujourd'hui au village de Little Wolf, situé en amont de la Tongue River. Ce fut un moment chargé d'émotion. Tant de vieux amis étaient là pour nous accueillir.

Les sentinelles nous ont escortés dans le camp, que nous avons parcouru sur toute sa longueur. J'étais passée pour morte depuis si longtemps que nombre de familles sont sorties de leurs tipis pour vérifier que j'étais bien vivante. Les femmes poussaient de joyeux trilles de bienvenue. Quiet One et Pretty Walker nous attendaient devant la loge du chef, vers laquelle nous nous dirigions. Nous avons arrêté nos chevaux et Feather on Head a mis pied à terre avec Wren sur son porte-bébé. Ce furent de tendres retrouvailles entre femmes. Chance qui, bien sûr, m'accompagnait, avait revêtu sa tenue de Comanche. Il n'aurait pas eu l'idée de se présenter ici avec ses habits de cow-boy. Ses cheveux avaient poussé pendant ces derniers mois, sa peau avait bruni au soleil et, avec ses traits anguleux, il pouvait, plus que jamais, passer pour un sang-mêlé.

Quiet One et Pretty Walker cajolaient Wren dans les bras de Feather on Head quand j'ai mis pied à terre à mon tour. J'ai d'abord embrassé Pretty Walker. Je m'étais toujours sentie plus proche d'elle que de sa mère, plus réservée, et qui, en tant que « première épouse », devait être traitée avec certains égards. Mais Quiet One a pris mes mains dans les siennes.

— Je suis si heureuse de te revoir parmi nous, Mesoke, m'a-t-elle dit en cheyenne, ce qui m'a profondément touchée.

— Moi aussi, mon amie. Je ne resterai pas bien longtemps, cependant. Ton mari, Little Wolf, va-t-il bien ?

Elle m'a regardée curieusement, puisqu'il était coutume, d'ordinaire, de l'appeler « notre » mari.

— Il va bien. Mais il s'inquiète beaucoup pour le Peuple. Souhaites-tu lui parler, Mesoke ?

— Je reviendrai un peu plus tard, quand nous nous serons installés, ai-je répondu. Je vous confie notre bébé, à toi et Feather on Head, le temps de notre séjour.

Chance et moi avons monté notre tipi à la limite du village. Cela fait, je lui ai appris que je retournais à la loge du chef afin de parler seul à seul avec lui. Le caractère délicat de la situation ne lui a pas échappé.

— Que vas-tu lui dire ?

— La vérité. Quoi d'autre ?

— Un chef comanche ne serait pas très accommodant. Little Wolf me jettera peut-être un défi.

— Sans doute pas. Tu le sais, j'en suis venue à le considérer davantage comme une figure paternelle que comme un mari. Et lui, de son côté, me considère comme sa fille.

Je suis repartie juste avant que le soleil se couche derrière les collines. À mon grand étonnement, quand j'ai gratté sur le rabat de la tente, c'est la vieille loutre, Crooked Nose[1], qui m'a accueillie. Elle m'avait tant de fois menacée avec son gourdin alors qu'elle s'efforçait, tout au début, de m'inculquer les usages domestiques. Je l'avais vue, pour la dernière fois, le matin de l'attaque. Au lieu de s'enfuir avec nous par l'arrière du tipi, que Quiet One avait ouvert d'un coup de couteau, elle avait déclaré que c'était un beau jour pour mourir et, armée de ce seul gourdin, elle avait défié les assaillants.

— Vohkeesa'e ! me suis-je écriée sous le coup de la surprise. Tu es toujours là !

Elle m'a offert son sourire édenté.

— C'est moi qui tue les soldats, Mesoke, pas le contraire. Dire que je te croyais morte !

— Comme toi, on ne m'abat pas si facilement...

Elle m'a invitée à entrer. Horse Boy avait déjà réintégré ses foyers. Il jouait avec Wren qui, détachée de son porte-bébé, marchait à quatre pattes sur les peaux de bison. Tel un empereur sur son trône, Little Wolf était comme d'habitude assis sur son siège à dossier. Il s'est tourné un instant vers moi. J'ai pris place à la gauche de l'ouverture, comme il convient aux invités – une des premières choses que Crooked Nose m'avait enseignées. Devant le feu, Quiet One préparait le dîner. Feather on Head et Pretty Walker bavardaient, se mettaient au courant des journées passées. J'avais une impression étrange de revenir ici après tant de mois, de retrouver les odeurs familières du tipi et de ses résidents. Un seul détail m'a rappelé que je ne vivais plus là : ma couche avait disparu.

Little Wolf m'a fait signe d'approcher. Je l'ai rejoint et il m'a parlé à voix basse. Il n'est guère d'intimité dans une loge indienne, aussi faut-il s'exprimer doucement pour tenter d'en créer une.

— Woman Who Moves Against the Wind m'a rendu visite, m'a-t-il confié.

— Laquelle ? ai-je demandé, risquant une pointe d'humour.

Il a souri.

---

1. Nez crochu.

— Celle qui t'a soignée.
— Merci, mon mari, de l'avoir envoyée me secourir, lui ai-je dit respectueusement. Elle m'a sauvé la vie.
Il a hoché la tête.
— Elle m'apprend que tu as un nouveau mari, un guerrier comanche au sang mêlé.
— En effet.
Une fois encore, il a hoché la tête.
— C'est une bonne chose que tu as faite, Mesoke. Je deviens vieux et j'ai assez de deux épouses. Elles sont parfois même un peu trop pour moi, a-t-il ajouté en riant.
J'étais si soulagée, si reconnaissante qu'il réagisse ainsi que j'en avais les larmes aux yeux.
— Merci, mon mari. Je suis également venue te dire que je dois bientôt quitter le Peuple. Je souhaite repartir dans mon ancien pays et essayer de reprendre mes enfants avec moi.
— Wind me l'a appris aussi. J'aurais une dernière volonté à te soumettre.
— Je t'écoute.
— Nous allons prochainement rentrer à l'Agence et renoncer à la vie que nous avons toujours vécue. Ce temps est révolu. Il y a de nombreuses lunes, notre prophète Douce-Médecine nous avait prévenus de l'arrivée de l'homme blanc. Il avait prédit que celui-ci détruirait tout ce qui nous est indispensable, que les terres du monde entier lui appartiendraient un jour. C'est fait. Voilà pourquoi j'avais demandé à votre président de marier mille femmes blanches à nos guerriers, afin qu'elles nous apprennent, à nous et nos enfants, la nouvelle vie qu'il faudra mener quand le bison aura disparu. Comme nous, le Peuple, nos frères les bisons risquent de bientôt s'éteindre.
« Je te demande donc de nous laisser ta fille Little Bird, Mesoke. Comme le Peuple, tu sais que Maheo m'a donné, à moi le Chef de la Douce Médecine, un bébé blanc pour nous montrer la voie de cette nouvelle vie. Si tu l'emmènes avec toi, le Peuple perdra espoir, perdra confiance, et nous avons presque épuisé l'un et l'autre. C'est à cette condition que tu es dégagée

de tes devoirs d'épouse, car nous avons besoin de croire aux bienfaits de cette naissance.

À ces mots, exprimés d'un ton neutre, mon soulagement, ma gratitude furent balayés par des vagues d'angoisse. J'avais la chair de poule, des picotements dans tout le corps. Prise de vertige, j'ai craint de m'évanouir.

— Te laisser ma fille ? Tu me demandes de te laisser ma fille ?

J'ai observé Wren, mon heureux bébé qui gazouillait en jouant avec Horse Boy et, levant la tête, j'ai vu que Feather on Head me regardait droit dans les yeux. À son expression, j'ai compris que Little Wolf lui avait fait part de sa décision. Elle était partagée entre l'affection sincère qu'elle me portait et le désir d'élever Wren comme sa propre fille. Nous sommes restées un long instant à nous étudier, bien conscientes qu'aucune solution ne nous satisferait toutes deux. L'une ou l'autre aurait forcément le cœur brisé. Telle sa mère légitime, je me suis baissée pour prendre Wren dans mes bras, j'ai caressé ses gentilles petites joues et j'ai laissé sa petite main se resserrer autour de mon doigt. « Seigneur, c'est trop dur, comment pourrai-je supporter cela… ? » Puis je me suis rapprochée de Feather, j'ai embrassé mon enfant, lui ai murmuré quelques mots et j'ai mis un peu de ma salive dans sa bouche, pour qu'elle ne m'oublie jamais.

Et, finalement, je l'ai confiée à Feather on Head.

— C'est l'heure de donner le sein à ta fille, lui ai-je suggéré.

Sans dire au revoir à personne, j'ai quitté la loge de Little Wolf et marché jusqu'à l'extrémité du village. Puis je me suis élancée dans la plaine, courant aussi vite que je le pouvais, le visage inondé de larmes, et me suis effondrée dans l'herbe pour pleurer tout mon saoul.

Reprenant courage, j'ai rejoint Chance dans notre modeste tipi. Il s'est aussitôt aperçu que j'étais bouleversée.

— Nous allons tout démonter et partir demain très tôt pour

Laramie. Nous demanderons à être mariés à la mairie. Comme je n'ai pas de papiers, nous chercherons quelqu'un en ville qui pourra m'en fournir. J'inventerai un autre nom de jeune fille et j'ai toujours l'argent que j'ai gagné en revendant mes chevaux. Assez pour payer le train jusqu'à Chicago.

— J'ai toujours mon pécule, moi aussi.

— J'ai encore quelques mots à écrire dans mon journal, ce soir, puis je donnerai tous mes carnets à Wind, en même temps que ceux de Meggie et de Molly. Je ne sais pas ce qu'ils deviendront, mais peut-être un jour Wren sera-t-elle en mesure de les lire. Comme nous retournons chez les Blancs, je ne veux pas les emporter, c'est trop dangereux. Je dois rentrer à Chicago sous une identité nouvelle et faire table rase des deux années passées.

— Tu laisses Little Bird ici ?

— Gardons cela pour plus tard, Chance, je lutte contre le chagrin... mais la réponse est oui. Je vais tout de suite parler à Martha et à Ann. Elles désireront sûrement se joindre à nous. Ann au moins jusqu'à la gare de Medicine Bow, et Martha sans doute jusqu'à Chicago.

« Et toi, Chance ? Tu avais promis de me ramener là-bas, mais tu n'es pas obligé. Ni de m'épouser, si tu as changé d'avis. Je m'en sortirai sans toi. Tu es un peu cow-boy... un peu indien... mais pas un citadin. J'ai peur que tu ne sois pas heureux en ville.

— Je n'ai pas changé d'avis, May. Je n'ai cessé de t'aimer depuis la première fois que tu m'as embrassé... J'ai l'habitude de tenir mes promesses et je suis un garçon plein de ressources, comme tu as pu le constater. Et puis, rien ne nous empêche de partir ailleurs, si ça nous chante. Le monde est assez vaste pour nous deux.

— Merci, Chance. Je t'aime, moi aussi.

— Je n'en ai jamais douté.

Ce sera tout pour mes aventures dans l'Ouest. Il n'y a pas grand-chose à ajouter. Je viens de perdre un autre enfant et je ne sais pas quand... ni comment je vais récupérer les autres. Il va falloir imaginer une stratégie. Nous sommes loin d'être arrivés à Chicago et la route sera parsemée d'embûches. Mais Chance, comme il dit, est plein de ressources et j'ai appris, moi aussi, à me tirer d'embarras.

        May Dodd, bien vivante
        Le 12 novembre 1876
        Sur une rive de la Tongue River,
        territoire du Montana

ÉPILOGUE

J. W. Dodd III,
rédacteur en chef,
Chitown Magazine
Chicago, Illinois, le 4 juin 2019

Près de huit mois ont passé depuis la dernière fois que j'ai vu Molly Standing Bear. Le matin de son départ, elle a laissé dans la caravane les carnets dans lesquels elle avait retranscrit les registres de May Dodd et de Molly McGill, revus et corrigés par ses soins. Également le dernier journal de May, que nous étions allés chercher la veille, près de chez May Swallow Wild Plums. Je suis revenu là-bas pour le replacer dans sa cachette, cet après-midi-là. Molly avait dû passer une grande partie de la nuit à recopier son contenu, à la main bien sûr, puisqu'elle n'utilise pas d'ordinateur.

J'ignore à quelle heure elle est partie, ce matin-là. Je dormais encore et c'est un rêve étrange qui m'a réveillé – je crois, du moins, que c'était un rêve. Comme nos lecteurs l'auront sans doute constaté, Molly est un personnage extravagant. On pourrait s'attendre à ce que, étant journaliste, je sois capable d'utiliser un mot plus précis, mais… non. Je ne voudrais pas donner dans le mysticisme, cependant elle fait partie de ces gens insaisissables qui semblent vivre dans un autre univers. Je ne sais toujours pas où elle habite vraiment. Elle se définissait seulement comme itinérante. « Sans domicile fixe ? » lui avais-je demandé. « On pourrait dire ça », avait-elle répondu. Il y a tant de choses que j'ai été incapable de déterminer à son sujet...

Revenons à ce rêve. J'hésite un peu à le décrire, du fait que les rêves des autres paraissent souvent banals et ennuyeux. De plus, le lecteur risque de me taxer, moi aussi, d'extravagance. J'ai rêvé que Molly, avant de s'en aller, s'était assise sur le bord du lit pour me dire au revoir. Elle me caressait le visage et m'embrassait en murmurant quelques mots. J'essayais de me réveiller pour lui répondre, mais en vain. Rien de plus banal, en effet : un rêve dans lequel on est conscient de rêver et dont on ne parvient pas à s'extraire.

Le temps s'écoule différemment dans les songes et j'ai tout de même fini par me réveiller. Je dormais sur le côté, une joue sur l'oreiller et, quand j'ai ouvert les yeux, j'avais devant moi ceux d'un puma qui, monté sur le lit, était en train de me regarder. Ils étaient du même vert que les yeux de Molly, qui semblent changer de couleur selon l'éclairage. Je n'ai pas osé bouger et je ne savais pas ce qu'il me voulait, cet animal. Le soleil du matin éclairait le plancher et je me suis rendu compte que la porte de l'Airstream n'était pas fermée. Bien que cela ne lui ressemble pas, Molly avait dû la laisser ouverte, et c'est ainsi que mon visiteur était entré. Il m'est venu à l'esprit plus tard que j'avais eu moins peur que j'aurais dû. Nous nous sommes observés un moment, pendant que je passais en revue un maigre éventail de choix. Nous pouvions poursuivre ce petit jeu indéfiniment, ou jusqu'à ce que l'un de nous tente quelque chose. Je pouvais essayer, très lentement, de me redresser. Ne rien précipiter, en tout cas. Je pouvais essayer de lui parler, mais il était peu probable qu'il m'obéisse.

Puis, comme si je ne l'intéressais plus, le puma s'est retourné, dirigé vers la porte et il a bondi au-dehors. Me levant en vitesse, je l'ai vu courir le long de la rivière, avec cette grâce féline particulière, ces muscles puissants qui roulent autour des membres. J'avais de la chance de m'en être tiré aussi bien et cela me faisait

ÉPILOGUE

une bonne histoire à raconter au bureau, ou le soir dans les bars, où personne ne me croirait.

Je me suis aperçu que Molly m'avait aussi laissé une lettre, posée sur le journal de May Dodd et ses propres carnets, empilés sur la petite table de la caravane. La voici :

« Cher » Jon,
C'est la formule de politesse qu'utilisent les Américains dans la plupart de leurs courriers, et je ne l'avais encore jamais employée pour personne. Je trouve étrange de s'en servir lorsqu'on s'adresse à des inconnus. Il est vrai que les manières de l'homme blanc sont souvent étranges. Les tiennes peut-être un peu moins que les autres.

Mon cher Jon, donc, je te laisse mes carnets et tu as la permission de les reproduire par petits bouts dans ton magazine. En revanche, tu n'as pas celle de modifier quoi que ce soit dans les récits de May et de Molly. Que tu approuves ou pas la façon dont je les ai arrangés, je veux qu'ils paraissent exactement tels quels. Si je découvre le moindre changement, je serai forcée d'attacher ton scalp à ma ceinture... et je ne plaisante pas. Cela vaut aussi pour mes commentaires. Comme je parle cru, notamment de sexualité, tu seras sans doute gêné par certains. Tu feras avec, petit Blanc. Tu n'allais pas te cacher derrière ton bureau, déguisé en rédacteur en chef jusqu'à la fin de ta vie. Il faut bien que je te mouille (façon de parler).

Nous nous sommes bien amusés, hein, cow-boy ? Et pas seulement au lit, quoiqu'il n'y ait pas à se plaindre de ce côté-là. Je t'aime bien, Jon, depuis le début. Je pourrais même t'aimer tout court, si je me l'autorisais. Mais, comme je te l'ai expliqué, un travail important m'attend. Je ne sais pour combien de temps j'en ai et j'ignore ma destination. S'il te plaît, ne perds pas le tien à essayer de me retrouver, ni moi ni les autres Cœurs vaillants. Nous sommes tenues au secret et, de toute façon, tu n'y arriveras pas. J'ai violé mon serment en te révélant que Lily était l'une des nôtres. Cela m'a échappé, je suppose, parce que je me sentais en sécurité avec toi. J'ai dû le lui avouer, car c'est un grave manquement de ma part. Elle m'a pardonné et elle comprend ce qui nous unit. Lily t'aime bien également. Tu serais un des rares Blancs à qui elle accepte de donner sa confiance, et cela n'est pas un mince compliment de sa part.

Eh bien… à la prochaine, cow-boy ! J'espère que nos routes se croiseront à nouveau. Entre-temps, prends soin de toi. Et, si jamais tu tombes sur une fille bien et que tu la gardes, je ne te le reprocherai pas. Évidemment, il n'y en a pas d'autre comme moi, mais je n'ai pas besoin de le dire, n'est-ce pas ?

Je t'embrasse,
M. S. B.

P.-S. Désolée d'avoir laissé la porte ouverte, mais il fallait bien que je sorte…

J'ai quitté la réserve de la Tongue River, le lendemain matin. Il fallait d'abord mettre mes comptes à jour avec Lily Redbird. Je lui envoie depuis un chèque de cent dollars tous les mois, pour la pension d'Indian, mon cheval. Je lui demande toujours si elle a des nouvelles de Molly, mais elle ne répond pas à mes lettres. Je téléphone de temps en temps pour savoir si tout va bien, et je lui pose la question oralement. Des nouvelles, elle n'en a pas et, si je perçois une certaine inquiétude dans sa voix, elle ne s'étend pas là-dessus. Comme le savent nos fidèles lecteurs, un premier extrait des *Journaux perdus de May Dodd et de Molly McGill* est paru dans le numéro d'avril de *Chitown*. Je joins chaque fois un exemplaire du magazine à mon chèque.

Je n'ai pas changé une virgule, encore moins un mot, aux récits des unes et des autres, et j'ai ordonné à nos correcteurs de ne toucher à rien. Bien sûr, c'est contraire à nos pratiques éditoriales, et nous avons eu de nombreuses discussions à ce sujet. Mais je préfère recevoir quelques lettres de puristes mécontents, plutôt que de risquer mon scalp.

J'espère, moi aussi, croiser à nouveau la route de Molly. Cette femme me manque. La dernière phrase de sa lettre est certainement la chose la plus vraie qu'elle m'ait dite.

GLOSSAIRE DES NOMS INDIENS

Appears on the Water Woman : Celle qui apparaît sur l'eau
Bad Horse : Mauvais cheval
Bear : Ours
Bear Doctor Woman : Celle qui a guéri l'ourse
Black Man : Homme noir
Black White Woman : Femme blanche noire
Bridge Girl : Fille-pont
Buffalo Woman : Femme bison
Camps All Over Woman : Celle qui campe partout
Coyote Woman : Dame coyote
Crazy Dogs : Les Chiens fous
Crazy Horse : Cheval fou
Crooked Nose : Nez crochu
Dull Knife : Couteau émoussé
Dog Woman : Femme-chien
Falling Star : Étoile filante
Falls Down Woman : Celle qui tombe par terre
Feather on Head : Plume sur la tête
Flying Woman : Celle qui vole
Good Feathers : Bonnes plumes
Grass Girl : Fille de l'herbe
Harold Wild Plums : Harold prunes sauvages
Hawk : Faucon
High Bear : Grand ours
Holy Woman : Femme sainte
Horse Boy : Le Garçon aux chevaux
Howls Along Woman : Celle qui se joint aux hurlements
Kills in the Morning Woman : Celle qui tue le matin
Light : Lumière

Little Beaver : Petit castor
Little Bird (Wren) : Petit oiseau
Little Egg : Petit œuf
Little Fingernail : Petit ongle
Little Snowbird : Petit junco
Little Tangle Hair : Petit Cheveux emmêlés
Little Wolf : Petit-loup (coyote)
May Swallow Wild Plums : May hirondelle prunes sauvages
Medicine Bird Woman : Femme oiseau-médecine
Molly Standing Bear : Molly ours debout
Mouse : Souris
Paper Medicine Woman : Femme à la médecine de papier
Pretty Nose : Joli nez
Pretty Walker : Celle qui marche gracieusement
Quiet One : La Silencieuse
Red Fox : Renard roux
Red Painted Woman : Femme peinte en rouge
Rock : Roc
Short Bull : Petit taureau
Singing Woman : Celle qui chante
Squirrel : Écureuil
Starving Elk : Élan affamé
Swallow : Hirondelle
Tall Bull : Grand taureau
Tangle Hair : Cheveux emmêlés
Twin Woman : Femme jumelle
Two Crows : Deux-corbeaux
Warpath Woman : Femme sur le sentier de la guerre
Woman Who Kicks Men in Testicles : Celle qui donne des coups de pied dans les testicules
Woman Who Moves Against the Wind : Celle qui avance contre le vent
Wren : Passereau
Yellow Hair Woman : Femme aux cheveux jaunes
Young Wolf : Jeune loup
Youngbird : Petit oiseau

TABLE

Introduction	11
Addendum à l'introduction	25
Quatorzième carnet	27
Les Journaux perdus de Molly McGill. Les déchets de la guerre	31
Les Journaux perdus de May Dodd. Vivante	51
Les Journaux Perdus De Molly McGill. Des loups pour les soldats bleus	71
Les Journaux perdus de May Dodd. Guerrières	91
Les Journaux perdus de Molly McGill. Réunions	129
Commentaire de Molly Standing Bear. Les Amazones	159
Les journaux perdus de May Dodd. Hors-la-loi	171
Les Journaux perdus de Molly McGill. Le monde véritable derrière le nôtre	215
Les Journaux perdus de May Dodd. Amour et guerre	239
Les Disparues. Molly Standing Bear	283
Les Journaux perdus de Molly McGill. Le monde éteint derrière le nôtre	305
Le Dernier mot. Molly Standing Bear	329
Les Journaux perdus de May Dodd. Tenir	343
Épilogue	365
Glossaire des noms indiens	369